DROEMER

Über den Autor:
Xavier Bosch wurde 1967 in Barcelona geboren und zählt zu den bekanntesten zeitgenössischen katalanischen Autoren. Sein Roman »Jemand wie du« stand monatelang auf der Bestsellerliste und wurde mit dem renommiertesten und höchstdotierten katalanischen Literaturpreis ausgezeichnet, dem Premi Ramon Llull.

XAVIER
BOSCH

Jemand wie du

Roman

Aus dem Katalanischen
von Petra Zickmann

DROEMER

Die katalanische Originalausgabe erschien 2015 unter dem Titel
»Algú com tu« bei Columna Edicions, Barcelona.

Besuchen Sie uns im Internet:
www.droemer.de

FSC
www.fsc.org
MIX
Papier aus verantwortungsvollen Quellen
FSC® C014496

Vollständige Taschenbuchausgabe Februar 2020
Droemer Taschenbuch
Ein Imprint der Verlagsgruppe
Droemer Knaur GmbH & Co. KG, München

Covergestaltung: ZERO Werbeagentur, München
Coverabbildung: Nathaniel Goldberg / TRUNK ARCHIVE
Satz: Adobe InDesign im Verlag
Druck und Bindung: GGP Media GmbH, Pößneck
ISBN 978-3-426-30735-9

2 4 5 3 1

Für meine Eltern Jordi und Maria Rosa.
Auch wenn sie es nicht lesen, war ich es ihnen schuldig.

Die Liebe wird aus der Erinnerung geboren,
lebt von der Intelligenz
und stirbt am Vergessen.

RAMON LLULL

Parle-moi de ma mère!

DON JOSÉ ZU MICAELA
CARMEN VON GEORGES BIZET, 1. AKT

Ich bitte dich lediglich darum, aus unserer
Geschichte keinen Roman zu machen.
Sie soll nur uns beiden gehören.

PAULINA

1.

Eine rätselhafte Gestalt

Nie werde ich den Moment vergessen, in dem ich dich zum ersten Mal bewusst wahrgenommen habe.

»Ich wette, sie kommt morgen nicht in die Schule«, flüsterte Àxel.

»Und woher willst du das wissen?«, flüsterte ich noch leiser zurück.

Vielleicht hätte ich nie ein Auge auf dich geworfen, wenn Àxel nicht diese Wette vorgeschlagen hätte, als er dich mitten im Unterricht weggehen sah.

»So, wie sie abgeholt wird, kommt Gina nicht wieder.« Wir schauten beide aus dem Fenster, sahen dich an der Hand dieses Mannes, der mit ruhigen Schritten davonging und dich mitnahm, und Àxel fügte hinzu: »Jedenfalls nicht vor Montag.«

»Ihr zwei da hinten ... Würdet ihr bitte den Mund halten?«

Mit Ayuso, dem Bibliothekar der Schule, war nicht gut Kirschen essen. Er war der Philosophielehrer der höheren Klassen, und obwohl er uns ein ums andere Mal zur Ordnung rufen musste, hatte er sich unsere Namen zum Glück immer noch nicht gemerkt. Tatsächlich war den Neunjährigen der Zutritt zum Paradies der Buchstaben nur einmal in der Woche gestattet, mittwochs nach dem Essen. Irgendein schlauer Padägoge hatte sich gedacht, es würde den Reiz des Bibliothekssaals erhöhen, wenn man ihn zum verbotenen Ort erklärte, weil wir dadurch Lust bekämen, uns öfter dort aufzuhalten, in den Regalen zu stöbern und in Geschichten zu blättern, bis wir auf eine stießen, die uns packte. Auf dieses eine Buch – jeder auf sein ganz persönliches natürlich –, das die Freude am Lesen in uns wecken würde.

Für Àxel und mich jedoch war die Bibliothek vor allem der ideale Ausguck. Ja, sicher gab es dort Regale über Regale voller Bücher, ordentlich aufgereiht, mit dem Rücken nach vorne und sortiert nach Ayusos System – einem gewiss sehr ausgeklügelten System –, aber wir saßen lieber an der anderen Seite des Raumes vor dem großen Fenster. Wir legten irgendein Buch aufgeschlagen vor uns auf den Tisch, unterhielten uns flüsternd und beobachteten derweil den Hof mit den drei Pinien, während Ayuso an seinem hochherrschaftlichen Schreibtisch saß und, eine winzige Brille auf der Nasenspitze, uralte Postkarten von Barcelona archivierte.

Àxel und ich hatten entdeckt, dass das große Fenster der Bibliothek ein strategischer Aussichtspunkt war, von dem aus man das gesamte Schulgelände überblicken konnte. Das Auge erfasste alles, von der Tür zur Turnhalle und den Umkleiden für die Jungen und Mädchen bis zum Haupttor, hinter dem man, wenn man den Hals reckte, noch ein Stückchen vom Carrer de Bellesguard erspähte, einer Sackgasse, in der die Frühaufsteher unter den Lehrern ihre Autos nebeneinander parken konnten. Auf der anderen Seite des großen Bibliotheksfensters lagen der Zeichensaal und, neben einer halb vertrockneten Bougainvillea, die Tür zum Sekretariat, wo sich im Falle von Verletzungen oder Kopfschmerzen auch Erste Hilfe, Zuflucht und Trost finden ließen.

Mittwochs zwischen drei und vier war den drei Pinien auf dem Schulhof für eine Weile Ruhe vergönnt. Weder mussten sie als Torpfosten herhalten, noch band man ihnen Springseile um die Stämme. Wenn alle Kinder in ihren Klassenräumen waren, ging kaum noch jemand über den Hof. Nachdem der Abwasch erledigt war, schlurften die Köchinnen davon. Das Aufsichtspersonal des Speisesaals schwang sich auf die Fahrräder und verschwand eilig den Carrer de Bellesguard hinunter, um den Nachmittag zu genießen und sich ins Leben zu stürzen. Wenn wir mittwochs zwischen drei und vier mit der gesamten 3c in der Bibliothek waren, sahen wir hin und wieder Eltern durch das Schultor kommen und direkt aufs Sekretariat zusteuern, um aus dem Mund des Klassenlehrers das Urteil über ihr Kind zu vernehmen. An jenem heißen Mittwoch jedoch, einem Maitag, an dem es uns in unseren Schuluniformen schon zu warm wurde, sahen wir zu einer Zeit, zu der sonst nur der Wind und die Stille durch den Pausenhof strichen, eine rätselhafte Gestalt.

Aus einem Taxi, das unmittelbar vor dem Schultor hielt, stieg ein Mann, der ungefähr im Alter unserer Eltern sein mochte, aber keiner der uns bekannten Väter war. Er trug Krawatte. Einen dunklen Anzug und eine Krawatte. In unsere Schule kamen nur sehr selten Krawatten.

»Sieh mal, Biel!«

Àxel deutete auf etwas, aber ich verstand nicht, was er meinte.

»Das Taxi wartet.«

Ich mag die Taxis von Barcelona, gelb und schwarz, eine schwer verdauliche Farbkombination, die einem Auto aber viel Persönlichkeit verleiht. In Buenos Aires sind die Taxis übrigens auch gelb und schwarz.

Der Mann mit der Krawatte hatte dichtes, störrisches, schwarzes Haar und stieg mit müdem Schritt die Stufen von der Straße zum Schulgebäude hinauf. An der Tür zum Sekretariat wurde er von der Schulleiterin mit sehr ernster

Miene empfangen. Daraus schloss Àxel, dass es sich nicht um einen gewöhnlichen Besuch handelte. Die Direktorin, Senyora Ramos, trat nur widerstrebend und ausschließlich in heiklen Fällen in Erscheinung. Sie schüttelten einander die Hand, gingen ins Sekretariat, und damit verloren wir die weitere Entwicklung für einige Minuten aus dem Blick. Das Gespräch war jedoch offenbar kurz, denn die Direktorin kam allein wieder heraus und strebte, hochaufgerichtet und mit kerzengeradem Rücken – entweder wegen eines Bandscheibenschadens oder weil sie wie eine strenge Tänzerin wirken wollte –, schnurstracks auf den Zeichensaal zu. Jeden Mittwoch, während wir, die 3c, nach der Mittagspause in die Bibliothek mussten, hattet ihr, die 3b, Unterricht im Zeichnen oder Modellieren. In jener Woche sollten alle Drittklässler Joan Mirós Haus in Mont-roig del Camp abmalen, das Torío an die Wandtafel gehängt hatte. Nicht schlecht. Einen Miró kopieren, und das in einer Stunde. Und mit so vertrockneten Farben, dass es, als wir sie endlich mit Wasser aufgeweicht hatten, schon Zeit war, das Blatt abzugeben. Prima Typ, dieser Torío. Was vielleicht am Fach liegen mochte. Trotzdem machte auch er, als er mit der Direktorin aus dem Zeichensaal kam, ein ernstes Gesicht. Dann gingen sie wieder hinein, und im nächsten Augenblick sagte Àxel, der von seinem Platz aus besser sehen konnte:

»Sieh nur, Biel, sieh nur! Sie nehmen Gina mit.«

Torío blieb in der offenen Tür des Zeichensaals stehen, und die Direktorin ging mit dir weiter zum Sekretariat, und da dachte ich, das ist ja seltsam.

»Was mag sie angestellt haben?«, fragte ich Àxel.

Noch ehe ihr das Sekretariat erreicht hattet, kamen der geheimnisvolle Mann und deine Klassenlehrerin, deren

Namen ich nicht mehr weiß, wieder heraus, sie hängte dir den Rucksack über und gab dir – ganz mütterlich, wenn ich das so sagen darf – rechts und links einen Kuss. Und die Direktorin, die noch nie jemandem ein Küsschen gegeben hatte, beschränkte sich darauf, dir mit kühler Geste über die Wange zu streicheln. Der Mann aber wirkte sehr entschieden, nahm dich bei der Hand und entfernte sich langsam mit dir Richtung Straße. Als ihr am Zeichensaal vorbeikamt, winkte dir Torío mit einem Pinsel Lebewohl und lächelte dir zu, soweit ich das aus der Ferne beurteilen konnte. Ich musste mir eh schon den Hals verdrehen, um etwas zu sehen.

»Meinst du, sie haben sie rausgeworfen?«

»Gina?«

»Warum bringen sie sie wohl fort?«

»Der Mann ist jedenfalls nicht ihr Vater …«

»Wer soll es denn sonst sein?«

»Ihr Vater hat einen Schnurrbart, und diesen Mann habe ich noch nie gesehen.«

Und während Ayuso damit beschäftigt war, einen schusseligen Schüler zusammenzustauchen, weil dieser Italo Calvinos *Der Baron auf den Bäumen* zu spät zurückbrachte, spekulierten Àxel und ich darüber, warum man dich der Schule verwiesen haben mochte.

»Sie hat vielleicht Geld geklaut«, schlug einer von uns vor.

»Geld, wo?«

»Aus dem Lehrerzimmer vielleicht«, überlegten wir.

»Oder sie haben sie in der Jungenumkleide erwischt.«

Wir mussten lachen.

»Ja, sie ist reingegangen, hat sich ausgezogen und den Jungs von der 3b ihre Muschi gezeigt.«

Ayuso, der an der Tür stand, brüllte uns an. Wir taten, als wären wir in unsere Lektüre vertieft und fühlten uns gar nicht angesprochen, gingen jedoch wispernd weitere Möglichkeiten durch. Zu diesem Zeitpunkt hattet ihr, der schweigsame Mann, der dich abgeholt hatte, und du, die Schule bereits verlassen und wart ins Taxi gestiegen. Der Fahrer hatte die Wartezeit bei laufendem Taxameter genutzt, um den Wagen zu wenden, damit er aus der Gasse direkt auf den Carrer de Bellesguard fahren konnte.

»Vielleicht sind ihre Eltern gestorben ...«

»Ihre Großeltern, meinst du wohl. Wie kommst du auf ihre Eltern?«

In diesem Augenblick, an einem heißen Mittwoch im Mai gegen vier Uhr nachmittags, als ich durch das Fenster der Bibliothek auf die drei Pinien im Hof einer Schule starrte, die den Namen eines Heiligen trug, und Ayuso zu einer phantasmagorischen Figur wurde, die ständig vor sich hin schimpfte, brach für mich eine Welt zusammen. Mich erfasste plötzlich die erschreckende Erkenntnis, dass auch Eltern sterben konnten. Das hatte mir bis dahin noch niemand gesagt. Ich hatte auch noch nie darüber nachgedacht. Und mit einem Mal gerieten alle meine Gewissheiten ins Wanken. Ein Risiko hielt Einzug in mein Leben. Eine neue, unbekannte, tiefe Angst.

»Àxel, glaubst du wirklich, dass unsere Eltern sterben können, solange wir noch Kinder sind?«

Er erzählte mir, er habe einen Vetter, dem das passiert sei, und behauptete, es stimme nicht, dass Eltern erst sterben, wenn sie alt sind. Na ja, jedenfalls nicht unbedingt. Ich wollte es nicht glauben, und als meine Mutter mich abholte und wir in unseren R5 stiegen, fragte ich sie, ob es wahr sei, dass … Ich musste mich überwinden, das Thema zur Sprache zu bringen, und hoffte, es sei nur eine Erfindung von Àxel. Die genaue Antwort meiner Mutter weiß ich nicht mehr, aber ich begriff, dass jeder in jedem Alter und jederzeit abkratzen konnte. Wie die drei Rotaugen, die wir zu Hause hatten und die nacheinander im Aquarium eingegangen waren, einfach so, adéu, ohne dass wir je erfahren hätten, warum. Kannst du dir vorstellen, wie erschüttert ich war? Deshalb habe ich gesagt, dass ich den Tag, an dem du mir zum ersten Mal aufgefallen bist, nie vergessen werde. Natürlich wusste ich auch vorher schon, wer du warst. Gina, ein Mädchen aus der Parallelklasse, eines der besten im Turnen, von dem ich allerdings nicht einmal den Nachnamen kannte.

Senyoreta Núria, unsere Klassenlehrerin, teilte es uns am folgenden Tag mit. Sie stand an der Tafel, mit ernster Miene, und sagte, wir müssten uns für den Rest des Schuljahres um Georgina Castro kümmern und nett zu ihr sein, wenn sie traurig wäre, denn ihre Mutter sei gestorben. Keine Schulklasse neunjähriger Jungen und Mädchen hatte Senyoreta Núria jemals so aufmerksam zugehört. Und Núria hatte in ihren dreizehn Jahren als Lehrerin noch nie so betroffene Mienen gesehen. Um mich herum sah ich mehr als einen Mitschüler erbleichen, als unvermutet dieselbe Erkenntnis über ihn hereinbrach, die auch mich verstört hatte. Jemand schluchzte sogar. Ich glaube, es war eine Freundin von dir. Und du tatest uns furchtbar leid. Àxel, der das Interesse des künftigen Journalisten schon erahnen ließ, erkundigte sich bei Senyoreta Núria, ob Ginas Mutter plötzlich oder an einer schlimmen Krankheit gestorben sei.

»Es war eine Gehirnblutung«, sagte Gina, die Biels bekümmertem Monolog zugehört und gegen ihre eigene Wehmut angekämpft hatte.

So hatte man es uns damals nicht gesagt. Stattdessen hieß es nur, Ginas Mutter habe sich auf einmal nicht wohlgefühlt und sei dann gestorben. Und von da an, wann immer meine Eltern sich nicht wohlfühlten oder aus irgendeinem Grund schlecht aussahen, machte ich mir insgeheim Sorgen, auch wenn ich es niemandem sagte, und wünschte mir, der Arzt käme und würde sie sich ansehen. Und lauschte, ob sie gleichmäßig atmeten. Und ob sie …

»Biel, darf ich mal etwas klarstellen?«

Gina hatte zu frösteln begonnen.

»Klar.« Biel, der neben ihr lag, starrte an die Decke und streichelte die Härchen auf ihrem Unterarm. »Nur zu …«

»Du hattest die Gefährlichkeit des Lebens entdeckt. Und das finde ich sehr bedauerlich. Deine Unschuld war im Eimer. Aber diejenige, der es damals den Boden unter den Füßen weggezogen hat, bin ich. Mir war die Mutter weggestorben. Einfach so. Mit einunddreißig. Von jetzt auf gleich, gute Nacht.«

»Na, hör mal, ich …«

»Morgens bringt sie dich noch zur Schule, und mittags holt dich dein Onkel ab, bringt dich im Taxi nach Hause, und während er dir ein Glas Milch hinstellt, sagt er dir, was geschehen ist.«

»Mensch, Gina, ich wollte doch nicht … Ich habe das doch nur erzählt, weil Àxel die Wette sonst gewonnen hätte. Weil er damit fein raus gewesen wäre. Wenn es an einem Mittwoch passiert war, dann kamst du doch tatsächlich vor Montag nicht wieder in die Schule.«

»Das weiß ich nicht mehr. Ich erinnere mich überhaupt nicht an diese Tage. Als hätte es sie nie gegeben. Und weißt du, was das Allerschlimmste ist? Dass ich mich nicht an meine Mutter erinnere. Weder an ihre Stimme noch an ihren Geruch, an nichts, an rein gar nichts. Ich war erst neun, wie sollte es auch anders sein? Wenn ich es mir hätte aussuchen können« – sie lächelte, um Biel nicht länger zu strafen –, »hätte ich es vorgezogen, sämtlichen Drittklässlern meine Muschi zu zeigen.«

2.

Ein Liebhaber in deinen Armen

Nur einer hatte die Brille, mit der man dreidimensional sehen konnte, nicht aufgesetzt. Im gesamten Parkett befand sich unter den gut zweihundert Zuschauern, die auf eine nicht sichtbare Leinwand starrten, nur ein einziges Kind, das seine eigene Brille trug und kaum etwas erkennen konnte, weil es den ganzen Film mit eigenartig gedoppelten Konturen anschauen musste. Es war ein Titelfoto der Zeitschrift *Life*. »J. R. Eyerman, 26. November 1952«. Mehr Information ging aus der Bildunterschrift nicht hervor. Ein Schnappschuss in Schwarzweiß, entstanden bei der Premiere des ersten 3D-Films in den Vereinigten Staaten. Das Poster hing in Ginas Zimmer an der Wand. Das geschniegelte Publikum – die Frauen in schicken Kleidern, die Männer in Schlips und Kragen –, das mit Ausnahme des kleinen Jungen Brillen aus weißer Pappe auf der Nase hatte, brachte Gina zum Lachen. Alle schienen stolz, Zeugen eines Ereignisses zu sein, wie es in der jahrtausendelangen Existenz der Menschheit noch nie eines gegeben hatte. Was die Premierengäste nicht ahnen konnten, war, dass sie selbst in die Geschichte eingehen würden, weil ihre staunenden Gesichter auf einer Fotografie verewigt worden waren, von der sie nicht einmal etwas mitbekommen hatten. Ansammlungen von Menschen, von denen keiner mehr am Leben war, faszinierten Gina. Viele Leute, viele Gesichter, in verschiedenen Ebenen aufgereiht, und natürlich in Schwarzweiß. Ob Fußballfans auf einer altertümlichen Tribüne, Nazis bei einer Militärparade oder der

Strom einfacher Bürger beim Sonntagsspaziergang auf der Rambla aus einer Zeit, als die Männer noch flache Hüte trugen.

Gina betrachtete ihre Gesichter, stellte sich ihr Leben vor und dachte immer dasselbe: Sie sind alle tot. Dies war ihre ganz persönliche Art, das fürchterliche, hartnäckige Gefühl der Vergänglichkeit zu ertragen, das mehr oder weniger an uns allen nagt, so angestrengt wir es auch zu überspielen suchen.

Gina, die sich nie schminkte, gab ihren dichten Wimpern mit einer Spezialzange Schwung. Mit hochgesteckten Haaren schlüpfte sie in das dunkelgrüne Kleid, das sie auf den Boden gelegt hatte. Sie stieg hinein und zog es mit einer mechanischen Geste hoch. Dann schloss sie die drei Knöpfe an der Hüfte, betrachtete sich in dem Spiegel neben dem Poster, öffnete das Fenster, um zu lüften, strich den bedruckten Bettüberwurf glatt, griff nach der Mappe und den Kopfhörern ihres Walkmans und hastete aus dem Zimmer, um sich auf den Weg zur Universität zu machen. Vom Flur aus hörte sie das Schnarchen.

»Ich gehe jetzt.« Ihr Vater, der reglos im Sessel saß, hatte sie nicht gehört. Ihn weckte nicht einmal die Schlussmelodie der Fernsehnachrichten. Sie trat zu ihm und wiederholte etwas lauter:

»Ich gehe.«

Es nützte nichts, er schlief wie ein Murmeltier. Die tägliche Siesta in seinem geliebten Ohrensessel, der seit jeher zu Hause im Esszimmer gestanden hatte. Schon auf den Fotos von der Wohnung der Großeltern war dieser Sessel zu sehen. Allenfalls hatte man ihn, um dem Zahn der Zeit entgegenzuwirken, frisch aufgepolstert und mit einem dunkleren, weniger empfindlichen Samt bezogen, damit er wieder aussah wie neu. Sie rüttelte ihren Vater an der Schulter.

»Wie ein Siebzigjähriger.«

»Was?«

»Dauernd pennst du vor dem Fernseher ein.«

»Ich bin müde«, murmelte er mit geschlossenen Augen.

»Ich gehe. Bis morgen dann.«

»Wohin?«

»Zur Vorlesung, Papa«, sagte sie und dachte: Wohin denn sonst?

»Bis morgen?«

Gina hatte nicht die Absicht, weitere Erklärungen abzugeben, sie stellte sich taub und ging den Flur entlang, in der Hand den Motorradhelm und im Ohr die Musik von Gloria Gaynor, die aus einem weichen, runden Ohrstöpsel kam.

»Wo du hinwillst, habe ich dich gefragt.«

Ihr Vater war aufgewacht. Er klang verärgert.

»Zur Vorlesung.«

»Du hast bis morgen gesagt …«

»Wolltest du nicht nach Bilbao?«

»Na und? Ich will wissen, wo du hingehst, auch wenn ich nicht zu Hause bin.«

»Das wird sich weisen, sobald ich aus der Uni komme.«

Es war nicht das erste Mal, dass Gina auf ihr Recht pochte, Geheimnisse zu haben.

»Aber du könntest mir wenigstens sagen, was du vorhast.«

»Keine Ahnung, Papa. Erstens weiß ich noch nicht, wo ich nach der Vorlesung hingehen werde, weder mit wem noch bis wann. Und zweitens bin ich achtzehn Jahre alt und kann machen, was ich will.«

»So siehst du aus!« Jetzt war er hellwach. »Selbst wenn du achtundzwanzig wärst, kannst du nicht machen, was du willst. Solange du die Füße unter meinen Tisch streckst, will ich wissen, was du tust und wo du bist.«

»Und was ist mit dir?«

»Mit mir, wieso?«

»Du erzählst mir doch auch nichts. Immerhin strecken wir beide die Füße unter denselben Tisch …«

»So weit kommt's noch!«

»Mit wem fährst du denn nach Bilbao?«

Ihr Vater, den Hintern fest im Sessel, hatte nicht die geringste Lust, ihr zu erzählen, dass er allein reisen und den letzten Flieger von Barcelona nach Bilbao nehmen würde, um am folgenden Tag in Galdakao einen Termin mit dem Anwalt eines Herstellers von Scheibenwischergestängen wahrzunehmen, und dass er den Flughafen von Sondika hasste, weil es dort immer so windig war und die Maschine bei der Landung schwankte, als wollte sie mit den Tragflächen über den Boden schrammen, noch bevor die Räder aufsetzten. Ausgerechnet auf dem in diesem stürmischen Tal gelegenen Flughafen hatte er schon einige üble Erfahrungen gemacht. Manuel Castro – damit das klar ist – mochte keine Flugzeuge und benutzte sie nur, wenn es unvermeidlich war. Dann betete er während des gesamten Startvorganges, solange die Nase des Fliegers höher war als das Heck, ein Vaterunser nach dem anderen, ohne die Lippen zu bewegen, bis das Lämpchen erlosch und er den Sicherheitsgurt öffnen durfte. Das verstand er als beschwichtigende Geste des Piloten, der seinen Passagieren damit augenzwinkernd mitteilte, dass die Lage unter Kontrolle war und sie nichts zu befürchten hatten, bis das Signal wieder aufleuchtete. Doch statt irgendetwas davon zu sagen – Manuel behielt schon seit Jahren alles für sich –, musterte er Gina von oben bis unten.

»Und in diesen Leichenklamotten lassen sie dich in die Universität?«

»Musst du schon wieder davon anfangen? Du bist …«

Sie verabscheute den Tonfall, in dem ihr Vater »Leichenklamotten« sagte. Er presste das Wort mit einer Verachtung zwischen den Zähnen hervor, die sie wütend machte. Es kränkte sie. Sie konnte es nicht ertragen, wenn er sich wegen ihrer Kleidung, die sie secondhand kaufte, mit ihr anlegte. Oder wegen ihrer Art zu leben. Zu lachen. Zu denken. Zu essen – wenig und gesund. Sie schnappte sich die Schlüssel von ihrem Roller, die über dem Flurschränkchen an der Rakete von Tim und Struppi hingen, ging grußlos aus der Wohnung und zog, sachter, als ihr zumute war, die Tür hinter sich ins Schloss.

Als sie um Viertel vor neun wieder nach Hause kam, war niemand mehr da. Isabel war kurz nach sechs gegangen, nachdem sie mit dem Bügeln fertig war und das Abendessen gerichtet hatte.

»Komm rein. Warst du etwa noch nie hier?«

»Wann sollte das gewesen sein?«

So wie Gina ihn im Aufzug abgeknutscht hatte, schwante Biel, dass ihm die Nacht seines Lebens bevorstand.

»Ich weiß nicht. Vielleicht warst du mal zum Spielen bei mir, als wir noch zusammen in die Schule gingen.«

»Nein.«

»Oder zu irgendeinem Geburtstagsfest?«

»Dafür waren wir nie eng genug befreundet.«

»Hätte ja sein können, was weiß ich …«

»Ist das dein Zimmer?«

»Nein, das von meinem Vater, Blödmann.« Gina trat ans Fenster. »Es geht auf den Hinterhof. Eine Garage mit Eternitdach ist nicht gerade die schönste Aussicht.«

»Ist ja gut. Nach einem Mädchenzimmer sieht es jedenfalls nicht aus«, versuchte er, sich herauszureden. »Wegen der Farben, meine ich, und so gar nicht kitschig …«

»Schon recht.«

Biels Blick richtete sich auf das Poster am Kleiderschrank.

»Tolles Foto.«

»Nur einer hat keine 3D-Brille auf. Mal sehen, ob du ihn findest.«

Biel trat dicht an das Bild heran. Er beschloss, systematisch vorzugehen. Aufs Geratewohl war nicht sein Stil. Er begann in der unteren rechten Ecke des Fotos und ließ den Blick im Zickzack aufwärts gleiten, Reihe für Reihe, Gesicht für Gesicht.

»Bist du sicher, dass einer keine Brille trägt?«

»Gibst du auf?«

»Auf keinen Fall.«

»Ein Tipp.« Gina schlang von hinten die Arme um ihn und grub ihr Kinn in seine Schulter. »Es ist ein kleiner Junge.«

Biel spielte den Gelassenen, während er weiter den Zuschauerraum absuchte, von links nach rechts und von unten nach oben.

»Ich habe ihn. Hier.« Er wies mit dem Finger auf die Stelle. »Ein kleiner Junge.«

»Habe ich doch gesagt. Meinst du, der lebt noch?«

»Tja …, wie alt wird er da gewesen sein? Zehn, zwölf? Natürlich kann er noch leben. Wie alt wäre er dann jetzt? So Ende vierzig …«

»Und die anderen?«

»Wenn das 1952 war … Weißt du, was diese Leute sich angesehen haben?«

»Ja, das habe ich in Erfahrung gebracht.« Sie kramte in ihrem Gedächtnis. »*Bwana, der Teufel*, den allerersten 3D-Film.«

Gleich zu Beginn ihres Studiums hatte Gina recherchiert, was es mit dem Poster auf sich hatte, das in ihrem Zimmer an der Tür des Kleiderschranks mit den Wintersachen hing. Bei der Metro-Goldwyn-Mayer gab es einen Drehbuchautor, Milton Gunzburg, dessen Bruder Augenarzt war. Die beiden Brüder entwickelten eine Kinoform, die sie *Natural Vision* nannten. Niemand interessierte sich dafür. Weder für sie noch für ihre Erfindung. Bis der Produzent und Radiomann Arch Oboler die enormen kommerziellen Möglichkeiten erkannte, die in dieser Aufnahme- und Projektionstechnik steckten, bei der die Zuschauer das Gefühl hatten, mitten im Geschehen zu sein, mit den Protagonisten über Klippen zu stürzen oder von Mördern attackiert zu werden. *Bwana, der Teufel*, einen Film über Männer, die von Löwen gefressen wurden, hatte Oboler selbst produziert. Wie es hieß – und niemand hatte dem je widersprochen –, basierte er auf einer wahren Begebenheit. Die Uraufführung fand am 26. November 1952 im Paramount Theatre von Hollywood, Los Angeles, statt, und dort schoss J. R. Eyerman das Foto, das die Zeitschrift *Life* auf ihrer Titelseite veröffentlicht hatte, lange bevor Gina Homs es in ihrem Zimmer aufhängte. Als sie in ihrem ersten Semester Kunstgeschichte an der Universität von Barcelona das Werbeplakat für den ersten 3D-Film aufgetrieben hatte, war sie hellauf begeistert. Der Slogan lautete: »*A LION in your lap! A LOVER in your arms!*«

»Ein Liebhaber in deinen Armen.« Gina schmiegte sich an Biel.

»Mir gefällt dein Zimmer«, gab er zurück. Er war einen Kopf größer als sie.

»Am liebsten mag ich das Bett.« Gina ließ ihn los, und mit einem Sprung, den sie offensichtlich nicht zum ersten Mal machte, warf sie sich auf die Matratze. Unter ihrem Fliegengewicht gab diese kaum nach. »Komm.«

Gina knöpfte ihr Kleid auf und ließ es auf den Teppich fallen. Leichenklamotten, dachte sie, so ein Quatsch. Büstenhalter und Slip – die nicht den Anspruch erhoben zusammenzupassen – überließ sie Biel. Der Junge, freudig erregt wie ein Fußballer vor dem Auswärtsspiel, wusste, dass nicht viel von ihm erwartet wurde. Er legte ihr eine Hand zwischen die Schenkel und die andere auf die Brust und war sicher, dass Gina, wenn sich seine Gitarristenfinger ordentlich Mühe gaben, schneller zum Höhepunkt kommen würde, als er das *Concierto de Aranjuez* spielen konnte. Schon mit den ersten Arpeggien überraschte er Gina, die sich dieser 3D-Erfahrung mit geschlossenen Augen hingab. Fünfzig keuchende Atemzüge später zog sie sich ein Kissen übers Gesicht und kam ohne einen Laut.

Rasch riss er sich die Kleider vom Leib und legte sich auf sie, drang mit erregten Stößen in sie ein, um schließlich viel zu hastig mit ihr gleichzuziehen. Als schriebe das Handbuch der Missverständnisse vor, dass es sich beim Sex um einen Wettkampf handelte, der immer unentschieden ausgehen musste.

Und kaum hatte er sich zurückgezogen, noch immer mit einem Puls von hundertzwanzig, stellte er ihr eine Frage. Die, die er nicht hätte stellen dürfen.

»Wie war's?«

Schon seit ihrer frühesten Jugend konnte Gina diese verflixte männliche Manie, jede Nummer benoten zu müssen, nicht ausstehen. Als ließe sich alles auf eine simple Zahl reduzieren. Als glaubten die Männer aller Altersklassen, mindestens eine Eins verdient zu haben. Um sich nicht festlegen zu müssen und ihr Bett nicht in ein Diskussionsforum über guten und schlechten Sex zu verwandeln, worauf sie partout keine Lust hatte, wich sie der Frage aus.

»Wer hätte gedacht, dass ich es mal mit dem hässlichsten Jungen der Klasse treiben würde!«

»Also, ich muss doch sehr bitten … Immerhin habe ich mich ganz gut gemacht, oder etwa nicht?«

»Gib dich nur keinen falschen Hoffnungen hin, aus uns wird kein Ehepaar.«

Sie lachten. Biel trocknete sich mit dem Handtuch ab, das Gina ihm im rechten Moment gereicht hatte, damit er das Laken nicht befleckte, und ließ es neben seine Schuhe auf den Boden fallen. Er atmete tief durch, legte sich auf den Rücken und schaute zur Decke. Sanft strich er über die Härchen auf Ginas Unterarm. Sie lagen nebeneinander und schwiegen, während sich ihr Herzschlag beruhigte. In diesem Zustand entspannter Erschöpfung überkam den jungen Mann mit der schiefen Nase und den buschigen Augenbrauen ein ungewöhnliches Mitteilungsbedürfnis.

»Nie werde ich den Moment vergessen, in dem ich dich zum ersten Mal bewusst wahrgenommen habe.«

Biel – dankbar und euphorisch, weil er mit einer ehemaligen Klassenkameradin im Bett lag, von der er nicht einmal zu träumen gewagt hätte –, dämpfte die Stimme, als wären sie Schulfreunde im Ferienlager, die von Etagenbett zu Etagenbett Gedanken und Kümmernisse austauschten.

Er erzählte ihr von der Wette, die er an jenem Mittwochnachmittag mit Àxel in der Bibliothek abgeschlossen hatte, als ein Mann, den sie noch nie zuvor gesehen hatten, durch den Hof mit den drei Pinien auf das Schulgebäude zugegangen war.

Der Mann habe mit ernster Miene diesen und jenen angesprochen, bis Gina Castro aus dem Zeichensaal geholt worden sei. Gina, die damals noch Georgina Castro hieß, habe das halbfertige Miró-Gemälde liegen gelassen, und der nette Torío habe ihr zum Abschied mit dem Pinsel zugewinkt, während die Direktorin der Schule hochaufgerichtet in der Tür zum Sekretariat gestanden und zugeschaut habe, wie der rätselhafte Mann und das Mädchen aus der 3c mit ihrem Rucksack in ein Taxi gestiegen und in die Welt entschwunden seien.

Gina hörte ihm zu, als beträfe die Geschichte gar nicht sie, als wäre jener Tag nicht der erschütterndste ihres Lebens gewesen. Sie verstand nicht, warum ihr, so schwer diese Stunden auch gewesen waren, nichts davon im Gedächtnis geblieben war, als hätte sie, was Biel ihr erzählte, allenfalls wie einen kurzen, nebulösen Traum erlebt. Auch hatte sie keine Ahnung, wie ihre Klassenkameraden vom Tod ihrer Mutter erfahren haben mochten. Sie hatte sich nie Gedanken gemacht, was sie wohl über sie redeten, nachdem sie, ohne es zu ahnen, in den Mittelpunkt der Aufmerksamkeit gerückt war. Oder was ihre Mitschüler über sie dachten, wenn sie sie im Hof, im Speisesaal oder im Klassenraum sahen, das kleine Mädchen, das mit neun Jahren seine Mutter verloren hatte, einfach so, bumm, mit einem Schlag. Sie verstand nicht, welches seltsame Oxitocyn sie jenen Nachmittag in der Schule hatte vergessen lassen. Als wäre das alles niemals geschehen.

»Und weißt du, was das Allerschlimmste ist? Dass ich mich nicht an meine Mutter erinnern kann. Weder an ihre Stimme noch an ihren Geruch, an nichts, an rein gar nichts. Ich war erst neun, wie sollte es auch anders sein? Wenn ich es mir hätte aussuchen dürfen, hätte ich es vorgezogen, sämtlichen Drittklässlern meine Muschi zu zeigen.«

Wieder fingen sie an zu lachen. In dem folgenden Schweigen vernahm Biel einen dumpfen Schlag. Eine zufallende Tür.

»Was war das?«

»Nichts. Der Aufzug.«

»War das nicht sehr nah?«

»Immer mit der Ruhe. Mein Vater ist verreist.«

»Es war aber direkt hier.«

»Vermutlich die Nachbarn.« Gina war nicht beunruhigt. »Die haben fünf Kinder.«

Plötzlich aber erkannte sie das Geräusch des väterlichen Schlüsselbundes. Die Gewohnheit macht, dass jeder seinen Schlüssel auf eine ganz charakteristische Weise ins Schloss steckt. Und dieses Geräusch hörte sie seit vielen Jahren mehrmals am Tag.

»Mist, mein Vater.«

»Verdammt, Gina, was sagst du da?«

»Versteck dich unterm Bett!«

Biel sprang über Gina hinweg und nutzte den Schwung, um unter dem Lattenrost zu verschwinden. Seine Bewegung beschrieb einen ebenso perfekten Bogen wie sein Nasenrücken. Gina raffte seine Kleider zusammen und warf sie wie eine Kegelmeisterin hinter das Bett.

»Hallo, Kleines«, rief ihr Vater aus der Diele, ehe er die Tür hinter sich zuzog.

»Die Schuhe, die Schuhe«, sagte Biel leise.

»Und Bilbao?«, rief Gina, während sie hastig in ihren Schlafanzug schlüpfte. »Was ist passiert?«

»Die Schuhe«, beharrte Biel nervös und in so ersticktem Ton, dass Gina ihn nicht hörte.

»Gewitter über dem Flughafen.« Die trockene Stimme ihres Vaters kam näher. »Sie haben die Maschine nicht starten lassen.«

»Augenblick, Papa, ich ziehe mich gerade um.«

»Im Norden soll es geregnet haben …«

An seinem Schritt erkannte Gina, dass ihr Vater direkt vor der Tür stand.

»Komm nicht rein.« Gina fuhr sich mit den Händen durch das Haar.

»Du weißt, dass ich geschlossene Türen nicht leiden kann.«

Und Manuel Castro, der Mann der früh verstorbenen Paulina Homs, öffnete die Tür.

3.

Kein guter Tag

»Es war kein guter Tag«, sagte Isabel. Ginas Großmutter war herbeigeeilt, so schnell sie konnte, und, ohne auch nur hallo zu sagen, ins Zimmer ihrer Enkelin gestürzt, um sich zu vergewissern. Ihr Sohn hatte ihr telefonisch mitgeteilt, was passiert war, und sie wollte es nicht wahrhaben. Sie konnte einfach nicht glauben, dass Gina nach einem Streit mit ihrem Vater – den Grund dafür hatte Manuel ihr nicht nennen wollen – ihr Zimmer geräumt hatte. Zurückgeblieben waren lediglich die Plüschtiere ihrer Kindheit, die Kisten mit den Schulsachen, der Zauberwürfel mit der vervollständigten grünen Seite und das Poster mit den Damen und Herren aus Los Angeles, die 3D-Brillen trugen. Der Großmutter gefiel dieses Foto vom anderen Ende der Welt überhaupt nicht. Auf einen Stock gestützt, der schneller war als sie, marschierte sie aufgebracht zurück in die Küche und bestürmte die Haushälterin mit ihren Fragen. Ob sie wisse, warum ihre Enkelin das Elternhaus verlassen habe, warum sie in eine Studenten-WG gezogen sei, wo diese Bruchbude sei, ob sie dort ein Zimmer für sich habe. Und vor allem wollte sie wissen, ob Gina nicht auf die Idee gekommen sei, zu ihr zu ziehen, ins Haus ihrer Oma Lourdes. Ihrer einzigen Großmutter.

Isabel wusste alles, sagte aber nichts. Ohne den Blick von der Marmorplatte zu heben, meinte sie nur: »Es war kein guter Tag.«

»Wie lange arbeiten Sie schon hier, Isabel? Sicher an die zwanzig Jahre …« Großmutter Lourdes ließ nicht locker.

»Nicht ganz. Ich kam kurz nach der Hochzeit der Herrschaften hierher.«

»Sie sind wie eine Mutter für Gina gewesen, seit Paulina gestorben ist, Sie wissen alles …«, sagte Lourdes und pochte mit der Spitze ihres eleganten Stockes auf den Boden. »Sagen Sie mir jetzt endlich, was passiert ist.«

Isabel, die – auf der Basis von Versuch und Irrtum – gelernt hatte, dass ihr in dieser Familie Probleme erspart blieben, indem sie so tat, als ginge ihr alles zum einen Ohr rein und zum anderen wieder raus, liebte Gina. Sie hatte miterlebt, wie das Mädchen zur Frau wurde, wie es die üblichen Gefühle und Ängste entdeckte. Doch dass sie Ginas Unterwäsche wusch, ihre Haare aus der Dusche klaubte, die Toilette putzte, das Bett machte und jede Woche etliche Salate ohne Zwiebeln für sie zubereitete, machte sie ihrer Meinung nach längst nicht zu Ginas Mutter. Es war eine würdevolle Arbeit. Und verhältnismäßig gut bezahlt. Und es stimmte, dass sie alle Geheimnisse Ginas kannte und zu ihrer Vertrauten und Ratgeberin geworden war. Dennoch war es ein Job wie jeder andere, und in diesem Krieg zwischen Vater und Tochter wollte sie nicht zwischen die Fronten geraten. Trotz ihrer steinernen Miene machte sich Isabel – schwarze Mähne, gerümpfte Nase – jedoch Sorgen, ob Senyor Castro womöglich glaubte, jetzt, da er allein war, auf ihre Dienste verzichten zu können, oder zu dem Schluss gelangte, keine Zugehfrau mehr in Vollzeit zu brauchen. Vielleicht ihre Stundenzahl zu reduzieren, was sich am Monatsende bemerkbar machen würde. Zudem hatte Isabel zu Hause in Masquefa einen Faulpelz auf dem Sofa und zwei Söhne, die für vier aßen. Nichtsnutze, deren Mutter sie tatsächlich war.

»Es war kein guter Tag.«

»Isabel, um Himmels willen!«

»Sie wissen ja, wie sich Ihr Sohn gebärdet, wenn er wütend wird.« Unschlüssig, ob sie weiterreden sollte, fuhr sie fort, Sellerie zu schnippeln. »Und Ihre Enkelin ist ein bisschen wie Sie. Stolz wie eine Bonjoc.«

»Gina ist keine Bonjoc.«

Aber diesen verdammten Charakter hat sie sehr wohl von Ihnen, dachte Isabel. Stolz und aufbrausend wie die Großmutter. Aus demselben Holz. Aber auch das sprach sie nicht aus. Isabel wusste, was geschehen war. Zumindest die Version von Gina, die so wütend auf ihren Vater war wie noch nie zuvor.

Manuel hatte Biel unter dem Bett hervorgezerrt. Er hatte ihm seine Kleider hingeworfen und ihm befohlen, zu verschwinden und Gina nie wieder zu behelligen.

»Hast du das kapiert?«

»Ja, Senyor Castro.«

»Und du, hast du es auch kapiert?«

Gina, beschämt und zornig und gerade wieder im Schlafanzug, hatte ihrem Vater wütend den Zauberwürfel an den Bauch geworfen – »Ich habe dir gesagt, du sollst nicht reinkommen« – und sich im Bad eingeschlossen. Sie weinte in sich hinein. Sie wollte nicht, dass ihr Vater, der so außer sich war, wie sie ihn noch nie erlebt hatte, sie draußen hören konnte.

»Wir unterhalten uns morgen. Jetzt komm mir besser nicht unter die Augen.«

Rechtsanwalt Castro wusste, dass er in so überhitzter Stimmung den Fall nicht würde lösen können.

Es war, als stünde das Haus in Flammen. So schnell war Biel noch nie angezogen gewesen. Er schob sich an Ginas Vater vorbei und wagte es, mit dünner Stimme zu sagen:

»Hören Sie, wir sind immerhin volljährig.«

»Und deshalb hast du dich unterm Bett versteckt, ja?«

»Idiotisch, ja, aber ich …«

Biel hob die Schultern, ohne innezuhalten.

»Raus jetzt!«

Der Aufschrei war ebenso kurz und laut wie der Knall, mit dem Biel die Tür zuschlug, bevor er für zwanzig Jahre aus Ginas Leben verschwand.

Der folgende Tag war kein guter Tag.

Isabel – stets im Haus von acht bis sieben, eine Stunde zum Mittagessen und für die Telenovela – hatte das Frühstück gerichtet. Zwei Gläser Orangensaft, handgepresst und durchgeseiht, einen Milchkaffee und einen Toast mit Pfirsichmarmelade für Senyor Manuel und ein Käsebrötchen für Gina. Wie jeden Morgen hatte sie auf den Küchentisch die bunte Decke gelegt, die Paulina auf ihrer letzten Norwegenreise in Bergen gekauft hatte. Isabel hatte sie so oft gewaschen und gebügelt, dass ihr das blau-rote Muster und die weihnachtlich anmutenden Bäume schon allzu verblichen erschienen. Dennoch war es die einzige Tischdecke, die der Senyor und Gina wollten. Zum Frühstücken hätten sie keine andere akzeptiert.

Manuel, geduscht und nach Acqua di Parma 1916 duftend, setzte sich als Erster zu Tisch. Die Zeitung klappte er nicht einmal auseinander, um die Titelschlagzeile zu sehen. Auch hängte er nicht wie jeden Morgen das Jackett über die Stuhllehne, ohne sich darum zu scheren, dass er es zerknautschte. Eitel war er nicht. Er besaß drei dunkle Anzüge und zwei blaue Jacketts, die er, ohne viel darüber nachzudenken, mit breiten Krawatten kombinierte, von denen er eine reiche Auswahl hatte. Dass die Mode mittlerweile schmale vorschrieb, war ihm gleich. Er brüstete sich damit, noch nie seine Zeit vor einem Schaufenster vertrödelt zu haben und zu tragen, was er wollte. An diesem Morgen wirkte er bekümmert. Senyor Manuel hatte nichts als »Stopp« und »Danke« gesagt, als sie ihm die gewünschte Menge Milch in den Kaffee goss.

Gina, dünn und knochig wie ihre Mutter – was sie auch andauernd zu hören bekam –, erschien kurz darauf. Ihr Haar war offen und nass. Ab und zu fiel von den tiefschwarzen Spitzen ein Tropfen und versickerte auf ihrer Bluse. Sie fühlte sich wohl in diesem Kleidungsstück. Es war neu, hatte die Farbe eines alten Kamels, gelbliche Knöpfe und lange, absichtlich ausgefranste Puffärmel.

»Guten Morgen«, in artigem Ton.

»Guten Morgen«, ohne Überschwang.

Sie sahen sich nicht an. Isabel ließ sie allein. Sie wusste, dass dies die gemeinsame Mahlzeit für Vater und Tochter war. So hatte es Senyor Manuel gewollt, seit Isabel in diesem Haus tätig war.

»Hast du mir wegen gestern nichts zu sagen?«

»Nein …«

»Meinst du nicht, wir sollten darüber sprechen?«

»Was soll ich dazu sagen?«, stöhnte sie, damit ihr Vater merkte, dass sie auf dieses Thema keine Lust hatte und lieber so tun wollte, als wäre nichts geschehen. »Erbärmlich.«

»Was?«

Sie schwieg.

»Nun sag schon. Reden wir in aller Ruhe. Was ist erbärmlich?«

»Nein. Du zuerst.«

»Na schön.« In zwei Schlucken trank ihr Vater seinen Saft aus. »Ich will nicht, dass es hier jedes Mal, wenn ich verreise, zugeht wie in einem Bordell.«

»Nennst du mich gerade … Hure?«

»Das habe ich nicht gesagt.«

»Du hast mich Hure genannt. Das fängt ja gut an.«

Sie schob den Stuhl zurück, als wollte sie aufstehen.

»Ich habe gesagt, und zwinge mich nicht zu sagen, was ich nicht gesagt habe, dass meine Wohnung kein Freudenhaus ist. Und ich will, dass du aufpasst, mit wem du dich abgibst. Es kann nicht sein, dass du den Erstbesten einfach mit nach Hause nimmst.«

»Biel ist nicht der Erstbeste. Er ist ein Schulfreund.«

»Es ist mir scheißegal, wer er ist.« Manuel, der nicht hatte schlafen können und sich schon vorgestellt hatte, wie dieses Gespräch verlaufen würde, bemühte sich, nicht die Stimme zu erheben. »Ich jedenfalls habe in all den Jahren noch nie jemanden mit nach Hause gebracht.«

»Das wäre ja auch noch schöner.«

»Aus Respekt vor dir.«

»Bestimmt.«

»Und aus Respekt vor deiner Mutter.«

»Ha! Jetzt soll ich mich wohl auch noch bedanken.« Gina, erbost, hätte den Blick gen Himmel gerichtet, wäre er nicht von der Zimmerdecke aufgehalten worden. »Hörst du das, Mama? In der ganzen Zeit hat Papa nie eine Frau mit nach Hause gebracht, dass du es nur weißt. Er spielt nur jeden Donnerstag Poker. Du kannst ihm dankbar sein.«

»Werd nicht theatralisch. Und nicht so laut, bitte.«

Sie hörte nicht auf ihn. Isabel stand draußen im Flur und spitzte die Ohren. Sie wusste, dass es weder das erste noch das zweite Mal war, dass Gina mit einem Schulkameraden in ihrem Zimmer verschwand. Oder mit einem Kommilitonen. Oder mit einem jungen Ausländer, den sie in einem Museum kennengelernt hatte. Und wenn nicht im Museum, dann eben in einer Bar oder auf einer Party. Isabel wusste Bescheid, weil sie die Spuren auf den Laken sah. Oder die Handtücher, die Gina hinterher in den Korb mit der Schmutzwäsche warf.

»Zu dumm, Mamita, da heiratest du einen Heiligen und hast gar nichts davon. Jammerschade.«

»Du bist sehr ungerecht.«

Gina gab die dramatische Pose auf und sah ihrem Vater direkt in die Augen.

»Alles klar. Der Herr Anwalt hat gesprochen. Der große Anwalt, der seiner Tochter verbietet, ihre Freunde zu sehen.«

»Schluss jetzt, Gina!«, brüllte Manuel, und sie verstummte sofort. Sekunden später hatte er zu seinem gelassenen Konversationston zurückgefunden. »Lass es gut sein. Ich meine es ernst.«

»Ich auch.«

Ihr Vater zündete sich eine Zigarette an und inhalierte tief.

»Gib mir den Aschenbecher.«

Gina stand halb auf und streckte den Arm nach hinten zum Abtropfgitter neben dem Spülbecken. Der umgestülpte Aschenbecher war noch feucht. Manuel Castro spürte den heißen Michkaffee in seinem Atem, als er das Gespräch wieder aufnahm.

»Ich sage ja nur, du sollst vorsichtig sein und dich nicht ausnutzen lassen. Und dass in diesem Haus gewisse Regeln herrschen, auf deren Einhaltung ich bestehe. Das sage ich dir nicht zum ersten Mal.«

»Nein, es ist nicht das erste Mal. Stimmt. Aber es könnte das letzte Mal sein.«

Gerade weil es schlimm sein würde, was sie ihm mitzuteilen hatte, wusste Gina, dass sie sich nicht so ereifern durfte.

»Sieh mal, Papa, nimm es mir nicht übel … Ich weiß es zu würdigen, dass du mir ein Vater warst, so gut du es eben konntest. Es ist sicher nicht einfach, als Witwer mit einem neunjährigen Mädchen dazustehen, das du nie gebadet, dem du nie die Windeln gewechselt hattest. Du warst nie zu Hause, wenn ich ins Bett musste, weil du immer spät von der Arbeit kamst.«

»Was soll das heißen?«

»Ich mache es dir nicht zum Vorwurf. Wirklich nicht …«

»Es klingt aber so.«

»Wirklich nicht.« Gina legte ihrem Vater die Hand auf den Arm, und er zog ihn nicht weg. »Ganz im Gegenteil. Lass mich ausreden. Ich meine, es war schon eine Leistung, immerhin wurde ich von einem Tag zum anderen und für die nächsten zehn Jahre zum Mittelpunkt deines Lebens. Und du warst immer für mich da. Du hast dich um mich gekümmert, mich verwöhnt, mich beaufsichtigt, dafür gesorgt, dass ich meine Hausaufgaben mache, mir bei der Integral- und Differenzialrechnung geholfen, mich überallhin mitgenommen: ins Kino, in den Zirkus, in den Tivoli von Kopenhagen, auf den Tibidabo … Du hast mir Manieren beigebracht, mit mir geschimpft, wenn ich es verdient hatte, und mir eine Unmenge Sachen geschenkt. Die Heiligen Drei Könige, der Weihnachtsmann, der *Tió*, sie alle kehrten bei uns ein, und mir hat es nie an irgendetwas gefehlt. Du hast mich zwei Sommer hintereinander mit meinen Schulfreundinnen nach Canterbury geschickt, um Englisch zu lernen, du hast mit mir über Mama gesprochen, du hast mir erzählt, wie sie war, hast mir Fotos von ihren geliebten Reisen gezeigt, bist mit mir zum besten Hautarzt gegangen, als mein Gesicht aussah wie ein Streuselkuchen, du hast mich studieren lassen, was ich wollte, und mir das gesamte Studium bezahlt. Das alles rechne ich dir hoch an, *chapeau*, Papa, das war eine reife Leistung, ich bin dir dankbar und werde dir wahrscheinlich mein Leben lang dankbar sein. Und … verdammt noch mal, wie schwer es fällt, das auszusprechen! … Verflucht, Papa, ich liebe dich. Du bist der wichtigste Mensch in meinem Leben. Ich liebe dich, hörst du?«

Manuel wappnete sich innerlich. Isabel, die den Staubsauger in der Hand hielt, ohne ihn einzuschalten, weil sie nicht stören wollte, kamen vor Rührung fast die Tränen.

»Aber ich habe es satt, Papa. Wie ich dir das eine sage, sage ich dir auch das andere.«

»Was hast du satt?«

»Die Kontrolle. Dass du mir ständig im Nacken sitzt. Dass du dich einmischst, mit wem ich mich abgebe und mit wem nicht. Und dass kein Tag vergeht, nicht ein einziger, an dem du, zum Beispiel, deinen Kommentar darüber abgibst, wie ich angezogen bin. Ist nur ein Beispiel.«

»Das sind Leichenklamotten. Tut mir leid, dir das sagen zu müssen.«

»Es sind Secondhandklamotten. Ich kaufe sie in einem Laden im Carrer d'Avinyó, und sie sind nicht von Toten. Sie sind aus zweiter Hand. Sachen, die eine andere Person getragen hat. Mir ist es egal, von wem sie sind. Kleidungsstücke, die mir gefallen und die ich mir leisten kann. Also kaufe ich sie mir. Na und? Merkst du denn nicht, dass du …«

»Dass ich was? Sag's schon …«

Sie schwieg.

»Nicht auszuhalten bin?«

»Ein Krittler bist du. Den lieben langen Tag nörgelst du an mir herum. Ich weiß nicht, warum, Papa. Und ich habe genug.«

»Wovon?«

»Von dir. Von deinem Kontrollwahn. Es tut mir leid, verdammt noch mal. Du hast mich zu einem selbstständigen Menschen erzogen, zu einer Frau, die allein klarkommt und sich was zutraut. Dreißigtausend Mal hast du mir das eingeschärft. Und als würdest du es mir übelnehmen, dass ich jetzt achtzehn bin, Regeln, Regeln, nichts als Regeln.«

»Das ist jetzt nicht das Thema.«

»Doch, meines schon. Ich will einen Vater. Einen normalen Vater, keinen Leibwächter.«

»Das Thema ist, dass unter deinem Bett ein nackter Mann lag.«

»Ja, und was ist dabei? Einen Augenblick vorher hatte er auf meinem Bett gelegen. Und sogar auf mir, stell dir mal vor.« Weitere Details, die sich ihr Vater ohnehin selbst ausmalen konnte, wagte sie zwar nicht zu schildern. Doch was stattdessen aus ihrem Mund kam, erwies sich als eine noch schlimmere Provokation.

»Und wenn mir danach ist, wird er da wieder liegen.«

»Nicht in diesem Haus, Gina. Und sprich bitte nicht in diesem Ton mit mir.«

»Siehst du? Bitte. Was heißt hier bitte? So redest du immer, ohne ausfallend zu werden, ohne dass dir je der Kragen platzt. Nie wirst du laut, aber du hältst auch nie die Klappe, du quasselst und schimpfst und schimpfst und quasselst und machst mich ganz fertig. Es hängt mir zum Hals raus. Wenn du immer schon so warst, kann ich Mama nur bedauern, dass sie mit dir zusammenleben musste.«

»Pass auf, was du sagst, Tochter.«

Aufgebracht drückte Manuel Castro seine Zigarette aus.

Gina Homs, die nur noch für wenige Tage Georgina Castro sein würde, fasste sich ein Herz.

»Hör zu, Papa … Es geht mir schon seit einiger Zeit durch den Kopf, aber letzte Nacht habe ich lange darüber nachgedacht, und mir ist klar geworden, dass es uns beiden besser geht, wenn wir uns nicht so oft sehen. Viel besser. Stimmt's, oder habe ich recht? Und wenn wir uns noch so liebhaben, brauchen wir doch nicht ständig zusammen zu sein.«

»Adéu.«

»Genau das wollte ich dir vorschlagen.«

»Dann verpiss dich.«

»Soll das jetzt ein Rausschmiss sein …«

»Adéu habe ich gesagt.«

»Ich bin diejenige, die geht.«

Der verfluchte Stolz der Bonjocs, dachte Isabel, die gespannt lauschte. Dann beschloss sie, den Staubsauger einzuschalten, damit der Lärm die beiden daran hinderte, die Unterhaltung fortzusetzen. Wer hätte je gedacht, dass sich so viel Staub in diesem Flurteppich festsetzen könnte.

4.

Dritter Stock ohne Aufzug

Zwei Hartschalenkoffer. Ein Samsonite mit Rollen für Kurzreisen. Drei Sporttaschen voller Schuhe. Und ein Pappkarton mit Küchengeräten, Henkelkännchen für Essig und Öl, einem Paar Ofenhandschuhen und ein paar praktischen Dingen, die ihr Isabel eingepackt hatte, damit es ihr bei ihrer Flucht in die Studenten-WG an nichts mangelte. Mit achtzehn Jahren ist das Inventar des Lebens noch leicht zu transportieren. Und sie ließ einen Haufen Zeug bei ihrem Vater zurück, denn wenn sie etwas davon brauchte, konnte sie es ja jederzeit holen kommen. Niemand würde sie daran hindern. Nicht einmal im Augenblick höchster Erregung hatte ihr Vater gesagt, sie dürfe das Haus nicht mehr betreten. Im Gegenteil. Bevor er sie knapp und müde verabschiedet hatte, waren seine letzten Worte gewesen, sie könne wiederkommen, wann immer ihr danach sei, unter einer einzigen Bedingung: Sie möge gute Laune mitbringen, er wolle in seinem Haus keine mürrischen Gesichter sehen.

Gerade hatte Gina ihre gesamte Habe auf dem Bürgersteig aufgereiht, als sie einen Mann bemerkte, der sich offenbar verlaufen hatte und langsam die Straße entlangkam. Er bewegte sich in unentschlossenem Zickzack, wie von einem Wind getrieben, der ständig die Richtung wechselte. Er blickte nach oben, als suchte er die Gebäude auf halber Höhe nach irgendetwas ab, und wäre beinahe über den schwarzen Rollkoffer gestolpert.

»Oh, *sorry* …«

Der Mann hatte volles, schwarzes Haar und breitete die Arme in einer hilflosen Geste aus. Er schien sich zu ärgern, weil er der Landessprache nicht mächtig war. Gina fand ihn auf den ersten Blick sympathisch. Er hatte markante Züge und eine kleine rundliche Nase, die nicht recht zu seinem Gesicht passen wollte. Seine roten Wangen verrieten ihr sofort, woher er stammte. In den Pubs der Grafschaft Kent war sie vielen Männern wie ihm begegnet. Der Engländer mit den grünen Augen und der beunruhigenden Ausstrahlung gab sich augenscheinlich alle Mühe, etwas zu sagen, fand jedoch die Worte nicht. Und als er keine Lust mehr hatte, wie ein Idiot zu stammeln, fragte er schließlich das Mädchen, das da inmitten von Gepäckstücken auf der Straße stand, mit einem entschuldigenden Lächeln:

»Do you speak English?«

»More or less …«

»Ich suche«, er zog einen zerknitterten Zettel aus der Jackentasche und las den Namen stockend vor, »Polina Homs.«

»Paulina Homs, *maybe*?«

»Miss Polina, yes.«

Gina sah ihn verblüfft an. Dieser Mann, der gerade nach ihrer Mutter gefragt hatte, war offenbar schwer durcheinander, immerhin kam er zehn Jahre zu spät. Hatte er etwa einen spanischen Zug genommen, schoss es ihr amüsiert durch den Kopf. Der Engländer schaute wieder auf das Papier.

»Carrer de Muntaner, 22.«

Dann blickte er auf die Nummer an der Haustür, um sich zu vergewissern, dass er sich nicht getäuscht hatte.

»Die Adresse stimmt, ja. Hast du ein Paket für sie?«

»Paket? Nein, nein.«

»Then …«

»Ich möchte sie einfach gern kennenlernen.«

Und in diesem Augenblick am 21. Juli, einem heißen Sommertag, an dem in den Radionachrichten bekannt gegeben wurde, dass der Schriftsteller Pere Calders, ein Vorläufer des Magischen Realismus, im Alter von einundachtzig Jahren verstorben war, überraschte Gina sich selbst. Vielleicht weil ihr der Mann auf den ersten Blick gefallen hatte, vielleicht weil sich ihr Leben mitten in einem Umbruch befand, vielleicht weil sie so wütend auf den wichtigsten Mann in ihrem Leben war, vielleicht weil der Vormittag mit einem Mal etwas Verheißungsvolles bekam, vielleicht weil das Leben sie immer noch zum Spielen reizte, vielleicht weil sie gerade ihren Eisprung hatte und sich seltsam fühlte – jedenfalls sah sie dem Engländer entschlossen in die Augen, lächelte so vertrauenerweckend wie sie nur konnte und sagte mit fester Stimme:

»*That's me*. Ich bin Paulina Homs.«

Sie gaben sich die Hand.

»How do you do?«

»How do you do?«

»Mark. Mark Granger.«

»Paulina Homs.« Sie wiederholte es langsamer und zeigte auf den Zettel. »Pau-li-na Oms, das H wird nicht gesprochen. Einfach Oms. Und was willst du von mir?«

»Eigentlich nichts.«

»Eigentlich nichts?«

»Ich weiß es, ehrlich gesagt, nicht so genau. Es war ein spontaner Entschluss. Ich habe nicht damit gerechnet, dich so schnell zu finden, und auch nicht damit, dass du so …«

»Da kommt also ein Engländer bis nach Barcelona und weiß nicht, was er hier eigentlich will?«

»Also … ich arbeite zwar in London, aber ich bin Waliser. Engländer ist also nicht ganz richtig«, erklärte er umständlich.

»Na schön.« Gina seufzte innerlich. »Hör zu, Mark, ich bin gerade mitten im … Ich habe eigentlich überhaupt keine Zeit. Was kann ich für dich tun?«

»Für mich tun?« Der Waliser lächelte erstaunt. »Das sollte ich eher dich fragen.«

Gina, die in die Rolle ihrer Mutter geschlüpft war, hatte ein Spiel in Gang gesetzt, von dem sie sich schon in der nächsten Minute fragte, wohin es führen mochte. Und wie es ausgehen würde, wenn es irgendwann an der Zeit wäre, ihm die Wahrheit zu gestehen, diesem Mark Granger, dem an der linken Hand ein Finger fehlte, ob Zeige- oder Ringfinger, hatte sie noch nicht erkennen können. Wer A sagt, muss auch B sagen, wie oft sie das von ihrer Großmutter Lourdes gehört hatte. Sie beschloss, aufs Ganze zu gehen. Was hatte sie schon zu verlieren? Und ein Gespräch in der Rolle ihrer Mutter zu führen, war ein völlig neuer, unerwarteter Zeitvertreib.

»Offen gestanden, kannst du mir nicht viel helfen, aber da du nun schon einmal in London ins Flugzeug gestiegen und auf der Suche nach mir bis zum Carrer de Muntaner gekommen bist …« Sie zuckte mit den Achseln. »Obwohl du mich um ein Haar verpasst hättest, ich bin nämlich gerade auf dem Sprung.«

»Willst du verreisen?«

»Nicht wirklich.«

Mehr mochte sie ihm nicht erklären. Endlich der väterlichen Aufsicht entronnen, wollte sie sich ja nicht gleich von diesem Engländer oder Waliser oder woher auch immer er kam, ausfragen lassen.

»Was gibt es da zu lachen?« Er hatte bei ihren letzten Worten gegrinst.

»Weil ich auch nicht im Flugzeug gekommen bin. Ich bin mit dem Auto gefahren.«

»Von London?«

»Yeah …«

»Ist ja irre. In einem Rutsch?«

»Ich fahre gern Auto. Aber ich habe hinter Lyon in einem dieser Autobahndinger übernachtet. Einem Novotel. Wenn dich der Schlaf übermannt …«

»Ja, ja.«

Die Redewendungen ändern sich von einer Sprache zur anderen, doch die Klischees sind stets dieselben.

»Ich habe mich vor nicht ganz dreißig Stunden auf den Weg gemacht. Mein Großvater ist *once upon a time* beim Fahren eingeschlafen. Die Geschichte ist nicht schlecht. Mein Großvater väterlicherseits hatte einen der ersten Fords, die es nach dem Krieg in Wales gab. Und eines Tages, ich war noch nicht auf der Welt, da nickte er hinterm Steuer ein und hatte das Pech, dass, während er schlief, sein Fuß weiter aufs Gaspedal drückte. Der Wagen raste noch ein paar Meter geradeaus, und kurz bevor er einen Bahnübergang erreichte, wurde mein Großvater wieder wach und verfügte über genügend Reaktionsvermögen, um sofort den Kopf einzuziehen. Wie durch ein Wunder rutschte das Auto unter der geschlossenen Schranke hindurch, kaum eine Sekunde, bevor der Zug kam. Es war wirklich ganz knapp.«

»*A lucky man*, dein Großvater.«

»Das kann man wohl sagen. Ein Wunder, dass er überlebte. Aber das Glück ist der Familie Granger hold. Wir kommen immer um Haaresbreite davon. Trotzdem ist mein Großvater nach diesem Schrecken nie wieder Auto gefahren. Er wollte nichts mehr von Autos wissen.«

Gina, die gerade im Begriff war, ihr behütetes Leben zu verlassen, um sich ins Abenteuer zu stürzen, und die mit ihrer Habe unter einem bedrohlich aussehenden Himmel mitten auf der Straße stand, war der Großvater Granger herzlich egal. Ungeduldig trat sie von einem Bein aufs andere.

»Ich fürchte, da kann ich nicht mitreden, ich mache gerade erst den Führerschein.«

»Du kannst noch gar nicht Auto fahren?«

»Für wie alt hältst du mich denn?«

»Don't know …«

»Ich werde bald neunzehn. Und du?«

Er war vierzig, und der Finger, der ihm fehlte, war der Mittelfinger, wie sie inzwischen hatte feststellen können. Er hatte große Hände und kräftige Finger. So weit noch vorhanden. Gepflegte Nägel, die für Ginas Geschmack ein wenig zu lang waren. Ein Mann wirkte damit alt.

»Und da ich ja jetzt sogar schon über deinen Großvater Bescheid weiß, würdest du mir dann auch verraten, Mark, warum du auf der Suche nach mir bist, obwohl wir uns überhaupt nicht kennen?«

»Ich bin nicht deinetwegen hier. Jedenfalls nicht nur. Ich habe vierzehn Tage Urlaub und in Salú … Salou« – korrigierte er sich geflissentlich – »ein Zimmer gemietet. Und weil Barcelona auf dem Weg liegt und ich dich telefonisch nie erreichen konnte, dachte ich mir, es wäre doch lustig, wenn ich einen kleinen Schlenker machen und dich tatsächlich auftreiben und kennenlernen könnte.«

»Aber … unter welcher Nummer hast du denn versucht, mich anzurufen?«

»Wo, verflixt noch mal, habe ich die jetzt …?« Mit seinen vier Fingern wühlte Mark eine Weile umständlich in allen Taschen, bevor er aus der Innentasche seiner Jacke wieder den zerknitterten Zettel hervorzog. »Ah, da ist es ja.«

Er hielt Gina das kleine rechteckige Kärtchen hin. Es war eine von Paulinas alten Visitenkarten. Darauf standen ihr Name und die Adresse Carrer de Muntaner, 22, eine Telefonnummer und eine Notiz, die Gina auf Anhieb nicht entziffern konnte.

»Das ist eine alte Nummer. Kein Wunder, dass du mich nicht … Wo hast du die Karte denn her?«

»Aus einem Buch. Es mag zwei, drei Jahre her sein. Ich habe die Karte zwischen den Seiten gefunden. Zuerst habe ich sie nicht weiter beachtet. Ich sah, dass ›*Appelle-moi*‹ darauf stand, und hatte sie lange herumliegen, über ein Jahr lang. Bis ich eines Tages dachte: Ruf doch einfach mal an, Mark, was ist schon dabei? Und dann rief ich an. Einmal, zweimal, immer wieder. Aber nie nahm jemand ab. Ich glaube, man hörte nicht einmal einen Klingelton. Ich habe sogar die Vorwahl von Barcelona überprüft, aber daran lag es auch nicht.«

»2032875. Tja, wir haben, wie gesagt, schon seit Jahren eine andere Nummer …«

Sie konnte darauf starren, solange sie wollte, sie verstand rein gar nichts. Was hatte diese Visitenkarte ihrer vor zehn Jahren verstorbenen Mutter in der Hand eines walisischen Mannes zu suchen, der sie am anderen Ende Europas in einem Buch gefunden hatte – offenbar ohne ihre Mutter überhaupt gekannt zu haben? Denn andernfalls hätte er sich nicht weismachen lassen, Gina wäre Paulina. Auch mit diesem *Ruf mich an* wusste sie nichts anzufangen. Die blaue

Kugelschreiberschrift mochte der Handschrift von Paulina Homs ähneln, doch sie hatte so wenig Handschriftliches von ihrer Mutter gesehen, dass sie es nicht hätte beschwören können. Das Spiel wurde schwieriger. Sie wusste nicht, was sie sagen oder tun sollte.

»Sieh mal, Mark, es tut mir sehr leid, dass du dir da anscheinend etwas zusammenfantasiert hast, aber das ist nicht meine Schrift. Wer weiß ... vielleicht hat irgendjemand in London ein Stück Papier gebraucht, um sich etwas zu notieren, und zufällig eine Visitenkarte von mir auf dem Boden gefunden ...«

»Kannst du Französisch?«

»Nein.«

»Ich auch nicht. Ich habe einen Arbeitskollegen gefragt, der aus Calais ist, und er hat mir gesagt, was es bedeutet: Ruf mich an.«

»*Appelle-moi*, ja, ja, das sehe ich. Aber ich versichere dir, dass ich das nicht geschrieben habe«, erklärte Gina, womit sie seit einer guten Weile zum ersten Mal die Wahrheit sagte. »Was ich allerdings nicht verstehe, ist, wie meine Visitenkarte in ein englisches Buch geraten sein soll.«

»Warst du denn schon einmal in London?«

Die Frage klang nach Englisch für Anfänger. *Have you ever been in London?*

»Ja, ja ...« Einen Augenblick lang überlegten Paulina und Gina gleichermaßen, ja, sie war in London gewesen. »Ja, zweimal. Sie haben mich zwei Sommer hintereinander zu einem Sprachkurs nach Canterbury geschickt, und am Wochenende unternahmen wir immer Ausflüge nach London. Aber ...« Gina gab Mark die Karte zurück. »Wo, sagst du, hast du die gefunden?«

»In einem Buch. Erinnerst du dich an Charing Cross, den oberen Teil? Dort gibt es eine riesengroße Buchhandlung, Foyles, vielleicht kennst du die?«

Gina sah ihn ratlos an.

»Na, jedenfalls – zwischen meinen Schichten gehe ich manchmal in diese Buchhandlung und stöberte ein bisschen. Und eines Tages fiel aus einem Buch, das ich dort aus dem Regal nahm, dieses Kärtchen heraus.«

Mark Granger suchte nach Gründen, die ihn dazu bewogen hatten, sich um den Fund dieser Karte eine Geschichte zurechtzuspinnen. Er war einsam und wollte in diesem *Appelle-moi* unbedingt ein Zeichen sehen. Er brauchte das Mysteriöse, Zarte, Poetische, von dem er monatelang geträumt hatte. Diese unverschämt junge Paulina hingegen antwortete ihm in Prosa.

»Hör zu, das kommt mir alles reichlich komisch vor. Hast du gesagt, dein Auto steht in der Nähe?«

»Zwei Ecken von hier, glaube ich.«

»Ich mache dir einen Vorschlag, Mark. Du hilfst mir, meine Sachen einzuladen, bringst mich zu meiner neuen Wohnung, und dann gehen wir ein Bier trinken.«

Zehn Minuten später holte er sie ab. Sein Orientierungssinn war ausgezeichnet. Mark war Waliser, fuhr aber einen englischen Wagen. Die Marke, das Modell und die undefinierbare Farbe konnten nur englisch sein. Solche Autos werden nicht exportiert, weil sie außer den Engländern niemand mag. Das ist wie mit ihren Fleischsaucen, dachte Gina. Jedenfalls war der Kofferraum ziemlich groß, und die in Paulina verwandelte Gina konnte alle ihre Sachen bequem neben Marks kleinem Gepäck für seinen vierzehntägigen Aufenthalt in einem Zwei-Sterne-Hotel in Salou unterbringen. Als sie sich auf den Beifahrersitz fallen lassen wollte, kam ihr das Lenkrad ins Gehege.

»Ganz vergessen, ist ja ein englischer Wagen.« Sie lachte. »Du solltest mir dein Auto mal zum Üben leihen. Das Schalten fällt mir schon mit der rechten Hand schwer.«

»Es gibt da einen Trick. Den neuen Kollegen erklären wir immer, mit der Gangschaltung sei es wie mit dem Vögeln. Je mehr du dabei denkst, desto schwieriger wird es.«

»Und mit einem Finger weniger ist es nicht anstrengender?«

»Das Vögeln?«

»Den zweiten Gang einzulegen ...«

»Das hast du gemerkt?« Mark streckte alle fünf Finger hoch. Alle vier.

»Stört es dich?«

»Nein. Es spannt nur ein bisschen, wenn das Wetter umschlägt. Aber es behindert mich nicht bei der Arbeit. Ich bin ...« Er sagte es ohne besondere Betonung, weder beschämt noch stolz. »Ich bin Busfahrer.«

»Busfahrer?«

»Ich fahre diese roten doppelstöckigen Londoner Busse. Bestimmt hast du ein Foto gemacht, als du bei deinem ersten Aufenthalt in London oben gesessen hast.«

»Natürlich. Und bestimmt war es dein Bus.«

»*Why not?* Ich drehe schon seit vielen Jahren meine Runden.« Er nahm die Hand mit den vier Fingern vom Lenkrad und hielt sie Paulina vors Gesicht. »Willst du wissen, wie es passiert ist?«

»Lass mich raten ... Du bist eingeschlafen, als der Zug kam?«

»Nein, nein.« Er lachte. »Das ist nicht erblich. Wenn wir uns irgendwann wiedersehen, erzähle ich dir die Geschichte.«

Paulina gab keine Antwort. Gina auch nicht. Sie war schon auf romantischere Weise um ein Rendezvous gebeten worden. Ein fehlender Finger und seine Geschichte – was für ein Anreiz für eine Verabredung. Sie beschloss, nichts zu erwidern, und konzentrierte sich darauf, ihn durch die Stadt zu lotsen, die erste rechts, die Allee entlang bis zum Platz, gleich sind wir da. Es ist eine sehr schmale Straße. Ich weiß nicht, ob du vor dem Haus parken kannst. Dieser Stadtteil heißt Sants.

»Ist das Stadion vom Barça hier in der Nähe?«

»Es ist nicht weit. Magst du Fußball?«

»Nicht besonders. Aber Mark Hughes war Waliser. Ein Wahnsinnsspieler.«

»Da wären wir. Stopp, hier ist es. Laden wir aus, und wenn jemand kommt, soll er halt warten.«

»Aber …«

Im Handumdrehen wurde Mark Granger vom Chauffeur zum Gepäckträger. Er nahm Paulina die beiden schwersten Koffer ab und trug sie in den dritten Stock, denn einen Aufzug gab es nicht.

»Was hast du bloß da drin, was so viel wiegt?«

»Das sind nur Leichenklamotten.« Sie lächelte bitter, und er sah sie erstaunt an.

Im Treppenhaus blätterte die weiße Farbe von den Wänden, und es roch nach Katzendreck und Feuchtigkeit. Die unregelmäßigen Stufen waren schlecht zu gehen. Sie waren rutschig oder zu hoch oder zu schmal, und jede war anders. Die Jahre hatten sie zu Verrätern werden lassen, und sie ließen dich im Stich, wenn du am wenigsten damit rechnetest. In der Wohnung war niemand. Man hatte ihr den Schlüssel unter die Fußmatte gelegt. Keine Willkommensparty, keine

Luftballons. Nur Kippen. Sämtliche Aschenbecher in der Küche, die auch als Ess- und Wohnzimmer diente, quollen über. Die winzige Wohnung, die sie mit einem Jungen und zwei Mädchen aus Reus teilen würde, die in Barcelona Kunstgeschichte studierten, war ein Drecksloch. Dem umwerfenden Gestank nach zu urteilen, lüfteten sie selten und qualmten wie die Schlote.

»Mark, ich habe dir ein Bier versprochen, und das hast du dir redlich verdient.«

Paulina stellte ihr Gepäck im Flur ab, zog die Tür hinter sich zu und legte den Schlüssel zurück in das Geheimversteck der Studenten aus Reus. Sie ließ Mark vorangehen, betätigte den Lichtschalter und stieg hinter ihm die Treppe hinunter, wobei sie jede der steinernen Stufen mit einem misstrauischen Blick bedachte. Zunächst einmal hatte sie ein paar Fragen an diesen interessanten walisischen Busfahrer, der, ohne es zu wissen, ihre Mutter suchte.

5.

Frauen enthaaren sich

Was willst du hier? Warum bist du gekommen? Weil eine Karte aus einem Buch gefallen ist und du darin ein Zeichen gesehen hast? Warum hast du sie aufbewahrt? Warum hast du geglaubt, diese Frau persönlich anzutreffen, wenn du sie … mich … doch telefonisch nie erreichen konntest? Warum kommst du erst jetzt? Wie konntest du so sicher sein, mich zu finden? Hast du erwartet, dass ich so jung und so sympathisch sein würde? In welchem Buchladen, sagst du, hast du meine Karte gefunden? Weißt du noch, in welchem Buch? Warum liest du? Was für Bücher magst du? Wieso liest ein Busfahrer überhaupt so viel?

Sie saßen bei ihrem zweiten Bier, und Mark hatte fast alle ihre Fragen mit »Ich weiß es nicht« beantwortet. Entweder er wusste es nicht, oder er erinnerte sich nicht mehr, oder er schob alles auf den Zufall, meinte aber, dass manchmal eben gerade der Zufall dir Botschaften sendet, die du nur im Flug erhaschen kannst. Er sagte, er habe nichts zu verlieren, ab und zu brauche es ein wenig Salz und Pfeffer, um die Monotonie des Leben zu durchbrechen, und er habe sie sich weder so jung noch so hübsch vorgestellt. Eher wie eine Uniprofessorin mit einer über dem Busen baumelnden Lesebrille, damenhafter, nicht so dünn, nicht so knochig, eher … Was er allerdings keinesfalls auf sich sitzen lassen wollte, war die beleidigende Frage, warum ein Londoner Busfahrer Bücher lese. Ob sie etwa der Ansicht sei, nur schwule Studenten aus Oxford läsen Bücher.

»So habe ich das doch überhaupt nicht gemeint.« Gina spielte das Unschuldslamm, das sich angegriffen fühlt. Und missverstanden. Und obendrein noch schlau genug ist, dem anderen ein schlechtes Gewissen zu machen.

»Ein Buch aufzuschlagen, bedeutet meiner Meinung nach, unbekannte Welten zu entdecken, andere Leben zu leben, unserer Existenz einen Sinn zu geben. In die Zukunft und in die Vergangenheit zu reisen. Geschichten zu schmieden. Zu lachen und zu weinen. Eine Zeitung ist immer dasselbe. Die Tage ähneln einander zu sehr. Nie geschieht etwas Herausragendes. Und wenn etwas Wichtiges geschieht, steht es ohnehin nicht in der Zeitung. Ich habe das Gefühl, dass Bücherlesen die einzige Art ist, der Fantasie ein bisschen freien Lauf zu lassen. Jeder hat seine Methoden und seine Marotten. Mir zumindest dient das Lesen der Bücher dazu, die Langeweile zu bekämpfen und der Tretmühle zu entrinnen.«

Abgesehen davon, dass er *handsome* war und die Biere runterkippte wie Wasser, weckte dieser Mann allmählich ihr Interesse.

»Von was für einer Tretmühle sprichst du?«

»Vom Alltag. Aufstehen, zum Dienst gehen, das Uniformhemd anziehen. Pünktlich um *o'clock* anzustechen. Den ganzen Tag dasselbe tun. Losfahren, anhalten. Zu viel Routine stumpft einen ab. Ich glaube, bei diesem Einerlei verblödet man. Tower Hill, Monument, Cannon Street, Fleet Street, Aldwych, Strand, Trafalgar Square. Und wieder zurück. Die Linie 15. Ich könnte den Weg mit geschlossenen Augen zurücklegen. Weißt du, was es heißt, täglich achtzehn Mal dieselbe Strecke zu fahren?«

»Bei der Formel 1 fahren sie dieselbe Runde wesentlich öfter und beklagen sich nicht.«

»Die stehen auch nicht im Stau oder an roten Ampeln, müssen nicht dauernd bremsen und wieder Gas geben, nicht in den Rückspiegel schauen, um sicherzugehen, dass niemand auf der Treppe ist, und keine Fragen von Touristen beantworten, die nie wissen, wo sie hinwollen. Weißt du, wie viele Haltestellen es in London gibt, Paulina?«

Gina trank einen Schluck Estrella, während sie hastig zu schätzen versuchte.

»Tausend?«

»Fünfzehntausend. Allein im Stadtgebiet von London. Mit dem *Routemaster* mag das ja noch angehen, weil die hintere Tür immer offen ist und der Fahrer seine Ruhe hat. Aber jetzt tauscht man die Busse nach und nach aus. Alles soll sicherer, bequemer, moderner, schadstoffärmer sein. Die Schaffner werden entlassen, weil künftig wir dafür sorgen sollen, dass die Leute bezahlen und keiner schwarz fährt …«

»Ich sehe schon, du brauchst Urlaub.«

»Wie ist Salú?«

»Salou?« Wie, zum Teufel, erklärt man jemandem, der sein Hotelzimmer schon gebucht hat, wie Salou ist. »Bist du gern am Strand? Magst du die Sonne?«

Mark Granger lachte, und Ginas Blick fiel auf seine makellosen Zähne. Weiß, regelmäßig, alle an Ort und Stelle. Er sah eher aus wie der Chauffeur eines vornehmen Gentleman aus Westminster als wie ein Londoner Busfahrer.

»Einen Waliser zu fragen, ob er die Sonne mag, ist, als wollte man einen *supporter* des FC Chelsea fragen, ob er Fußball mag. Jeder mag, was er entbehrt.« Er lächelte sie an. »Warum kommst du nicht mit?«

Weder Gina noch Paulina wussten, was sie darauf sagen sollten.

»Ich? Aber ich bin doch eben erst …« Ihr wurde heiß. Seine Frage, so unverblümt, ohne Vorrede oder Zusammenhang, hatte sie aus dem Konzept gebracht. Und im selben Moment wurde ihr klar, dass sie tatsächlich nichts lieber täte.

»Für zwei, drei Tage. Oder du begleitest mich nur hin und fährst wieder zurück. Was immer du willst.«

Erst nachdem sie schon ja gesagt hatte, wandte sie ein:

»Aber meinst du denn, die haben noch ein Zimmer für mich?«

»Das kriegen wir schon hin.«

Beide verstanden. Und freuten sich. Und dachten, wie aufregend das Leben manchmal sein kann, wie ein überraschender Einfall, ein paar zum rechten Zeitpunkt ausgesprochene Worte dir urplötzlich die Brust weiten können und du das verheißungsvolle Geräusch eines enormen Pinselstrichs auf einer immensen Leinwand spürst. Selbstsicher tauchst du den dicken Pinsel in die rote Farbe, ziehst ihn triefend heraus und wirfst mit der präzisen, entschiedenen Geste des Malergenies deine Linie auf den Stoff. Die Empfindungen überschlagen sich, alles entwickelt sich sehr schnell, ohne Vorplanung. Im Grunde geht es um sexuelles Begehren. Den Ruf des Geschlechts.

Unterwegs nach Salou, während er den Wagen so gelassen in der mittleren Spur hielt, als lausche er der *Wassermusik* von Telemann, dachte Mark, dass er in ein paar Stunden mit Paulina Homs im Bett liegen würde, der Besitzerin der geheimnisvollen Visitenkarte, die sich als ein forsches Mädchen in Hippiekleidern mit lockigem Haar und honigfarbenen Augen entpuppt hatte. Gina starrte ins Leere und überlegte, wie sie sich aus der Affäre ziehen sollte, wenn man sie im

Hotel nach ihrem Personalausweis fragte. Wie sie verhindern könnte, dass Mark ihren wahren Namen erfuhr, wenn er bemerkte, dass in ihren Papieren Georgina Castro stand. Mit einem Mal fühlte sie die vierfingrige Hand auf ihrem Knie. Stark, warm, angenehm.

»Ist Paulina ein gebräuchlicher Name hier?« Die Frage sollte vor allem von seiner Zudringlichkeit ablenken.

»Wolltest du mir nicht erzählen, wie das passiert ist?«

Es war das erste Mal, dass Gina seine Hand berührte.

»Wir müssen tanken.« Er sah das Lämpchen des Reservetanks aufleuchten. »Das mit dem Finger? Keine besonders appetitliche Geschichte …«

»Du hast es mir versprochen.« Gina, streng, unerbittlich.

»*Okay, then.* Magst du Feuerwerk?«

»Uff … Als ich klein war, hatte ich Angst davor.«

»Und jetzt?«

»Ich mache mir nicht viel daraus. Meine Eltern haben mich gezwungen, mir jedes Feuerwerk von der Dachterrasse aus anzusehen, ich hatte nie Lust dazu und … Aber schweifen wir nicht ab.«

Mark lächelte. Gina war längst aufgefallen, dass ihr Partner in diesem *Roadmovie* so am besten aussah. Wenn er lächelte, wirkte er offener und weniger britisch.

»Ich habe auf einem Kinderfest in der Nähe von Cardiff Raketen gezündet, die in einer langen Reihe aufgebaut waren. Alles war gut vorbereitet, sehr professionell. Alles funktionierte reibungslos: Die Flamme an die Zündschnur halten, bis zwei zählen und nichts wie weg, bevor die Rakete abging. Doch eines der verdammten Dinger ließ mir keine Zeit. Kaum hatte ich es angesteckt, schoss es in die Luft und nahm meinen Finger mit.«

»Autsch!«

»Wir haben ihn gesucht. Jemand hatte behauptet, wenn wir ihn fänden, könnte man ihn wieder annähen. Aber bis der Krankenwagen kam, war ich weiß wie die Wand und hatte solche Schmerzen, dass wir den Finger Finger sein ließen.«

»Krass.« Gina wagte eine direkte Frage: »Hast du Kinder?«

»Nein.«

»Weil du sagst, es sei ein Kinderfest gewesen«, bemühte sie sich, ihre Wissbegierde zu erklären. Sie fragte ja nicht ohne Grund.

»Ich habe drei Neffen. Drei echte Rabauken.«

»Und eine Frau?« Wenn sie schon einmal dabei war ...

»Spielt das denn eine Rolle?« Er drehte den Kopf ein wenig, um Paulina aus dem Augenwinkel anzusehen. »Ich bin im Urlaub und sehr weit weg von zu Hause. Sind wir irgendjemandem Rechenschaft schuldig?«

»Ich nicht.«

»Ich auch nicht.«

Einen halben Kilometer weiter südlich, als sie eben unter dem blauen Ortsausgangsschild von Vilafranca hindurchfuhren, wollte sich Gina für ihre Frage entschuldigen.

»Du trägst keinen Ring ...«

»Und wenn ich dir sagte, dass er mit der Rakete davongeflogen ist?«

Sie lachte laut auf, nervös. Mark Granger, ein Fachmann am Lenkrad, hatte die Situation fest im Griff.

»Ich rate dir, mich nicht über mein Leben auszuhorchen. Du würdest dich nur in mich verlieben.«

»Was du nicht sagst. Das könnte dir so passen.«

Wieder lachten sie beide, diesmal herzlicher.

Als sie anhielten, um Diesel nachzufüllen, hatte der Waliser das Gefühl, dass seine Charmeoffensive bereits voll eingeschlagen hatte. Er zog den Zündschlüssel ab, wandte sich Paulina zu, schloss die Augen und biss ihr zart in die Lippe, bevor er sie küsste. Sofort spürte er ihre Zunge, die sich mit so jugendlichem Ungestüm in seinen Mund drängte, als wollte sie den Tunnel unter dem Ärmelkanal durchbohren.

Mit aufgefülltem Tank erreichten sie das Hotel de França in Salou. Mark trällerte vergnügt zu der Musik von der altmodischen Kassette, die er in den Rekorder des Autos geschoben hatte. Gina kannte keinen einzigen Song. Von den Beatles war jedenfalls nichts dabei. Es war ihr egal. Sie dachte, dass sie es noch nie mit einem Mann getrieben hatte, der zweiundzwanzig Jahre älter, also mehr als doppelt so alt war wie sie selbst. Sie dachte auch, wann sie ihm wohl würde beichten müssen, dass sie nicht die Paulina war, die er suchte, sondern deren Tochter. Im Augenblick aber hatte das noch Zeit. Was macht Geheimnisse nur dermaßen aufregend?

In einem Zwei-Sterne-Hotel kommt niemand zum Auto, um die Koffer hineinzutragen. Nur ein Schäferhund, der sich kaum auf den Beinen hielt und Sultán hieß, hielt schnuppernd seine Schnauze in die Höhe. Das war sein Begrüßungsritual, wenn neue Gäste kamen. Danach fiel er zurück in seine altersbedingte Lethargie und schenkte ihnen keinerlei Aufmerksamkeit mehr, ganz gleich, wie lange sie sich in seinem bescheidenen Hotel aufhalten mochten. Zur Siesta-Zeit roch das Vestibül nach Sandstrand und *Calamares a la romana*. Die Rezeptionistin, die ebenso nüchtern wirkte wie ihr Arbeitsplatz, die Theke und der Anhänger des Zimmerschlüssels, würdigte sie keines Blickes.

»Lass mich das machen.« Wenn er Englisch sprechen konnte, verwandelte sich Mark in einen Draufgänger. »Granger. Ich habe für zwei Wochen reserviert. Das Zimmer ist als Einzelzimmer gebucht, aber nun werden wir zu zweit sein. Ich hoffe, das geht in Ordnung?«

»Ihren Ausweis, *please.*«

Gina erschrak.

»Von beiden?«

»Nur den des Herrn. Die Reservierung läuft ja auf seinen Namen.«

Mark zog seinen Pass aus der Gesäßtasche und legte ihn, die Seite mit dem Foto aufgeschlagen, auf den Tisch. Auf dem Bild trug er einen Bart.

»Da wäre allerdings ein Problem«, sagte die Rezeptionistin gleichmütig und ohne jede Ironie, »Nummer vierundzwanzig hat zwei getrennte Betten.«

Mark und Gina wechselten einen belustigten Blick. Das war das Wenigste.

»No problem.«

»Moment …« Die Rezeptionistin verschwand nach hinten und kehrte mit einem Satz Handtücher zurück. »Wir hatten nur für eine Person Handtücher hingelegt. Hier haben Sie ein Badetuch, ein Handtuch fürs Waschbecken und eins fürs Bidet. Sie bekommen alle drei Tage frische. Auf Ihrem Balkon haben Sie eine Wäscheleine und Klammern, dort können Sie die Handtücher trocknen. Zimmer vierundzwanzig ist im zweiten Stock. Die Treppe befindet sich da hinten rechts, Aufzug gibt es keinen. Das Frühstück wird im Erdgeschoss serviert, von halb acht bis halb zehn. Um elf Uhr abends schließen wir die Haustür ab. Wenn Sie später zurückkommen, müssen Sie uns vorher Bescheid sagen.

Wir wünschen Ihnen einen angenehmen Aufenthalt.« Und belästigen Sie mich künftig möglichst wenig, hätte sie noch hinzufügen können.

Sie nahmen sich nicht die Zeit, das Fenster zu öffnen. Sie schauten nicht einmal hinaus. Draußen war es Nacht, der Vorhang zurückgezogen. Eine Straßenlaterne tauchte das Zimmer in ein mattes Licht. Auch mit einer Wiederholung in Zeitlupe hätte sich nicht endgültig klären lassen, wer sich wem in die Arme warf. Mark umfasste Paulinas Kopf mit beiden Händen. Gina, auf Zehenspitzen, umschlang ihn unter den Achseln und grub die Finger in seinen Rücken. Ab und zu holten sie kurz Luft, doch nur um sofort im nächsten, noch leidenschaftlicheren Kuss zu verschmelzen.

»Vor dem ersten Date sollten Frauen sich enthaaren und Männer sich einen runterholen.«

»Wie bitte?« Sie war nicht sicher, ob sie ihn richtig verstanden hatte.

»Das sagen wir im East End. Sagt man das hier nicht?«

»Nein.« Gina war mit derben Sprüchen nicht zu beeindrucken. »Dann warne ich dich gleich, denn ich habe meinen Teil nicht erfüllt. Und du?«

»Ich konnte nicht ahnen, dass der Tag so enden würde, Paulina.«

»Klar. Die übliche Ausrede. Von Kerlen, die kommen, noch ehe sie richtig drin sind …«

»Tssst, unterschätz mich nicht.«

Mark brachte sie mit einem weiteren Kuss zum Schweigen. Er war hingerissen von Paulinas vollen, weichen Lippen. Sie knöpfte sein Hemd auf, das durchgeschwitzt war nach der langen Fahrt. Zwischen Lyon und Salou hatte der Schweiß den Stoff erst feucht, dann steif wie Karton gemacht. Während Gina ins Bad ging, schob Mark die Nachttische beiseite und rückte die Betten zusammen. Paulina kam wieder herein, ganz unbefangen und selbstverständlich, bekleidet nur noch mit ihrem Höschen.

Als sie erwachten, war es fürs Frühstück zu spät. Die Sonne knallte seit Stunden auf ihre schlafenden Körper. Wenn sie sich mit dem Duschen beeilten, könnten sie gerade noch etwas zum Mittagessen ergattern. Zwei Tage lang aßen sie kaum. Sie gingen ein wenig spazieren, liefen bei Sonnenuntergang eine Weile am Strand durchs seichte Wasser, doch vor allem hängten sie sehr häufig die Frotteetücher über die Wäscheleine auf dem Balkon, der auf das kiesbestreute Garagendach des Hotels de França hinausging. Während sie träge in den Tag hineinlebten, entdeckte Gina, dass ein vierzigjähriger Körper eine andere Muskulatur, eine andere Haut und sogar einen anderen Geruch hatte als alles, was sie bisher kennengelernt hatte. Mark entdeckte, dass die junge Paulina mit ihren lautlosen Orgasmen lieber den aktiven Part übernahm. Was ihm gefiel. Denn er – sie wusste nicht, ob dies eine Besonderheit walisischer Männer war – fühlte sich wohler in der passiven Rolle.

Am dritten Tag, während Mark noch den Schlaf des Gerechten schlief, fand Gina, dass es genug war. Sie wollte diesen Blitztrip nach Salou nicht in so etwas wie Flitterwochen ausarten lassen. Sie dachte an die Tretmühle, fürchtete sich vor der Beziehung zu einem Fremden, hatte Angst, die Routine keine vierzehn Tage in Schach halten zu können … Und wenn sie ehrlich war, hatte sie es auch satt, Paulina zu heißen. Sie mochte den Namen ihrer Mutter überhaupt nicht. Sie weckte Mark und teilte ihm mit, sie werde nach dem Frühstück wieder nach Hause fahren. Er erhob keine

Einwände. Sie duschten zusammen, liebten sich noch ein letztes Mal, frühstückten und verabschiedeten sich im Vestibül des Hotels, das sich seiner zwei Sterne letztlich doch als recht würdig erwies.

»Mark, ich muss dir etwas sagen. Und versprich mir, dass du nicht sauer wirst.«

Der Waliser hob die Brauen. Durch die Rezeption waberte der Geruch gebratener Tintenfische. Wann, um Himmels willen, fingen sie an, die Dinger zuzubereiten? In aller Herrgottsfrühe?

»Ich gehe jetzt, ich nehme den Zug und fahre zurück nach Barcelona. Unterwegs werde ich diese paar Tage Revue passieren lassen, an all das denken, worüber wir gelacht und was wir getan haben. Es war schön, aber es war ein Vergnügen, das wir jetzt beenden sollten. Es ist besser, es dabei zu belassen. Melde dich nicht mehr bei mir. Wir wollen nicht alles voneinander wissen. Was wir wissen, genügt. Heb die Karte auf, wenn du möchtest, aber idealisiere weder mich noch meinen Namen. Es ist passiert, aber das war's dann auch.«

»Wir waren uns einig, dass wir niemandem Rechenschaft schuldig sind …«

»Vergiss mich, und sei glücklich, hörst du?«

»I promise …« Der Busfahrer hielt die Hand mit den vier Fingern hoch, als wollte er auf die amerikanische Verfassung schwören. Gina umarmte ihn und gab ihm einen geräuschvollen letzten Kuss. Sultán öffnete schläfrig ein Auge. Dann schloss er es wieder und drückte die Schnauze genüsslich auf den kalten Fliesenboden.

»Gehst du zurück zu deinen Eltern?« Die Frage klang sachlich, als täte es ihm tatsächlich nicht leid, dass Paulina abreiste.

»Nein. Ich gehe in die Wohnung, in die du mein Gepäck gebracht hast. Ich ziehe nach Sants zu drei Freunden von der Uni. Ich hoffe, wir werden uns vertragen. Habe ich dir gesagt, dass ich Kunstgeschichte studiere?«

»So böse bist du auf deine Eltern?«

»Nein. Allenfalls auf meinen Vater. Es war nur ein Vorwand, um … Ich habe keine Mutter mehr. Hatte ich dir das nicht gesagt?«

»Oh, das, tut mir leid.« Der Waliser zog seinen Fuß rasch aus dem Fettnäpfchen.

»Macht nichts. Da siehst du, wie gut es war, dass wir uns nicht alles erzählt haben. Sie ist schon gestorben, als ich noch klein war.«

»Das habe ich nicht gewusst. Oje … Wie hieß sie denn?«

Gina spürte, wie sich ihr Pulsschlag auf hundertzwanzig Schläge pro Minute beschleunigte. Sie überspielte die Gemütsaufwallung, ohne sich etwas anmerken zu lassen, und schenkte Mark Granger das schönste Lächeln, das er je in seinem Leben bekommen hatte. Und kurz bevor sie sich auf den Weg zum Bahnhof machte, beschloss sie, das Tüpfelchen aufs i zu setzen.

»Wie ich. Paulina.«

6.

Mit dem Bierglas in der Hand

»Hallo. Ich bin Sara. Ich habe das Gymnasium schon in der Mittelstufe verlassen. Ich bin unverheiratet und möchte daran im Moment auch nichts ändern. Ich führe ein Schreibwarengeschäft am Putxet-Markt, das ich von meinen Eltern übernommen habe, und ich weiß gar nicht, was ich sonst noch sagen soll. Dass ich dreimal in der Woche bei einem Nachbarschaftschor mitsinge, was immer sehr lustig ist?«

»Alfred Sicilia. Wenn ich euch so anschaue, stelle ich fest, dass die Jahre vergangen sind und ihr eine Menge gemacht habt, während bei mir alles ist wie gehabt. Ich habe immer noch einen Hund, nicht mehr denselben, natürlich, und bin immer noch für den Espanyol, na und? Ich wohne immer noch an der Riera de Sant Miquel und verbringe meinen Sommerurlaub immer noch in Blanes.«

»Und dein Geheimnis, Sicilia?«

»Ein Geheimnis …« Er überlegte einen Moment. »Ich weiß nicht, ob ich es über die Lippen bringe, aber … mein Ältester spielt beim Barça in der Juniorenmannschaft.«

Klassentreffen. Eigentlich findet man sie langweilig, vorher und im Nachhinein auch. Aber solange man mit den anderen zusammen ist, verflüchtigt sich dieses Gefühl meistens.

»Bei mir gibt es nichts Besonderes zu berichten.« Mia, die größte Quasselstrippe der Klasse, brauchte sich nicht namentlich vorzustellen. »Ich habe in Lloret meinen Sandkastenfreund Toni geheiratet. Wir haben zwei Kinder von neun und sechs Jahren. Sie gehen beide in diese Schule, die ich – auch wenn ich mich damit wahrscheinlich unbeliebt mache – in sehr guter Erinnerung habe. Das heißt, ich stehe jeden Tag um neun und um fünf im Stau. Zu unserer Zeit gab es die Ronda de Dalt noch nicht, und auch nicht diesen Verkehr oder diese Parkplatzprobleme. Da konntest du jederzeit für einen Moment in zweiter Reihe halten, ob morgens oder nachmittags.«

»Und die Abschleppdienste haben sich noch keine goldenen Nasen verdient …«, schrie einer von dem Tisch unter der prächtigen Pinie, gegen die die beiden anderen Bäume im Schulhof etwas hinfällig wirkten.

»Zwischen den Staus arbeite ich in einer Agentur. Wie gesagt, nichts Besonderes.«

Niemand sprach von seinen kleinen, lächerlichen Erfolgen. In der Einladung per E-Mail – mit der Bitte um vierzig Euro Vorauszahlung pro Nase für Menü und Getränkepauschale, einer Kontonummer und der Aufforderung, in Abendgarderobe zu erscheinen – hatte es ein Postskriptum gegeben, das alle auf Anhieb witzig gefunden hatten. Um sich gegenseitig auf den neuesten Stand zu bringen, sollte sich jeder kurz vorstellen und dann ein Geheimnis aus seinem Lebens offenbaren. Als es allerdings so weit war, taten es dann doch nicht alle, und witzig war es auch nicht immer.

»Ich habe mit neunundzwanzig geheiratet. Bevor ich mich am Hochzeitsmorgen in Schale warf, wollte ich mich wiegen. Um genau zu sein, holte ich mir zum letzten Mal als Junggeselle einen runter und stieg dann auf die Waage, in dieser Reihenfolge.« Beifall und Gelächter. »Ich wollte später sagen können, bei meiner Hochzeit wog ich … Nun ja, ich wog hundertfünf Kilo. Bei meiner Scheidung fünf Jahre später waren es hundertachtzehn. Glücklich, wieder allein zu sein, steigerte ich mich dank Fastfood, Tiefkühlpizza und Nudeln auf hundertvierunddreißig, und als man mir dann sagte, auf mich träfen sämtliche Risikofaktoren zu, Rauchen, Cholesterin, Übergewicht und dieser ganze Kram, tat ich etwas, was ihr unter gar keinen Umständen nachmachen solltet: Ich ließ mir einen Magenbypass legen. Ich habe abgenommen, logisch, aber schaut mich an, jetzt hängt überall die leere Haut an mir herunter, und das ist auch kein Spaß.«

Òscar setzte sich an den Tisch, und wieder applaudierten seine alten Klassenkameraden.

»Lassen wir Jungs und Mädchen immer abwechselnd zu Wort kommen. Das ist spaßiger.«

»Ja, gut, wer ist dran?«

»Ist doch egal, am Ende müssen wir sowieso alle was sagen«, warf Gina ein, die mit ihren achtunddreißig Jahren genau so aussah wie ihre Mutter auf den alten Fotos.

Sie hatten sich jahrelang nicht gesehen. Jetzt feierten sie das zwanzigjährige Jubiläum ihres Schulabschlusses, und Maria und Àxel, die miteinander in Kontakt geblieben und geborene Organisatoren waren, hatten sich um alles gekümmert. Sie hatten sich mit der Schule in Verbindung gesetzt, das Catering für das Abendessen in Auftrag gegeben, von irgendwoher Tische, Stühle und Tischdecken herbeigeschafft und den Hof mit den drei Pinien hergerichtet, als handelte es sich um eine Hochzeit mit neunzig Gästen. Und da sie schon einmal dabei waren, hatten sie für diesen Abend auch gleich noch heiteres, mildes Wetter bestellt, damit sich die Frauen in ihren Trägerkleidern keinen Schnupfen holten, denn der Juni konnte unberechenbar sein. Gedrängt von den anderen am Tisch, erhob sich jetzt Driki, in der Hand ein Bierglas.

»Ich habe, könnte man sagen, immer das perfekte Timing gehabt. Als ich mein Reisebüro eröffnete, fingen die Leute an, im Internet ihre Tickets zu kaufen und online die Hotels zu buchen. Jubelt mir zu: *Bravo, campione!*«

»*Bravo, campione!*«

»Dann habe ich ein Schnäppchen gemacht: einen Fotoladen in Eixample. Gute Lage, guter Umsatz. Die Eigentümer setzten sich zur Ruhe, und ich übernahm das Geschäft. Sechs Monate später kamen die Digitalkameras auf, und niemand brachte mehr Filme zum Entwickeln, nicht einmal die schweinischen Fotos von der Geliebten. Jubelt mir zu ...«

»*Bravo, campione!*«, riefen alle im Chor.

»Ich habe mir gedacht, die Gelegenheit unseres Klassentreffens zu nutzen und zu fragen, ob nicht jemand von euch mein Partner werden möchte. Ich hätte da eine Idee, die bestimmt eine ausgezeichnete Investition darstellt ...«

Drikis Missgeschicke amüsierten die anderen köstlich. Er war genau wie früher, ohne jeden Anflug von Selbstmitleid, und der Erste, der über sein Pech lachte. Als er sich wieder hinsetzte, wurde er von seinen Tischgenossen überschwänglich umarmt, durchgeschüttelt und mit Servietten beworfen.

»Gina, jetzt du ...«

»Nein, vorher noch Maite. Zuerst soll Maite reden, denn wenn sie so weitersäuft, wird sie bald nicht mehr dazu in der Lage sein.«

»Danke für die Blumen, ihr sehnlich vermissten Schwachköpfe.« Maite funkelte den, der gerade gesprochen hatte, mordlustig an und ließ ihren Blick dann über die Tische im Schulhof schweifen. »Vorab möchte ich gern anmerken, dass ihr Mannsbilder in den letzten zwanzig Jahren schwer nachgelassen habt, während wir Frauen immer schöner geworden sind. *Olé,* Mädels! Wir haben auf uns geachtet und sind viel besser in Schuss als ihr. Mal ehrlich, vor zwanzig Jahren mag der ein oder andere von euch ja mal ganz süß gewesen sein, aber jetzt seid ihr keinen Pfifferling mehr wert. Was mich angeht … Über meinen Job kann ich mich nicht beklagen. Ich bin Zahnarzthelferin, vergebe Termine, halte die Tür auf, fülle das Glas zum Mundausspülen nach und mache ein paar Zahnreinigungen in der Woche. Und da es heute ja um die Enthüllung von Geheimnissen gehen soll … Puh … also, ich habe zwei Babys verloren, das eine absichtlich, das andere nicht.« Auf diese kalte Dusche war keiner gefasst. Die anderen schwiegen betroffen, während Maite weiterredete. »Manchmal denke ich, ich hätte das erste nicht abtreiben dürfen. Dass es vielleicht eine Art Strafe war, weil ich eins, das schon unterwegs war, nicht haben wollte, und mir deshalb das andere auch genommen wurde. Mit dem zweiten, einem Mädchen, war ich schon im achten Monat. Na ja, jedenfalls sehen die Ärzte keine Möglichkeit mehr für mich, Kinder zu bekommen. So, für miese Laune wäre damit erst mal gesorgt, wie ich sehe, aber ich habe zwei Fragen an euch. Die erste: Glaubt hier jemand, dass es einen so makabren Gott geben kann, der uns all das antut, gibt und nimmt, uns beschenkt und bestraft? Und die zweite und viel wichtigere: Hat irgendjemand von euch zufällig ein Kind aus Armenien adoptiert und kann mir erklären, wie das abläuft, wenn man dorthin fährt?«

Maites Tischnachbarn waren die Ersten, die sich erhoben und ihr applaudierten. Gleich darauf riefen gut achtzig ehemalige Mitschüler im Chor ihren Namen und ließen die Leinenservietten wie Lassos kreisen. Maite ließ sich auf ihren Stuhl fallen und begann zu weinen. Unaufhaltsam liefen ihr die Tränen übers Gesicht und tropften in die verfluchten Piniennadeln, die den gesamten Boden bedeckten und in sämtlichen Schuhen steckten.

»Jetzt bin ich dran.« Biel hob die Hände wie der Dirigent eines Amateurorchesters und nötigte alle, sich wieder zu setzen und still zu sein. Er wusste, dass es jetzt an ihm war, die gedrückte Stimmung aufzulockern. »Ich lebe seit sieben Jahren in London, ich bin Anwalt in einer Kanzlei, wo wir fünfzig Schlipsträger sind und keine einzige Frau. Und ich bin extra für dieses Abendessen angereist.«

Er bekam Beifall. Obwohl es ihm gelungen war, die Situation zu retten, brauchte die Gesellschaft unter den drei Pinien noch ein wenig mehr Aufmunterung.

»Ich bin hier, weil ich mich darauf gefreut habe, euch wiederzusehen. Euch alle. Aber eine Person ganz besonders. Eine Schulkameradin, die vor zwanzig Jahren ein junges Mädchen war und inzwischen, wie ich sehe, eine bildhübsche Frau geworden ist, und die mir – hört jetzt gut zu – damals die Ehre erwies, mich in ihrem eigenen Bett zu entjungfern.«

»Wow!« Soler reagierte als Erster.

»Wer ist es?«, schrie Edu.

»Bestimmt war es …« Mec begann zu raten, indem er die Namen sämtlicher Frauen aufzählte, die zu dem Fest erschienen waren.

»Gina, das war sicher Gina …« Driki, der anscheinend etwas wusste, versetzte die ganze Runde in Aufruhr.

»Wenn sie es nicht will, werde ich ihren Namen natürlich nicht preisgeben.« Biel wollte sich noch ein wenig bitten lassen.

»Genug der Andeutungen.« Inmitten des allgemeinen Tumultes stand Gina auf. Als sich der Lärm, das Gelächter und der Applaus gelegt hatten, sprach sie weiter. »Sagen wir einfach, dass Biel damals der hässlichste Junge der Klasse war und ich ihm einen Gefallen tun wollte. So vertrottelt wie er war, wäre er sonst vermutlich heute noch Jungfrau. Sagen wir, es war …«

»Ein freundliche Geste!«

»Halt die Klappe, Driki.«

»Ein Akt der Barmherzigkeit«, versetzte Gina, der nichts anderes übrigblieb, als zum Gegenangriff überzugehen.

»Bravo, bravo!« Alle begannen, rhythmisch in die Hände zu klatschen.

Biel, den die Jahre nicht hübscher gemacht hatten, stand immer noch da. Er lachte Gina an, herausfordernd und frech. In diesem Duell, an dem die früheren Schüler einer Schule mit dem Namen eines Heiligen ihre helle Freude hatten, wollte keiner von beiden klein beigeben.

»Wenn du so tust, als hättest du es nur mir zuliebe getan, dann sollten wir auch die ganze Wahrheit sagen.«

»Die Wahrheit, die Wahrheit, die Wahrheit!« Wieder klatschten die ehemaligen Mitschüler den Rhythmus der Silben mit.

»Am Ende lag ich splitternackt unter dem Bett, weil überraschend ihr Vater nach Hause kam.«

Die alten Schulfreunde kugelten sich vor Lachen. Auch Gina lachte.

»Nein, nein«, widersprach sie mit Entschiedenheit. »Am Ende, um das mal klarzustellen, zerrte mein Vater dich unter dem Bett hervor und warf dich mit der Unterhose in der Hand aus dem Haus.«

Die anderen schrien vor Lachen. Sie waren achtunddreißig Jahre alt, doch führten sich die meisten auf, als wären sie immer noch vierzehn, klatschten unentwegt und kreischten wie die Verrückten.

Dieses Geständnis war nicht mehr zu toppen. Und wer bei diesem Klassentreffen womöglich noch Spektakuläreres zu offenbaren gehabt hätte, wusste – getreu dem Spruch, dass ein Geheimnis, das zwei Personen kannten, schon kein Geheimnis mehr war – das seine für sich zu behalten.

Biel, der an diesem Abend ein nagelneues schwarzes Lacoste-Polohemd trug, lauerte auf eine Gelegenheit, mit Gina allein zu sein. Es war nicht so leicht. Dank ihrer Enthüllung war sie zum Star des Abends geworden, und alle wollten wissen, wie es ihr ging – sie schlage sich so durch, wie jeder andere auch –, was sie beruflich machte – Professorin für Kunstgeschichte an der Universität von Barcelona –, ob sie Kinder hatte – nein –, ob sie verheiratet war – auch nicht –, ob sie einen Partner hatte – worauf sie lediglich erwiderte, heute Abend nicht –, wie sie es anstellte, sich ein so jugendliches Aussehen zu bewahren – so weit sie es nicht ihren Genen zu verdanken habe, bezahle sie mit ihrer Kreditkarte dafür …

Als die anderen sie endlich wieder in Ruhe ließen und sie ein paar Schritte über den Schulhof schlenderte und still über die nächtliche Stadt blickte, trat Biel von hinten an sie heran. Ohne sich umzudrehen, sagte Gina:

»Lass dich umarmen, Verräter.« Sie ahnte, wer da stand. »Da hast du ja was angezettelt, Biel, du alter Schlawiner.«

Gina bemerkte Biels herben Schweißgeruch. Biel fand, dass Ginas Parfüm das süßeste von allen war. Der Mann, der schon vor seinem vierzigsten Lebensjahr kein einziges Haar mehr auf dem Kopf hatte, begann das Gespräch mit einem ganz bestimmten Satz, um Gina auf die Probe zu stellen.

»Nie werde ich den Moment vergessen, in dem ich dich zum ersten Mal bewusst wahrgenommen habe.«

»Das hast du mir schon einmal gesagt, und dann sind wir im Bett gelandet. Mach dir keine falschen Hoffnungen, Biel, heute wirst du nicht so viel Glück haben.«

»Das sollte keine Anmache sein, aber …«

»Und unter mein Bett würdest du auch nicht mehr passen«, bemerkte Gina und starrte ihm dreist auf den Bauch. Sie war drauf und dran, ihn anzufassen, traute sich dann aber doch nicht, weil sie dachte, wie sehr es sie ärgern würde, wenn jemand ihren Bauch berührte, und wenn der noch so flach war.

»Und dein Vater könnte mich auch nicht mehr herausziehen wie eine Frühlingszwiebel, wohl wahr. Er bekäme mich gar nicht mehr vom Fleck.«

Sie lachten. Gina umarmte ihn und küsste ihn geräuschvoll auf die Wangen. Biel zog an seiner Zigarette und atmete den Rauch in feinen Schwaden aus. Gina war ihm dankbar, dass er sich abwandte, damit sie den Qualm nicht ins Gesicht bekam.

»Lebt er noch?«

»Wer?«

»Dein Vater.«

»Ach so, ja, und ob. Er hat eine neue Familie, stell dir vor. So bin ich in meinem Alter noch zu zwei sehr niedlichen Brüderchen gekommen, acht und sechs Jahre alt. Irrsinnig verzogene Bälger. Anstelle eines Vaters haben sie einen Opa, der ihnen alles durchgehen lässt und sie nach Strich und Faden verwöhnt. Die beiden sind derartige Tyrannen, dass kaum noch jemand zu Besuch kommen mag. Mir persönlich tut er leid. Aber wenn er glücklich ist …«

»Ist er denn glücklich?«

Gina wusste nicht, was sie darauf antworten sollte. Und Biel interessierte es im Grunde auch gar nicht.

»Du lebst in London, sagst du?«

»In der Nähe, fünfundzwanzig Minuten mit der U-Bahn. Aber ich arbeite in der Fleet Street in der Innenstadt, das ist die Straße, wo die ganzen Zeitungsredaktionen sind, weißt du? Neben Saint Paul's Cathedral, wo Lady Di damals den Kerl mit den großen Ohren geheiratet hat.«

Gina musste lachen. »Ich war schon lange nicht mehr in London«, sagte sie dann. »Mir ist Paris lieber, da war ich schon sehr oft. Aber zurzeit stecke ich in einer Geschichte, ich kann dir sagen … Ich bin dabei, das zehntausendteilige Puzzle meiner Mutter zusammenzusetzen.«

Biel machte ein verblüfftes Gesicht. »Zehntausend Teile?«

»Bildlich gesprochen.«

»Ja, hat deine Mutter denn gern gepuzzelt?«

»Nein, nein, ach was, na ja, ich weiß es nicht … Ich versuche, das Leben meiner Mutter zu rekonstruieren. Gewisse Episoden. Entscheidende Momente. Mir ist irgendwann klar geworden, dass ich fast nichts über sie weiß und, abgesehen von wenigen, sehr sporadischen Erinnerungen, keine Vorstellung von ihr habe. Und dass ich sie unbedingt besser kennenlernen wollte. Es war – und ist – eine wahre Obsession. Als müsste ich herausfinden, wie sie war, wie sie lebte, wie sie dachte, um mich selbst akzeptieren zu können. Und jetzt gib mir eine Kippe.«

»Du rauchst?«

»Jetzt schon.« Beim Anblick von Biels erstaunten Augen hatte Gina das Gefühl, ihm eine Erklärung zu schulden. »Nun guck nicht so. Ich habe einfach Lust auf eine Zigarette, der Abend ist es wert, und ich muss dir eine so … so … spannende, aufregende, unfassbare Geschichte erzählen, wie du noch keine gehört hast. Ich bin mir immer noch nicht sicher, ob es ein Krimi ist oder ein Märchen. Was ich über meine Mutter in Erfahrung gebracht habe, ist kaum zu glauben. Hast du Zeit dafür?«

»Na, wenn du es mir so schmackhaft machst …«

»Ich warne dich aber schon mal vor, denn noch weiß ich nicht, wie die Geschichte ausgeht, und möglicherweise werde ich sogar deine Hilfe brauchen. Derzeit sitze ich mitten in einem Haufen Puzzleteilchen, die ich zusammenzufügen versuche. Ein Stück hier, ein Stück dort …«

»Und was hat das mit Paris zu tun? Komm, wollen wir uns setzen?«

Sie kehrten an einen der verlassenen Tische zurück. Überall zerknüllte Servietten, fast heruntergebrannte Teelichter, benutzte Espressotässchen und etliche halbvolle Weingläser mit Lippenstiftspuren. Die anderen hatten sich in den roten Hof verzogen, wo es eine Bar, freie Getränke, einen DJ und drei Lautsprecherboxen gab, die jetzt so gewaltig wummerten, dass es selbst den Toten auf dem Friedhof gegenüber der Schule zu viel werden musste. Im Hof mit den drei Pinien hielt sich niemand mehr auf. Sie setzten sich auf zwei Klappstühle, Biel zog sich einen Aschenbecher heran, und Gina schlüpfte aus ihren hohen Schuhen – oh, was für eine Wohltat! Das Kitzeln der Piniennadeln an den Fußsohlen fühlte sich erfrischend an.

»Meine Mutter hatte eine Cousine in Paris, na ja, bei Paris, in Croissy-sur-Seine. Die Seine ist, damit du mich richtig verstehst, so was wie die Themse in London.«

»Scherzkeks.«

»Als Kinder waren Paulina und Júlia unzertrennlich. Keine von beiden hatte Geschwister, und so waren sie eher Schwestern als Cousinen. Aus Sparsamkeitsgründen, ihre Familien hatten nicht viel Geld, fuhren sie immer gemeinsam in die Sommerferien. Sie mieteten dann ein Häuschen in Sant Pol, und die beiden Mädchen hingen den ganzen Tag zusammen. Sie verbrachten ihre Zeit am Strand, im Dorf beim Gummitwist oder lernten im Patio, der nachmittags im Schatten lag und der kühlste Platz in Can Botey war. Sie waren so aufeinander eingespielt, dass sie manchmal zum Spaß versuchten, ihren Atemrhythmus zu synchronisieren. Sie schliefen im selben Zimmer und wechselten sich mit dem beliebteren Bett am Fenster von Sommer zu Sommer ab. Als sie älter wurden, vernachlässigte meine Mutter die Schule, aber ihre Cousine war eine Musterschülerin. Sie bekam ein Stipendium und ging zum Studieren an die Sorbonne, wo sie Alain kennenlernte, einen großen, kräftigen Philosophiestudenten, sie verliebten sich ineinander, heirateten und blieben in Paris.«

»In diesem Sowieso-sur-Seine.«

»In Croissy, ganz genau. Überflüssig zu sagen, dass meine Mutter zur Hochzeit eingeladen war. Nicht nur als Gast, denn ihre Cousine bat sie, ihre Trauzeugin zu sein. Ich habe mir in den letzten Tagen die Hochzeitsfotos angesehen. Meine Mutter ist auf vielen Bildern, glückstrahlend, mit dem Brautpaar, allein, mit dem Brautstrauß … Meine Mutter sah wundervoll aus. Wie ich, nur viel hübscher.«

Wieder lachten sie mit der Unbefangenheit alter Schulfreunde, die sich zwar zwanzig Jahre nicht gesehen hatten, sich aber immer noch mit einem Blick verstanden.

»Alain und Julie, wie sie dort hieß, hatten zwei Töchter. Meine Cousinen. In Wahrheit sind Fabienne und Laurence meine Cousinen zweiten Grades, aber in einer so kleinen Familie wie der unseren hält man sich mit solchen Spitzfindigkeiten nicht auf. Vor sechs Monaten, kurz nach Weihnachten, eines Morgens in aller Frühe, ruft mich Fabienne an und erklärt mir weinend, ihre Mutter sei an einem Herzschlag gestorben, als sie in ihrem Garten Geranien pflanzte. Ich lasse alles stehen und liegen, sage meine Vorlesungen ab und fahre nach Paris, um meinen französischen Cousinen beizustehen. Ein Drama. Wie überall und in jeder Familie, wenn jemand vorzeitig stirbt. Was noch schlimmer ist, wenn es völlig unerwartet geschieht. Aber letztlich nicht trauriger oder tragischer oder außergewöhnlicher, irgendwie muss man es sowieso durchstehen, du verstehst schon, was ich meine. Bei meinem Eintreffen ist Alain natürlich fix und fertig. Er liegt nur auf dem Sofa und ist zu nichts zu bewegen. Stell dir vor, ein Philosoph, der mit einem Mal keine Antworten mehr weiß. Fabi und Laurence, auch am Boden zerstört. Nun ja, wir organisierten die Beerdigung, laizistisch, mit einer Trauerrednerin, die ihre Sache sehr gut machte, und ein paar Musikern, denen wir die Partitur von *L'Emigrant* für Streichertrio besorgt hatten und die sich große Mühe gaben. Ich blieb noch zwei Tage länger. Am letzten Morgen kramte Fabi, die sich einen Tag freigenommen hatte, um mich zum Flughafen zu bringen, im Kleiderschrank ihrer Mutter herum, sortierte Sachen zum Verschenken aus, Schuhe zum Wegwerfen, Hutschachteln und so weiter ... Alles sehr französisch, du weißt schon, ziemlich prätentiös und zum Teil längst aus der Mode. Klamotten, die ich nie im Leben anziehen würde. Und in diesem Schrank von Tante Júlia fand meine Cousine in einer beigefarbenen quadratischen Schachtel, die sie, wie sie sagte, noch nie gesehen hatte, ein Bündel Papiere und schaute sie durch. Sie blätterte, las, legte sie in mehreren Stapeln aufs Bett. Und plötzlich sagt sie zu mir: Gina, das verstehe ich nicht. Das ist gar nicht von meiner Mutter, sondern von deiner. Sie sprach französisch und betonte ausdrücklich die Possessivpronomen, doch ich begriff trotzdem nicht sofort und fragte: Wie bitte? Sie fischte drei Umschläge ohne Absender heraus, die an Julie Homs, Rue Sowieso Nr. 2 in Croissy-sur-Seine, adressiert waren. Oberhalb der Anschrift, direkt unter dem Poststempel, stand *A l'attention de Mme. Paulina Homs*. Meine Mutter. Zwei waren offen, der dritte verschlossen. Als hätte nie jemand den Brief herausgenommen. Natürlich machte ich ihn auf, las alle drei Briefe und war tief erschüttert. Auf dem Heimflug las ich sie wieder und wieder, ich weiß nicht, wie oft, und seitdem, es ist schon einige Monate her, versuche ich nachzuvollziehen, was hinter alldem stecken mag und wer meine Mutter in Wirklichkeit war. Ich bin mir nicht sicher, ob ich das sagen sollte, Biel, aber ich würde mich freuen, wenn du mal vorbeikommen und einen Blick auf diese Briefe werfen könntest. Vielleicht fällt dir ja etwas dazu ein.«

»Von mir aus gern«, sagte Biel. Was stark untertrieben war. Einfach mit Gina zusammen zu sein, war für ihn das größte Glück. »Wohnst du noch in der Studentenwohnung?«

»Nein, inzwischen wohne ich in einer Professorenwohnung, du wirst es nicht glauben.« Gina sprang auf, so dynamisch, wie ihre Schulkameraden es von jeher an ihr gewohnt waren. »Tanzen wir?«

»Geh du tanzen. Ich hole mir einen Gin Tonic.«

7.

Von allen Büchern dieses eine

»Ich komme mit.«

»Nach Paris?«

»Zum Flughafen.«

Einen Moment hatte Paulina sich regelrecht erschrocken. Sie hätte sich eigentlich gefreut, wenn ihr Mann sie zur Hochzeit ihrer Cousine begleitet hätte, im Augenblick des Missverständnisses jedoch zuckte sie zusammen. Es wäre höchst verwunderlich gewesen, wenn ein so dickköpfiger Mann wie er es sich mit einem Mal anders überlegt hätte. Und sie hatte Júlia schon vor etlichen Wochen mitgeteilt – zwei Monate mochten seit dem Eintreffen der offiziellen Einladung vergangen sein –, dass ihr Mann bedauerlicherweise nicht werde teilnehmen können, weil er zu diesem Zeitpunkt die jährliche Messe in Düsseldorf vorbereiten müsse, wo in vier Tagen so viele Scheibenwischergestänge verkauft würden, dass der gesamte Jahresumsatz damit stehe und falle. Wer im Auto unterwegs sei und die Scheibenwischer in Gang setze, weil es anfange zu regnen, der mache sich keine Gedanken darüber, dass diese Gelenke und Stäbchen, die für eine gleichmäßige Bewegung der Wischblätter sorgten, ja von jemandem hergestellt werden müssten. Und je mehr Autos verkauft würden, desto mehr Scheibenwischer würden gebraucht, und Manuels Maschinen produzierten die Stäbchen aus rostfreiem Stahl rund um die Uhr in drei Schichten täglich. Die Arbeiter wechselten alle acht Stunden, aber die Maschinen dürften nicht stillstehen. Das alles hatte sie Júlia am Telefon erzählt, um ihren Mann zu entschuldigen, und sie konnte schlecht vierundzwanzig Stunden vor der Hochzeit anrufen und sagen, tut mir leid, meine Liebe, aber Manuel kommt nun doch mit, und wenn bei Seat und Renault die Produktion stockt, weil die Lieferung der Scheibenwischergestänge ausbleibt, sollen die ihn mal kreuzweise. Sie konnte Júlias Planungen nicht so kurzfristig durcheinanderbringen, schließlich wusste sie, wie ihre Cousine – die hingebungsvolle Braut – sich den Kopf über die Sitzordnung zerbrochen, um Ausgewogenheit gerungen, Unerwartetes ausgeschlossen und so viele Unwägbarkeiten berücksichtigt hatte, dass es einer mathematischen Formel bedurft hätte, damit am Ende alles aufging: Diese sind mit jenen verwandt, die hier können die da nicht riechen, das sind Konkurrenten von denen dort, die ist ein Biest, das keiner ausstehen kann, das von der Gästeliste zu streichen, *Monsieur* sich aber nicht getraut hat. Und als ob es damit nicht schon schwierig genug gewesen wäre, galt es bei der Zusammenstellung der Zehnertische für die Hochzeitsgäste eines französischen Bräutigams und einer katalanischen Braut obendrein, das Problem der sprachlichen Verständigung zu bedenken. Paulina war überzeugt, dass Júlia sich sogar gefreut hätte, Manuel zu sehen, wenn sie mit ihm in der Kirche aufgetaucht wäre, und im Handumdrehen einen Platz für ihn gefunden hätte. Doch seit er den Umschlag mit der Einladung geöffnet und erfahren hatte, dass Júlia und Alain am 12. Juni 1981 im Bois de Vincennes ihre Eheschließung feiern würden, hatte er sich nicht erweichen lassen, eine so lange Reise nach Paris zu unternehmen. Nicht einmal, als sich Paulina in dem Negligé, in dem man ihr unmöglich etwas abschlagen konnte, auf die Armlehne seines Sessels setzte und sich an ihn schmiegte.

»Fünf Tage für eine Hochzeit?«

»Sie ist meine Cousine. Ich kann nicht hinfahren, kurz hallo sagen und wieder verschwinden. Außerdem ist es Paris …«

»Drei Tage Schaufenster gucken, ich kann es mir lebhaft vorstellen …«

»Shoppen gehen kann ich allein. Das bin ich gewohnt. Aber zur Hochzeit doch nicht …«

»Mach, was du willst, aber lass mich aus dem Spiel.«

»Júlia ist wie eine Schwester für mich.«

»Dann fahr halt allein.« Er steckte die Einladung von Júlia und Alain wieder ins Kuvert. »Aber spiel nicht die beleidigte Leberwurst.«

Sie hätte sich gefreut, wenn Manuel mitgekommen wäre. Sie hätte ihn gern Júlias französischen Freunden und ihrer neuen Familie vorgestellt und sich sagen lassen, was für ein interessanter Typ, dein Mann, und wie gut er aussieht, diese attraktive Nase, diese Persönlichkeit … Doch er blieb stur, und Paulina wollte sich nicht mit ihm anlegen. Sie wusste, dass er Hochzeiten nicht leiden konnte. Er murrte, weil er die harten Schuhe anziehen musste, und ärgerte sich schon im Voraus, weil sie, obwohl auf Hochglanz poliert, gewiss eingestaubt sein würden, bis er für das vermaledeite Foto mit dem Brautpaar posieren musste. Er klagte über das durchgeschwitzte Hemd, das bloß keiner bemerken durfte, und jammerte, dass er in der Nähe der Kirche gewiss keinen Parkplatz finden würde, und über den endlosen Aperitif im Stehen, die tollpatschigen Kellner, die beim Einschenken den Wein aufs Tischtuch tropfen ließen, die Temperatur des Filets, das ihm außen zu verbrannt und innen zu kalt war … Normalerweise war das gar nicht seine Art. Manuel war leicht zufriedenzustellen. Er hatte seine Macken, wie jeder andere auch, hielt sie aber im Zaum. Alles in allem konnte Paulina sich nicht beklagen. Aber sie lebte schon lange mit ihm zusammen und wusste, dass er sich, wann immer sie zu einer Hochzeit eingeladen waren, über alles aufregte, lange schon bevor sie das Haus verließen, bis er bei der Rückkehr im Aufzug die unbequemen Schuhe wieder ausziehen konnte. Vielleicht war es wirklich besser, wenn sie allein fuhr und Gina, die ihnen mit ihren fünf Jahren schon wie ein großes Mädchen vorkam, mit Manuel zu Hause ließ. Mit ihrer Haushälterin Isabel, besser gesagt, die bei Bedarf auch über Nacht bleiben würde. Die Wohnung in Eixample, alt und mit hohen Kassettendecken, hatte einen vorderen und einen hinteren Teil. Das Esszimmer ging zum Carrer Muntaner, wo sich das größte Lampengeschäft der Stadt befand, das Schlafzimmer der Eltern und Ginas Zimmer lagen im rückwärtigen Bereich mit Blick auf den Innenhof. Isabel, die den Auftrag hatte, jeden Tag Staub zu saugen, war überzeugt, dass die Wohnung, knapp gerechnet, zwanzig Räume haben musste. Und einer davon, einer der drei innenliegenden, fensterlosen, war ihrer. Man hatte ein Bett und einen Spiegelschrank hineingestellt und ein Plakat mit Olivenbäumen aus Jaén – eine Kindheitserinnerung – an die Wand gehängt, damit in Fällen wie diesen die Haushälterin dort schlafen konnte.

»Du musst sie lediglich in die Schule bringen und zum Abendessen zu Hause sein, Manuel. Mehr verlange ich gar nicht. So sieht Gina dich für eine Weile, und du kümmerst dich ein bisschen um sie, versprich mir das, denn sie war ja noch nie fünf Tage ohne mich. Das ist für mich schon hart genug, aber für Gina …«

»Fünf Tage, du lieber Himmel! Du tust ja gerade so, als wären es fünf Monate.«

Manuel schüttelte den Kopf, doch dann widersprach er nicht weiter, er wollte Paulina nicht aufregen. Wenn er die ehelichen Abgründe aufgerührt hätte, wäre nicht abzusehen gewesen, wohin die Diskussion noch geführt hätte. Und in ihrem Haus herrschte ein zivilisierter Umgang in Wort und Tat. Den Schlüssellochtest hätten sie mit Bravour bestanden. Sie liebten sich. Sie achteten einander. Zweimal im Monat schliefen sie miteinander, manchmal auch dreimal. Das genügte beiden. Manchmal ging die Initiative von ihm aus, und gelegentlich war es Paulina, die ohne Nachthemd ins Bett schlüpfte und ihn nur mit dem Leintuch bedeckt erwartete, um ihn zu überraschen. Sie zählten nicht mit. Und wenn sie gelegentlich darüber sprachen, waren sie sich einig, dass seit der Geburt der kleinen Georgina die Gewohnheit, die Lustlosigkeit, die Müdigkeit und das alles …

»Was die Leute wohl über uns denken würden, wenn sie uns durchs Schlüsselloch zusähen?«, hatte Paulina Manuel bei einer ihrer ersten Verabredungen gefragt.

»Keine Ahnung.«

»Hast du dir nie vorgestellt, wie es bei deinen Bekannten oder den Paaren, mit denen deine Eltern befreundet sind, zu Hause zugeht? Auf der Straße, in der Öffentlichkeit, hat jeder ein bestimmtes Gesicht, aber wie sind die Leute, wenn niemand sie beobachtet? Welche Entdeckungen wir wohl machen würden, wenn wir sie durchs Schlüsselloch betrachteten?«

Sich das Leben der anderen vorzustellen, war ein Spiel, das Manuel nie betrieben hatte. Doch war er von diesem Moment an dazu genötigt. Paulina wurde seine Frau, und das Schlüssellochspiel hielt Einzug in die Familie wie Mensch ärgere dich nicht oder Dame. Über den Nachbarn aus dem zweiten Stock sagte Paulina, wenn man ihn durchs Schüsselloch beobachten würde, sei er bestimmt nicht so zuvorkommend, wie er sich nach außen hin gab. Wenn wir Aparicio, dem Vorarbeiter der Fabrik, durchs Schlüsselloch zusähen, fänden wir wahrschcinlich heraus, dass er eine dunkle Seite hat. Ich weiß nicht, ob er auf Männer oder Frauen oder sonst was steht. Und wenn uns jemand durchs Schüsselloch beobachtete, wie würde der uns wohl sehen? Diese Frage stellte immer Paulina.

»Na ja. Er würde denken, dass wir ganz normal sind.« Diese Antwort gab in aller Seelenruhe immer Manuel. »Eine harmonische Familie.«

Die Ereignisse im Hause Castro Homs taugten nie für große Schlagzeilen. Als Manuel eines Morgens ohne Schnurrbart aus dem Bad kam, war das schon eine Sensation, die ihnen wochenlang Gesprächsstoff lieferte. Die Frage, ob sie die Ferien im Hotel Can Morros in Torredembarra verbringen oder das Auto auf die Fähre nach Menorca verladen und sich in Cala Galdana einmieten sollten, köchelte friedlich auf kleiner Flamme. Mit Ginas Zimmer war es dasselbe. Jetzt, da die Babyeinrichtung überholt war und gegen ein Kinderzimmer für eine Fünfjährige ausgetauscht werden musste, traf Paulina die Entscheidungen und Manuel, nach einem flüchtigen Blick auf die Zeichnung und einem etwas gründlicheren auf den Kostenvoranschlag, segnete sie bereitwillig ab. Wenn seine Frau es in Ordnung fand, gab es nichts weiter zu bereden.

Ihre Gefühle gemäßigt, die Leidenschaft mit der Zeit gezähmt. An Illusionen das Nötigste. Dramen höchst selten. Mehr Küsse als Tränen, aber von nichts zu viel. Von allem ein bisschen. Ein wenig Verspieltheit, ein wenig Humor.

Und keine Ängste, was schon viel heißen will. Hätte man sie durchs Schlüsselloch belauert, hätte man keine knallenden Türen erlebt, kein Ich-hab-die-Schnauze-voll!, keinen Mordversuch oder, um es weniger drastisch auszudrücken, keine Anwandlungen, alles zum Teufel zu jagen. Wutausbrüche schon, wie überall. Aber keine Auseinandersetzung, die ihr Familienleben ernsthaft bedroht oder sie gezwungen hätte, ihr Glück auf einer Skala von 0 bis 10 zu bewerten. Besser als 6, dem nationalen Durchschnittswert? Oder hatten sie sich genau in der Mitte eingependelt? Weil sie die Antworten nicht wissen wollten, stellten sie sich gar nicht erst solche Fragen.

Mag sein, dass sie nicht mehr vor Liebe brannten, aber damit bestand auch nicht die Gefahr einer Feuersbrunst. Manuel Castro und Paulina Homs waren es ganz zufrieden. Jeder verfügte über seinen persönlichen Freiraum. Mittwochs – um die Woche zu unterteilen – ging Paulina mit ihren Freundinnen in irgendeine Ausstellung, und anschließend gönnten sie sich ein Abendessen in einem guten Restaurant. Isabel, die sich ebenfalls der familiären Routine hatte anpassen müssen, nahm dann ein Taxi, holte die kleine Gina von der Schule ab und brachte ihr einen Imbiss und eine Flasche Wasser mit. Manuels donnerstäglicher Pokerabend – das wussten alle – war heilig. Was auch geschehen mochte, die Partie mit seinen Freunden war seit vielen Jahren, schon zu Junggesellenzeiten, unantastbar. Alle vier Wochen war die Reihe, die Kartenspieler zu bewirten, an Paulina. Sie stellte argentinische Sandwiches aus Kastenweißbrot bereit und entkorkte den Wein, danach verzog sie sich zum Lesen in ihr Zimmer und ließ die Männer Zigarren rauchen, trinken und um einen Höchsteinsatz von zwanzig Duros pro Partie spielen, bis Manuel um halb zwei Uhr morgens verkündete, die Nacht sei zum Schlafen da.

»Was werden Sie mit nach Paris nehmen, Senyora?«, fragte Isabel, die, wäre sie nicht so klein und gedrungen und die Hausherrin so groß und schlank gewesen, zu gern Paulinas Kleiderschränke aufgemacht und die Sachen durchprobiert hätte. Am liebsten wäre sie selbst zu einer Hochzeit nach Paris gefahren, einer Stadt, in die sie wohl niemals kommen würde.

»Das weiß ich noch nicht, Isabel. Ich denke schon seit Tagen darüber nach.«

Füllen und leeren. Aufbauen und zerschlagen. Wachsen lassen und ausreißen. Ein Gebäude, eine Pflanze, eine Beziehung. Oder einen Koffer. Was für einen Unterschied es doch machte, ob man einen Koffer zum Verreisen oder für die Heimfahrt packte. Vorher musst du aus deiner gesamten Habe eine Auswahl treffen. Darunter Sachen, die du schon ein Leben lang mit dir herumschleppst, die du im Lauf der Zeit angehäuft hast, brauchbare, nutzlose und solche, an die du dich nicht einmal erinnerst, die aber mit einem Mal wieder auftauchen, wenn du am wenigsten mit ihnen rechnest. Von all den Kleidern, dieses. Von den Sonnenbrillen, den Uhren, diese. Von all den Büchern, eines. Ein einziges auszuwählen, ausgerechnet dieses, ist ungerecht gegenüber den anderen Autoren und den anderen Geschichten, die weiter darauf warten müssen, dass jemand sie aussucht, aus dem Regal zieht und aus ihrem Dämmerschlaf weckt. Für die Reise nach Paris wählte Paulina *Die Meere des Südens*. Das Bild von Gauguin auf dem Schutzumschlag sprang ihr ins Auge. Sie entsann sich, dass das Buch im Jahr zuvor den Planeta-Preis gewonnen hatte und ein Geschenk ihres Mannes zu Sankt

Georg gewesen war. Manuel hatte angenommen, dass ihr die Romane von Vázquez Montalbán gefallen müssten, doch Paulina hatte noch nie einen über den Detektiv Carvalho gelesen und fand, dies sei der rechte Moment, ihn zwischen den Kulturbeutel und das Jäckchen aus Leinenstrick zu legen.

Für die Rückreise gilt all das nicht. Der Koffer ist im Handumdrehen gepackt. Es muss schnell gehen, denn um zwölf setzen sie dich auf die Straße. Du siehst nach, ob du nicht etwas im Bad, im Schrank oder in den Schubladen über der Minibar liegengelassen hast, die bei jedem Öffnen so intensiv nach Holz riechen, als hätte sie seit Jahrhunderten niemand herausgezogen. Du zerrst den Schlafanzug unter dem Bettzeug hervor, stopfst alles wild durcheinander in den Koffer und machst dich auf den Heimweg. Erinnerungen werden nicht eingepackt oder am Flughafen aufgegeben. Und auch die Grobiane von der Sicherheitskontrolle können ihnen nichts anhaben.

Paulina zählte die Wäschegarnituren, vier Büstenhalter und vier Höschen. Fünf, für alle Fälle. Dann fing sie bei den Schuhen an. Die ausgesuchten Sachen legte sie aufs Bett. Isabel erbot sich, ihr zu helfen, doch die Senyora wollte selbst packen und dabei lieber allein sein. Paulina schloss die Zimmertür und setzte ihr Ritual fort. Die Cowboystiefel von Daniel Carbocci und ein Paar bequeme Slipper von Castañer. Für die Hochzeit hatte sie sich außerdem halbhohe schwarze Pumps von Ferragamo gekauft. Jetzt weiter oben. Eine neue Jeans von Calvin Klein, wie die von Brooke Shields in *Die blaue Lagune*. Wobei es in dem Film um einen Teenager ging und Paulina schon stramm auf die dreißig zuhielt. Zum Kombinieren mit der Jeans wählte sie ein weißes T-Shirt, eine helle Seidenbluse und einen senffarbenen Pullover von

Ferrer i Sentís. Und einen breiten Ledergürtel, den sie zu allen diesen Teilen tragen konnte. Mit den Kleidern war es schwieriger. Bei *Groc*, dem Laden von Antoni Miró, hatte sie sich ein geometrisch geschnittenes Kleid gekauft, das ziemlich viel hermachte. Es hatte einen originellen, modernen Schnitt, der durch die erdigen Naturtöne abgemildert wurde, und wann immer sie darin ausgegangen war – höchstens drei oder vier Mal –, hatte man ihr gesagt, wie hübsch, elegant und schlank sie wirke. Und es stimmte. Das musste sie selbst zugeben, wenn sie sich im Spiegel betrachtete. Auch legte sie noch Broschen, Ohrringe und als Blickfang ein paar große, auffällige Armreifen bereit. Und zu guter Letzt das Allerwichtigste: das Kostüm für die Hochzeit. Sie nahm es aus der Hülle, um es rasch noch einmal anzuschauen, bevor sie es in den Koffer legte. Sie war sehr stolz darauf, und sie würde ihre Cousine damit nicht in den Schatten stellen. Suzie Lindberg vom Yves-Saint-Laurent-Laden im schickeren Teil der Diagonal hatte ihr das Tailleur auf den Leib geschneidert, ein schmal geschnittenes, fast galaktisch anmutendes Jackett in einem elektrisierenden Blau, das auf Júlias Hochzeitsfest der Knaller sein könnte. Entweder es würde sehr gefallen, oder man würde hinter vorgehaltener Hand darüber lästern. Der Rock reichte bis knapp unters Knie und brachte ihren festen Hintern und die aufsehenerregenden Beine gut zur Geltung.

»Ich geh schon dran!«, rief sie laut, damit Isabel es hörte, und griff nach dem läutenden Telefon auf ihrem Nachttisch. Am anderen Ende der Leitung stammelte ihr Mann Entschuldigungen.

»Im Ernst, Manuel. Das verstehe ich doch. Ich nehme ein Taxi zum Flughafen, kein Problem. Ich habe Zeit genug.

Und dort schnappe ich mir einen Gepäckkarren, denn ich fürchte, dass ich nicht alles, was ich mitnehmen möchte, in einem Koffer unterkriege. Aber wenn du zu tun hast, mach dir keine Gedanken. Ich habe Verständnis dafür. Ehrlich. Tu, was du tun musst … Ja, natürlich weiß ich, dass du versprochen hast, mich hinzubringen, aber es ist wirklich nicht schlimm, Manuel. Ich nehme ein Taxi und fertig. Sobald ich in Paris bin, melde ich mich. Sei unbesorgt. Ich rufe jeden Abend an, um mit Gina zu sprechen. Küsschen. Ja. Ich dich auch. Bis Dienstag …«

Jetzt noch den Kulturbeutel und das Buch von Montalbán und die Strickjacke für alle Fälle. Als alles auf dem Bett ausgebreitet war – huch, fast hätte ich das Nachthemd vergessen –, beschloss Paulina, auch einen Regenmantel mitzunehmen. In Paris gab es im Frühjahr jeden Tag Schauer. Trotz des Sprichwortes *Mariage pluvieux, mariage heureux* betete Júlia gewiss, dass es an ihrem Hochzeitstag nicht regnen möge. Vor allem am Abend nicht, wenn in La Fermette im Bois de Vincennes die Party steigen sollte und die über hundert Geladenen in einem prächtig geschmückten Boot zur Île des Minimes übersetzen würden. Paulina nahm sich vor, in der Abflughalle noch vorsichtshalber einen Knirps zu kaufen. Ihrer hatte bei seinem letzten Einsatz das Zeitliche gesegnet.

8.

Ich habe euch an denselben Tisch gesetzt

Das Gästezimmer hatte ein Fenster zum Hof. Paulina legte die beiden Koffer aufs Bett, klappte sie auf und zog dann die dünne Gardine vor. Sie wollte nicht von den Nachbarn gegenüber beobachtet werden, während sie sich für die Hochzeit zurechtmachte. Das Haus der Dugarrys war fast identisch mit dem ihrer Cousine, ein einstöckiger Klinkerbau mit winziger Mansarde und Vorgarten, einem Unterstand für einen einzigen Pkw und einem Hinterhof, der im Vergleich zu Julies etwa verwahrlost wirkte. Bei ihrer Cousine befanden sich dort der Grill, das aufgestapelte Brennholz, Blumen in alten Steinkübeln und zwei tückische Liegestühle, die einem einen bösen Streich spielen konnten, wenn man beim Hinsetzen nicht genau die Mitte traf.

In der Woche vor der Hochzeit hatte Julie sich – ohne Unfall – darin ausgestreckt, sooft die Sonne über Croissy-sur-Seine geblinzelt hatte. Sie wollte bei ihrer Trauung, auf der Feier und vor allem für die Fotos hübsch gebräunt sein. Diese Fotos waren schließlich fürs ganze Leben und darüber hinaus. Die Kinder würden sie betrachten, die Enkel würden sie erben, und eines Tages würden die Urenkel vor der Flurkommode stehen bleiben und sagen, die da auf dem Bild sind, glaube ich, meine Urgroßeltern mütterlicherseits an ihrem Hochzeitstag. Auf die Rückseite des Rahmens hätte jemand »12. Juni 1981« geschrieben. Sieh nur, wie schön Oma Júlia da war … Nur dass von Oma Júlia dann nichts mehr übrig sein würde, die Würmer hätten sie längst aufgefressen.

Es gäbe nur noch das Foto einer sonnengebräunten, glückstrahlenden Braut am schönsten Tag ihres Lebens.

Paulina zog die Tür von ihrem Zimmer lächelnd zu. Zu laut war das aufgeregte Geschnatter der Friseusen, Büglerinnen, Modistinnen und Kosmetikerinnen, das aus Julies Zimmer drang. Sie alle waren viel zu nervös. Paulina wollte sich davon nicht anstecken lassen. Sie hatte diesen ganzen Zirkus vor fünf Jahren selbst durchgemacht. Manuel Castro und Paulina Homs hatten sich, jung und verliebt, in der Empfängniskirche in Barcelona die Ringe angesteckt und sie seit jenem Tag im Mai nie wieder abgenommen. Das Festmahl hatten sie in der Fonda España veranstaltet und ihre Hochzeitsnacht im Hotel Oriente auf der Rambla verbracht – ein Geschenk, das sie Manuels Pokerkumpanen zu verdanken hatten. Zwei Tage später waren die Frischvermählten in ihrem nagelneuen Wagen über die nebelverhangene Autobahn, die Italien von Westen nach Osten kreuzt, nach Venedig gefahren. Keiner von beiden war je zuvor in dieser Stadt gewesen, und obwohl man sie vor dem Gestank der Kanäle gewarnt hatte, fanden sie ihn halb so wild.

Ein Handtuch um den Kopf gewickelt, kam Paulina aus der Dusche. Sie musterte sich im Spiegel, zuerst nackt, dann in Slip und BH, wie es neunundzwanzigjährige Frauen tun, wenn sie Schwachpunkte suchen, wo es keine gibt.

Es dauerte eine ganze Weile, bis ihr langes Haar trocken war, obwohl die Friseuse, die mit drei Metallkoffern voller Utensilien angereist war, um die Braut zu frisieren, ihr einen professionellen Handföhn geliehen hatte. Mit der Geschicklichkeit, die sie sich im Lauf der Zeit angeeignet hatte, steckte sie ihre Haarpracht selbst zu einem weichen Knoten, der den Nacken freigab und sie, falls überhaupt möglich, noch eleganter wirken ließ. Vielleicht sah sie damit älter aus, als sie war, doch das war ihr gleich. Das eigens zu diesem Anlass geschneiderte Kostüm hatte sie sofort nach ihrer Ankunft aus dem Koffer genommen und aufgebügelt. Wie es da im Gästezimmer am Spiegelschrank hing, gefiel es ihr sehr.

Ehe sie es anzog, öffnete sie ihr Schminktäschchen und betonte ihre türkisfarbenen Augen mit einem diskreten Abend-Make-up. Die Lippen bemalte sie sich mit tiefrotem Lippenstift, einmal ist keinmal, und in Paris kennt mich ja niemand. Anschließend tupfte sie den Mund mit einem Kosmetiktuch ab, um die überschüssige Farbe zu entfernen und auf Gläsern und Tassen keine Spuren zu hinterlassen.

»Du siehst bildhübsch aus«, sagte die Braut zu ihr, als der Chauffeur ihnen die Tür des präsidentialen Citroëns aufhielt.

»Heute gibt es hier nur eine bildhübsche Frau, damit das klar ist.«

»Gefalle ich dir? Ernsthaft? Bin ich nicht zu …?« Júlia zupfte an ihrem Kleid herum. Sie brauchte Zustimmung, und die von ihrer Cousine war ihr besonders wichtig. Sie waren immer sehr ehrlich miteinander.

»Du bist die schönste Braut von ganz Paris, sei unbesorgt. Nur fühle ich mich ein bisschen komisch hier …«

Júlia hatte darauf bestanden, dass Paulina mit ihr zusammen im Auto zur Kirche fuhr. Aber selbstverständlich. Was für ein Unsinn, getrennt zum selben Ort zu fahren. Keine Widerrede. Keinesfalls wollte Paulina ihrer Cousine in diesen aufregenden Tagen zusätzliche Probleme schaffen. Wenn Júlia es so entschieden hatte, dann gewiss. Keine Widerrede also. Auf dem Weg von Croissy nach Paris saßen die beiden Cousinen im Fond der Staatskarosse und hielten sich an den Händen. Sie sprachen nur wenig.

»In solchen Momenten …«, begann die Braut und seufzte, »vermisse ich die, die nicht mehr da sind.«

»Daran solltest du jetzt nicht denken.«

»Ja, aber das ist nicht leicht.«

»Lass es besser … Nicht dass dir die Wimperntusche von diesen Wahnsinnsaugen noch verläuft.«

»Zu viel Make-up?«, fragte Júlia besorgt.

»Nein, nein, sie haben dich zurechtgemacht wie einen Filmstar.«

»Findest du?«

»Aber natürlich, Júlia, du siehst fantastisch aus.«

»Wirklich?«

»Aber ja. Heute darfst du nicht traurig sein. Es ist dein großer Tag, heute sollst du einfach nur glücklich sein.«

»Ja, da hast du recht.«

»Alles wird laufen wie am Schnürchen.« Paulina sah sie an und drückte ihr die Hand. »Komm schon, mach dir keinen Kummer.«

»Im Moment habe ich Kopfschmerzen.«

Wieder verfielen sie in Schweigen, saßen stocksteif, bis die Kirche von Fontenay-sous-Bois, wo der Organist schon die Finger auf die Tasten gelegt hatte und gespannt auf die Tür starrte, nur noch zwei Straßenkreuzungen entfernt war. Wie verabredet, stieg Paulina hier aus dem Wagen und ging die letzten Meter zu Fuß. Somit traf die Braut pünktlich und allein in dem Citroën ein, dessen Antenne, Türgriffe und Scheibenwischer mit Schleifen geschmückt waren. Bevor sich Paulina unter die anderen Hochzeitsgäste mischte, spürte sie, wie die Passanten sie auf der Straße angafften. Wahrscheinlich wegen der leuchtend blauen Farbe oder der dreieckigen Silhouette der oben breiteren und zur Taille schmal zulaufenden Kostümjacke. Es war zweifellos das schönste Kleidungsstück, das sie je besessen hatte. Auch die Aufschläge und Manschetten, schwarz wie die hohen Schuhe und der einzige überdimensionale Knopf, erregten Aufmerksamkeit. Einige Frauen starrten sie neidisch an, andere, wie ihr schien, voller Bewunderung. Die Männer warfen ihr begehrliche Blicke zu. Mit jedem Schritt wuchs ihr Selbstvertrauen. Sie drückte die kleine runde Chanel-Tasche, die an einer langen Kette hing, eng an ihren Körper. Lange hatte sie davon geträumt, einmal ein solch auffallendes Kleid tragen zu dürfen. Und dies war ohne Zweifel die richtige Gelegenheit, die geeignete Stadt, das passende Wetter. Perfekt. Nicht immer lief alles so rund. Allerdings hoffte sie, nicht viel laufen zu müssen, denn bestimmt würden die neuen Pumps drücken, und sie hatte nicht daran gedacht, Pflaster einzustecken.

Die Zeremonie war rasch vorüber. Wenn man bedachte, wie lang sich eine Trauung manchmal hinziehen konnte, ging alles wirklich recht schnell. Der Priester – ein Bekannter von Alain, der einen gehetzten Eindruck machte – kam direkt zur Sache. Die heilige Kommunion entfiel, und alles andere wurde so hastig abgespult, als fürchtete man, den Besuchern der Sieben-Uhr-Messe in die Quere zu kommen. Paulina saß in der zweiten Reihe und vertrieb sich die Zeit, indem sie die Heiligen, die Bögen des Kirchenschiffes und den Chor betrachtete, der Gounod und Schubert sang und seine Sache gar nicht schlecht machte. Júlia wirkte glücklich, lächelte und tauschte verliebte Blicke mit Alain, der nun ihr rechtmäßig angetrauter Ehemann war. Nur dass die Braut nicht eine einzige Träne der Rührung vergoss, schien Paulina irgendwie besorgniserregend.

Als sie die Kirche verließen, war die Sonne hinter den Wolken verschwunden, und es wehte ein kühler Wind, der die Damen mit den tiefsten Dekolletés für einen Moment erschaudern ließ.

Das Chalet Porte Jaune war ein altes Jagdschlösschen mitten im Bois de Vincennes, nicht weit von der Kirche. Im Lauf der Zeit war die Entfernung zwischen der Stadt und der Villa inmitten der wilden Gärten immer mehr geschrumpft, und die Erben der Erben hatten mit unternehmerischem Weitblick begonnen, die Räumlichkeiten für Bankette und Tagungen zu vermieten. Nach der Besichtigung von etwa zwanzig Lokalitäten – wovon die einen zu heruntergekommen, die anderen zu groß, zu altertümlich, zu weit weg, zu teuer, zu unhygienisch oder zu minimalistisch waren – hatten sich Julie und Alain schließlich für La Fermette entschieden. Der Begrüßungscocktail sollte im Garten gereicht, das Festmahl in einem Salon serviert werden, in dem die hundertzwanzig Gäste so eben Platz fanden und der wahlweise wie ein Puppenhaus oder wie die Residenz eines Senators von Massachusetts dekoriert werden konnte. Für den wichtigsten Tag ihres dreißigjährigen Lebens wählte Julie die erste Option.

Die fein herausgeputzten Gäste standen Schlange an der Fähre, die sie in zwei Minuten zum Restaurant La Fermette auf der Île des Minimes übersetzte und unterwegs Enten und Schwäne aufscheuchte.

Paulina ging an Bord und bezog Position neben einem riesigen Holzgesicht, ohne zu wissen, dass es sich dabei um die Galionsfigur handelte. Julie hatte das ganze Boot mit frischen Blumen verziert, damit die Gäste nicht das Gefühl hätten, durch einen Vergnügungspark zu schippern. Weiß und Grün waren die vorherrschenden Farben des Blumenschmucks. Paulina schaute sich die Gesellschaft an, die sich in der Kirche still verhalten hatte, wie sie selbst auch, und jetzt leise plaudernd zum Bankett strebte, das der Auftakt zu einem ausgelassenen Fest sein würde. Die Damen trugen vorwiegend Schwarz bis zum Knöchel oder Rot bis zum Knie, auch Blautöne, ähnlich dem ihres eigenen Kostüms, waren reichlich vertreten. Es gab viele tiefe Rückenausschnitte, mehr Spaghettiträger als züchtig bedeckte Schultern, mehr kleine Brüste als schwellende Oberweiten. Abgesehen von einer Dame, die einen ganzen Pfau auf dem Kopf zu tragen schien, waren Haarbänder häufiger als große Hüte, Steckfrisuren häufiger als offene Haare, echte Juwelen häufiger als Modeschmuck. Die Männer waren nicht so bunt und unterschieden sich nicht so sehr voneinander. Ob Smoking oder Anzug, die vorherrschende Farbe war Schwarz, stets mit einem weißen Hemd darunter. Lediglich Krawatte oder Fliege boten ein wenig Spielraum für Fantasie. Einer war allerdings darunter, der ein ungewöhnliches helles Jackett trug. Er hielt eine Pfeife in der Hand und schaute über die Landschaft wie ein Schiffskapitän, wobei er leise einen sehr langsamen Sirtaki pfiff. In der Kirche war er nicht gewesen. Er wäre ihr aufgefallen.

Sobald die Gesellschaft wieder festen Boden unter den Füßen hatte, begann der Umtrunk. Ein Schwarm von Kellnern hieß die Gäste willkommen und servierte ihnen ein Erfrischungsgetränk und ein Petit Four mit dem Hochzeitsdatum und den Namen von Alain und Julie.

Die beiden waren bereits eingetroffen. Von Fontenay zum La Fermette hatten sie eine Abkürzung genommen, und als ihnen schien, dass alle Gäste da waren, traten sie aus dem

Restaurant, winkten, grüßten und verteilten lachend Küsschen. Nachdem sie vor einem kitschigen Springbrunnen für Fotos posiert hatten, eilte Júlia zu ihrer Cousine, die sich wie ein Mauerblümchen abseits hielt.

»Komm, ich muss dir jemanden vorstellen.« Sie nahm Paulina bei der Hand und zog sie mit sich wie ein kleines Mädchen, das seine Freundin zum Versteckspielen im Hof holt.

»Den da?«

»Ich hab dir ja gesagt, dass du dich heute amüsieren wirst.«

»Ich kann Überraschungen nicht leiden, Júlia, bitte.«

»Hab ich's dir gesagt oder nicht? Komm schon, er ist sehr nett.«

Paulina hatte schon einen Verdacht gehabt, auf wen ihre Cousine zusteuern würde: den Mann mit dem interessanten Sakko.

»Júlia, bitte …« Zu spät.

»Jean-Pierre, wie schön, dass du kommen konntest.«

Die Braut fiel ihrem Gast um den Hals und umarmte ihn mit einer Begeisterung, die über reine Höflichkeit weit hinausging. Aus der Nähe war seine Jacke noch spektakulärer: aus hellem Leinen, locker und lässig, ohne Taschen, schmal tailliert. Die Nähte an den Aufschlägen waren sichtbar und der Faden rot wie bei einem Baseball. Man brauchte eine elegante Haltung, einen flachen Bauch und viel Persönlichkeit, um ein so ausgefallenes Jackett zu tragen und nicht wie ein Hanswurst auszusehen. Auch die Krawatte war ein Blickfang: Ein Plastron aus granatrotem Piqué, das drei Fingerbreit oberhalb des Gürtels endete. Schon beim Aperitif hatte Paulina beobachtet, dass Júlias Freund Pfeife rauchte und, wenn er sprach, die Zähne vom Mundstück nahm, während er den Pfeifenkopf festhielt.

»Jean-Pierre, das ist meine Cousine aus Barcelona. Paulina. Ich glaube, ich habe dir von ihr …«

»Oh, Poline, sehr erfreut.« Er beugte sich leicht herunter und küsste sie dreimal auf die Wangen.

»Sehr erfreut. *Pau*lina Homs«, betonte sie die korrekte Aussprache ihres Namens. Früher in der Schule war jedem, der sie zum Scherz Poline nannte, die Todesstrafe sicher.

»Verzeihung. P-a-u-lina.« Er entschuldigte sich, indem er das A und das U besonders akzentuierte, ohne von ihrem Kindheitstrauma etwas zu ahnen. »Jean-Pierre Zanardi. Es ist mir ein Vergnügen.«

»Jean-Pierre. Ich weiß nicht, ob wir Nichtfranzosen das R richtig aussprechen. Jean-Pierre …«

»Du machst das sehr gut«, lobte Júlia ihre Cousine und küsste schon wieder andere Freunde, die sie mit sich wegzogen, sodass sie eben noch Zeit fand zu sagen: »Ich habe euch an denselben Tisch gesetzt. Ihr beide wart die Einzigen ohne Begleitung …«

Paulina sah Jean-Pierre an und schlug sofort verlegen die Augen nieder.

»Dann bist du also allein?«

»Nein, nein. Mein Mann ist in Barcelona geblieben, weil er so viel Arbeit hat und … Und weil einer unsere Tochter hüten muss.«

»Oh, so jung und schon ein Kind?«

Schmeichler, dachte Paulina. Da hat mir meine Cousine einen Schwerenöter aufs Auge gedrückt, der mich schon vor dem Essen anbaggert. Vielleicht wollte er aber auch einfach nur freundlich zu einer Fremden sein, die – damit hatte Júlia ja recht – ohne Begleitung war.

»Ja. Fünf Jahre alt. Gina.« Diese Einzelheiten waren wie ein Schutzschild. »Und du?«

»Ich? Nein, ich habe keine Kinder. *Célibataire* … Wie sagt man in deiner Sprache?«

»Junggeselle.«

»Junggeselle, genau. Ich kam nicht auf das Wort. Und dabei wird es wohl auch bleiben, fürchte ich.«

»Man kann nie wissen …« Sie ließ den Blick schweifen. »Schön hier, *n'est-ce pas*?«

»Ja. Ich war auch noch nie hier. Als ich auf der Einladung gelesen habe, dass sie im Bois de Vincennes feiern wollen, dachte ich zuerst, oje … Aber nein, ganz und gar nicht, man spürt Julies Hand überall, jedes Detail, so durchdacht, so gut zusammengestellt …«

»Bist du ein Freund von Júlia oder von Alain?«

»Von Julie. Wir kennen uns seit, puh, einer Ewigkeit.« Er steckte die Pfeife wieder in den Mund und langte nach zwei Gläsern Champagner auf einem Tablett, das ein Kellner vorbeitrug. Eines reichte er Paulina. »Auf das Brautpaar!«

»Auf das Brautpaar!«

Sie stießen an.

»Na, na, Pauline, um hier in Frankreich *comme il faut* anzustoßen, muss man sich in die Augen schauen.«

Vielleicht versuchte er nur, aufmerksam und umgänglich zu sein, aber irgendwie war er … Sie prosteten sich noch einmal zu.

»Auf das Brautpaar.«

»Auf das Brautpaar. So, jetzt war es richtig.« Er trank einen Schluck und hielt sein Glas dabei am Stiel. »Schade, dass sie nicht sofort auf Hochzeitsreise gehen können.«

»Alain bekommt keinen Urlaub. Nicht vor August. Aber gut, auf Kalifornien lohnt es sich zu warten.«

»Nach Kalifornien, oha, das wusste ich gar nicht. Tolle Reise!«

»Warst du da schon mal?«

»Ja, ja, ich reise furchtbar gern. Wann immer ich kann, bin ich auf Achse. Tatsächlich musste ich einiges verschieben, um heute hierherzukommen, denn eigentlich sollte ich jetzt in Helsinki sein.«

»Bist du geschäftlich so viel unterwegs?«

Paulina fragte drauflos, nur um mit jemandem zu reden. Die Antworten dieses Mannes interessierten sie gar nicht. Er war älter als sie, hatte eine gute Figur und einen gewinnenden Blick, wollte sich jedoch ganz offensichtlich interessant machen. Aus der Nähe war das ungewöhnliche Gewebe der Halsbinde noch deutlicher zu erkennen. Sie hatte dergleichen noch nie gesehen.

»Geschäftlich, zum Vergnügen, alles zugleich. Ich Glückspilz habe mein Hobby zum Beruf gemacht. Meine Arbeit ist zugleich meine Lieblingsbeschäftigung.«

»Wie schön.« Und warum erzählst du mir das?, dachte sie.

»Meine Welt ist die Kunst.«

»Du bist Künstler?« Die ungewöhnliche Jacke schien mit einem Mal einen Sinn zu ergeben.

»Oh, nein.« Beim Lachen zeigte Jean-Pierre ebenmäßige Zähne. »Ich habe … ich bin … es klingt ein bisschen angeberisch, aber ich betreibe eine Kunstgalerie. Ich handele mit Bildern. Ich veranstalte Ausstellungen. Darum reise ich. Um Maler kennenzulernen, Verträge zu machen, Werke herzuholen … Wirst du ein paar Tage bleiben?«

»Warum?« Und was geht dich das an, du Aufschneider?

»Weil ich gerade gedacht habe, ich weiß nicht, ich habe mir nur gedacht, du würdest meine Galerie ja vielleicht gern sehen. Sie ist nicht weit, in der Rue de Seine, direkt am Flussufer, bestimmt bist du schon tausend Mal daran vorbeigegangen.«

»Nein, ich …«

»Ein schmales Gässchen mit Kunstgalerien und Antiquitätengeschäften, ein Laden neben dem anderen … Weißt du, wo die Kirche Saint-Germain-des-Prés ist?«

»Nein. Ich kenne Paris zwar ein wenig, aber normalerweise lotst mich Júlia durch die Stadt. Ich kann mir einfach keine Wege merken …« Sie stellte ihr halb ausgetrunkenes Glas auf einen Stehtisch, wo schon etliche andere Gläser mit Champagnerresten standen. »Ich glaube, sie wollen, dass wir uns setzen.«

»Hervorragend, dieser Champagner, findest du nicht?«

Paulina antwortete nicht. Dass der Mann mit der Pfeife ihr ganz selbstverständlich die Hand auf den Rücken legte, um sie zum Orchideentisch zu führen, hatte ihr die Sprache verschlagen. Sie runzelte die Stirn. Júlia hatte den runden Acht-Personen-Tischen keine Nummern geben wollen und sie stattdessen nach Blumen benannt. Irgendjemand hatte ihr gesagt, dass die Orchidee bei einer Hochzeit für fünfundfünfzig Jahre Ehe stehe.

Jean-Pierre, der die anderen Paare an ihrem Tisch offenbar mehr oder weniger kannte, bemühte sich um die korrekte Aussprache des Namens Paulina Homs, während er sie als *la cousine de Barcelone* vorstellte. Alle schienen schon von ihr gehört zu haben. Die Frauen lobten die Eleganz ihres Kostüms, und es klang ehrlich, obwohl es von Pariserinnen kam.

»Gute Wahl.«

»Steht dir sehr gut zu deinen blonden Haaren.«

»Yves Saint-Laurent, *n'est-ce pas*?«

Schließlich wollte sich auch Jean-Pierre an den Komplimenten beteiligen und etwas zum kubistischen oder futuristischen Design der Schnittform sagen. Zu spät. Júlia hatte dafür gesorgt, dass Paulina von ihrem Platz aus Blickkontakt mit dem Ehrentisch halten konnte. Hin und wieder zwinkerten sie sich die beiden verschwörerisch zu. Alles läuft prima, bedeutete Paulina der Braut, das Essen ist köstlich, das ganze Fest so perfekt, wie du es verdient hast. Während des Essens hielt Paulinas Tischherr keinen Moment den Mund. Die anderen Gäste waren ihm offenbar völlig gleich, denn er redete unablässig und nur mit ihr. Er wusste vielleicht nicht alles, aber alles, was er wusste, gab er zum Besten.

»Hat dir das Schubert-Lied gefallen, das sie in der Kirche gesungen haben?«

»War das von Schubert?«

»Das zweite, ja. Weißt du, wie viele Lieder Schubert komponiert hat?«

»Nein …«

»Über sechshundert. Und dabei ist er, halt dich fest, nur einunddreißig Jahre alt geworden. Und abgesehen von den sechshundert Liedern gibt es von ihm auch noch … uff …« Unmengen anderer Kompositionen, bedeutete die Geste seiner wohlproportionierten Hände. Paulina misstraute Männern mit zu kleinen Händen. »Ich mag Schubert sehr. Jedes Stück aus *Die schöne Müllerin* ist wie ein Tropfen Honig. Trotzdem hatte der arme Kerl zu Lebzeiten keinen Erfolg und kein Geld, und er ist gestorben, ohne je die Aufführung einer seiner Opern oder eines einzigen seiner Orchesterwerke zu erleben. Das Leben ist brutal.«

»Oh ja. Und ungerecht.«

»Seit zweihundert Jahren versetzt seine Musik nun schon die Menschen in Ekstase, und er starb arm wie eine Kirchenmaus, ohne zu ahnen, dass er für alle Zeiten einer der meistgespielten und verehrtesten Komponisten sein würde. Weißt du, woran er gestorben ist?«

»Schubert, meinst du?«

»Ja.«

»Ist das ein Examen?«

»Nein, nein. Ich bitte dich, Paulina …« Um nichts in der Welt wollte er sie verärgern.

»Hat er sich umgebracht?«

»Nein. Er hatte Syphilis. Er ist mit einunddreißig an Syphilis gestorben.«

»Oh …«

»Schubert war Romantiker. Ein passendes Ende für einen Romantiker wie ihn, so jung an einer Geschlechtskrankheit zu sterben. Er selbst hatte eine eigenartige Auffassung von seinem Schaffen. Wenn er die Liebe besingen wollte, wurden es Lieder des Schmerzes. Wenn er den Schmerz besingen wollte, machte das Publikum Liebeslieder daraus. Diese Selbstanalyse seines Werkes war die beste. Was er sagt, stimmt vollkommen. *Die schöne Müllerin* besteht aus zwanzig Liedern. Der Zyklus beginnt mit einem jungen Mann, der einen Bach entlangwandert, Felder überquert, die Mühle erreicht, und was passiert? Er verliebt sich in die hübsche blonde Müllerin. Es sind zarte, heitere Liebeslieder voller Glück. Und wenn Schubert ein Liebeslied schreiben wollte, hatte dieses, wie er es ausdrückte, stets eine Neigung zur Traurigkeit.«

»Wollte die schöne Müllerin nichts von ihm wissen?«

»Anfangs erhört sie ihn, sie haben ein Verhältnis, wenn auch kein sehr klares, und sie verlässt ihn bald für einen Jäger. Der Jäger ist ein gestandener Mann in einem hinreißenden grünen Anzug. Und der junge Mann fühlt sich verraten, verzweifelt immer mehr und träumt schließlich von einem

Grab, auf dem als Symbol für seine unsterbliche Liebe zu der schönen Müllerin Blumen sprießen. Und zum Schluss, das ist dann schon das achtzehnte oder neunzehnte Lied, stürzt er sich ins Wasser und ertränkt sich.«

»Siehst du, wie am Ende immer einer Selbstmord begeht?«

»Findest du das nicht faszinierend, Pauline?«

Ohne um Erlaubnis zu fragen, hatte er aus ihrem spanischen Namen einen französischen gemacht. Allmählich bekam sie eine Ahnung, was für ein Mensch dieser Jean-Pierre Zanardi war, der etwa fünfzehn Jahre älter sein mochte als sie. Taktvoll, sprachgewandt und weltmännisch. Gefährlich. Sehr gefährlich. Ein Junggeselle, der es gewohnt war, mit seiner Beredsamkeit zu beeindrucken, aber wenn du später mit ihm in seine Wohnung gehst, nachdem er dir glaubhaft versichert hat, es sei nur für ein letztes Glas, stellst du fest, dass seine Bude ungeheizt ist und er ein armer Schlucker, der schlecht altern wird.

Nach dem Essen erhoben sich Alain und Julie, um mit einer Art Samurai-Schwert die sechsstöckige Hochzeitstorte anzuschneiden. Noch bevor sie sie kosteten, eröffneten sie den Ball mit einem Strauss-Walzer, der irgendwie nicht klang wie sonst, weder der Walzer noch Strauss.

»Wir sind von Kultur umzingelt«, sagte Jean-Pierre dicht an ihrem Ohr über den Beifall hinweg, den die Hochzeitsgesellschaft dem Brautpaar spendete. »Und dabei will man uns immer glauben machen, die Politik bestimme unser Leben.«

Paulinas Leben gewiss nicht. Politik waren für sie die drei Meldungen, die sie aufschnappte, wenn Manuel die Fernsehnachrichten schaute. Ihr Vater kaufte zwar seit eh und je täglich *La Vanguardia*, aber vor allem, weil er sich nach dem

Essen gern das Kreuzworträtsel vornahm. In dreißig Jahren als Zeitungsabonnent hatte er es vielleicht vier Mal geschafft, ohne auf die Auflösung am nächsten Tag warten zu müssen.

»Tanzen wir?« Jean-Pierre hielt Paulina die Hand hin. Sie standen auf und gingen Hand in Hand auf die Tanzfläche. Im selben Moment legte der kahlköpfige, beleibte Frontmann der Band los.

»Magst du die Beatles?«

»Diesen Song, ja. *Twist and shout.*«

Sie tanzten und sangen laut mit. Vor allem Jean-Pierre brüllte hemmungslos. Paulina hatte ihre Befangenheit noch nicht abgelegt. Ihre Bewegungen waren so verhalten, als wünschte sie sich, unsichtbar zu sein. Während alle der Band applaudierten, verschwand Jean-Pierre.

»Ich bin *tout suite* wieder da.«

Als er zurückkam, hatte er die Ärmel seines weißen, enganliegenden Leinenhemdes hochgerollt. Die Jacke mit den Baseballnähten hatte er ausgezogen, die Krawatte gelockert und den Kragen aufgeknöpft.

»Bereit für Rock 'n' Roll?«

»Das kannst du?« Paulina fürchtete, nicht gut genug zu sein. Auch wenn sie hier kaum jemand kannte, wollte sie sich doch nicht lächerlich machen.

»Lass dich führen. Vertrau mir.«

Alain und Julie tanzten auf *Don't be cruel.* Man sah, dass sie schon viele Schuhe durchtanzt hatten. Die anderen Gäste bildeten eine breite Schneise, um nicht auf die Schleppe des Brautkleides zu treten, dessen Saum um diese Zeit bereits grau wurde. Alain bewegte sich mit der Präzision eines Meistertänzers, doch verzog er dabei übertrieben das Gesicht. Er saugte die Wangen nach innen und riss die Augen auf, als hätte er ein UFO gesehen, oder er zog krampfhaft die Schultern hoch, streckte den Hals nach vorn und gestikulierte heftig. Er tanzte, sang und schnitt dazu wilde Grimassen. Manch einer mochte vermuten, daran sei der Alkohol schuld, aber nein, Alain war so: von Montag bis Freitag der seriöse Philosophieprofessor an der Sorbonne, doch sobald er eine Tanzfläche betrat, ging eine Transformation mit ihm vor sich. Júlia, eher Gelegenheitstänzerin, war jetzt mit ihm verheiratet, was im Prinzip für immer sein sollte. Beide hatten sie ja gesagt, in gesunden und in kranken Tagen, bis dass der Tod ihr Leben zur Tragödie und, nach durchlittener Trauer, zur Erinnerung machen würde. Paulina beobachtete die Frischverheirateten aus dem Augenwinkel und konzentrierte sich darauf, Jean-Pierres leichtfüßigen, mühelosen Schritten zu folgen. Er trug schwarze, blanke Schnürschuhe, die so spitz waren, dass er damit einen Vogel hätte aufspießen können. Die Band ließ einen Song in den anderen übergehen, ohne den immer übermütigeren Tänzern eine Verschnaufpause zu gönnen. *Hound Dog*, auch von Elvis. Jean-Pierre fasste Paulina an beiden Händen, breitete die Arme aus und drehte sie um ihre eigene Achse, so selbstverständlich und beiläufig, als würde er Spaghetti um eine Gabel wickeln. Seine Miene war entspannt, er zuckte nur mit einer Braue oder hob kurz das Kinn, damit sie verstand, in welche Richtung sie sich bewegen sollte. Er tanzte ohne Anstrengung und hielt sicher den Takt. Paulina fiel es leichter, als sie erwartet hatte. Es machte ihr Spaß. Sie stimmten überein im Rhythmus ihrer Bewegungen. Wenn sich ihre Blicke trafen, lächelten sie einander zu, und plötzlich erschien ihr der versnobte Dandy gar nicht mehr so eingebildet. Und sie las in seinen Zügen eine verborgene Passion, stark und still.

»Wievielundvierzig bist du, hast du gesagt?«

»Man fragt nicht nach dem Alter. Aber ich gebe zu, dass ich jetzt etwas Langsames brauche.« Er keuchte und schwitzte mehr, als ihm lieb war.

»Du bist ziemlich fit …«

»Mach dich wenigstens nicht auch noch lustig. Na, bitte …«

Die Band, die Julie und Alain für ihre Hochzeit engagiert hatten – Bass, zwei Elektrogitarren, Schlagzeug und der feiste Sänger –, spielte ein Stück, bei dem man wieder zu Atem kam. *There are worse things I could do.*

»Das ist aus *Grease.*« Paulina erkannte den Song nach wenigen Akkorden. »Den Film fand ich toll.«

»Also, ich … Darf ich es sagen?«

»Bien sûr.«

»Ich kann diesen Travolta nicht ausstehen.« Für das folgende Geständnis brachte er seinen Mund ganz nah an ihr Ohr. »Der bewegt sich wie unser Bräutigam, zu aufgesetzt, findest du nicht?«

Diskret äffte Jean-Pierre Alains zappeligen Tanzstil nach. Beide brachen in Gelächter aus. Paulina musste sich eingestehen, dass sie diesen Mann, der alles über Schubert wusste und sich bewegte wie Elvis, sehr attraktiv fand.

»Lenk nicht ab, Jean-Pierre. Tanzt du, oder gibst du auf?«

»Du weißt nicht, mit wem du es zu tun hast. Ich und aufgeben?«

Es war das erste Mal, dass Jean-Pierre die Brust der fröhlichen, schönen Paulina an der seinen spürte. Es war das erste Mal in vielen Jahren, dass ihn der Duft einer Frau so tief berührte. Und dabei hatte er sich geschworen, dass er nie wieder … Paulina hätte im Lauf des Songs gern den Kopf auf seine Schulter gelegt, wie zufällig, vertraulich, um ihn wissen zu lassen, dass auch sie sich wohlfühlte. Doch ließ sie es vorsichtshalber sein.

Als das langsame Stück aus *Grease* verklungen war, überraschte Jean-Pierre sie mit einem kleinen treuherzigen Kuss. Auf der Île des Minimes. Eine Dreistigkeit. Seine Lippen auf ihren. Eine Absichtserklärung.

9.

Als hätte die Welt um uns aufgehört zu existieren

Der Taxifahrer von Croissy-sur-Seine kannte sich in Paris und den Vororten mehr oder weniger aus. Aber er war kein Pariser Taxifahrer. Kein Einheimischer. Als kurz nach dem Essen eine sehr schicke Frau in einem erdfarbenen Jackenkleid in seinen Wagen stieg und verlangte, zur Rue de Seine, Ecke Rue Visconti, im *VIème arrondissement* gebracht zu werden, dachte er, das würde er schon finden, denn die Rue de la Seine kannte er gut, die Straße, die am Institut de France beginnt und am Boulevard Saint-Germain bei der Kirche endet. Er wusste sogar, dass sie recht schmal und deshalb Einbahnstraße war, Fahrtrichtung flussabwärts. Die Rue Visconti dagegen musste eine sehr kleine Gasse sein, denn er hatte noch nie von ihr gehört. Sein Fahrgast war eine Ausländerin und sie schien auch nicht zu wissen, wo es langging, also würde er, der nach zwanzig Jahren hinter dem Steuer genügend Erfahrung besaß, um die Wissenslücken eines Taxichauffeurs vom Land zu überspielen, langsam die Rue de Seine hinunterfahren, bis er die Rue de Visconti fand.

Hin und wieder schaute er seinen Fahrgast im Rückspiegel an. Sie kam ihm vor wie eine Schauspielerin. Eine dieser Frauen, die sich ihrer Attraktivität durchaus bewusst sind. Statt lange zu rätseln, fragte er die Frau mit den großen Ohrringen, ob sie beim Film sei. »Nein«, erwiderte sie kurz angebunden. »Ihr Gesicht kommt mir jedenfalls bekannt vor«, setzte der Taxifahrer noch einmal nach, bevor er sich in die ewig grauen, verstopften Pariser Vorstadtstraßen einfädelte. Eine dieser Schauspielerinnen, die nicht mit jedem reden, dachte er, und das Bedürfnis, nett zu sein, verging ihm schlagartig. Hübsch, aber eingebildet, schloss er.

Paulina, so aufgewühlt wie noch nie in ihrem Leben, wollte keine Unterhaltung. Schon gar nicht mit einem Fremden, dessen nuscheliges Französisch sie kaum verstand. Die Situation verstörte sie. Das Unbehagen, das sie empfand, hatte mit einer Frage begonnen, die Júlia ihr an ihrem ersten Tag als Ehefrau gestellt hatte.

Am Morgen nach der Hochzeit dauerte es eine Weile, bis sich die Sonne blicken ließ. Alle waren spät erwacht. Paulina hatte mit den soeben aufgestandenen Eheleuten in der Küche ein wenig Obst und Käse gefrühstückt. Dann hatte sie zu Hause angerufen, und Isabel war ans Telefon gegangen. Sie solle sich keine Sorgen machen, sagte die, Gina gehe es gut, sie sei mit ihrem Vater unterwegs, die Zeitung kaufen und das Auto waschen. Paulina hatte die Zeit genau abgepasst. Niemand kannte die Gewohnheiten und die Agenda ihres Gatten besser als sie. Und die Samstage waren im Hause Castro Homs noch vorhersagbarer als die Werktage.

»Senyora, soll ich ihnen ausrichten, dass sie Sie bei Ihrer Cousine zurückrufen sollen, wenn sie wieder da sind?«

»Nein, nicht nötig, Isabel. Sag Manuel, die Hochzeit sei sehr schön gewesen, das Wetter herrlich, und das ganze Fest so wunderbar, wie Júlia es sich besser nicht hätte wünschen können.«

»Möchten Sie nicht mit Gina sprechen, Senyora?«

»Doch, natürlich …« Paulina konnte die hinterhältige Art des Kindermädchens nicht leiden und noch weniger den spitzen Ton, in dem sie ihre vorgeblich gut gemeinten Fragen stellte. »Gib ihr einen dicken Kuss von mir. Wenn ich es heute nicht mehr schaffe, rufe ich sie morgen an. Ich muss mich kurz fassen, Isabel, das ist ein Ferngespräch. Adéu, adéu.«

Damit schnitt sie der Kinderfrau das Wort ab.

»Unseretwegen brauchst du dir keine Gedanken zu machen.« Alain gab sich großzügig mit den Telefonkosten im Haus seiner Schwiegerfamilie.

»Doch. Das sind teure Telefonate …«

Nachdem sie aufgelegt hatte, ließ sie die Hand auf dem Apparat liegen, als könnte sie ihrer kleinen Tochter dadurch näher sein.

»Wie geht es der kleinen Gina?«, erkundigte sich Júlia, die mit nassen Haaren von ihrer ersten Dusche als Ehefrau am Küchentisch saß.

»Die Haushaltshexe sagt, es sei alles in Ordnung.« Damit brachte Paulina das junge Paar zum Lachen. »Ich fürchte, Gina vermisst mich überhaupt nicht.« Und dann fügte sie noch hinzu: »Und Isabel noch weniger. Die dürfte sich binnen vierundzwanzig Stunden schon als Hausherrin aufführen. Ich sehe sie förmlich vor mir.«

Und dann kam Júlias Frage, so nebenbei, als ahnte sie, dass sie in ein Wespennest fassen würde, als verfügte sie über einen Detektor für emotionale Gefahren, eine Frage, die unter anderen Umständen ganz gewöhnlich gewesen wäre. Die Frage:

»Was hast du heute Nachmittag vor?«

Volltreffer. Was hätte sie ihrer geliebten Cousine in diesem Moment antworten sollen? Es war absurd, ihr nicht die Wahrheit sagen zu können. Letzten Endes war sie es ja gewesen, die Paulina mit ihrem Freund Jean-Pierre bekannt gemacht und sie an seiner Seite platziert hatte, und außerdem traf sie sich ohne jegliche Absicht mit ihm. Er war ein sympathischer Mann, sie hatte sich ihm gegenüber kratzbürstig verhalten, und es wäre nicht angemessen, ihn von oben herab zu behandeln, wenn er sich erbot, ihr seine Kunstgalerie und die Straße der Antiquare zu zeigen. Aber musste sie Júlia denn verraten, mit wem sie den Nachmittag zu verbringen gedachte? Und warum eigentlich nicht? Was war schon dabei, wenn sie es ihr erzählte? Andererseits, warum sollte sie? Hatte sie schon vorsorglich Schuldgefühle, ohne recht zu wissen, wofür? Womöglich hatte Júlias harmlose, anscheinend unbedeutende Frage sie ja gezwungen, einer Realität ins Auge zu sehen, die sie nicht wahrhaben wollte: Nämlich dass sie sich mit Jean-Pierre so wohlgefühlt hatte, dass sie ihn unbedingt wiedersehen wollte. Eine Tatsache, die sie nicht abstreiten konnte. Sie hatte Lust, ihn wiederzusehen, und basta. Aber wenn es so war, warum traute sie sich dann nicht, Júlia, vor der sie niemals Geheimnisse gehabt hatte, zu sagen, dass sie um vier mit ihm in seiner Galerie verabredet war? Warum verschwieg sie es ihr? Wenn sie nichts Verbotenes tat, warum fühlte sie sich dann schuldig?

»Versprich mir nur, dass du nicht in Croissy bleibst, meine Liebe.« Alain hatte noch ganz verschlafene Augen. »Hier stirbst du nämlich vor Langeweile.«

»Langeweile? Nein. Aber gut, ja, vielleicht fahre ich mal nach Paris.« Sie tat, als zöge sie diese Möglichkeit gerade erst in Betracht. »Sind samstagsnachmittags die Geschäfte offen?«

»Ja. Das heißt, kommt drauf an. Wo willst du denn hin?«

»Ins Zentrum. Möglicherweise an die Rive Gauche, dachte ich, oder ins Quartier Latin …«

»In dieser Gegend ist alles auf, ja. Am besten, du nimmst dir vom Bahnhof ein Taxi.« Júlia neigte dazu, sich in alles hineinzuhängen und anderen ruckzuck das Leben zu organisieren. »Oder wir rufen eins, das dich hier abholt. In Croissy findest du nicht immer ein Taxi, samstags schon gar nicht, und manchmal sind sie ein bisschen vergammelt. Nach Paris ist es nur eine halbe Stunde, aber das hier ist immer noch das letzte Kaff …«

»Nicht mal die Tour kommt hier vorbei …«, seufzte Alain in resigniertem Ton.

»Gut, dann werde ich es so machen.«

Paulina fiel ein Stein vom Herzen. Es war eindeutig besser, den Mund zu halten und ihre Pläne diskret zu verfolgen.

Visconti – die erste Überraschung – war der Architekt der Grabstätte Napoleons I., so stand es auf dem blauen Schild unter dem Straßennamen. Mit dem Kino oder dem italienischen Neorealismus hatte er nichts zu tun. Viel unangenehmer für Paulina war die zweite Überraschung. Beunruhigend geradezu. Die Galerie Anouk war geschlossen. Es brannte kein Licht, und es schien niemand da zu sein. Es war die Nummer 44, Rue de Seine. Galerie Anouk, ja, genau. Und es war zwanzig nach vier. Ein Irrtum war ausgeschlossen, doch der Laden war dunkel und Jean-Pierre ganz offensichtlich nicht anwesend. Sie drückte auf die Klingel. Nichts. Sie wartete, doch auch nach zwei Minuten öffnete ihr niemand. In ihrer Verwirrung hatte sie nicht bemerkt, dass im Schaufenster ein Bild mit einem herausgerissenen und aufgeklebten Stück Zeitung hing. Unter dieser Collage von Le Corbusier stand an die Scheibe geschrieben: *Un quart d'heure avant la fin du monde*. Es musste die Galerie sein. Sie vergewisserte sich noch einmal des Namens: »Galerie Anouk« in weißen, geraden, feinen, eleganten, modernistischen Lettern. Sie war richtig, keine Frage. Entweder ich habe ihn falsch verstanden, oder er hat es vergessen, oder es ist ihm etwas dazwischengekommen. Oder, schlimmer noch, er hat mich zum Narren gehalten. Obwohl sie nicht glaubte, dass Jean-Pierre zu den Männern gehörte, die …

Paulina schaute die Straße auf und ab. Für Spaziergänger war es zu heiß. Ein paar Touristen blieben, die aufgeschlagenen Reiseführer in Händen, gelegentlich vor einem Schaufenster stehen. An diesem Junisamstag gegen halb fünf war die Straße wie ausgestorben. Vielleicht hatte sich Jean-Pierre angesichts der wenigen Passanten entschlossen, die Galerie zuzulassen, und ihr nicht mehr Bescheid geben können. Oder auch nicht … Und während sie noch gegen ihre Ungewissheit ankämpfte und sich weitere fünf Minuten Zeit gab, ehe sie ein Taxi anhalten und sich in irgendeinen entlegenen Winkel der Stadt fahren ließe, wo niemand auf sie wartete, wo sie mutterseelenallein sein würde und ihre Dämlichkeit beweinen könnte, war ihr, als hörte sie in der Ferne Jean-Pierre pfeifen. Sie drehte sich um ihre eigene Achse, sah ihn aber nirgends. Wieder blickte sie ins Innere der Galerie. Aber dort war er nicht. Dann sah sie sein Spiegelbild im Fenster, eine verwischte Silhouette, die zwischen Obstkisten hervor aus dem Laden direkt gegenüber kam. Jean-Pierre, statt seiner Pfeife einen Apfel in der Hand, trat seelenruhig aus dem Geschäft. Frisch gekämmt, die Ärmel seines weißen Hemdes aufgekrempelt, um den Hals eine lilafarbene Krawatte, erschien er ihr noch anziehender als tags zuvor. Das helle Sonnenlicht schmeichelte seiner gebräunten Haut.

»Das schönste Bild der ganzen Straße ist dieses Arrangement von Obstkisten. Sieh nur, was für Farben, was für eine

Komposition. Wenn du irgendwo ein besseres Kunstwerk findest, kaufe ich es dir.«

»Alles in Ordnung?«

Paulina begriff, dass Jean-Pierre nicht die Absicht hatte, sich zu entschuldigen. Vielmehr schien es ihm nicht einmal in den Sinn zu kommen, dass sie sich versetzt gefühlt hatte. Entspannt schlenderte er über die Straße, und während er ihr rechts und links ein Küsschen gab, kramte er den Schlüsselbund aus der Tasche.

»Alles in Ordnung. Bestens. Zu gut. Ich bin sehr spät und mit irren Kopfschmerzen aufgestanden … Mir war gar nicht bewusst, dass wir gestern Abend so viel getrunken haben. Ich habe Alfred, der hier oben drüber wohnt und mir gelegentlich hilft, gebeten, allein aufzumachen, und bin bis mittags im Bett geblieben, dann habe ich geduscht und bin hergekommen. Magst du auch einen?«

»Nein, danke.«

Äpfel mit Schale, ehrlich gesagt, nein … Aber sie musste ja nicht von vornherein gestehen, wie etepetete sie war und ihm sechzehn Stunden nach einem flüchtigen Kuss ihre Schwächen offenbaren. Jean-Pierre schob den Schlüssel ins Schloss und öffnete die Tür.

»Willkommen in der Galerie Anouk, meinem Paradies. Das ist meine Höhle, meine Zuflucht.« Er trat hinter die Theke und schaltete von dort aus nacheinander die Lampen ein. »Und mein Leben. *Voilà!*«

»Ist das schön!«

Der gefirnisste Dielenboden bestand aus alten Bahnschwellen, die sich mit den Jahren verzogen hatten. Das Licht der Scheinwerfer verlieh den langen Holzplanken Glanz und dem Raum Weite. Weißlackierte Stahlsäulen wiesen den Weg durch die Galerie. Auch die Wände waren von griechischem Weiß, mediterran, und rochen, als wären sie erst kürzlich frisch gestrichen worden. Die Kunstwerke, die in großen Abständen an der Wand hingen, wirkten im Kontrast zu dem hellen Hintergrund noch eindrucksvoller.

»Gefällt es dir?«

»Es ist wunderschön, Jean-Pierre. Gut, dass ich hergekommen bin.«

»Sehr karg, sehr schlicht. Was du siehst, ist alles, mehr gibt es nicht …«

»Es passt zu dir.«

»Diese Theke, der Sessel, um den Vasarely zu betrachten, und ein Hinterzimmer, das Lager, Büro, Bad und Küche zugleich ist. Also, es gibt eine Platte zum Kaffeekochen, will ich damit sagen. Möchtest du einen?«

»Nein, jetzt nicht.«

»Komm. Setz dich, und sieh es dir gut an.«

Jean-Pierre hatte sie bei den Schultern gefasst und auf den Sessel aus abgeschabtem Leder gedrückt, sodass sie direkt vor einem Sechseck in Grün und Weiß von Vasarely saß. Nicht größer als ein Fernsehbildschirm.

»Nimm die Augen nicht von dem Bild. Schau es fest an.«

»Willst du mich hypnotisieren?«

»Schau es an, lass dir Zeit«, wisperte Jean-Pierre. »Sei still.«

Paulina senkte ein wenig die Lider, um den Blick besser zu fokussieren. Sie sah grüne und weiße Sechsecke, die sich in alle Richtungen zu bewegen schienen.

»Darf ich etwas sagen?«

»Dir wird schwindlig.«

»Ein bisschen. Woher weißt du das?«

»Dieses wird mehr nach deinem Geschmack sein … Heb die Füße. Achtung!«

Jean-Pierre packte die Lehne des Sessels, in dem Paulina saß, und schob ihn ein paar Säulen weiter vor ein anderes Bild. »Mal sehen, was du davon hältst …«

»Ist das Andy Warhol?«

»Marilyns Lippen. Ich wusste, dass es dir gefallen würde …«

»Wie kommst du darauf?«

»Das merke ich dir an.«

»Nicht zu fassen. Du weißt, wann mir schwindlig wird, merkst, wenn mir ein Bild gefällt. Du scheinst mich ja gut zu kennen.«

»Besser als du mich.«

»Du nimmst den Mund ganz schön voll.«

Unwillkürlich fuhr Paulina mit den Fingern durch die Härchen auf seinem Handrücken. Sie hatte ihn bereits berührt, als sie sich plötzlich fragte, ob sie das überhaupt durfte. Ihr war, als hätten sie einige Kapitel zurückgeblättert, zu der Stelle, wo sie in der vergangenen Nacht aufgehört hatten, und jetzt war sie sich nicht sicher, auf welcher Seite sie sich befanden. Jean-Pierre hatte sie mit zwei trockenen, brüderlichen Küsschen begrüßt – auf die Wangen! –, und jetzt saßen sie vor diesen bunten Mündern, und es störte ihn nicht, dass sie über seine Hand strich. Weder verzog er das Gesicht, noch zeigte er anderweitig seine Missbilligung. Im Gegenteil. Was für ein Spiel spielte er heute, dieser Verführer? Waren das spontane Eingebungen, das mit dem Apfel, die Fahrt im Sessel, oder gehörte es zur Inszenierung des Regisseurs, als der er sich anscheinend fühlte? Paulina hätte mehr Anhaltspunkte gebraucht, die sie nicht hatte. Jean-Pierre strotzte vor Vitalität. Was für eine Sorte Apfel hatte er gegessen?

»Warum, glaubst du, schauen sich die Leute ein Bild gern an?«

»Ich bin zu einer Hochzeit nach Paris gekommen, nicht um ein Examen abzulegen.«

»Ich wüsste gern, ob du meine Meinung teilst …«

Den Galeristen interessierte Paulinas Meinung nicht wirklich. Er wollte offenbar vor allem seine eigene, wohlüberlegte, ganz und gar nicht willkürliche Theorie zum Besten geben. Insofern war die Bemerkung eher rhetorisch gemeint.

»Ich habe lange darüber nachgedacht. Und mit vielen Kunstexperten und anderen Galeristen darüber diskutiert. Wir leben in einer sehr lauten Zeit. Hab ich recht?«

»Ja, ja.« Sein Redefluss war ohnehin nicht zu unterbrechen.

»Radio, Fernsehen, Schlagzeilen. Nachrichten, die von überallher auf einen einprasseln. Das reinste Bombardement. Meinungen, Ansichten, Informationen. Ununterbrochen. Jeden Tag, zu jeder Stunde. Und am Ende wissen wir nicht mehr, ob wir etwas selbst gedacht haben oder uns nur das Echo von alldem im Kopf dröhnt, was wir gehört haben. Wir wiederholen, was wir aufschnappen. Das Echo sind wir selber und merken dabei gar nicht, dass wir uns in Papageien verwandelt haben.« Jean-Pierre öffnete den Kragenknopf und lockerte seine Krawatte, als schnürte sie ihm die Kehle zu. »Ich glaube, meine liebe Pauline, dass die Kunst eine entscheidende Hilfe dabei sein kann, einen Menschen zu sich selbst zurückzubringen. Die Kunst schirmt uns ab gegen den Lärm der anderen und hilft uns, uns wiederzufinden. Du betrachtest ein Bild, verbringst eine Weile damit, es anzuschauen. Und entdeckst dein eigenes Inneres. Und nach und nach ergründest du, was du hast, was du denkst und was du fühlst. Du findest heraus, wer du bist, und stellst höchstwahrscheinlich fest, dass es etwas Interessanteres gar nicht geben kann.«

»Wow … Und das ist der Grund, warum Kunst uns emotional anspricht?«

»Es ist der Grund, warum manche Leute nicht gern Bilder ansehen, weil sie befürchten, dass sie sich nicht gefallen würden. Das Glas des Rahmens dient nicht dem Schutz der Farben, sondern soll vermutlich vor dem Gemälde selbst schützen. Wie ein Schild. Ein eigener Schutzschild.«

Wenn der Pfau sein Gefieder spreizte, um ihr zu imponieren, so war ihm das gelungen. Zufrieden zündete er seine Pfeife an.

»Wie ich sehe, hast du lauter verschiedene Werke hier. Jedes von einem anderen Künstler.«

»Von Mai bis September veranstalte ich keine Einzelausstellungen. Das halte ich schon seit Jahren so. Für die Sommertouristen und Gelegenheitskunden ist ein buntes Potpourri aus den Beständen der Galerie besser. Ich habe nur zeitgenössische Kunst vom Ersten Weltkrieg bis heute. Stücke, die ich aus Sonderschauen zurückbehalten habe. Allerdings vergeht keine Woche, in der sich nicht jemand in einen Comic von Lichtenstein, die Studien von Christo zur Verpackung des Pont Neuf oder eine der Planimetrien von Vilacasas verliebt. Ich mag diese Stadtansichten aus der Vogelperspektive sehr. Oder das Bild im Schaufenster, ist dir das aufgefallen? Ein erstklassiger Le Corbusier. Hast du gesehen, was für eine Collage? Ins Fenster hänge ich immer die Sachen, die ich am besten finde. Und dieses Bild ist wie Reklame für mich selbst. Es ist ein bisschen wie ich.«

»Du bist eine Collage?«

»Wer ist das nicht?«

»Nein, ich habe nicht darauf geachtet.« Paulina stand aus dem Sessel auf, vergewisserte sich, dass die Brosche an ihrem Kleid richtig saß und strich den erdfarbenen Rock glatt, damit der Saum knapp unter dem Knie endete. »Während ich auf dich gewartet habe – du hast ja eine Weile gebraucht, und ich war schon drauf und dran, wieder zu gehen –, hatte ich immerhin Zeit, mir die herrlichen Obstkisten vor dem Laden gegenüber anzuschauen. Die Früchte sind wunderbar dekoriert. Das beste Bild der ganzen Straße. So etwas habe ich noch nie gesehen …«

»Mach dich nicht lustig über mich … Aber es ist doch schön, so ein Geschäft in der Nähe zu haben, nicht wahr? Und praktisch. Ich kaufe dort Kiwis und Äpfel und nehme sie mit nach Hause.«

»Wohnst du in der Gegend?«

»Nein. Ziemlich weit weg, auf der anderen Seite der Seine. Im Marais. Man kann zu Fuß gehen. Weißt du, wo das ist?«

»Ja, schon, aber …«

»Nicht genau.«

»Ich glaube, ich war mit Júlia einmal dort.«

»Auch ein sehr lebhaftes Viertel, es wird dir gefallen. In der Nähe ist auch das Picasso-Museum.«

»Verzeihung, aber das echte Picasso-Museum, das haben wir in Barcelona.«

»Du wirst doch darum jetzt keinen Wettstreit anfangen, bring mich nicht zum Lachen.«

»Einigen wir uns auf ein Unentschieden?«

»Wollen wir es beim Abendessen diskutieren?«

»Um diese Zeit?«

»Hier isst man früh zu Abend. Ich zeige dir die Gegend, wir bummeln durch das Viertel und essen etwas.«

»Und die Galerie?«

»Meinst du, da kommt jetzt jemand rein? Abgesehen davon«, er schaltete das Licht aus und grinste, »gibt mir mein Chef frei.«

Sie gingen die Rue de Seine entlang, fast ohne auf die Straße zu achten, so beschäftigt waren sie miteinander. Jean-Pierre, ein Fremdenführer, der seine Sache gut machen wollte, erzählte ihr Skurriles aus dem Viertel, und sie hörte ihm schweigend zu. Wo der Bürgersteig schmal wurde, berührten sich, scheinbar unabsichtlich, ihre Hände. Haut an Haut. Und ein Schauder rieselte durch ihre Körper. Sie bogen in die Rue de Buci ein, wo die schattigen Café-Terrassen voller Touristen waren, und hatten kurz darauf den Boulevard Saint-Germain erreicht.

»Saint-Germain-des-Prés ist eine der ältesten Kirchen von Paris, und Saint-Sulpice nach Notre-Dame die zweitgrößte. Je nach Blickwinkel wirkt sie von außen sogar noch größer. Saint-Sulpice ist gleich da drüben. Von hier aus kann man ein Stückchen davon sehen.«

Paulina sah ihn herausfordernd an.

»Vierhundert Schritte.«

»Was soll das heißen?«

»Von einer Kirche zur anderen.«

»Von Saint-Germain zu Saint-Sulpice?«

»Von Tür zu Tür. Was wollen wir wetten?«

»Das Abendessen.«

»Abgemacht.« Sie streckte ihm die Hand hin. »Das wird auf deine Kosten gehen, Jean-Pierre.«

»Deine Schritte oder meine Schritte?« Er schlug ein, um die Wette abzuschließen.

»Die sind gleich. Von Tür zu Tür, vierhundert normal lange Schritte.«

»Plus/minus zehn.«

»Was soll das? Willst du dich absichern?«

»Eine kleine Toleranz, komm schon. Wer vierhundert sagt, sollte auch dreihundertneunzig gelten lassen oder ... Es täte mir leid, wenn du das Abendessen bezahlen müsstest.«

»Danke, aber ich will keine Toleranzen.« Entschieden, unerbittlich. »Von hier nach da, vierhundert Schritte. Von Tür zu Tür.«

Kaum dass die Ampel grün wurde, setzte sich Paulina in Bewegung und zählte leise mit. Jean-Pierre, an ihrer Seite, zählte auch, aber still für sich, während er darauf achtete, dass seine Schritte exakt dieselbe Länge hatten wie die dieser Pauline, die nicht nur hinreißend schön war, sondern obendrein überraschende Einfälle hatte. Vorbei an der Metro-Station Mabillon gingen sie den ganzen Boulevard entlang, um den Saint-Germain-Markt herum, der bei Geschäftsschluss einen unangenehmen Geruch nach Fischwasser und welken Blumen verbreitete. Die Passanten, die nichts von der Wette zwischen zwei Verliebten ahnten, wunderten sich über die elegante Frau, die mit geistesabwesendem Blick und militärischer Strenge ihre Schritte zählte. Sie waren bei etwa dreihundertfünfzig, als sie die Ecke des Kirchenschiffs erreichten. Noch fehlte ein Stück bis auf den Platz und zur Vorderseite des Gebäudes. Von Tür zu Tür, so war es vereinbart. Jean-Pierre, der nie geglaubt hätte, dass Paulina ihre Vorgaben auch nur annähernd erfüllen würde, bekam immer größere Augen. Zwanzig Meter vor dem Ziel begann sie, ihre Schritte sorgfältig zu bemessen. Und kein Schiedsrichter hätte in Abrede stellen können, dass sie mit dem vierhundertsten Schritt genau vor dem Kirchentor stand.

»Et voilà!« Paulina konnte ihre Begeisterung nicht bezähmen.

»Großartig. Bravo!«

»Das Abendessen geht auf deine Rechnung.«

»Anders hätte es gar nicht kommen können.« Er konnte sich kaum beruhigen. »Wie hast du das bloß angestellt?«

»Es gibt keinen Trick. Und falls doch, darf man ihn nicht verraten, sagen die Zauberer.«

»Ich habe dir ja eine Menge zugetraut, aber das hat mir jetzt, ehrlich gesagt, die Sprache verschlagen.«

»Hat dir meine Cousine nicht erzählt, dass ich etwas von einer Hexe habe?«

Saint-Sulpice war eine imposante Kirche, großspurig und maßlos. Wäre die Kuppel nicht einem Blitzeinschlag zum Opfer gefallen, hätte man sie für eine Kopie der Londoner St Paul's Cathedral halten können. Die neoklassizistische Fassade, die eindrucksvollen Säulen, der weiße Stein, die Symmetrie … Was Paulina ins Auge sprang, war die unterschiedliche Gestaltung der beiden Türme, mit der diese Symmetrie weiter oben aufgehoben wurde. Zu Füßen der Kirche lag ein großer quadratischer Platz ohne Autoverkehr, mit einem Dutzend friedlicher Akazien und einem majestätischen Brunnen, auf dem wie auf einem Grabmal vier steinerne Kardinäle thronten und die Aussicht versperrten. Paulina ging nicht nah genug heran, um zu bemerken, dass die Skulptur die Signatur Viscontis trug, des Architekten, der einige Stunden zuvor ihren Taxifahrer beunruhigt hatte.

»Wie friedlich es hier ist.«

»Eine Spezialität von Paris. Du biegst um zwei Ecken und entdeckst stille Winkel, die vor dir noch nie jemand betreten zu haben scheint.«

»Vielleicht macht das den Charme von Paris aus.«

»Vielleicht macht das den Charme des Lebens aus.«

Paulina bat ihn, ihr das zu erklären, weil sie wissen wollte, ob sie ihn richtig verstanden hatte. Bis eben hatten sie die Kirche betrachtet wie zwei Touristen, Seite an Seite. Jetzt wandten sie sich einander zu, standen sich gegenüber, sehr nah, und fassten sich auf der Höhe seiner Hosentaschen an den Händen.

»Ich meine, dass du im Leben möglicherweise hin und wieder von den vertrauten Wegen abweichen musst, um festzustellen, dass es noch andere Wege gibt, die es wert sind, erforscht zu werden.«

»Mag sein …«

Beide hatten glänzende Augen, in denen sich Freude und Erstaunen spiegelten.

»Auch wenn du nicht weißt, wohin sie dich führen.«

Jean-Pierres Gesicht näherte sich ganz langsam.

»Manchmal …«

Sie machte keine Anstalten, ihm auszuweichen.

»… ist das im Leben so.«

Sie schloss die Augen und ließ geschehen, was in diesem Moment bereits unvermeidlich war. Den Kuss. Leidenschaftlich und reif. Hingebungsvoll, lang, eine Mischung aus allen erdenklichen Aromen. Sie umarmten sich, drückten einander, nahmen das Gesicht des anderen in beide Hände, sie das seine, er das ihre, voller Verlangen. Sie öffneten die Augen und lächelten, überwältigt von etwas Unerwartetem, und kehrten sogleich zum Spiel der Lippen und Zungen zurück, wie Teenager bei ihrem ersten Kuss, als hätte die Welt um sie aufgehört zu existieren. Unter anderem erkannte Paulina das Aroma des Pfeifentabaks. Süß, angenehm, suchterregend.

Sie hatte noch nie einen Pfeifenraucher geküsst. Und immer noch stand sie auf den Zehenspitzen, die Arme um Jean-Pierres Hals geschlungen.

So verharrten sie eine Weile auf der Place de Saint-Sulpice. Die Kirche aber nahmen sie gar nicht mehr wahr. Nachdem sie sich mit ihren Küssen alles gesagt hatten, um nicht in Worte zu fassen, was sie später vielleicht bereuen könnten, schlenderten sie Arm in Arm über die Rue Bonaparte zurück. Sie zählten ihre Schritte nicht mehr. Sie hätten ihre Herzschläge zählen können. Jean-Pierre, taktvoll und mit dem nötigen *savoir faire*, übernahm die Führung. Ein Mann, der niemals zu zweifeln schien.

»Lass uns hier essen. Das ist ein Café mit Vergangenheit.«

»Les Deux Magots«, las Paulina auf der grünen Markise an der Ecke, wo der Boulevard auf die Place Saint-Germain traf. »Sollte mich auch wundern, wenn es in diesem Viertel ein Haus ohne Vergangenheit gäbe. Wer verkehrte hier? Van Gogh?«

»Nicht dass ich wüsste. Die Surrealisten, glaube ich. Und es wird behauptet, Sartre hätte hier was-weiß-ich-was geschrieben.«

»Wollen wir draußen oder drinnen sitzen?«

»Hier ist es doch gut.«

Ein Kellner mit traurigem Schnurrbart geleitete sie zu einem runden Tischchen mit zwei Korbstühlen, beide mit Blick auf den Platz. Es sei sehr französisch, bemerkte Paulina, beim Essen nicht einander gegenüber, sondern Seite an Seite zu sitzen, zur Straße gewandt, als habe man sich lange genug gesehen und brauche bitte unbedingt ein anderes Panorama. Die Straße biete immer Abwechslung, und auch wenn es sich manchmal nicht vermeiden lasse, miteinander zu reden, stünden die Tische so eng beieinander und seien so voll besetzt, dass man nichts als Gemeinplätze von sich geben könne. Alle diese Beobachtungen Paulinas konterte Jean-Pierre Punkt für Punkt mit kaufmännischen Argumenten. Die Tische auf den Pariser Terrassen dicht an dicht anzuordnen, sei Tradition, die Gäste erwarteten es nicht anders, es gehöre zum gewohnten Straßenbild, doch vor allem nutze man so die verfügbare Fläche. Die Gebühren für ein paar Quadratmeter Terrasse seien immens hoch, zudem müssten Gaststätten hohe Steuern zahlen und würden von den Blutsaugern im Rathaus scharf kontrolliert, sodass sie darauf achteten, nur ja keine Handbreit Boden zu verschenken … Paulina war mit ihren Gedanken schon woanders. Jean-Pierre gab seine Erklärungen mit derselben Überzeugung ab, mit der er alles im Leben zu tun schien, gestand jedoch mit ehrenwerter Bescheidenheit, dass er das alles nur vom Hörensagen wisse, er habe es nicht so mit Zahlen, und in Wahrheit habe er sich noch nie gefragt, worauf diese Pariser Eigenart zurückzuführen sei. Wenn er dagegen von Kunst und Kultur sprach, war es etwas ganz anderes. Dann bestand er vollends aus Sensibilität, Selbstsicherheit und Gelehrsamkeit. Auch wenn sie noch nicht einmal einen Tag zusammen waren, konnte Paulina das bereits bestätigen.

»Hier isst man Eier. Omelett, Rührei, Ochsenauge …«

»Ich nehme eine Zwiebelsuppe und ein Bier.« Sie hob den Blick von der Karte. »Was ist? Darauf habe ich Appetit, warum siehst du mich so an? Weil in der Zwiebelsuppe kein Ei ist?«

»Ist das dein Ernst? Wir haben Juni.«

»Aber sie steht doch in der Karte.« Paulina deutete mit ihrem blutrot lackierten Nagel darauf. »Dann werde ich wohl kaum die Einzige sein, die sie essen will.«

Jean-Pierre bestellte ein Schinkenomelett und ebenfalls ein Bier. Sie aßen und sahen den Passanten zu. Ab und zu machte sich Paulina einen Spaß daraus, den Leuten, die mit teils raschen, teils schlendernden Samstagabendschritten vorbeikamen, ein Leben anzudichten. Es war ein vergnügliches Spiel, das nichts kostete und das sie als Mädchen mit Tatiana gespielt hatte, ihrer Wohnungsnachbarin, die im selben Alter und ihre engste Vertraute gewesen war. Mit ihr konnte sie zwei, drei Stunden in einer Bar im Barceloneser Stadtteil Sarrià bei einer einzigen Flasche Coca-Cola sitzen und darüber spekulieren, ob die Frau mit den Supermarkttüten glücklich war, ob das Ehepaar, das stumm nebeneinander herging, Kinder hatte oder nicht, ob er bei einer Bank arbeitete, ob sie einen Liebhaber hatte. Oder zwei ... Jean-Pierre staunte über Paulinas blühende Fantasie. Im Handumdrehen hatte sie eine beliebige Straßenpassantin, die, wie ihr schien, mit frischer Dauerwelle von Friseur kam, in eine Madame Bovary verwandelt. Und beim Anblick eines Jungen, der einen schlappohrigen Basset hinter sich herzerrte, erfand sie die Geschichte eines jungen Künstlers, der sich seinen Aufenthalt in Paris, seine Pinsel und Farben finanzierte, indem er jeden Nachmittag mit den Hunden der gehbehinderten alten Damen von der Rive Gauche Gassi ging.

Jean-Pierre achtete weniger auf die Leute, er machte Paulina darauf aufmerksam, dass Saint-Germain-des-Prés, von der Terrasse des Cafés aus gesehen, wie eine Dorfkirche wirkte, unförmig, schmucklos, sehr elsässisch. Nachdem Paulina mit dem Leben anderer Leute herumgespielt hatte, wagte sie es, einen Fuß in Jean-Pierres Leben zu setzen.

»Was bedeutet eigentlich Anouk?«, fragte sie in beiläufigem Ton.

»Nichts. Ein Name. Wie Jean-Pierre.«

»Ist es ein Männername?«

»Nein ... Eigentlich nicht.« Entschlossen, sich einen unvergesslichen Abend nicht verderben zu lassen, setzte er hinzu: »Ich glaube, es ist ein Frauenname. Nicht sehr gebräuchlich.«

»Darf ich fragen, ohne an Dinge zu rühren, die mich nichts angehen, warum du deine Galerie Anouk genannt hast?«

Jean-Pierre senkte den Kopf und legte die Pfeife auf den Tisch. Paulina bemerkte, wie der Mann, der ihr auf Júlias Hochzeit begegnet war und ihr vor etwa zwei Stunden den Kuss ihres Lebens gegeben hatte, innerlich schwankte. Es kam ihm anscheinend ganz gelegen, dass der Kellner gerade jetzt die wortlos verlangte Rechnung brachte. Hochgezogene Augenbrauen und das Aneinanderreiben von Daumen und Zeigefinger hatten genügt.

»Wusstest du, dass Marcello Mastroianni in der Rue de Seine gewohnt hat?«

»Soll das ein geschickter Themawechsel sein?«

Paulina war froh, ihre Ironie im Gepäck zu haben, die stets nützlich war, wie eine Zahnbürste.

»Ich dachte, das würde dich interessieren. Mastroianni, du weißt schon. Der Schauspieler ...«

»Ja, ja, klar, nun sag schon«, beharrte sie mit spöttischer Neugierde, »was ist das für eine tolle Geschichte?«

»Nein, nichts weiter, ich dachte bloß, dir könnte die Idee vielleicht gefallen, dass er in der Nähe der Galerie gelebt hat. Ein Italiener, der in Paris, in der Rue de Seine, eine Wohnung hatte. Eines Tages stand er in meiner Galerie und schaute sich in aller Ruhe Bilder an. Ich habe mich mit ihm unterhalten, ein völlig normaler Typ, ausgesprochen höflich, und er war sehr angetan von einem Pollock, der ...«

»Ich finde, du hast selbst ein bisschen Ähnlichkeit mit Mastroianni. Nicht, weil du ihn eben erwähnt hast, das habe ich gestern schon gedacht. Ich weiß nicht. Ein gewisses Flair. Dein Lachen, deine Nase, dein Blick. Die Art, wie du die Pfeife hältst. Vielleicht der Scheitel, überhaupt, wie du die Haare trägst …«

Paulina zog sich pantomimisch einen Kamm über den Kopf, kaschierte eine Geheimratsecke, zupfte einen Schopf zu einer sorgsam zerzausten Frisur. Jean-Pierre bemühte sich, wie Mastroianni dreinzublicken, und grinste verschmitzt. Und mit einer sonoren, verführerischen Schauspielerstimme sagte er:

»Du bist nicht die Erste, die das bemerkt.«

Sie lachten herzhaft.

»Und was für ein eitler Fatzke du bist, hat noch keine bemerkt?«

Für den Fall, dass ihre Worte zu scharf geklungen haben sollten, lehnte sie den Kopf an Marcellos Schulter. Paulina hatte sehr wohl erkannt, dass er ein Windhund war, aber ein bezaubernder Windhund. Wie viele Frauen mochten der Anziehungskraft dieses gutaussehenden, eleganten, charmanten Mannes wohl schon erlegen sein. Wie oft hatte er, Arm in Arm mit einer Touristin oder irgendeinem kunstbeflissenen Huhn, die vierhundert Schritte von Saint-Germain bis Saint-Sulpice gemacht?

Bevor Paulina auf den Namen seiner Galerie zurückkommen konnte, bemühte sich Jean-Pierre, jede dunkle Wolke zu vertreiben.

»Und weißt du, wer noch in der Rue de Seine gewohnt hat?«

»Na, wer denn?«

»D'Artagnan.«

»Alles klar.« Sie hob den Kopf. »Und gleich wirst du mir erzählen, wie auch er eines trüben Donnerstags in deine Galerie kam, was?«

»Nein, nein, da hatte ich sie noch gar nicht eröffnet.«

»Was du nicht sagst. Und Peter Pan, war der nie da? Wofür hältst du mich eigentlich?«

»Es stimmt wirklich.«

Jean-Pierre griff nach ihrer Hand, als er spürte, dass es Paulina allmählich reichte. Womöglich fühlte sie sich ein wenig lächerlich, wenn er so dick auftrug.

»D'Artagnan wohnte …«

»Hör zu, mein Lieber, ich habe *Die drei Musketiere* nicht gelesen, okay, aber jeder weiß, dass es ein Roman ist. D'Artagnan ist eine Figur von Alexandre Dumas. Spricht man den so aus? Dumás, Dúmas … Wie sagt ihr?«

Der Kellner legte das Wechselgeld auf den Tisch.

»Du hast völlig recht. Dumas hat den Roman geschrieben, aber d'Artagnan war tatsächlich auch ein Mensch aus Fleisch und Blut. Ehrlich. Und Kardinal Richelieu ebenfalls. In Wirklichkeit war d'Artagnan ein Musketier aus der Gascogne, der Charles Sowieso de Castlemore hieß und nicht nur für seinen meisterhaften Umgang mit dem Degen berühmt war, sondern zudem in den literarischen Salons des Marais verkehrte, meinem Stadtviertel, weshalb ich mich mit der Geschichte der grauen Musketiere auch so gut auskenne.«

Noch war das Misstrauen nicht ganz aus Paulinas honigfarbenen Augen gewichen.

»Ich habe einfach nur gedacht, du fändest es spannend, dass d'Artagnan vor vierhundert Jahren genau hier gelebt hat. Weiter nichts.«

»Wirklich? Ich weiß nicht, ob ich das glauben soll. Besser gesagt, Jean-Pierre« – mit zärtlicher Stimme –, »ich weiß nicht, ob ich dir glauben soll.«

»*Se non è vero, è ben trovato*, sagen die Italiener, nicht wahr?«

»Wieso die Italiener? Ich bin aus Barcelona.«

»Ach so, ja …«

Wieder brachen sie in Gelächter aus. Vielleicht war es die Nervosität, vielleicht lag es daran, dass er wusste, wo er sie kitzeln musste, oder einfach an seiner frechen Art, Paulina jedenfalls stellte fest, dass sie in Wochen nicht so viel gelacht hatte wie an einem einzigen Tag mit ihm. Worüber sie nicht etwa erschrak, vielmehr gestand sie es sich gern ein.

»Gehen wir?« Er stand bereits.

»Gehen wir. Aber du bist mir noch eine Antwort schuldig …« Beide wussten, was gemeint war. »Oder ist es dir lieber, wenn ich meine Cousine frage?«

»Du meinst Julie?«

»Ich meine Anouk.«

Jean-Pierre legte ihr den Arm um die Schultern, und gemächlich schlenderten sie durch die Rue des Beaux-Arts zurück zum Fluss. Es war kühler geworden.

»Anouk. Ich werde es dir erzählen, Pauline. Ich möchte es dir selbst erzählen. Aber nicht jetzt, nicht heute Abend, einverstanden?«

Schweigend gingen sie weiter. Der Pulsschlag des Tages hatte sich verlangsamt wie ihr eigener. Jean-Pierre fragte nicht, wie viele Schritte es bis zum Fluss waren. Paulina hätte es auch nicht gewusst. In dem Reiseführer über Paris, den sie im Flugzeug gelesen hatte – einem grünen Reiseführer –, hatte nur gestanden, dass es von Saint-Germain bis Saint-Sulpice genau vierhundert Schritte waren. So wahrte jeder sein Geheimnis. Die Trödler am Seineufer räumten die alten Zeitschriften zusammen, die staubigen Bücher – drei zum Preis von zweien – und die Vinylschallplatten der *Chansonniers* für Touristen. Jeden Abend packten sie, pausenlos über den schlechten Tagesumsatz fluchend, mit ihren schwieligen Händen alles in Kartons und verstauten diese in dem großen grünlackierten Holzverschlag, der ihnen bei Wind und Wetter als Laden diente. Alles darin unterzubringen, war jedes Mal eine Herausforderung. Anschließend sicherten sie den Deckel mit einem kümmerlichen Vorhängeschloss und gute Nacht, bis morgen. Hin und wieder grüßte Jean-Pierre den einen oder anderen Straßenverkäufer, den er aus dem Café La Palette kannte. Er hatte die Angewohnheit, vormittags für zehn Minuten die Galerie zu schließen, um in dem hundertjährigen Lokal – innen Holz, außen Efeu – in der Rue de Seine einen Kaffee zu trinken. Die Pfeife im Mund, begann er wieder die Melodie vor sich hin zu summen, die Paulina ihn schon einmal hatte trällern hören.

»Pfeifst du immer dasselbe? Das ist mir gestern bei der Hochzeit schon aufgefallen.«

»Einen Sirtaki, stimmt. Ich mag diese Musik. Klingt griechisch, nicht wahr?«

»Es ist griechisch.«

»In Wirklichkeit nicht. Es stammt aus dem Soundtrack eines Films, *Alexis Zorbas*. Mikis Theodorakis hat es speziell für diesen Streifen komponiert und eine so starke Choreografie dazu gemacht, dass es bis heute überdauert hat. Und mittlerweile hält man es für einen traditionellen Tanz aus den griechischen Tavernen. Was ist? Warum siehst du mich so an?«

»Kinoexperte bist du also auch?«

»Ich bin Experte für gar nichts, Pau, aber das bisschen, was ich weiß, das zeige ich auch. Alter Verkäufertrick. Um dich einzuwickeln, ist mir jedes Mittel recht.«

Es war das erste Mal seit der Schulzeit, dass jemand sie Pau nannte. Es gefiel ihr. Paulina war zu lang, das hatte sie ihren Eltern immer vorgeworfen.

»Ich mag diesen Tanz, ich mag die Schrittfolge und den rascher werdenden Rhythmus. Erst ganz langsam, ganz ruhig, ganz gemächlich«, er tat, als würde er gleich einschlafen, »und dann mit einem Mal schneller, schneller, immer schneller, bis du nicht mehr kannst. Manchmal, wenn ich allein in der Galerie bin, tanze ich Sirtaki.«

»Das glaubst du doch selbst nicht, Jean-Pierre.«

»Ich schwöre es dir, wenn ich in Stimmung bin, tanze ich ganz allein für mich …«

»Du behauptest also, du pfeifst und tanzt in deinem Laden. Schiebst den Sessel zur Seite, um nicht darüberzufallen …« Wieder die rettende Ironie, um die Distanz zu wahren.

»Du meinst, das stimmt nicht? Schau her.« Jean-Pierre hielt die Pfeife zwischen den Zähnen, ergriff Paulinas linke Hand und legte sie sich auf die rechte Schulter. »Auf geht's!«

»Aber …«

»Mach mir einfach alles nach …« Die Pfeife, die ihn beim Tanzen störte, steckte er in die Jackentasche.

»Nein, Jean-Pierre, hör auf.«

»Na, los, komm schon …«

Er ließ ihr keine Wahl. Sie stellten sich nebeneinander, eine Hand auf der Schulter des anderen, und Jean-Pierre begann, laut zu singen und den Takt vorzugeben. Einen Fuß nach vorn, jetzt den zweiten, einen Schritt hin, einen Schritt her, Bein heben, Knie beugen, eins, zwei, und Sprung …

zwölf Schritte, und dreh dich, und dasselbe in die andere Richtung, und jedes Mal schneller werden. Jean-Pierre kam immer mehr in Fahrt, und je mehr er den Rhythmus beschleunigte, desto lauter sang er die Melodie ohne Text. Mit ihren hohen Absätzen fürchtete Paulina auf dem Kopfsteinpflaster um ihre Fußgelenke. Ohne innezuhalten, entledigte sie sich der Schuhe und brachte den Tanz, lachend und keuchend, barfuß zu Ende. Beifall erklang. Ein älteres Ehepaar, das in der Nähe auf einem Boot an der Mole zu Abend aß, applaudierte und gratulierte ihnen. Weder Jean-Pierre noch Paulina hatten bemerkt, wie die beiden ihre aufgeschnittene Melone vergaßen, um ihnen zuzusehen.

»Mir ist heiß.«

»Das kommt von der Zwiebelsuppe.«

»Ja, klar, die Suppe. Wie peinlich, Jean-Pierre. Du kennst überhaupt kein Schamgefühl, was?«

Paulina hob ihre Schuhe auf, und zum Anziehen reichte ihr Jean-Pierre einen muskulösen Arm. Als Atem und Herzschlag sich wieder halbwegs beruhigt hatten, nahmen sie einander in die Arme und fanden das einzige Mittel, um mit dem Lachen aufzuhören. Einen Kuss. Und noch einen. Ohne Eile.

»Du trägst nicht dasselbe Parfüm wie gestern.«

Jean-Pierre wollte nur zeigen, dass er ein aufmerksamer Beobachter war. Paulina jedoch war ein wenig enttäuscht, wovon er nichts merken sollte.

»Mit Chanel N° 5 darf man nicht zu verschwenderisch sein … Gefällt dir das von heute nicht?«

»Doch, sehr.« Der Galerist bemühte sich seinerseits um die richtige Nuance. Sie sollte nicht den Eindruck haben, er … »Das Parfüm ist nur ein Adjektiv. Was mir gefällt, das bist du.«

Paulina strich sich die Haare hinters Ohr und schien ihm nicht zuzuhören.

»Meine Mutter hat Jahre gebraucht, um an ein Fläschchen zu kommen, und es wie einen Schatz gehütet. Das ging so weit, dass sie es nur ein einziges Mal pro Jahr benutzte. An ihrem Hochzeitstag machte sie sich immer schön, um mit meinem Vater in ein gutes Restaurant zu gehen, und dann betupfte sie sich mit ein paar Tröpfchen ihres Parfüms, hier am Hals. Ich schaute meiner Mutter gern zu, wenn sie sich zurechtmachte. Vor dem Spiegel, die Badezimmertür offen. Sie bog ihre Wimpern mit einer Wimpernzange, schminkte sich die Augen, zog die Lippen nach, und der letzte Schritt des Rituals, wenn sie das Kleid schon anhatte, war immer immer immer das Parfüm. Sie legte es sehr sparsam und sehr behutsam auf, als wäre die Wirkung besser, wenn man es vorsichtig verwendete. Das ist eine dieser Kleinigkeiten aus der Kindheit, die man sich gemerkt hat, ohne dass man sagen könnte, warum eigentlich. Weißt du, ich liebte es, wenn meine Mutter nach Chanel duftete, um mit meinem Vater auszugehen, der sich auch dafür umzog, rasierte und einen Schlips umband. Deshalb dachte ich, die Hochzeit meiner über alles geliebten Cousine hätte dieses Parfüm verdient. Auch für mich war es ein besonderer Tag, eine gute Gelegenheit für eine Hommage an meine Mutter.«

»Das finde ich sehr schön. Weißt du, woran das liegt?«

»Was?«

»Dass wir uns an bestimmte Dinge aus unserer Kindheit erinnern und so viele andere vergessen?«

»Weil sich uns einprägt, was uns im Innersten bewegt?«

»Weil unser Gedächtnis im Guten wie im Bösen eine Auswahl für uns trifft. Einen Moment, ein Gespräch oder einen Geruch. Vielleicht ist jetzt gerade auch ein solcher Augenblick.«

»Jetzt gerade? Glaubst du?«

»Du hast es selbst gesagt. Wir prägen uns ein, was uns im Innersten bewegt. Was du behalten möchtest, gräbt sich dir ins Gehirn wie ein Relief in Holz. Dagegen hast du bestimmt schon erlebt, dass du eine Telefonnummer auswendig kannst, bis du Stift und Papier gefunden hast, und fünf Minuten später kriegst du sie schon nicht mehr zusammen. Dein Kopf behält Dinge nur ganz kurz und bei Bedarf, dann weg damit, in den Papierkorb.«

»Das Gedächtnis lässt sich trainieren.«

»Oh ja. Ich habe einen Freund, der sich seinen Lebensunterhalt damit verdient. Antoine tritt in einem Souterrain in der Rue de Rivoli auf, nicht weit von meiner Wohnung. Es ist eine Bar, wo Zauberkünstler auftreten und Geisterbeschwörungen stattfinden und *jenesaispasquoi*. Und er, ein Glatzkopf mit weißem Bart und dickem Wanst, ohne jeden Charme, setzt sich auf das Podest, das dort als Bühne dient, und die Zuschauer rufen ihm Wörter zu, eins nach dem anderen, völlig zusammenhanglos. Bis zu hundert Wörter, die er sich merkt und anschließend wiederholt.«

»Und das schafft er?«

»Fast nie.«

Und wieder hätten sie sich ausschütten können vor Lachen. Derweil schlenderten sie an der Seine entlang, zerstreut und ohne festes Ziel.

»Den solltest du kennenlernen. Antoine Fernández, ein Unikum.«

»Ich bin nur bis Dienstag hier.« Und heute haben wir schon Samstag, dachte Paulina.

Einige Clochards, die mehr die Uhrzeit als den Wochentag im Sinn hatten, begannen unter den Brücken, mit Pappkartons ihr Revier zu markieren. Mit geübten Handgriffen ordneten sie ihre Siebensachen – ihr Zuhause – zu einem Nachtlager. Damit waren sie vollauf beschäftigt, sie sagten kein Wort zu den wenigen Spaziergängern, die im letzten Abendlicht noch unterwegs waren. Sie blickten nicht einmal auf. Auch Paulina schaute nicht hin, doch sie klammerte sich an Jean-Pierres Arm, und beide beschlossen stumm, dass es an der Zeit war, hinauf zum Pont des Arts zu gehen. Von der Brücke aus gesehen, um Viertel nach neun, Ende Juni, haben das Institut de France und die Basilica Mazarin eine ganz besondere Farbigkeit. Der helle, blanke Stein wird erst ocker, dann immer blasser, bis das ganze Gebäude im letzten Schimmer der untergehenden Sonne eine zartrosa Tönung annimmt. Schaut man von der Brücke nach Norden, ist der Himmel ein in steter Auflösung begriffenes Spektakel, das sich von Sekunde zu Sekunde ändert, im Wettlauf mit der Zeit. Widerwillig beinahe. Wie ein großer Vorhang, flammend rot, der die Silhouetten des Grand Palais und des Petit Palais unaufhaltsam schwärzer werden lässt. Der Eiffelturm verschwindet immer als Letztes. Schaut man zur anderen Seite, scheint das Wasser zu stocken, sodass man zu dieser dämmrigen Stunde kaum erkennen kann, in welche Richtung es fließt. Und du suchst in den Booten – wie laut die Seilwinden quietschen! – oder einer verirrten Ente ein Indiz, wohin es flussaufwärts und wohin flussabwärts geht. Immer stiller wird es, und die Nacht senkt sich genau an der Stelle nieder, wo die Seine sich gabelt, dort, wo so viele Künstler mit Staffelei und Aquarell arbeiten und, wenn der Tag vergeht, ihre Palette einpacken und ihr Bündel schnüren. Jean-Pierre, die Pfeife zwischen den Zähnen, hatte den Zeitpunkt und die Szenerie gut gewählt.

»Kommst du noch mit rauf?«

Paulina knöpfte sein Jackett auf, schmiegte sich an ihn und legte den Kopf an seine Brust. Sie mochte nicht antworten. Doch dann löste sie sich wieder von ihm und sah ihm in die Augen. Er wandte das Gesicht ein wenig zur Seite, damit sie seinen Pfeifenrauch nicht abbekam. Die Antwort war weder die, die sie ihm geben, noch die, die er hören wollte.

»Ich nehme ein Taxi, Jean-Pierre. Es ist Zeit, nach Croissy zurückzukehren.«

»Auf ein Glas Wein?«

»Wir sollten nichts überstürzen. Es war ein wunderschöner Abend.«

»Ich habe einen Blanc d'Anjou im Kühlschrank …«

»Lassen wir es dabei.«

»… für einen besonderen Anlass.«

»Lassen wir es dabei, hörst du?«

»Sehen wir uns morgen?«

Sie holte tief Atem.

»Tritt da dein Freund auf? Antoine?«

»Sonntags ist geschlossen. Leider. Aber ich muss dir meinen Lieblingsplatz zeigen. Das kannst du nicht ablehnen. Es ist unabdingbar, dass du ihn kennst. Damit es, sollte ich mal verschollen sein, wenigstens eine Person gibt, die weiß, wo man mich suchen muss.« Wenn es darauf ankam, war Mastroianni auch ein guter Komödiant. »Sehen wir uns morgen?«

Paulina nahm ihm die Pfeife aus dem Mund und gab ihm einen hastigen Kuss.

»Auf welcher Seite der Brücke bekomme ich am besten ein Taxi?«

10.

Im Schatten von Notre-Dame

Wie so viele Straßen in so vielen Städten war die Rue de Seine sonntags wie ausgestorben. Keine Menschenseele unterwegs. Die Fenstergitter heruntergelassen, die Läden dunkel, als wollte man den Bildern Ruhe gönnen. Nur ein Vogel, der sich nicht um Gewerkschaften und Arbeitszeiten scherte, schlug geräuschvoll mit den Flügeln. Der Taxifahrer, der sie aus Croissy zur Galerie Anouk brachte, hatte den mäandernden Fluss hinter sich gelassen, bog vom Square Honoré-Champion in die Straße ein, ohne zu bemerken, dass er gegen die Einbahnstraße fuhr. Paulina hielt es für besser, wenn er sie gleich dort absetzte, statt um den ganzen Block zu fahren. Bei der Statue von Voltaire klappte er sein Schild hoch zum Zeichen, dass er wieder verfügbar war, und Paulina, in weißem Shirt und neuen Jeans, ging an etwa zwanzig Schaufenstern vorüber, bis sie Jean-Pierre erreichte, der sie mit einem Kuss und einem Dutzend Santa-Clara-Rosen empfing. Kaum war sie wieder mit ihm zusammen, hatte sie das Verhör, dem ihre Cousine sie unterzogen hatte, schon vergessen. Júlia hatte sie unter dem Vordach ihres Hauses beiseitegenommen und nach Strich und Faden ausgefragt, was sie am Vortag mit Jean-Pierre gemacht habe, wo sie zu Abend gegessen hätten, was er ihr gezeigt, wo er sie hingeführt, worüber er geredet habe, wie ihm die Hochzeit gefallen habe, was er von ihrem Ehemann halte, ob sie zu Hause angerufen habe, was sie für Sonntag plane, warum sie die nagelneuen Calvin-Klein-Jeans trage, in denen ihre Beine noch länger und ihre Figur noch schlanker wirkten, ob sie an diesem Sonntag mit Jean-Pierre verabredet sei, wo, um welche Zeit, ob sie vorhabe, mit ihm in seine Wohnung zu gehen, ob sie rechtzeitig wieder da wäre, um mit ihr und Alain in Croissy zu essen, ob …

Paulina, die sich eher glücklich als verwirrt fühlte, tat, als wäre nichts. Sie reagierte lächelnd, lakonisch mit ja oder nein, in neutralem Tonfall. Sie weigerte sich, Júlia ins Netz zu gehen, auf ihr Frage-und-Antwort-Spiel hereinzufallen, und passte auf, dass ihre Stimme sie nicht verriet, während sie erwiderte, ja, sie habe mit Gina telefoniert, in Barcelona sei alles in Ordnung, ihre Tochter sei die süßeste der Welt, es habe Spaß gemacht mit Jean-Pierre, er sei ein interessanter Mann, und eigentlich hätten sie für diesen Sonntag nichts ausgemacht. Aber vielen Dank, wenn sie es ihr schon anbiete, solle sie ihr doch bitte ein Taxi bestellen, damit sie in die Stadt fahren und einen Spaziergang über den Montmartre oder durch das Marais unternehmen oder sich in irgendeinem Kino *Die Stunde des Siegers* anschauen könne, einen Film, über den sie beim Aperitif auf der Hochzeit viel Lobendes gehört habe. Sicher war sie sich nur über eines: Sie sollten nicht mit dem Essen auf sie warten, sie würde das Brautpaar lieber allein zu Hause speisen lassen, als immer die Anstandsdame zu geben, außerdem würden sie so feststellen können, wie seltsam die Sonntagabende für Eheleute seien. Aus Paulinas Entschiedenheit und ihrer gelösten Miene schloss Júlia, dass ihre Cousine heimliche Pläne schmiedete.

Jean-Pierre, der, während er auf Paulina wartete, die Telefonnummern der Kunsthändler, eine nach der anderen in alphabetischer Reihenfolge, in ein neues Notizbuch übertragen hatte, beschloss, Feierabend zu machen.

»Bereit für einen Fußmarsch?«

»Mit diesen Hanfschlappen holst du mich nie ein.«

»Du wirkst sehr …«

»Gefalle ich dir?«

»Ja.«

»Sehr was? Willst du den Satz nicht beenden?«

»Spektakulär.«

»Klingt ja nicht gerade überzeugend.«

»Ich habe dich bei der Hochzeit gesehen und in dem Kleid gestern … Aber in Jeans und einem schlichten T-Shirt siehst du atemberaubend aus.«

»Danke.«

»Der beste Koch der Welt ist nicht der mit den kompliziertesten Gerichten, sondern der, der die besten Spiegeleier brät.«

»Überschlag dich nicht. Lass gut sein. Dieses Jerseyhemd steht dir jedenfalls auch sehr gut.«

»Gehen wir.«

»Und was machen wir mit dem Blumenstrauß?«

Jean-Pierre ging ins Hinterzimmer und kam mit einer Vase voll Wasser wieder heraus. Er stellte die Rosen hinein und platzierte sie im Schaufenster zu Füßen des Le Corbusier.

»Der ist nirgendwo besser aufgehoben als hier. Du hast recht.«

Eine Viertelstunde vor dem Ende der Welt.

»Darf ich dir etwas sagen? Ich mag diesen Satz nicht, der da in Anführungszeichen an deiner Tür steht. Von wem ist das?«

Jean-Pierre gab keine Antwort. Er schloss die Galerie ab und setzte sich in Bewegung, um Paulina den Ort zu zeigen, wo man ihn würde suchen müssen, falls er einmal verschollen sein sollte. Beim Institut de France nahmen sie den Quai des Augustins unterhalb des Flusses in Richtung Île de la Cité.

»Ich weiß, wo du mich hinführst. Das ist leicht zu erraten.«

»Wohin denn?«

»Zur Notre-Dame.«

»Für so simpel hältst du mich?«

»Aber nein, ganz und gar nicht.«

»Du enttäuschst mich … Glaubst du wirklich, wenn ich mal verloren gehe, muss man mich ausgerechnet in einer Kirche suchen?«

»In einer Kathedrale. Und nicht in irgendeiner.«

»Kalt, kalt … Achtung«, er fasste ihre Hand, »lass uns hier die Straße überqueren.«

Im Schatten von Notre-Dame, auf der anderen Seite der Seine, an einer von zwei blühenden Kirschbäumen geschmückten Ecke der Rue de la Bûcherie 37, erschien wie eine Oase *Shakespeare and Company*. Ein Buchladen. Der Name stand in Großbuchstaben, schwarz auf gelbem Grund, auf einem Schild über der Tür, unübersehbar für jeden Spaziergänger, der sich zufällig in diesen versteckten Winkel von Paris verlief. Nur das blutrote S von Shakespeare und zwei Porträts des Schriftstellers und Erfinders so vieler komischer und tragischer Geschichten gaben der englischsprachigen Buchhandlung Farbe. *Antiquarian Books.*

»Ist das schön, Jean-Pierre … Und diese Ruhe, dieser Ort …«

»War deine Cousine nie mit dir hier?«

»Nie. Und kein Mensch hat mir je davon erzählt.«

»Nun, dieser Laden ist wie du. Von innen noch besser.«

Paulina hatte Jean-Pierres Kompliment nicht mitbekommen. Hingerissen betrachtete sie die Holzfassade der Buchhandlung, grünlackiert wie der Wallace-Brunnen, der vor einem der Schaufenster stand und jegliche Symmetrie durchbrach. Schon als Kind hatte sie Symmetrien, Palindrome und geometrisch angelegte Gärten gehasst.

»Wenn du magst«, er betätigte den Hahn, »das Wasser kann man trinken.«

»Bringt das Glück?«

»Nicht dass ich wüsste.«

»Heißt das, dass ich irgendwann wieder nach Paris zurückkommen werde?«

»Nicht unbedingt. Aber es löscht den Durst, was ja schon eine Menge wert ist.«

»Ich jedenfalls hoffe, dass ich wieder herkomme.« Sie trat an den Brunnen. »Also, zur Sicherheit …«

Paulina beugte sich vornüber und stellte sich auf die Zehenspitzen, um sich die Schuhe nicht nass zu machen. Bevor sie trank, ließ sie das Wasser zuerst in einem langen Strahl ablaufen.

»Es heißt, in Paris gebe es hundert Brunnen wie diesen, aber ich habe sie noch nie gezählt.«

Hätte Paulina eine Kamera dabeigehabt, sie hätte gar nicht genug Fotos machen können von dem Brunnen, der Fassade, den Türen, dem Namensschild, dem Frieden, den beiden Kirschbäumen mit ihren frühlingshaften rosa Blüten, den Büchern, die in Kisten auf dem Bürgersteig dekoriert waren wie Früchte. Hätte Paulina doch nur Fotos machen können von diesen Tagen, diesen Straßen, diesen Spaziergängen und diesem erstaunlichen Mann …

»Geh rein. Geh du allein rein, Pau. Ich will gar nichts sagen. Geh rein, und anschließend reden wir.«

»Kommst du nicht mit?«

»Geh rein, vielleicht verstehst du dann, warum man mich hier suchen soll, wenn ich mal verloren gehe.«

»Aber …«

»Und geh auch nach oben, schau aus dem Fenster, betrete jeden Raum, lass nichts aus. Sieh dich um, greif in die Regale, atme. Nimm dir alle Zeit der Welt. Ich möchte, dass du es allein entdeckst. Ohne Eile. Ich warte hier auf dich.« Er hob die Hand mit der qualmenden Pfeife. »George kann es nicht leiden, wenn ich ihn einräuchere.«

Paulina setzte den Fuß so behutsam in den Laden, als beträte sie ein verwunschenes Haus, mit weit offenen Augen und hellwachen Sinnen. Bereit zu fühlen, aufzunehmen – was für wundersame Tage –, durchschritt sie die Tür, als schlüge sie ein Buch auf, und ließ sich in die magische Welt der Imagination entführen.

Die Buchhandlung war eng, labyrinthisch, vollgestopft, das Erdgeschoss sehr verwinkelt und uneben. Man konnte kaum zwei Schritte geradeaus gehen. An manchen Stellen trat man auf so abgenutzten Teppichboden, dass das noble Granatrot nurmehr zu erahnen war. An anderen hatte man unter den zögerlich vorantastenden Füßen Holzdielen oder auch den nackten Steinboden, der einen unnachsichtig daran erinnerte, wie vergänglich alles war. Wohin man auch blickte, überall sah man Bücher, vom Boden bis zur Decke, in Kisten, Regalen, schief und kreuz und quer durcheinander. Und dazwischen gelegentlich eines, das wie aus Protest kerzengerade im Regal stand. Paulina ließ die Augen in Wellen über die Bücher gleiten, viele waren vergilbt, die meisten hatten eine dicke Staubschicht, die wegzuwischen sich nie jemand die Mühe gemacht hatte. Lyrik, Romane, Historisches, Titel auf Englisch, auf Französisch …

Bevor sie sich im Obergeschoss umsehen konnte, musste sie eine Gruppe Amerikaner vorbeilassen, die mit verzückten Blicken von oben kamen. Vorsichtig stieg sie die einzige Treppe hinauf. Sie war sehr steil und hatte schmale, ausgetretene Stufen. Paulina musste den Kopf einziehen, um nirgendwo anzustoßen. Dort oben wurde das Bücherparadies weiter und großzügiger. Die natürliche Helligkeit, die von der Straße oder durch den Lichthof hereinfiel, verlieh dem Raum eine Höhe und Tiefe, die das zugebaute Untergeschoss nicht besaß. Der Anblick war dennoch der gleiche. Ein Rücken neben dem anderen, bedeckten Bücher die Wände, dicht an dicht, lückenlos, von oben bis unten. Im letzten Raum stand ein aufgeklapptes Klavier mit einem Holzstuhl davor, als müsste jeden Moment jemand anfangen, ein Nocturne von Chopin zu spielen. In der Mitte des Ganges lugte sie in ein unordentliches Büro, ein niedriges Zimmer, in das höchstens eine Person passte, und auch die durfte nicht zu korpulent sein. Decke und Wände waren übersät von aufgeklebten und angepinnten Zettelchen, auf denen Kunden irgendeinen Gedanken festgehalten hatten. Auf dem Arbeitstisch stand eine tragbare Schreibmaschine mit Plastikrahmen aus den Siebzigerjahren. Pure Dekoration, wie Paulina vermutete. Sie war versucht hineinzugehen, sich an den Tisch zu setzen und eine Nachricht für Jean-Pierre zu tippen, fürchtete aber, zurechtgewiesen zu werden, falls das nicht gestattet war. Somit setzte sie ihren Entdeckungsgang durch den ersten Stock fort und gelangte, angelockt von dem Sonnenstrahl, der durch das einzige, sperrangelweit offene Fenster drang, bis ans Ende. Das letzte Zimmer war zugleich das letzte Kapitel der Buchhandlung. Eigentlich wirkte es eher wie eine Bibliothek. Es war der einzige Ort bei *Shakespeare and Company*, wo sich Bücherliebhaber niederlassen und eine Weile in dem Roman blättern konnten, der ihre Aufmerksamkeit erregt hatte. In dem Lesezimmer gab es keine zwei Stühle, die einander glichen: Sessel, Schemel, wacklige Holzstühle und ein durchgesessenes zweisitziges Sofa. Und die breite Fensterbank, von der aus man sich nur leicht nach vorn lehnen musste, um die beiden Türme von Notre-Dame aus einer ungewohnten Perspektive zu sehen. Sie hatte es nicht eilig. Jean-Pierres Instruktionen waren klar und deutlich gewesen, und sie richtete sich danach. Aus einem Regal nahm sie einen Gedichtband von Baudelaire – sie hätte auch jedes andere Buch wählen können, das sich in ihrer Reichweite befand – und setzte sich in einen Schaukelstuhl aus Rohrgeflecht. Sie schlug das Buch nicht auf, sondern betrachtete es still. Die anderen sonntäglichen Müßiggänger respektierten beim Betreten der winzigen Bibliothek die Konzentration derer, die dort in ihre Lektüre vertieft waren. Man fühlte sich fast wie in einem Gebetsraum. Es war nichts zu hören als das Brummen einer unschlüssigen Hummel, die durch das Fenster ein- und ausflog und manch einen eifrigen Leser gelegentlich missbilligend aufblicken ließ. Andere waren von guten Geschichten so gefesselt, dass sie sich auch davon nicht ablenken ließen.

»Weißt du, wie man in Ägypten eine Bücherei nennt?«, hatte Jean-Pierre sie gefragt. »Schatzkammer des Seelenheils.«

Als Paulina alles gesehen hatte, trat sie den Rückweg an. Sie senkte den Kopf, um die Treppe hinunterzugehen, wich den Kunden aus, die in den Regalen stöberten, verließ den Laden und machte sich, außer sich vor Begeisterung, auf die Suche nach Jean-Pierre.

»Hier wirst du dich also aufhalten, Monsieur Zanardi, wenn du sonst nirgendwo zu finden bist.«

»Sofern ich in Paris bin, ja.«

»Ein sehr liebenswerter Ort. Ich kann dich verstehen.«

»In Paris würde ich mich hier verkriechen, ansonsten in irgendeiner der großartigen Buchhandlungen, die es auf der Welt gibt. Ich habe schon viele besucht, aber noch längst nicht alle. In Schottland soll es zwei Antiquariate geben, in Inverness und in Glasgow, die ich mir eines Tages ansehen möchte. Ein Buchladen ist …« Er überlegte kurz, bevor er weitersprach, dann aber sagte er ohne jeden Schwulst: »… die Heimat der Freiheit, die Zuflucht der Wörter, das wahre Museum des Denkens.«

»Aber du suchst dort eher nach Schmetterlingen als nach Wörtern.«

Paulina waren die vielen Bücher über Schmetterlinge in seiner Wohnung nicht entgangen.

»Genau. Immer. Bücher über Schmetterlinge, Kataloge, alles, wodurch ich etwas über Arten erfahre, die ich noch nicht kenne.«

»Ich würde gern noch mal mit dir zusammen reingehen.«

»Jetzt?«

»Hast du keine Lust?«

»Nach Ihnen, Milady.«

Dass ein Land seinen Kilometer Null in einem Bücherantiquariat hat, wo alle Weisheit, das Gewicht der Literatur und der Wandel der Zeit versammelt sind, sagt schon alles. Jean-Pierre umfasste die Pfeife mit der Hand. Obwohl er schon eine Weile nicht daran gezogen hatte, fühlte sie sich noch warm an.

»Der Inhaber ist Amerikaner, ein Freund von mir. Er ist gerade Vater geworden, mit siebenundsechzig. George Whitman aus New Jersey. Sein Leben klingt wie ein Film. Er war noch nie zuvor in Frankreich gewesen, als er nach dem Zweiten Weltkrieg nach Paris kam. Er blieb, eröffnete zuerst ein Bücherantiquariat am Saint-Michel und kaufte schon bald darauf dieses. Wir sind hier, glaube ich, in einem ehemaligen Nonnenkloster.«

»Ist er das?« Mit dem Ellenbogen wies Paulina auf einen schmalen Mann, der, ein Knie auf dem Boden, am Fuß der Treppe kauerte und einen Bücherstapel durchwühlte.

»Ja. Sieh ihn dir an …«

»Dieses Gesicht sagt alles.«

»Er ist ein Exzentriker. Ein Spinner, ein Romantiker …«

»Ein Bohemien?«

»Nenn es, wie du willst. Manchmal wirft er sich in Schlips und Kragen, und manchmal trägt er die extravagantesten Sakkos, vor allem, wenn er Dichterlesungen im Laden veranstaltet. Er ist ein Büchernarr. Menschen wie er sind leider viel zu selten.«

Paulina kicherte. Sie senkte die Stimme, damit George, der nicht zu finden schien, was er suchte, sie nicht hörte.

»Hast du seinen Hemdkragen gesehen? Wenn du ihm zu nah kommst, stichst du dir die Augen aus.«

Sie lachten über die altmodisch spitzen Kragenecken. Überhaupt war George Whitman eine seltsame Erscheinung: weißes Haar, das in krausen Büscheln vom Kopf abstand, Hakennase und ein dürres Ziegenbärtchen, das schon üppigere Zeiten gesehen haben dürfte. Alles an ihm war außergewöhnlich, seine hagere Gestalt, die endlos langen Beine, der schmächtige Körper mit diesem leichten Buckel, zu dem Buchhändler häufig neigen. Asthmatiker auch, und oft genug kommt eins zum andern.

»Weißt du, was das Beste ist? Achte mal darauf, wie jung alle seine Angestellten sind.«

»Und Ausländer, würde ich sagen.«

»Der Mann hat ein ausgezeichnetes System. Er gewährt jungen Schriftstellern aus aller Welt oder solchen, die es werden wollen, im ersten Stock Quartier. Sie dürfen im Laden, neben dem Klavier oder in der Bibliothek übernachten. Hast du keine Matratzen herumliegen sehen?«

»Darauf habe ich nicht geachtet.«

»Die Buchhandlung ist zu einer kuriosen Autorenresidenz geworden. Leute, die nach Paris kommen und Unterkunft brauchen, lässt George unter drei Bedingungen hier schlafen. Erstens müssen sie jeden Tag ein Buch lesen. Zweitens, zwei Stunden in der Buchhandlung aushelfen. Und drittens, ungefähr eine Seite autobiografischen Text verfassen, auch täglich. Wie findest du das?«

»Genial.«

»Er hat billige Arbeitskräfte, man steht Schlange, um hier gratis schlafen und arbeiten zu dürfen, und seine Sammlung von Autobiografien angehender Schriftsteller, die es womöglich eines Tages zu Rang und Namen bringen, wächst und wächst.«

Erneut stieg Paulina ins obere Stockwerk hinauf. Jean-Pierre ging voran.

»Hast du dieses Kämmerchen gesehen?« Gebückt ging er hinein und setzte sich.

»Ich fand es herrlich. Mit dieser Schreibmaschine, die nur darauf zu warten scheint …«

»Hier drin hat Lawrence Durrell angeblich einen Teil vom *Alexandria-Quartett* verfasst. Hast du seine Romane gelesen?«

»Hast du schon mal versucht, etwas zu schreiben?«

»Ich?« Jean-Pierre fühlte sich ertappt. »Nichts von Belang. Jugendliches Gekritzel.«

»Gedichte?«

»Nein, nein. Ach was …« Er wand sich vor Verlegenheit. »Einen Roman, eine längere Erzählung, ich weiß nicht einmal, ob ich das noch irgendwo habe.«

»Ich würde es gern lesen.«

»Es taugt nichts, Pauline, im Ernst.«

»Und er?«

»Wer?«

»Der Ladenbesitzer. Hat der je etwas geschrieben?«

»George? Mir hat er einmal gesagt, und das wird dir gefallen, dass er noch nie etwas anderes als Liebesbriefe geschrieben hat.«

»Oh …«

»Und weißt du was? Ich glaube ihm.«

»Mag schon sein. Er sieht danach aus.«

Jean-Pierre schickte sich an, Durrells Schreibstube zu verlassen.

»Gehen wir runter, und ich stelle ihn dir vor.«

»George?«

»Hast du Lust?«

»Und als wen willst du mich vorstellen?« Erfreut und furchtsam zugleich.

»Als wen soll ich dich denn vorstellen? Meine Cousine aus Barcelona? Eine Freundin? Eine Kundin der Galerie? Ein Laufstegmodel? Die perfekte Adressatin für Liebesbriefe? Such dir was aus.«

Sie lachte nervös.

»Lass gut sein, das ist mir peinlich.«

»Nur wenn du …« Wieder einer seiner liebenswerten plötzlichen Einfälle: »Ich lasse es gut sein, wenn du mir versprichst, diesen Ort niemals zu vergessen.«

»Weder den Ort noch diesen Moment.«

Paulina näherte sich ihm ganz langsam, und als sie dicht vor ihm stand, küsste sie ihn heftig. Ein Leser mit einem runden Kindergesicht, der in *Maigret und der gelbe Hund* von Simenon las, hob mit geistesabwesender Miene den Kopf, sah kurz zu ihnen herüber und versenkte sich wieder in die Ermittlungen des Kommissars. Ihn interessierte mehr, warum Hunde den Tod als Erste wittern, als die unbeherrschte Knutscherei fremder Leute.

Paulina stellte fest, dass die Zeit, die sie an Jean-Pierres Seite verbrachte, schneller verging. Sie hatten sich sowohl am Samstag als auch am Sonntag getroffen, zunächst stets mit höflicher Zurückhaltung, Respekt und Takt, mit gleichsam aristokratischem Feingefühl. Sogar mit einer gewissen Kühle seitens Jean-Pierres, mit Ausnahme des Rosenstraußes … Doch je länger sie mit ihm zusammen war, desto rascher verflogen die Stunden, desto mehr gerieten ihre Gefühle in Aufruhr. Alle Gelassenheit verschwand, die Intensität wuchs, und die Schwingungen und Gespräche formten sich in Paulina zu einem wilden, mitreißenden Strudel. Jean-Pierre eröffnete ihr neue Welten und erzählte ihr Dinge, die sie noch nie gehört hatte. Mit seinen Worten, seinen Gesten, seinen gar nicht rückständigen Umgangsformen, mit denen er ihr den Kopf verdrehte, sie hochhob und schweben ließ. Er hatte mehr von Marcello als von Jean-Pierre. Oder gleich viel von beiden. Oder er war die Summe aus diesen beiden Verführern. Paulina, die sich ihrer Anziehungskraft zwar durchaus bewusst, Verliebtheit jedoch schon lange nicht mehr gewohnt war, überkamen mit einem Mal Zweifel, ob sie ihm gerecht werden konnte, und sie verspürte das Bedürfnis, sich zu verkriechen.

»Wir könnten heute Nachmittag ins Kino gehen.«

»Hast du Lust?«

»Ich war noch nie in einem Pariser Kino.«

»Na ja, es gibt dort Stühle und eine Leinwand, man löscht das Licht, und ein Mann mit einer Taschenlampe zeigt dir …«

»Warst du dabei, als auf der Hochzeitsfeier von *Die Stunde des Siegers* die Rede war? Ich glaube nicht. Der ist gerade angelaufen. Ein paar Gäste hatten ihn schon gesehen und waren begeistert. Er soll wirklich gut sein und wird wahrscheinlich sämtliche Oscars gewinnen, Regie, Drehbuch, Kamera, Ausstattung … Die Musik ist auch preisverdächtig. Oder hast du was Besseres vor?«

»Ich habe nichts weiter vor, als mit dir zusammen zu sein.«

Und damit war es Jean-Pierre, so ganz nebenbei, schon wieder einmal gelungen. Bei einem Zeitungsstand schnappte er sich ein Exemplar der *Libération* vom Stapel, schlug sie beim Kinoprogramm auf und legte sie wieder hin, ohne dass der Kioskbesitzer, der die Tage bis zu seiner Rente zählte, reagiert hätte.

»Wenn wir uns beeilen, schaffen wir es noch ins Gaumont, das ist auf dem Boulevard des Capucines in der Nähe der Oper.«

Paulina hatte nicht damit gerechnet, vor der Kinokasse anstehen zu müssen. Mit ihrem Mann hätte sie auf dem Absatz kehrtgemacht oder sich für einen anderen Film entschieden, um sich nicht in diese endlose Schlange einzureihen, die bis um die Straßenecke reichte. Manuel war es unerträglich, wenn Leute sich vordrängelten, und immerzu sah er jemanden, der es darauf anlegte. Tatsächlich, überlegte Paulina, waren sie seit Ginas Geburt überhaupt nicht mehr im Kino gewesen. Allenfalls schauten sie sich am Samstagabend von der Wohnzimmercouch aus einen Film an. Und regelmäßig schlief mindestens einer von beiden dabei ein.

Als sie den Saal betraten, war dieser bereits dunkel und gut besetzt, sodass sie sich weiter vorne hinsetzen mussten, als ihnen lieb war.

Bis sie Platz gefunden hatten, rannten die britischen Athleten, »euren Herzen Zuversicht und euren Fersen Flügel«, barfuß und in makelloses Weiß gekleidet, bereits den Strand entlang. Der Engländer Harold Abrahams, ein Jude, der sich weigerte, an einem Sonntag bei den Olympischen Spielen 1924 – ausgerechnet in Paris – gegen den Schotten Liddell zu laufen, einen frommen Protestanten, der sich mehr auf Gebete als auf seine eigenen Beine verließ. Der Streifen handelte also laut Werbeplakat von einem sportlichen Wettkampf, während es in Wahrheit um Religion und Kultur ging.

»Die Musik ist wirklich gut«, flüsterte Jean-Pierre.

Paulina antwortete nicht. Im Kino, hatte sie gelernt, hielt man den Mund, und für sie war das Gesetz. Sie konzentrierte sich voll auf den Film, der seine Geschichte in Vor- und Rückblenden erzählte und obendrein in einer ihr fremden Sprache war. Es war kurz nachdem zwei Läufer die Runde um den großen Innenhof im Trinity College beendet hatten, als Jean-Pierre nach ihrer Hand griff. Eine Weile streichelte er ihre Finger. Dann bedeckte er Paulinas Hand, die flach auf ihren Jeans lag, mit der seinen. Dabei spürte sie, wie er ganz selbstverständlich ihren Ehering berührte. Hatte er bemerkt, dass sie ihn trug? Betastete er ihn, um ihr zu sagen, wie wenig Bedeutung er ihm beimaß? Und dann, als dürfte es niemand sehen, ließen sie die Arme zwischen die Stühle sinken und schlangen die Finger ineinander, wie um dort zu ankern und sich so eng wie möglich verbunden zu fühlen. Bis zum Ende der Vorstellung zog keiner von beiden die Hand zurück. Sie waren zusammen, hielten den anderen fest, spürten einander. Haut an Haut.

»Hat dir der Film gefallen?«

Als der Nachspann lief, dachte Jean-Pierre, damit wäre das Redeverbot wohl aufgehoben. Paulina starrte noch immer auf die Leinwand, und es dauerte eine Weile, bis sie sprach. Dann wandte sie den Kopf und blickte ihm in die Augen.

»Sehr. Und ich bin sehr froh, dass ich ihn mit dir gesehen habe.«

Erst als das Licht im Saal anging, lösten sie ihre Hände.

Sie aßen in der Brasserie Lipp zu Abend, am Boulevard Saint-Germain, gegenüber der Kirche und Les Deux Magots, wo Paulina am Vortag die Zwiebelsuppe bestellt hatte. Lipp war die Brasserie schlechthin, ein Ort, wie er niemals aus der Mode kam, wo man bis zwei Uhr morgens eine warme Mahlzeit erhielt, ideale Öffnungszeiten für Politiker, Künstler und andere Nachtschwärmer mit einem Hang zur Konspiration. Jean-Pierre und Paulina betraten das Lokal ohne Tischreservierung, als es auf der Bahnhofsuhr, die an zwei Ketten von der Decke hing, kurz vor acht war. Die Brasserie war im neunzehnten Jahrhundert von einem Elsässer gegründet worden, der nach Paris gekommen war, um sein Glück zu machen, und dies auch geschafft hatte. Léonard Lipp war für sein Sauerkraut und sein Bier schnell berühmt geworden, und über hundert Jahre später war die Spezialität des Hauses noch immer die gleiche. Von außen sah es wie ein ganz gewöhnliches Restaurant aus. Doch kaum kam man durch die Drehtür, befand man sich in einem von den riesigen Spiegeln an allen Wänden vervielfachten Paradies der Düfte und Geräusche. Jean-Pierre schob die Pfeife in die Jackentasche und ließ Paulina den Vortritt. Aus Galanterie, aber vor allem, um ihr für den ersten Eindruck nicht die Sicht zu versperren. Der Fußboden hatte ein Schachbrettmuster aus großen glänzenden Quadraten. Die rechteckigen, nur zweieinhalb Spannen breiten Tische standen so eng, dass die Kellner einen beiseiterücken mussten, wenn sich jemand auf die mit braunem Moleskin bezogene Bank an der Wand setzen wollte. Zwischen den einzelnen Tischchen war ein Spalt von kaum zwei Fingern, gerade genug für die Leinendecke, die für jeden Gast frisch aufgelegt wurde.

»Teilen wir uns ein Chateaubriand mit Sauce Béarnaise?«

»Viel werde ich nicht essen, aber ja, gern. Ich habe keinen großen Appetit.« Die Nervosität schlug Paulina auf den Magen.

Der Ober nahm mit schmieriger Freundlichkeit ihre Bestellung entgegen und kritzelte sie auf einen Zettel, den man in der Küche nur dank langer Gewohnheit zu entziffern vermochte. Alle Kellner trugen trotz der Junihitze Jackett, Weste und Fliege in tiefem Schwarz. Über die Hose hingegen hatten sie eine weiße, knöchellange, makellos glatte Schürze gebunden. Paulina staunte über die scharfen, schnurgeraden, perfekten Bügelfalten. Sie würde Isabel einmal sagen müssen, dass bei ihnen zu Hause längst nicht mit so viel Sorgfalt gebügelt wurde.

»Sieh mal.« Paulina zeigte ihm ein Schild, das auf dem Nachbartisch stand. »Hier wirst du dich beherrschen müssen.«

Viele unserer Gäste fühlen sich vom Geruch
parfümierten Pfeifentabaks belästigt.
PFEIFENRAUCHER
werden gebeten, auf das Rauchen
in dieser Gaststätte zu verzichten.

»Ich rauche keinen parfümierten Tabak.« Er hatte den Hinweis gelesen. »Hast du nicht bemerkt, dass ich nicht nach holländischem Seemann rieche?«

»Du hast recht. Deine Pfeife riecht überhaupt nicht nach Pfeife«, erwiderte sie, während sie in Wahrheit hätte sagen wollen, du riechst immer sehr gut.

»Ich rauche *Picadura Selecta*. Das ist kein Pfeifentabak, und mir schmeckt er besser. Er brennt nicht so auf der Zunge. Aber wie dem auch sei«, Jean-Pierre nickte mit hochgezogenen Brauen zu dem Schild hinüber, »ich werde nicht rauchen, keine Sorge. Ich pflege beim Essen sowieso nicht zu rauchen.«

»Eines Tages, denk an meine Worte, wird das Rauchen in Restaurants verboten sein.«

»Meinst du? Das ist aber Teil des Geschäfts.«

»Die Leute werden das Essen viel mehr genießen. Und die Kleidung wird nicht mehr nach Qualm stinken.«

»Ausgeschlossen. Wer soll es denn verbieten? Das wird doch keiner wagen.«

»Mein Vater hatte als junger Mann den Gedanken, dass Wasser irgendwann in Flaschen verkauft werden würde, und man hat ihn für verrückt erklärt.«

»Ein Hellseher …«

»Und ich sage dir heute, am 14. Juni 1981, dass der Tag kommen wird, auch wenn wir ihn womöglich nicht mehr erleben werden, ab dem man in Restaurants nicht mehr rauchen darf.«

Voilà! Das Fleisch wurde serviert, aufgeschnitten, blutrot, auf einem Silbertablett. Als Beilage gab es Pommes frites, ein paar grüne Spargel und die warme Sauce Béarnaise mit ihrem feinen Butteraroma und den siebzehn Glücksgewürzen. Sie entfalteten die immensen Servietten und breiteten sie sich über den Schoß. Jean-Pierre liebte gigantische Servietten und Paulina schön gedeckte Tische. Sie war entzückt von den vielfältigen Reflexionen der Spiegel, und er erklärte ihr, dass die bemalten Keramikfliesen mit ihren vorwiegend Grün- und Gelbtönen von Fargue stammten, einem Pariser Mosaikkünstler, der … Die Motive, unterbrach ihn Paulina, seien allerdings gar nicht elsässisch: Bambus, Palmen und Papageien zierten die Wände zwischen den Jugendstillampen, die den Tisch und das Chateaubriand *saignant* in ein ehrliches, strahlend weißes Licht tauchten. Sie waren so beschäftigt mit ihrem Filet, den Beilagen und ihrer gegenseitigen Gesellschaft, dass sie nicht bemerkten, wie ein dekadenter Cupido, der an die Decke gemalt war und sich hinter einer der sieben schmiedeeisernen Hängeleuchten versteckte, mit seinem Bogen auf sie zielte.

»Warum haben Schmetterlinge es dir eigentlich so angetan?«

»Magst du sie nicht?«

»Doch, sehr, aber ich sammle sie nicht oder kaufe mir Bücher über sie …«

»Weil sie so hoch und so weit fliegen können. Weil sie umso faszinierender sind, je genauer man sie betrachtet. Weil sie ein Wunderwerk der Natur sind. Weil sie kommen und gehen. Weil es immer ein magischer Augenblick ist, wenn sie dich umflattern. Weil …«

Er hätte tausend weitere Argumente vorbringen können, poetische und prosaische. Gern hätte er ihr erklärt, warum er um die halbe Welt reiste, um ein Buch über Schmetterlinge zu ergattern, das er noch nicht besaß, doch der beflissene Ober zog den Nebentisch beiseite, damit zwei alte Damen daran Platz nehmen konnten, die so mit Juwelen behängt waren, dass die schweren Ohrringe ein Gegengewicht zu den Gehstöcken zu bilden schienen, damit sie nicht vornüberkippten.

»Wieso haben Sie das Foto von Picasso abgehängt?«, wollte eine von ihnen wissen, nachdem sie sich auf der Bank niedergelassen hatte.

»Aber nein, Madame Rentz, es ist da, wo es immer ist«, entgegnete der Kellner der Dame, die ihren neunzigsten Geburtstag feierte. »Sehen Sie, dort ist es, am Fuß der Treppe.«

Die beiden Alten kniffen die Augen zusammen, um das Bild aus der Ferne besser sehen zu können. Doch konnten sie kaum den Rahmen erkennen, geschweige denn ein Foto. Der Kellner nahm es von der Wand und brachte es ihnen an den Tisch. Jean-Pierre und Paulina konnten nicht umhin, die Schwarzweißfotografie anzuschauen, die der Kellner auf die Servietten der Alten gestellt hatte und von hinten aufrecht hielt.

»Na, bitte, da hast du es«, sagte die stark geschminkte Neunzigjährige.

»Was denn?«, gab die nicht minder aufgetakelte Freundin zurück.

»Ich habe dir doch gesagt, dass Picasso auf dem Foto raucht.«

»Nein, nein«, widersprach die andere, die es mit ihrem Augen-Make-up maßlos übertrieben hatte. »Im Gegenteil, meine Liebe, *ich* habe *dir* gesagt, dass er sich gerade eine Zigarette anzündet, und du hast behauptet, das sei nicht wahr …«

»Jetzt fängst du schon wieder an.«

»Womit?«

»Zu sagen, du hättest etwas gesagt, was in Wahrheit ich gesagt habe …«

Jean-Pierre warf Paulina einen verschwörerischen Blick zu. Um zwischen den beiden Urgroßmüttern Frieden zu stiften, griff der Kellner zu einem Mittel, das schon viele Kriege verhindert hat. Das Mittel der Diplomatie.

»Sie müssen wissen, meine Damen, dass dieses Foto an genau diesem Tisch entstanden ist. An der Sieben hat Picasso am liebsten gesessen.«

»Ach ja?«, erwiderten die beiden Alten ungerührt, bevor sie sich in die Speisekarte vertieften und nicht mehr an den Schöpfer von *Guernica* dachten.

Kichernd machte Paulina Jean-Pierre auf etwas anderes aufmerksam, das sie zufällig an diesem Picasso entdeckt hatte, wie er da mit seiner geleckten Frisur rauchend in der Brasserie Lipp saß.

»Hast du gesehen, was der für lange Fingernägel hatte? Wie eine Frau …«

»Wer?«

»Der Mann auf dem Foto …«, sie wollte den Namen nicht aussprechen, damit die beiden Alten nicht mitbekämen, wovon sie redeten.

»Um die Farbtöpfe aufzumachen, vermutlich.«

»Du willst mich wohl auf den Arm nehmen …«

»Ich meine es ernst. Ich weiß nicht, ob es auch auf ihn zutraf, aber ich kenne viele Maler, die sich die Nägel wachsen lassen, um die Farbdosen zu öffnen.«

»Haben die denn keinen Schraubenzieher? Oder ein Messer, um den Griff als Hebel zu benutzen?«

»Ich weiß es nicht, Pauline.«

»Abgesehen davon, würde dann doch ein langer Nagel genügen. Er müsste nicht überall solche Krallen haben.«

»Das Thema beschäftigt dich, wie ich sehe«, schmunzelte er.

»Ich finde es nun mal komisch bei einem Mann, wenn du es genau wissen willst.«

»Na, dann. Runter mit den Preisen für Picasso, Frau Homs mag die Fingernägel des Malers nicht!«

»Du bist …« Sie sagte es lieber nicht, weil sie es nicht wirklich dachte.

Mit Hartnäckigkeit kommt man zum Ziel. Und so war es auch dem Kellner gelungen, beim fünften Versuch den Nagel zu treffen und das Foto wieder an seinen Platz neben der Treppe zu hängen.

»Weißt du, was im ersten Stock ist, Pauline?«

»Die Toiletten?«

Wieder lachten sie beide.

»Wenn du eine brauchst, die sind unten. Oben ist die Hölle.« Er zuckte unschuldig mit den Schultern. »So heißt das hier.«

»In die Hölle oder ins Fegefeuer steigt man nicht hinauf, sondern hinab.«

»Sie nennen es die Treppe zur Hölle, weil sie drei Sorten von Essensgästen nach dort oben verfrachten: amerikanische Touristen, japanische Reisegruppen und die Unerwünschten.«

»Dann hatten wir ja Glück, dass wir hier unten einen Tisch bekommen haben.«

»Die Acht. Ein Ecktisch. Was willst du mehr? Der beste Platz, um das ganze Lokal im Auge zu haben. Ein Trinkgeld wirkt manchmal eben Wunder.«

»Führst du all deine Freundinnen hierher, um Eindruck zu schinden?«

»Nein. Das ist der Tisch, den die Kommunisten immer für sich reservierten, weil sie in diesem Winkel Rückendeckung hatten und von keiner Seite unliebsame Überraschungen zu befürchten waren.«

»Also nicht deiner. Hätte mich auch gewundert.«

»Was soll das heißen?« In spielerischem Ton. »He, Süße, ich habe meine Ideale und rauche Pfeife!«

»Auch, um den Frauen zu imponieren?«

»Nein, um die Moskitos zu verscheuchen.«

Die beiden alten Damen – eine auf dem Sofa, während der Rücken der anderen ungeschützt jedem Attentat von hinten ausgesetzt war – hatten Essen für vier bestellt und dazu eine Flasche Champagner, die sie jubelnd begrüßten und gemeinsam leerten. Die Festlaune der beiden Witwen störte Jean-Pierres und Paulinas romantisches Abendessen nicht. Die fanden vielmehr Spaß daran, das Gespräch am Nebentisch zu belauschen, ohne dass sie besonders die Ohren spitzen mussten. Paulina verstand fast jedes Wort, und wenn sie etwas witzig fand, stupste sie unter dem Tisch Jean-Pierre mit dem Knie an. Die Alten, Madame Rentz und Madame Bourvil, lagen im Wettstreit, wer von ihnen beiden nachts schlechter schlief. Nachdem der Disput eine Weile hin und her gegangen war, schien diejenige als Siegerin hervorzugehen, die angab, allenfalls ein Stündchen pro Nacht zu schlafen. Paulina, entsetzt über diese überzogene Behauptung Madame Bourvils, hätte sich fast eingemischt, doch bei dem lautstarken Redefluss der beiden alten Damen hätte sie eh keine Chance gehabt. Auch als es ans Bezahlen ging, konnte sie sich nicht durchsetzen. Sosehr sie auf ihren Teil der Rechnung beharren mochte, der Kellner beugte sich letztlich Jean-Pierres Blick, mit dem dieser drohte, nie wieder einen Fuß in die Brasserie Lipp zu setzen, wenn er nicht sofort seinen Schein annahm. Paulina schmollte ein bisschen – immerhin lebte man ja nicht mehr in den alten Zeiten, wo stets der Mann zahlte –, aber gegen die Überzeugungskraft eines Franzosen kam sie natürlich nicht an. Man rückte ihnen den Tisch beiseite, sie wünschten den alten Damen manierlich gute Nacht und Madame Rentz alles Gute zum Geburtstag, baten den Kellner, sie am Fuß der Treppe zu fotografieren, und verabschiedeten sich. Beim Verlassen des Lokals fiel Paulinas Blick noch auf ein letztes Hinweisschild, über das sie sich amüsierte.

WARNUNG
Aus hygienischen Gründen
bitten wir unsere verehrten Gäste,
die Hunde nicht zu füttern
und diese auch nicht auf
die Stühle springen zu lassen.

»Was, glaubt Pauline, die Hellseherin, werden sie in den Restaurants zuerst verbieten? Das Rauchen oder Hunde?«

»Wenn es nach mir ginge, beides. Gehen wir, du Spinner. Und hör sofort auf, dich über mich lustig zu machen, hast du gehört?«

Er zwickte sie, und es lag viel Zärtlichkeit darin.

Als sie die Brasserie verließen, wandten sie sich automatisch Richtung Senat und Jardin du Luxembourg. Sie gingen langsam, Hand in Hand oder Arm in Arm, als hätten sie Angst, der andere könnte jeden Augenblick entwischen. In jener Nacht jedoch hatte keiner von beiden diese Absicht.

»Ich frage dich nicht noch einmal, ob du auf ein Glas mit raufkommen willst.«

»Schon klar.«

»Was ist klar?«

»Ich glaube, du tust es gerade …«

»Nein, nein. Im Gegenteil, ich habe gesagt, ich werde es nicht wiederholen. Ich möchte dich nicht in Verlegenheit bringen.«

»Ein echter Kavalier.«

»Wir Zanardis sind so. Respektvoll und …«

Paulina ließ ihn nicht ausreden. Was sie loswerden wollte, war zu wichtig.

»Jean-Pierre, darf ich dir etwas sagen?« Ihr Herz hämmerte mit einhundertvierzig Schlägen pro Minute gegen ihre Brust. »Ich würde sehr gern deine Wohnung sehen.«

Der Kuss, den Jean-Pierre ihr gab, war süß wie Zucker. Als Paulina die Augen wieder öffnete, hatte er bereits ein Taxi herangewinkt und hielt ihr die Tür auf.

»Ins Marais, Nummer fünf Rue du Trésor, bitte.«

Während der Fahrt hielten sie sich schweigend an den Händen. War es Aufregung oder Vorfreude, was ihnen die Sprache verschlug, oder beides zugleich?

Da es bei ihrer Ankunft dunkel war, bemerkte Paulina nicht, dass es sich um eine Sackgasse handelte, schmal, mit Grünanlagen und Vorgärten zu beiden Seiten. Die Tür aus massivem Holz – transparent lackiert und mit handlichem Messingknauf – wirkte vornehm und schien gut zu ihm zu passen. Ein herrschaftlicher Fahrstuhl brachte sie ins vierte Stockwerk. Jean-Pierre stand hinter ihr und umfasste sanft mit beiden Händen ihre Taille. Die Berührung jagte ihr einen Schauder über den Rücken. Wieder begann er leise zu pfeifen. Paulina dachte, dieser Tick verrate ihn, denn sie hatte festgestellt, dass er immer dann anfing zu pfeifen, wenn er nervös war oder eine Situation nicht ganz unter Kontrolle hatte. Sie freute sich, nicht die Einzige zu sein, die mit dieser inneren Unruhe zu kämpfen hatte. Sie war sicher, dass ihre Stimme zittern würde, wenn sie jetzt etwas sagte.

»Das ist mein Bau.« Er schaltete mit einem Schlag so viele Lampen an wie möglich.

»Wow … Sieht aus wie eine Fortsetzung der Galerie. Alles so …«

Weiß, schmucklos, ordentlich.

»Von wem ist das?«

»Wie, von wem?«, fragte er verdutzt.

»Wer der Innenarchitekt ist.«

»Nein, nein, das mache ich alles allein.« Er umfing sie von hinten. »Ich mag schlichte, feine Dinge. Ich bin ein Mann mit Geschmack …«

Er küsste sie auf den Hals.

»… und Feingefühl.«

»Wenn du es sagst …« Sie drehte sich um, damit ihre Lippen und Blicke sich begegnen und einander versichern konnten, dass sie beide große Lust darauf hatten, sich Hals über Kopf in diese gemeinsame Nacht zu stürzen. »Aber es ist wahr. Du hast Geschmack, und du hast Feingefühl, das lässt sich nicht leugnen.«

Jean-Pierre hieß sie mit einem Kuss willkommen, dann fasste er sie bei der Hand und durchquerte mit ihr im Laufschritt das Wohnzimmer, die Küche, zeigte ihr das kleine Arbeitszimmer mit Fenster zum Innenhof, bis sie am Ende des Flures das Schlafzimmer erreichten. Zusammen mit dem Ankleidezimmer, dem Bad mit Schiebetür und einer Lesecouch nahm es praktisch die Hälfte der Wohnung ein. Sie küssten sich. Seit er sie zum ersten Mal geschmeckt hatte, konnte Jean-Pierre von Paulinas vollen Lippen nicht genug bekommen. Er sah ihr in die Augen, während er, Knopf für Knopf, mit geübten Fingern, ihre weiße Bluse öffnete. Paulina tat dasselbe mit seinem Jerseyhemd, von oben nach unten. Gleichzeitig ließen sie die Oberteile zu Boden fallen. Er biss ihr zart ins Ohrläppchen, um im selben Moment mit präzisem Griff die Häkchen ihres Büstenhalters zu lösen. Sie streifte die Träger von den Schultern und ließ ihn über den Bauch nach unten gleiten. Sie schlossen einander in die Arme, Körper an Körper. Beide sehnten sich danach, die Brust des anderen an der eigenen zu spüren. Perfekt fügten sie sich zusammen. Weich, warm, behaglich. So blieben sie eine Weile, ohne ein Wort. Ohne einen Gedanken.

Dann stiegen sie aus den Schuhen und setzten, voreinander stehend, das Ritual fort. Jean-Pierre öffnete ihre Jeans, sie seine Hose, synchron zogen sie sie aus. Und so sanken sie auf das Bett und gaben endlich diesem Verlangen nach, das sich seit Stunden in ihnen aufgestaut hatte.

Vielleicht, ohne dass sie es wussten, ein Leben lang.

Nachdem der erste unbezähmbare, leidenschaftliche Heißhunger gestillt war, wurden ihre Gesten sanfter. Paulina lag nackt in Jean-Pierres Armen und fühlte sich wie im siebten Himmel. Sein knochiger, trainierter Körper roch nach Tabak und nach frisch gemähtem Gras, nach Farbkästen von Caran d'Ache und nach den in Schokolade getauchten Brotkrusten ihrer Kindheit in Sant Pol. Sie schmiegte sich an Jean-Pierre und fand in ihm die Essenz vieler glücklicher Augenblicke. Jean-Pierre, Paulinas Haare über die Brust gebreitet, konnte nicht aufhören, ihre wunderbar samtige Haut zu liebkosen. Von den Beinen zum Po, vom Rücken zu den Schultern. Die weißen, wohlproportionierten Brüste, die sich mit der Straffheit ihrer dreißig Jahre stolz nach oben reckten. Zärtlich und mit Bedacht knetete er ihre Brustwarzen. Er hat Hände wie ein Geiger, dachte sie.

Auch mit der Liebe kannte Jean-Pierre sich aus. Und Paulina fand es wundervoll. Sein Feinsinn und die Kunst, die ihn von allen Seiten umgab, hatten dazu geführt, dass er dem weiblichen Körper hohe Wertschätzung und Achtung entgegenbrachte, und zu der Erkenntnis, wie viel Spiel und Leben und Feuer es jenseits des eigentlichen Aktes geben kann. Was für ein Geschenk. Und Jean-Pierre wusste sich den empfindlichen Stellen mit kundigen Fingern und neugieriger Zunge zu nähern. Paulina war ihm dankbar, dass er so rücksichtsvoll mit ihr umging, ohne jede Plumpheit. Und doch mit der nötigen männlichen Entschlossenheit, um sie in die Wolken zu katapultieren.

Sie schliefen zweimal miteinander. Ohne Eile. Sie küssten sich, schwitzten und flüsterten zärtliche Worte. »Ich hätte nie gedacht, dass man solche Gefühle haben kann.« »So etwas Schmeichelhaftes hat mir noch nie jemand gesagt.« »Und damit meine ich nicht nur in sexueller Beziehung.« Danach stand Paulina auf, um die Gardine vorzuziehen, weil sie den Eindruck hatte, dass man sie von draußen sehen konnte. Jean-Pierre gefielen ihre jungen, durchtrainierten Beine. »Du bist wahnsinnig sexy.« Sie war stolz auf ihre Beine, oh ja.

»Hattest du nicht einen Weißwein von ich weiß nicht mehr woher?«

»Im Kühlschrank.« Er räkelte sich faul. »Hast du Lust darauf?«

Jean-Pierre kam mit zwei Gläsern und der entkorkten Flasche in einem Eiskübel zurück. Er schenkte ein, sie setzten sich ans Fußende des Bettes, stießen miteinander an und streckten sich wieder aus im Bewusstsein der Einzigartigkeit ihrer Körper und dieses Moments.

Drei Gläser später sagte sie ihm, rühr dich nicht. Er lag auf dem Rücken und blickte auf die minimalistische Lampe, die von einem Mobile von Calder inspiriert war und über dem

Bett von der Decke hing. Paulina zog das Laken weg, übersäte seinen Körper mit Küssen und stellte fest, dass er schon ein paar weiße Haare bekam. Mit den Fingerspitzen fuhr sie durch den Flaum auf seinen Armen, hielt sich lange in der Umgebung seines Nabels auf, schwang sich dann über ihn und nahm ihn fest zwischen die Knie. Mit zwei Fingern wies sie ihm den Weg, und sofort war er wieder in ihr. Sie begann, ihn zu reiten, ganz gemächlich. Im Schritttempo. Sehr langsam. Zuweilen bog sie den Oberkörper zurück und stützte die Hände auf Jean-Pierres Schenkel. Zeitweise, ohne den sanften Rhythmus zu unterbrechen, beugte sie sich vornüber, bis sie seine Brust berührte, um ihn tiefer in sich zu spüren. Damit ihm ihr Haar nicht ins Gesicht fiel, drehte sie es mit geübtem Griff zu einem Knoten zusammen und setzte ihr ruhiges, träges Wiegen fort. Sachte, sachte, Liebster, raunte sie. Befreit, sich selber fremd, gefiel es ihr, den Takt vorzugeben. Die Kontrolle zu haben. Eine ungewohnte Rolle. Etwas Neues.

»*Ne bouge pas*. Halt still.«

Gehorsam, zunehmend erregt, überließ sich Jean-Pierre Paulinas Willen. Ihre fast quälend langsamen Bewegungen, sachte, sachte, ihr wunderbar feuchtes Fleisch, das sinnliche Gleiten ... Er spürte jede Stelle bei jeder Berührung, als wäre es das erste Mal, langsam auf, langsam ab. Die Lust war lang, intensiv, schwer zu ertragen. Sachte, sachte, wiederholte sie dicht an seinem Ohr. Und je öfter sie es sagte, desto inniger fühlte Jean-Pierre seine Vereinigung mit Paulina, hingegeben, in einer anderen Welt, auf einer Wiese voller Schmetterlinge mit so bunten Flügeln, wie er sie noch nirgendwo gesehen hatte. Sein Kopf, sein Herz, sein ganzes Sein waren der Explosion nahe. Mit jeder Bewegung näher. Sachte, sachte, wisperte Pauline. Ihre Brüste wurden immer rosiger. Und er ließ sie gewähren. Er ließ sich davontragen. Sie kosteten jede Empfindung bis zur Neige aus. Und öffneten ab und zu die Augen, um sich zu versichern, dass sie zusammen waren. Er wartete auf sie, sie auf ihn. Und dann glichen sie ihre Atemzüge einander an und zögerten den letzten Seufzer so lange hinaus, wie sie konnten.

Erschöpft und eng umschlungen schliefen sie ein.

Mit der Ungehörigkeit eines Montagmorgens fielen die ersten Sonnenstrahlen in das Zimmer. Paulina, die geschlafen hatte wie ein Kind, ohne Schuldgefühle, ohne darüber nachzudenken, wer sie war und was sie dort tat, hob den Kopf vom Kissen. Durch das Fenster sah sie ein blaues Rechteck. In dem Flaschenkühler auf dem Nachttisch war das Eis geschmolzen. Von der kopfüber darin steckenden Weinflasche hatte sich das Etikett gelöst, das wie ertrunken im Wasser schwamm. Als sie sich umwandte, um Jean-Pierre zu streicheln, war er nicht mehr da. Noch bevor sie sich jedoch Sorgen machen konnte, hörte sie ihn die Dusche aufdrehen. Durch die Schiebetür aus opakem Glas war seine Silhouette im Bad nicht zu erkennen. Sie wälzte sich auf den Rücken und schaute sich verschlafen im Heiligtum ihres … Liebhabers um. Konnte sie ihn nach einer Nacht in seiner Wohnung schon als solchen bezeichnen? Ab wann, fragte sich Paulina, wird ein Mann, mit dem man ein Abenteuer hatte, zu einem Liebhaber? Worin besteht der Unterschied, in Küssen oder in Gefühlen? Ist das Ausschlaggebende der Sex? Und wenn, ist es dann eine Frage der Intensität oder der Frequenz. An diesem heiteren Morgen bereute Paulina nichts von dem, was sie getan oder gesagt hatte, seit sie Jean-Pierre begegnet war. Zum ersten Mal hatte sie das Gefühl, eine Grenze überschritten zu haben. Nicht dass sie stolz darauf gewesen wäre, aber von Reue wurde sie auch nicht geplagt. Auf dem Rückweg im Flieger konnte sie immer noch darüber nachdenken. Auf dem Rückflug! Sie wollte nicht zurück! Sie wollte nicht, dass es zu Ende wäre … Sie wusste, dass sie durchaus imstande sein würde, diese Affäre mit der nötigen Geheimhaltung weiterzuführen. Aber wieder stolperte sie über das Wort: Warum nannte sie es in Gedanken eine Affäre oder ein Abenteuer, obwohl sie in Wahrheit doch Gefühle hatte, wie sie sie noch nie gehabt hatte? Wo stand geschrieben, dass diese Geschichte mit ihrem Mastroianni nur eine Affäre oder ein Abenteuer sein würde, oder welcher verharmlosende Begriff sich zur Gewissensberuhigung sonst noch finden lassen mochte? Warum es von vornherein einschränken? Warum ließ sie sich nicht auf Jean-Pierre ein, wie er sich doch anscheinend auf sie eingelassen hatte? Eine Schublade dafür ließ sich später immer noch finden. Alles begann sich zu drehen. War es denkbar, dass der Mann in der Dusche irgendwelche Barrieren eingerissen hatte? Wie viele, mein Liebster?

Vom Bett aus sah sie neben der Lesecouch einen Standaschenbecher und eine *Vintage*-Lampe sowie eine antike Kommode mit einem Telefon, ein paar Büchern und einigen wenigen Fotografien. Sie stand auf, um sie aus der Nähe anzuschauen. Es waren drei. Eine alte Schwarzweißaufnahme von einem Brautpaar in einem verschnörkelten Silberrahmen. Die Gesichtszüge des Bräutigams ließen keinen Zweifel, dass es sich um Jean-Pierres Eltern handeln musste, an ihrem Hochzeitstag vor dem Kirchentor von Saint-Germain-des-Prés, im Paris der Zeit zwischen den Weltkriegen. Das zweite war ziemlich verblichen und zeigte einen strahlenden jungen Jean-Pierre, der, seine Pfeife im Mund, einem Mann die Hand schüttelte, den sie nicht kannte. Aber Jean-Pierres beglückter Miene entnahm sie, dass es sich wohl um einen bedeutenden Künstler handelte. Das dritte Foto auf der Kommode beunruhigte Paulina wesentlich mehr. In einem Elfenbeinrahmen mit angeschlagenen Ecken steckte das Bild eines Mädchens. Nur das Gesicht, aufgenommen in der Galerie in der Rue de Seine mit einer Polaroidkamera. Die Kleine schien ein paar Jahre älter zu sein als Gina, war aber längst nicht so niedlich. Sie mochte sechs oder sieben Jahre alt sein, acht, wenn es hoch kam. Sie war brünett, das Haar zu zwei peruanischen Zöpfen geflochten, und lächelte in die Kamera, sodass man ihre weit auseinanderstehenden Schneidezähne sehen konnte. Sie sah nicht aus, als würde sie Anouk heißen. Paulina klang der Name eher nach einer Frau als nach einem Kind. So scharf sie das Mädchen auch musterte, sie konnte keinerlei Ähnlichkeit mit Jean-Pierre entdecken. Bei Júlias Hochzeitsfeier hatte er ihr gesagt, er habe keine Kinder, und nach den beiden Tagen, die sie miteinander verbracht hatten, und dieser gemeinsamen Nacht war nicht der rechte Zeitpunkt – nein, bitte nicht –, ihn bei einer Lüge zu ertappen. Sie würde noch genug Zeit haben, sich darüber Gedanken zu machen …

Sie beschloss, Jean-Pierre einen guten Morgen zu wünschen. Sie zog den Slip aus, ging ins Bad und schlüpfte, noch bevor er sie bemerkt hatte, zu ihm unter die Dusche. Sie ließ Gel in ihre Handfläche tropfen und seifte ihn ein, so behutsam, als reinigte sie einen Renaissance-David. Jean-Pierre, unter dem großzügigen Wasserstrahl, hatte aufgehört zu pfeifen.

»Hast du deiner Cousine eigentlich Bescheid gesagt, dass du woanders übernachtest?«

»Au, verflixt!«

11.

Bulgarische Liebeslieder

Sie kam mit dem Frühstück zurück. Zwei dunkel gebackene Croissants, ein Baguette, hundertfünfzig Gramm geräucherte Mortadella, frisch aufgeschnitten, und drei Pfirsiche, die aussahen, als müssten sie den perfekten Reifegrad haben. Paulina war einkaufen gegangen, und ehe sie die Bäckerei betrat, hatte sie eine Telefonzelle gesucht, um ihre Cousine anzurufen. Jean-Pierre hatte sie zwar bekniet, *s'il te plaît*, von seiner Wohnung aus anzurufen, um es nicht noch länger aufzuschieben, weil Julie sich bestimmt große Sorgen mache ... Paulina jedoch brauchte noch Zeit, um zu überlegen, was genau sie ihr sagen wollte, und vor allem, um ihre Gedanken zu ordnen, weil sie spürte, wie ihr Leben gerade aus den Fugen geriet. Außerdem war es ihr unangenehm, vor Jean-Pierre Erklärungen abzugeben. Sie wollte nicht in seiner Gegenwart über ihn sprechen, und er sollte auch nicht hören – je nachdem, wie Júlia reagierte –, falls sie schwindelte oder die Wahrheit ein wenig zurechtbog, wie es Feiglinge tun, wenn sie in Bedrängnis kommen.

»Hey, geht es dir gut? Wo zum Teufel steckst du? Ich hatte solche Angst um dich! Weißt du eigentlich, wie spät es ist? Wir haben hier auf dich gewartet! Alain und ich haben uns die ganze Nacht aufgeregt. Er war sogar drauf und dran, die Gendarmerie anzurufen. Und ich wollte schon bei Jean-Pierre anrufen, denn du bist doch bei ihm, oder? Sag einfach ja oder nein, wenn du nicht reden kannst. Als du gestern das Haus verlassen hast, kamst du mir irgendwie verändert vor.

Ich weiß nicht, dieses Shirt und die Jeans, die ganze Art, wie du dich zurechtgemacht hattest. Da war etwas in deinen Augen, das … Wir sind schon zu viele Jahre wie Schwestern, wir können einander nichts vormachen, du und ich. Ich werde dir keine Fragen stellen. Du kannst mir ja erzählen, so viel du magst oder darfst, ich werde dich nicht verurteilen. Aber, Paulina, ich bitte dich, sieh dich vor mit Jean-Pierre …«

»Warum sollte ich mich vorsehen?«

Paulina hatte stumm die Gardinenpredigt ihrer Cousine über sich ergehen lassen, die ihretwegen eine schlaflose Nacht verbracht hatte, und abgewartet, bis sie mit ihrem Verhör fertig war, doch bei diesem letzten Satz hakte sie ein. Bevor sie zu ihrem Glück in der Rue du Trésor zurückkehrte, wollte sie wissen, warum sie sich vor Jean-Pierre in Acht nehmen sollte. Worauf ließ sie sich ein? Was übersah sie? Wusste Júlia etwas über diesen Mann, was sie ihr bisher verschwiegen hatte?

Doch Júlia schwieg. Paulina sollte glauben, dass sich die Warnung auf nichts Konkretes bezogen hatte, sondern eher allgemeiner Natur war und nur so dahingesagt. Eine List, auf die Eifersüchtige gern zurückgreifen.

»Bist du sauer, Júlia?«

»Ich? Nein …«

»Weil ich nicht angerufen und dir Bescheid gesagt habe, dass ich nicht nach Hause komme? Tut mir leid, ich hab's vergessen. Oder ist es, weil du annimmst, ich sei mit Jean-Pierre zusammen?«

»Ich werde es schon verkraften. Ich habe bloß die ganze Nacht nicht geschlafen und bin jetzt nicht in der Stimmung …«

»Heute brauchst du nicht auf mich zu warten. Das sage

ich dir gleich, dann musst du dich nicht sorgen. Macht ihr einfach euer Ding, ich komme schon klar.«

»Dass du dein Ding machst, ist jedenfalls nicht zu übersehen.«

Und ob sie sauer war. Doch Paulina wollte nicht noch mehr Öl ins Feuer gießen. Sie hängte ein, ging in die Bäckerei und bat um zwei Croissants, schön braun gebacken, wie sie sie mochte, und beschloss, den Gedanken an ihre Cousine beiseitezuschieben. Sie freute sich auf das Frühstück mit Jean-Pierre in seiner Küche am offenen Fenster. Man schaute von dort in einen Innenhof, der jetzt im Spätfrühling prächtig blühte und duftete. Als sie durch die Straße ging, fand sie, dass die Rue du Trésor bei Tag noch mehr Charme hatte, als sie es nachts in ihrer Hast und der ungewohnten Erregung – einer seltsamen Mischung aus Furcht und Vorfreude – wahrgenommen hatte. Sackgassen verströmten immer eine gewisse Ruhe, etwas irgendwie Anheimelndes. Vor allem, wenn sie für Autos gesperrt waren. Von der Bar Les Philosophes an der Ecke, wo die Rue du Trésor anfing, bis zu dem reizlosen weißen Brunnen, der am anderen Ende die Sicht versperrte, war die Straße voller kleiner Restaurants mit schattigen Terrassen und Läden für erlesene Wohnaccessoires. In den Vorgärten zu beiden Seiten gediehen üppige weiße Hortensien, die sich ans Mauerwerk schmiegten. Jean-Pierre begrüßte sie mit einem Kuss, einem sorgsam passierten Orangensaft und genug Diskretion, um keine Fragen zu stellen. Was Pauline und Julie miteinander geredet hatten, sollte ihr Geheimnis bleiben. Und wie viel Pauline ihrer Cousine von dem erzählen mochte, war nicht seine Sache.

»Warum heißt die Straße Rue du Trésor?«, fragte Paulina. »Ist hier mal ein Schatz gefunden worden?«

»Eine kleine Truhe mit Goldmünzen, ja. Man hatte ein Hotel abgerissen und war in dem Schutt mit der Schaufel darauf gestoßen. Sie hatte einem König gehört. Johann dem Guten, glaube ich.«

»Und ich dachte schon, der Schatz seist du …«

Sie setzten sich an den Tisch, den er schön gedeckt hatte, und frühstückten schweigend. Jean-Pierre hatte unbemerkt eine Kassette in die Musikanlage geschoben.

»Mal sehen, ob dir das gefällt.«

»Was ist es denn?«

»Etwas Eigenartiges.« Er wollte Paulina die Hülle nicht zeigen. »Ich warne dich, es ist ungewöhnlich.«

Das erste Stück war *a capella* von einem Frauenchor gesungen, in einer Sprache, die Paulina nicht zu identifizieren wusste. Sie hörte auch das zweite Lied zu Ende, ehe sie die Vermutung zu äußern wagte, es könnte sich vielleicht um Musik der Aborigines handeln, sie könnte auch aus Osteuropa stammen oder womöglich …

»Es sind bulgarische Liebeslieder.«

»Oh, knapp daneben ist auch vorbei.«

»Gefallen sie dir?«

Sie musste kurz überlegen.

»Sie sind auf jeden Fall originell …«

»Ich habe sie in einer Kirche in Plowdiw gehört, und im Hinausgehen habe ich an einem Stand, an dem die Sängerinnen selbst ihre Kassetten verkauften, eine mitgenommen.«

»Weißt du, worum es in den Texten geht?«

»Keine Ahnung.«

»Ja, wenn man es weiß, könnten es durchaus Liebeslieder sein. Nach Begräbnis klingen sie jedenfalls nicht.«

»Es sind *Chansons d'amour*. Wenn man sie öfter hört, spürt man das ganz deutlich.«

Jean-Pierre hatte einen Pfirsich geschält und kleingeschnitten. Er legte die Schnitze in eine Schale, die er vor Paulina hinstellte, und wischte sich an einem Tuch die Finger ab. Es war bestimmt zwanzig Jahre her, dass ihr jemand einen Pfirsich geschält hatte. In ihrer Familie war ihr Vater derjenige gewesen, der für alle das Obst zubereitete. Seither hatte das niemand mehr getan. Nicht, bis sie nach Paris kam. Und nach einer rauschenden Liebesnacht in Jean-Pierres Küche saß. Genüsslich aß sie den saftigen Pfirsich, lauschte den bulgarischen Stimmen und sah Jean-Pierre in die Augen. Hintergründige Augen. Eher grün als braun. Rundum begannen sich ein paar interessante Fältchen zu bilden. Die dichten Brauen waren von innen nach außen gekämmt, ohne dass ein einziges widerspenstiges Härchen aus der Reihe getanzt wäre. Seine Augen waren auf ihre gerichtet. Das Gefühl verstärkte sich immer mehr. Der Frieden, die innere Ruhe. Bulgarische Liebeslieder, der trauliche Blick, Worte waren überflüssig. Wenn dieser Moment doch nur ewig währte. Niemals würde sie ihn vergessen. Niemals, immer. Paulina wusste, dass man diese absoluten Begriffe verwenden sollte wie Salz, sparsam und mit Bedacht.

Bis die Musik verklungen war, sagten sie nichts.

»Bringst du mir das Pfeiferauchen bei?«

»Dir?«

»Ja, warum nicht? Ich habe Lust darauf.«

Sie hatte in diesen Tagen das Bedürfnis, Neues auszuprobieren. Nie hätte sie es für möglich gehalten, dass sie … Sie fand die Art, wie Jean-Pierre mit routinierten Griff die gepressten Tabakfäden aus dem quadratischen Päckchen zupfte und den Pfeifenkopf damit stopfte, sehr sinnlich. Zuerst füllte er den Tabak locker ein und drückte ihn dann mit dem kleinen Finger nach unten. In drei Tagen hatte Paulina ihn zwei verschiedene Pfeifen rauchen sehen. Pfeifen seien wie Freunde, manchmal müsse man ihnen ihre Ruhe lassen, erklärte er, erstaunt über Paulinas Interesse am Rauchen. Eine sei aus Bruyère, dem Holz der Baumheide, die andere aus Kirschbaum. Beide waren flach, hatten einen exakten rechten Winkel und passten perfekt zu Jean-Pierres kantigem Gesicht.

»Diese hier sind bequemer. Die gebogenen haben mehr Gewicht. Man muss fester draufbeißen und braucht mehr Kraft im Kiefer, um sie zu halten. Und diese hier lassen sich leichter saubermachen. Siehst du?«

Im Handumdrehen hatte Jean-Pierre die Bruyère-Pfeife auseinandergenommen. Er zog das Mundstück ab und schob einen Pfeifenreiniger in den Holm. Bevor er die Pfeife wieder zusammensetzte, blies er kurz und kräftig hindurch.

»Traust du dich?«

Paulina nahm sich ein wenig Tabak und ahmte Schritt für Schritt nach, was Jean-Pierre ihr mit der anderen Pfeife vorführte. Er hatte ihr die aus Kirschholz überlassen, die einzige Dunhill, die er besaß.

»Das Mundstück ist schon ein bisschen zernagt«, entschuldigte er sich.

»Das macht nichts.« In Wahrheit freute es sie, dass Jean-Pierre ihr einen so persönlichen Gegenstand überließ.

»Muss es der kleine Finger sein?«

»Nicht unbedingt. Einer, der reinpasst. Eigentlich gibt es dafür ein Besteck, das ich aber nicht besitze, weil ...« Auch für Jean-Pierre war es eine neue Erfahrung. Noch nie hatte er mit einer Frau Pfeife geraucht. Ihm gefielen Paulinas Unbefangenheit und Abenteuerlust.

»Und wie zündet man sie an?«

»Ziehen und ausatmen. Man tut es ganz instinktiv. Es ist kein Trick dabei.« Mit seinem Zippo steckte er beide Pfeifen in Brand. »Jetzt zieh und atme aus, ohne zu inhalieren.«

»Hey, das funktioniert ja … Und wie hält man sie fest? Einfach zwischen die Zähne klemmen?«

Mit Jean-Pierre war alles ein Spiel. Paulina stand auf, ging zwei Schritte mit wiegenden Hüften, wohlwissend, wie gut ihr die Jeans standen, und setzte sich mit der Pfeife in der Hand auf seine Knie.

»Schon mal eine Pfeifenraucherin geküsst?«

Die bulgarischen Stimmen mit ihren gregorianisch anmutenden Klängen hatten einen zauberischen Schleier über den Vormittag gebreitet. Oder kam es vom Tabakrauch? Nicht lange, und sie legten die Pfeifen auf den Aschenbecher in der Küche. Paulina begann, ihn überall mit Küssen zu bedecken, während sie sein Hemd aufknöpfte. Sie mochte seinen starken, durchtrainierten Körper. Langsam strich sie mit den Fingern durch seine Brusthaare. Dann widmete sie sich der Gürtelschnalle. Und als sie seine Hose geöffnet hatte, ging sie vor ihm auf die Knie.

»Darf ich?«

Frage oder Bitte. Ihr Augenaufschlag flehentlich und schalkhaft zugleich.

»Nur ein Aperitif, komm schon …« Paulina probte ihren wollüstigsten Tonfall.

Jean-Pierre nickte, schloss die Augen halb und fuhr auf in den siebten Himmel.

Von der Küche ins Bett, zurück zum alten Tatort, der Bequemlichkeit wegen. Zur Konjugation des Lebens, der zärtlichen und intimen Worte, wie man sie angezogen nicht ausspricht. Hin und wieder schliefen sie miteinander. Es war wie ein endloses Gedicht, das sie mit jedem Vers überraschte, sie ihre Rede aufs Wesentliche beschränken, die Sprache entblößen ließ, bis sie zur Essenz der Liebe vorgedrungen waren.

Als sie das nächste Mal aufstanden, war es zum Mittagessen zu spät.

An diesem Nachmittag redeten sie miteinander. Paulina, die plötzlich Gina schmerzlich vermisste, hatte das dringende Bedürfnis zu reden. Sie musste Jean-Pierre etwas mitteilen, das ihr sehr wichtig war. Damit er nicht schlecht von ihr dachte und meinte, es sei normal, dass sie trotz des Eherings an ihrem Finger mit einem fremden Mann ins Bett ging, ohne auch nur nach seinem Namen zu fragen. Sie wollte klarstellen, dass es nicht ihre Art war, sich den Erstbesten zu schnappen und sich mit ihm zu vergnügen, ohne sich um seine Vergangenheit oder sein gegenwärtiges Leben zu scheren. Mit einem Mal musste sie sich auf eine Bank im Schatten des Palais des Tuileries setzen und sich für etwas entschuldigen, von dem sie selbst nicht recht wusste, was es war. Doch sie fühlte die Notwendigkeit, ihre Gedanken laut auszusprechen, sich dem einzigen Menschen anzuvertrauen, der sie verstehen konnte, weil er in drei unvergesslichen Tagen zu ihrem Komplizen und Mitwisser ihres Geheimnisses geworden war. Sie ließen sich auf einer Holzbank am Kiesweg der Promenade nieder und schlugen die Beine übereinander. Paulina lehnte sich zurück, schmiegte sich an diesen Körper, von dem sie sich angezogen fühlte wie von einem Magneten. Sie genoss seinen starken Arm, den er ihr um Nacken und Schultern geschlungen hatte, während er mit der Hand ihren anderen Arm umfasste. Diesmal zog sie es vor, ihn beim Sprechen nicht anzusehen, sondern den

Blick ins Leere oder auf die Passanten zu richten – Touristen und Verkäufer von Plastik-Eiffeltürmen –, ohne sie wahrzunehmen. Sie dankte ihm für die gemeinsam verbrachten Stunden, seine Sensibilität und sein Taktgefühl, beschrieb ihm die neuen, unerwarteten und verwirrenden Empfindungen, die sie völlig durcheinanderbrachten. Und vor allem bat sie ihn, den Tränen nahe, nicht zu glauben, sie mache das immer so. Es war für sie von elementarer Bedeutung, dass Jean-Pierre nicht annahm, er sei für sie ein Abenteuer von vielen, ein Wochenend-Flirt in Paris, eine reine Sexaffäre. Sie schlafe nicht mit jedem, erklärte sie. Es sei viel mehr als das. Sie gehe nie mit anderen Männern ins Bett. Er könne ja Júlia fragen, wenn er ihr nicht glaube. Obwohl es, bei Licht besehen, besser wäre, ihrer Cousine nichts davon zu erzählen. Aber er müsse wissen, dass sie, Paulina Homs, nicht so war. Oder, wenn sie so sein sollte, bisher jedenfalls nichts davon gewusst hatte. Es vielmehr mit ihm entdecke, während sie an seiner Seite durch Paris spazierte, ihn über Braque sprechen hörte, am Ufer der Seine Sirtaki tanzte, sich eine Pfeife anzündete oder ihn am Fuß der Saint-Sulpice-Kirche küsste. Und nicht etwa, weil sie vor irgendetwas davonlaufe. Im Gegenteil. In Barcelona führe sie ein geordnetes, zufriedenes Leben ohne große Probleme. Sie wolle ihn wissen lassen, dass sie eine kleine Tochter habe, die ihr Ein und Alles sei, und eine Familie, die sie liebe und zu verraten fürchte, doch in diesem Moment brodele ihre Begierde so gewaltig, dass sie nicht dagegen ankomme. Weder wolle noch könne sie es sich versagen. Sie entdecke Gefühle, die sie noch nie erlebt habe, und die wolle sie jetzt auch auskosten. In vollen Zügen. Auch wenn es nicht mehr als fünf Tage seien. Mit Bedauern womöglich, aber vor allem mit Freude. Sie habe das Gefühl, mit einem Fuß im Paradies und mit dem anderen am Abgrund zu stehen, und diese ganzen Gedanken und Gefühle wolle sie mit ihm teilen, wie sie in diesen Tagen alles miteinander teilten. Das habe sie ihm einfach sagen müssen. Sie hätte es nicht ausgehalten, ohne ihm ihr Herz auszuschütten, ohne dass Jean-Pierre sie anhörte, wenigstens dieses eine Mal, während sie ihm die Zweifel gestand, die sie von Zeit zu Zeit befielen. Sie empfinde keine Reue, das solle er wissen. Es sei nur so ein Gefühl. Eine Angst, die sie gelegentlich durchzucke und dann wieder verschwinde. Er hörte ihr liebevoll zu, als wüsste er, wovon sie sprach. Er ließ sie ihr Gewissen erleichtern, ohne den Mund aufzumachen. Als sie geendet hatte, gab er ihr einen zarten Kuss aufs Ohr und sagte mit einem unergründlichen Lächeln die drei Sätze, die man sagt, wenn man nicht recht weiß, was man sagen soll.

Erstens, wir werden das schon schaffen.

Zweitens, hab keine Angst.

Und drittens, mir geht es gut, wenn es dir gut geht.

Es war vielleicht nicht die Antwort, die Paulina sich gewünscht hatte. Doch die Ruhe und Gelassenheit, mit der Jean-Pierre sie aussprach, halfen ihr, sich zu beruhigen. Manchmal wirkt Gelassenheit ansteckend. Und da begriff sie, dass Jean-Pierre ihr vor allem Sicherheit vermittelte.

»Gehen wir.« Er erhob sich von der Bank, als sich ein Cockerspaniel näherte und ihre Schuhe beschnupperte.

»Wohin?«

»In die Rue de Rivoli. Wolltest du nicht Antoine kennenlernen? Wir dürfen ihm nicht in die Vorstellung platzen.«

Eins Bleistift, zwei Schokolade, drei Rakete, vier Bibel, fünf Bach, sechs Trichter, sieben Telefon, acht Uhr (Antoine Fernández wusste, dass immer ein Spaßvogel im Publikum war), neun alt, zehn Briefmarke, elf Ball, zwölf Bett, dreizehn Wasser, vierzehn Brille, fünfzehn Kalender, sechzehn Paprika, siebzehn Domino, achtzehn Blumenkohl, neunzehn Gürtel, zwanzig Skalpell, einundzwanzig Rad, zweiundzwanzig Tennisschläger, dreiundzwanzig Kirche, vierundzwanzig vierundzwanzig (und manchmal waren es auch zwei), fünfundzwanzig Taktstock, sechsundzwanzig Dreieck, siebenundzwanzig Schaukel, achtundzwanzig …

»Warum sagt er vor jedem Wort die Zahl?«, fragte Paulina flüsternd Jean-Pierre.

»Das ist ein mnemotechnischer Trick. Er kann sich die einzelnen Begriffe besser merken, wenn er sie mit einer Zahl verknüpft.«

»Aber dann …«

»Psst, wir sind dran.«

»Du zuerst …« Paulina spielte ihm den Ball zu, um noch einen Moment zum Nachdenken zu haben.

»Siebenunddreißig Schmetterling.« Als Jean-Pierre an die Reihe kam, sagte er das Erste, was ihm einfiel.

»Achtunddreißig …« Sie konnte sich nicht entscheiden. »Achtunddreißig Pfeife.«

Die Angst, Antoines Zahlen durcheinanderzubringen, die Nervosität, vor so vielen Leuten die Stimme zu erheben, in einer fremden Sprache zu sprechen, das geeignete Wort zu finden … Paulinas schweißfeuchte Hand griff nach Jean-Pierres, und er drückte sie verständnisvoll. Er freute sich, dass sie ein Wort aus seiner Welt gewählt hatte. Sie kannten sich noch keine drei Tage und waren schon im Begriff, sich ein gemeinsames Universum zu erschaffen.

Vierundvierzig Sonnenblume, fünfundvierzig Verlosung, sechsundvierzig Kuh, siebenundvierzig Kondom (und einen, der ein bisschen provokativ daherkam, gab es unweigerlich auch jedes Mal), achtundvierzig Matratze, neunundvierzig Münze …

»Siehst du, wie er schwitzt?« Sie sprachen leise, um nicht zu stören.

»Er ist jeden Abend wie aus dem Wasser gezogen. Die geistige Anstrengung, man glaubt es kaum, aber …«

»Warum verbindet er sich die Augen?«

»Damit er sich besser konzentrieren kann. Es hilft ihm, sich nicht …«

»… ablenken zu lassen.«

»Ganz genau.«

»Und vermutlich auch, damit niemand behaupten kann, dass er schummelt.« Paulina wies mit dem Kinn auf die Barkellnerin, die in kindlicher Handschrift die Zahlen und Wörter mit Kreide auf eine Wandtafel schrieb.

Sechsundsechzig Sarg, siebenundsechzig Kugelschreiber, achtundsechzig Schiff, neunundsechzig Oralsex (das war vorauszusehen), siebzig Cembalo, einundsiebzig Clog …

»Seid ihr gut befreundet, Antoine und du?«

»Wie man's nimmt. Ich komme gern her, um ihn zu sehen. Ich war sicher schon zehn- oder zwölfmal hier. Einmal« – er senkte die Stimme noch mehr, weil zwei Personen ihnen böse Blicke zuwarfen – »haben wir eine *Performance* in der Galerie veranstaltet. Wir haben einen Gegenstand versteckt, und er musste ihn blind suchen, telepathisch gelotst durch einen von uns.«

»Und?«

»Irre. Er fand tatsächlich den Bleistiftspitzer im … Warte mal, er ist fertig.«

Antoine Fernández saß mit verbundenen Augen auf seinem Stuhl, Schweißtropfen perlten über seinen kahlen

Schädel, er atmete schwer. Er schnaufte, als wäre er einen Marathon gelaufen und mit letzter Kraft über die Ziellinie gewankt. Entweder war das Teil der Show in diesem Souterrain der Rue de Rivoli, oder er hyperventilierte auf zunehmend bedrohliche Weise.

»Und jetzt?«

»Jetzt werden sie gleich fragen, ob im Saal ein Arzt anwesend ist.«

»Sei still, du Spinner.«

Schleppend, hadernd, stotternd, manchmal stoßweise und keuchend zählte Antoine Fernández die einzelnen Gegenstände auf, von eins bis hundert. Der Beifall war gewaltig. Bravorufe aus dem hinteren Teil des Saales. Unter noch größeren Qualen wiederholte er die Liste in umgekehrter Reihenfolge von hundert bis eins. Von Schnecke bis Bleistift. Das Publikum, vielleicht dreißig Personen, war aufgesprungen und applaudierte im Stehen weiter. Für die Zuschauer hätte das Spektakel endlos weitergehen können.

Als fiele ihm das leichter, bat der Gedächtniskünstler mit dem nassgeschwitzten Hemd, ihm jetzt eine Zahl zu sagen, und er nannte wie aus der Pistole geschossen den zugehörigen Begriff. Und umgekehrt.

»Schmetterling«, rief Paulina.

»Siebenunddreißig«, antwortete Antoine, ohne zu zögern.

»Wie eine Maschine.«

»Wäre er immer so gut wie heute«, erwiderte Jean-Pierre und biss auf das Pfeifenmundstück, ohne mit dem Klatschen aufzuhören, »könnte er jeden Abend das Odéon füllen.«

Als Antoine Fernández, erschöpft und befriedigt, orientierungslos wie ein Schiffbrüchiger, das Tuch von den Augen nahm und wieder wie ein Menschenwesen aussah, konnte er

Jean-Pierre und Paulina nirgends mehr entdecken. Das Paar hatte sich eilends aus dem Staub gemacht, um unterwegs eine Pizza zu essen und ein Bier zu trinken und möglichst bald wieder zu Hause zu sein. Auch Paulinas Trübsinn war zurückgeblieben im Garten der Tuileries auf der Bank der vielen Worte.

Am letzten Abend in der Rue du Trésor schlängelten sich ihre Gedanken wie Serpentinen. Beiden schien es an Zeit zu fehlen, sich alles zu sagen. Wusstest du, dass Dante seine Beatrice nur ein einziges Mal gesehen und nie mit ihr gesprochen hatte, bevor er die *Göttliche Komödie* schrieb? Bei ihrer ersten Begegnung war er neun, sie acht Jahre alt. Ich habe nie die Geduld aufgebracht, es zu lesen, leider. Und *Madame Bovary*? Ja, *Madame Bovary* schon. Ich bin mir sicher, dass sie sich, wenn sie heutzutage leben würde, hätte scheiden lassen. Zur damaligen Zeit galt es durchzuhalten, also hielt man durch. Früher hatte die Liebe mit Liebe nichts zu tun. Wenn man nicht fürchten muss, dass sie endet, möchte man vermuten, sei alles einfacher. Im Gegenteil, in Wahrheit ist es schwieriger. Und woher willst du das wissen?, sagte Paulina zu Jean-Pierre, auf die Gefahr hin, dass sie sich in die Nesseln setzte, denn von seinen fünfundvierzig Jahren vor Júlias Hochzeit wusste sie rein gar nichts. Mit der Liebe ist es wie mit dem Leben. Gäbe es kein Ablaufdatum – in diesem Punkt waren sie sich einig –, würde es irgendwann langweilig. Der Reiz, das, was uns in Gang hält, warum wir seufzen, leiden, uns anstrengen, besteht darin, dass wir nicht wissen, wie lange es dauern wird. Die Liebe und das Leben. Vielleicht bis wir alt sind, vielleicht ist schon morgen Schluss. Das Ende kann plötzlich kommen oder ganz allmählich herantreiben wie Schaum auf dem Meer. Entscheidend ist die

Illusion, dass die Liebe existiert. Es gibt Leute, die ihr Leben lang keinen Hauch davon spüren. Und wenn du und ich, die Nachbarn im Stockwerk unter uns, Julie, Antoine Fernández und noch ein paar andere ihre Definition von Liebe aufschreiben würden, wäre keine wie die andere. Würden wir sie alle in einen Umschlag stecken, fänden wir hinterher so viele Arten von Liebe, wie Personen an der Befragung teilgenommen hätten. Paulina und Jean-Pierre jedoch wollten gern glauben, dass ihre Definitionen von Liebe, nach allem, was sie sich bisher gesagt und miteinander erlebt hatten, sehr ähnlich waren. Sich nur in Nuancen unterschieden. Paulina verschwieg Jean-Pierre, wie weh ihr der Gedanke tat, dass dies ihre letzte Nacht sein würde. Jean-Pierre hatte keine Lust, sich Rechenschaft abzulegen, und wollte jeden Moment auskosten wie einen Tropfen Honig.

»Wie einen Tropfen Honig?«

»Magst du Honig nicht?«

»Heute schon, als Kind nicht so. Jedenfalls esse ich ihn nicht oft.«

»Der Honigtropfen. Hattest du Latein in der Schule?«

»Ja …«

»Weißt du, wer Lukrez war?«

»Nein.«

»Ein römischer Philosoph, der vor Christus lebte. Er beging mit Anfang vierzig Selbstmord. Angeblich soll er den Verstand verloren haben, nachdem er einen Liebestrank zu sich genommen hatte. Aber das ist nur Legende, weil es nie bewiesen werden konnte. Tatsache ist aber, dass er in seinem ganzen Leben nur ein einziges Buch geschrieben hatte: *De rerum natura*. In Versen. Das, liebe Pauline, war seine immense Leistung. Er wusste, dass etwas so Komplexes wie die Lehre

Epikurs nicht ohne die Atomphysik erläutert werden konnte. Und er, in jener Zeit, dachte, die Verbreitung sei am besten mit Hilfe der Poesie zu gewährleisten. Er glaubte, wenn er seine Botschaft in Versform brachte, würde sie eingängiger.«

»Jetzt willst du mir aber einen Bären aufbinden.« Paulina meinte, ihn mittlerweile ein wenig zu kennen. Dennoch beschlich sie bisweilen immer noch das Gefühl, dass Jean-Pierre sich über sie lustig machte.

»Im Ernst, wenn ich es dir doch sage. *De rerum natura*, sein Werk, ist wie ein langes Gedicht geschrieben, in der Hoffnung, so würde man es eher verstehen. Doch da Epikur Naturwissenschaftler und kein Lyriker gewesen ist, empörten sich die Epikureer über die didaktische Form, die Lukrez gewählt hatte, um die Erkenntnisse des alten Philosophen zu vermitteln. Und daraufhin schüttelte Lukrez eine Metapher aus dem Ärmel seiner Tunika, die sehr berühmt wurde. Kindern, die eine Arznei nicht einnehmen wollten, weil sie zu bitter schmeckt, sagte er, bestreiche man doch auch den Rand des Bechers mit einem Tropfen Honig, damit sie ihn bereitwilliger austränken. Und dieser Tropfen Honig seien die Verse, der Honig der Dichtkunst zum Versüßen der Lektion.«

»Die Sinneslust.«

»Für mich sind die Honigtropfen bestimmte Momente, die uns das Leben schenkt. Unser Tanz bei der Hochzeitsfeier, jeder Kuss, jede deiner Zärtlichkeiten, der Besuch bei *Shakespeare and Company*, das Frühstück heute Morgen, den bulgarischen Gesängen mit dem Herzen zu lauschen. Ein Gemälde zu kaufen. Ein Konzertbesuch. Ein Sonnenuntergang über der Seine. Ein Buch in den Händen zu halten, nach dem ich monatelang gesucht habe. Ein Abendessen mit einem Freund. Dich lächeln zu sehen wie gerade eben.

Honigtropfen. Wir haben keinen Moment zu verschenken, Pau. Es ist immer später, als man glaubt.«

»Oh, Jean-Pierre, wie ich dich liebe! Mir musst du das nicht erklären!«

Sie stürzte sich in seine Arme, er zog sie auf seinen Schoß, und sie küssten sich mit der Leidenschaft eines ganzen Lebens. Paulina jedoch fühlte sich unbehaglich, weil sie verschwitzt war und nicht wollte, dass Jean-Pierre es bemerkte.

»Habe ich dir eigentlich schon die Geschichte von Rosseta erzählt?«

»Ich glaube nicht.«

»Ich gehe rasch unter die Dusche, und dann erzähle ich sie dir.«

Jean-Pierre legte Motetten von Palestrina auf und setzte sich aufs Sofa. Zwanzig Minuten später kam Paulina zurück, sauber, frisch, bereit für ihre letzte Nacht in der Rue du Trésor. Sie hatte sich ein weißes Handtuch um den Körper geschlungen und ein kleineres wie einen Turban um den Kopf.

»Wie gut du riechst …«

Sie freute sich, dass es Jean-Pierre aufgefallen war.

»Dieser Duft ist neu …«

»Vielleicht die Lotion, mit der ich mir die Beine eingecremt habe. Sie fühlen sich irgendwie schwer an. Dabei ist heute wahrscheinlich der Tag, an dem wir am wenigsten gelaufen sind.«

»Riecht ein bisschen nach Kokos. Sehr angenehm.«

Es war nicht nur der Geruch. Geschickt spielte Paulina mit der Öffnung des Handtuchs und zeigte ihre verführerischen, glänzenden Beine. Sie wusste, die langen Schenkel, die runden Knie, die kräftigen Waden, die schmalen Fesseln gut in Szene zu setzen. Auf ihre Beine war Paulina sehr bedacht, das lag wohl in der Familie. Ihre Mutter hatte immer gesagt, wenn sie erst mal runzlige Echsenfüße bekäme, krumme Zehen von der Arthrose und Nägel wie Schildkrötenpanzer, dann möge man ihr den Gnadentod geben. Es sollte nicht nötig sein. Ihre Beine waren noch in perfektem Zustand, als sie wenige Tage nach ihrem sechzigsten Geburtstag an einer Kastanie erstickte. Paulinas Vater, Buchhalter in einer Textilfirma im Carrer Casp in Barcelona, sah im Kino Ava Gardners Beine und schaute sich den Film an drei Sonntagen hintereinander an. *Mogambo*.

»Ein paar Jahre lang haben meine Eltern und ich die Sommerferien in einem Häuschen in Espinavessa verbracht, nicht weit von einem See, der … Hast du schon mal von Banyoles gehört?«

»Nein.«

»Da hast du etwas verpasst. In Espinavessa bei Banyoles in der Nähe von Girona gibt es Weizenfelder und Wald. Eine Landschaft wie dafür geschaffen, gemalt zu werden. Ich war höchstens sechs oder sieben Jahre alt. Wir bewohnten ein bescheidenes Haus, von dem ich dachte, es gehöre uns, bis ich begriffen habe – da war ich schon groß –, dass wir es nur jeweils für den Sommer gemietet hatten. Dort, wo das Gelände schön eben war, habe ich Rad fahren gelernt, und als ich es gut genug konnte, schickten sie mich jeden Morgen die Milch holen. Und abends zählten mein Vater und ich Fledermäuse. Nachmittags ging ich mit meiner Mutter zu dem Brunnen unten im Dorf am Weg zum Waschplatz. Eines Tages sagte meine Mutter, heute würden wir einen Ausflug machen. Sie packte Wasser und belegte Brote in einen Rucksack und sagte, sie habe einen Weg entdeckt, den wir noch nie gegangen seien, und wir würden bis nach Orfes wandern. Ein

Abenteuer. Sieben Kilometer hin und sieben zurück auf einem Pfad durchs Nirgendwo. Auf dieser Strecke müssten wir keinen Acker überqueren, kämen an keinem Haus vorbei und würden höchstens mal von Weitem einen Bauernhof sehen. Plötzlich jedoch, als wir in einiger Entfernung ein verlassenes Haus erspäht hatten, hörten wir Gebell, das rasch lauter wurde. Ein Hund rannte auf uns zu, im Galopp, mit hundert Sachen. Bleib ruhig, sagte meine Mutter zu mir. Ich war vor Entsetzen wie erstarrt. Sie nahm mich bei der Hand, und ich spürte, dass sie genauso erschrocken war wie ich. Hab keine Angst, sagte sie, während der Wolfshund immer näher kam, seine gefletschten Zähne wirkten so bedrohlich, dass ich mir vor Angst beinahe in die Hose machte. Ich erinnere mich gut an dieses Gefühl, Jean-Pierre, und dass ich dachte, so, das war's, hier werden meine Mutter und ich jetzt zerfleischt und aufgefressen. So hatte ich mich noch nie gefürchtet. Als noch ungefähr vier Meter zwischen uns lagen, ließ mich meine Mutter los, brüllte »Stopp!« und hob die Hand, als wollte sie zuschlagen. So, wie sie den Hund anschrie, hatte sie mich noch nie angeschrien. Und auch nicht so gegen mich ausgeholt. Der Hund blieb wie angewurzelt stehen, keine Ahnung, ob es die Geste oder der Schrei war, jedenfalls machte er zwei Schritte rückwärts. Sekundenlang hielten wir alle still. Er schaute uns mit offenem Maul und heraushängender Zunge aus tieftraurigen Augen an. Und wir schauten ihn an, mit rasendem Herzschlag, unschlüssig, ob wir zurückweichen oder weitergehen sollten. Wenigstens hatte er aufgehört zu bellen, war stehen geblieben und sah auch nicht mehr aus wie ein Killer. Im Gegenteil, eher wie ein Tier, das viel Prügel bezogen hatte. Wir gehen jetzt ganz langsam weiter, sieh nicht hin, sagte meine Mutter und griff wieder nach meiner Hand. Mal sehen, was er dann macht. Nichts machte er. Wir gingen an ihm vorbei, er rührte sich nicht. Und dann lief er uns einfach nach, passte sich unserem Tempo an und hielt immer ein paar Schritte Abstand. Es war eine Hündin. Eine dürre Schäferhündin mit sehr hellem, sehr kurzem Fell. Sie war schon älter und voller Flöhe, wie meine Mutter bemerkte. Das war mir gar nicht aufgefallen, das verschlissene rosa Halsband dagegen schon. Wir wussten nicht, woher sie gekommen war, aber entweder sie war ausgesetzt worden oder sie hatte sich verirrt, und das schon seit Längerem. Mit einem Mal wirkte sie gar nicht mehr wie eine angriffslustige Bestie, sondern schien eher um Zuneigung zu betteln, während sie mit hängenden Ohren hinter uns her trottete. Aus dem Augenwinkel versicherten wir uns gelegentlich, ob sie noch da war. So legten wir etwa drei Kilometer zurück, was ein ganz schönes Stück ist, und behielten einander vorsichtig im Auge. Als meine Mutter und ich begriffen hatten, dass diese Hündin gutmütig war und uns nichts tun würde, beruhigten wir uns. Schließlich endete der Feldweg, und wir hatten die Asphaltstraße nach Orfes erreicht. Eine sehr französisch anmutende Landstraße. Schmal, gerade, zu beiden Seiten eine Reihe dicker Bäume und am Ende das Dorf mit dem Friedhof davor. Wir gingen am linken Rand, damit uns die Autofahrer, die uns entgegenkamen, sehen konnten. Im Empordà herrschte damals zwar wenig Verkehr, doch die Hündin lief mitten auf der Fahrbahn, und wenn ein Auto kam, hupte es, damit sie Platz machte. Die Hündin reagierte nicht, und dann hupten sie uns an, weil sie dachten, das Tier gehöre zu uns. Das war der Moment, in dem wir zum ersten Mal dachten, sie könnte unser Hund werden. Mama, komm, wir geben ihr einen Namen. Ich würde sie Rosseta nennen, weil sie so … hellblond ist. Meiner Mutter gefiel der Name sehr. Und uns beiden begann dieses Tier zu gefallen, das eher einem Wolf als einem Hund ähnelte und uns so flehentlich ansah. Auch in den Straßen von Orfes blieb Rosseta an unserer Seite, als hätte sie ihr Leben lang nichts anderes getan. Wenn wir sie an irgendeiner Ecke verloren, erwartete sie uns an der nächsten Kreuzung. Als wir nach Espinavessa abbiegen mussten, dachten wir, dass Rosseta womöglich in Orfes bleiben wollte, vielleicht war sie ja bei einer Familie dort zu Hause. Aber nein. Rosseta folgte uns den ganzen langen Rückweg bis zu unserem Ferienhaus. Sie hatte uns adoptiert und hoffte nun, dass wir sie auch adoptierten. Sie hatte es uns sehr leicht gemacht, sie liebzugewinnen. Es störte sie nicht, dass es auf dem letzten Wegstück zu regnen begann. Ein fürchterlicher Platzregen brach über uns herein und durchnässte uns bis auf die Haut. Rosseta schien es als Zeichen zu verstehen und kam mit bis zur Tür. Ich bat meine Mutter, sie doch bitte, bitte ins Haus zu lassen. Meine Mutter sagte nein, der Hund habe Flöhe. Drinnen rannte ich sofort zum Fenster, um nach ihr zu sehen. Sie saß immer noch da und hatte diesen treuen Ausdruck in den Augen … Und da fragte ich meine Mutter, ob wir sie nicht bitte, bitte behalten und mit nach Barcelona nehmen könnten. Meine Mutter sagte, nein, in einer Stadtwohnung, das käme überhaupt nicht in Frage. Und ich erklärte, dass ich mir nichts auf der Welt mehr wünschte und nie wieder um irgendetwas bitten wollte. Ich hatte den Eindruck, dass sie selbst für einen Moment schwankte. Und bedrängte sie weiter, bitte, Mama, wir können sie doch nicht hier allein lassen. Sie tat mir so leid. Ich dachte mehr an Rosseta als an mich. Und meine Mutter wurde vorübergehend schwach und sagte, frag deinen Vater, aber mein Vater sagte nein. Und ein Nein meines Vaters war sehr viel entschiedener, und dann sagte er, zieh dich um, du bist ja klatschnass. Bei der dritten

Ermahnung gehorchte ich schließlich. Durch die Scheibe sagte ich zu Rosseta, bleib, wo du bist, ich bin gleich wieder da. Und dann zog ich blitzschnell trockene Sachen an, doch als ich wieder ans Fenster eilte und hinter den Vorhang schlüpfte, war Rosseta nicht mehr da. Draußen goss es in Strömen, und Rosseta war nicht mehr da. Meine Mutter erzählte mir später, mir seien die Tränen übers Gesicht gelaufen, ich hätte die Tür aufgerissen, sei nach draußen gerannt und hätte immer wieder nach ihr gerufen, doch Rosseta war verschwunden. Ein für alle Mal. Ich muss an diesem Tag sehr traurig gewesen sein und unaufhörlich von Rosseta geredet haben, und beim Abendessen habe ich dann etwas gesagt, mit meinen sechs Jahren, was meine Eltern nie vergessen haben: Rosseta tut mir so leid, dass ich diesen Tag am liebsten gar nicht erlebt hätte. Stell dir das mal vor. Und daraufhin erklärte mir meine Mutter, die immer für alles die richtigen Worte fand, dass es, auch wenn es sich im Augenblick nicht so anfühlte, besser sei, diese Geschichte erlebt zu haben, Rosseta begegnet zu sein und mich so mein ganzes Leben an sie erinnern zu können, als ihr niemals begegnet zu sein. Es fiel mir schwer, ihr zu glauben. Ich brauchte Monate. Vielleicht Jahre. Doch sie behielt recht. Ich glaube, dieses Erlebnis war das einschneidendste meiner Kindheit. Ich habe das nie vergessen.«

Jean-Pierre hatte ihr zugehört wie einer Märchenerzählerin, und es dauerte eine Weile, bis er etwas sagte. Schließlich wappnete er sich mit Humor gegen die Bedeutsamkeit, die dieser Moment zu bekommen drohte.

»Hast du mich gerade mit einem Hund verglichen, oder kommt mir das nur so vor?«

»Nein, nein, was redest du da?«

»Jetzt weiß ich nicht, wer Rosseta ist, du oder ich …«

»Hast du nie einen Hund gehabt?«

»Je ne vais plus pleurer, je ne vais plus parler ...«

Mit tiefer Stimme und dicht an ihrem Ohr begann Jean-Pierre, leise zu singen.

»Je me cacherai là, à te regarder, danser et sourire, et à t'écouter, chanter et puis rire, laisse-moi devenir l'ombre de ton ombre, l'ombre de ta main, l'ombre de ton chien. Ne me quitte pas, ne me quitte pas, ne me quitte pas, ne me quitte pas.«

Er rezitierte den Text eher, als dass er ihn sang, um falsche Töne zu vermeiden.

Ruhig löste er ihr Handtuch und strich ihr mit der flachen Hand von den nackten Füßen bis hinauf zur Hüfte. Auf und ab. Entlang dieser vollkommenen Beine. Ava Gardners Beine. Der sinnliche Kokosduft, der ihn bis ins Innerste durchdrang, als er ihre Schenkel küsste. Gemächlich, ohne jede Hast, ohne über sachte Liebkosungen hinauszugehen, schweigend, entspannt, bedeckten sie einander von oben bis unten mit Küssen, stundenlang, und dachten nicht an später. Ohne sich abzusprechen, konzentrierten sie sich auf ihre streichelnden Hände, die, wie in einem tibetischen Ritual, die Genitalien aussparten, immer wieder dicht daran vorbeiglitten, bis sie schließlich vollends miteinander verschmolzen und ihre Atemzüge sich einander anglichen. Wenn Jean-Pierre Luft holte, atmete Pauline aus. Wenn er ausatmete, sog sie ihn auf, als gäbe es keine Zeit. Es war ein erregender langsamer Rhythmus, der sich steigerte, bis sie gleichzeitig zum Orgasmus kamen.

»Moi je t'offrirai des perles de pluie ...«

»Venues du pays où il ne pleut pas.«

Verblüfft und überrascht von ihrer gemeinsamen Entdeckung lächelten sie sich an:

La joie de vivre. Ein Tropfen Honig.

12.

Eine Viertelstunde vor dem Weltende

»Warum bist du böse auf mich, Júlia?«

»Ich?«

Sie tat, als wäre sie in höchstem Maße erstaunt.

»Weil ich nur meine Koffer holen komme?«

»Nein, nein …«

»Ich weiß, dass ich diese Tage hier hätte verbringen sollen, aber ich dachte mir, ein frisch verheiratetes Paar möchte ja vielleicht lieber für sich sein …«

»Ach so, du wolltest bloß nicht stören.« Júlia griff Paulinas ironischen Tonfall auf.

»Ja, ihr habt zwar viel Platz, aber … Wie geht dieses französische Sprichwort über Hausgäste?«

»Dass sie sind wie Fisch?«

»Der am dritten Tag anfängt zu stinken, genau. Das habe ich gemeint.«

»Du warst in meinem Haus nie Gast. Und wirst es auch in unserem nicht sein. Alain und ich sind gern allein, und wir sind gern mit dir zusammen, wir sind glücklich.«

»Freitag, Samstag, Sonntag, Montag, Dienstag. Nach fünf Tagen Ehe ist das wohl das Mindeste.«

»Stimmt. Noch sind wir im siebten Himmel. Wir reden dauernd über das Fest, was die Freunde zu uns gesagt haben, was die Leute so anhatten …«

»Aber?«

»Was aber?«

»Ich merke es dir doch an, Júlia.«

»Es ist aber nichts. Du hättest lediglich am ersten Abend anrufen können, damit wir uns nicht so Sorgen hätten machen müssen, aber es ist schon wieder gut. Wie gesagt, Schnee von gestern. Du und ich, wir brauchen einander nichts zu erklären. Mach, was du willst, ich möchte nur, dass es dir gut geht.«

»Letzten Endes warst du doch diejenige, die mir Jean-Pierre vorgestellt hat. Jetzt wasch deine Hände mal nicht in Unschuld. Du hast ihn zu meinem Tischherrn erkoren und neben mich gesetzt ... Worüber beklagst du dich also?«

»Über gar nichts. Es ist dein Leben, das sage ich doch.«

»Höre ich da nicht einen leichten Unterton?«

»Sicher nicht.«

»Doch, doch.« Paulina, die bisher nur geflachst hatte, nahm mit einem Mal einen veränderten Ausdruck im Blick ihrer Cousine wahr. Einen Funken von Eifersucht womöglich. »Ei, ei, Schätzchen, was ist zwischen dir und Jean-Pierre gewesen?«

»Ich muss doch sehr bitten. Nichts. Was sollte denn ...? Versuch's jetzt nicht mit einer billigen Retourkutsche.«

»Da bin ich wohl jemandem auf die Schliche gekommen, was?« Es klang scherzhaft, aber ganz geheuer war Paulina nicht dabei.

»Mit Jean-Pierre? Der Ärmste. Nein, nein.«

»Aber irgendetwas war ... Wann? Du bist ja ganz rot geworden.«

»Hör auf, mich zu kitzeln, du weißt, dass ich das nicht leiden kann.«

Paulina hatte Júlia, die ihr um den Küchentisch herum zu entkommen versuchte, eingeholt, sie auf einen Stuhl gedrückt und sich über sie hergemacht wie früher als Kinder am Strand von Sant Pol, wenn die eine die andere gepackt und festgehalten hatte, um sie zu kitzeln, bis sie vor Lachen nicht mehr konnte.

»Na los, erzähl schon, wie sieht sein Schlafzimmer aus?«

»Aber nein, lass gut sein, wenn ich dir doch sage, dass …«

»Was für ein Bild hängt über seinem Bett?«

»Schluss jetzt, Schluss, ich war nie bei ihm zu Hause. Und hör auf, mich zu kitzeln, bitte … Der Gärtner guckt schon.«

Der Gärtner, der sich jeden Dienstag von zehn bis zwölf um den Garten kümmerte, konnte die beiden Cousinen durchs Fenster sehen, er hörte ihr Gelächter und wäre liebend gern hineingegangen, um sich an ihrem Spielchen zu beteiligen.

»Lass den Quatsch, Pau, ich bin eine verheiratete Frau.«

»Ui, natürlich.«

»Genauso verheiratet wie du.«

»Gut, dass du mich daran erinnerst …«, sie tat, als fiele es ihr erst jetzt wieder ein, »wie heißt Ginas Vater doch gleich?«

Paulina ließ Júlia los, die aufstand, ihr T-Shirt zurechtzog und sich ein Glas Wasser aus einen kleinen Hahn zapfte, der direkt aus dem Kühlschrank ragte.

»Was ist denn das?«

»Ein Hochzeitsgeschenk. Alain hatte es sich gewünscht. Ist aus Amerika.«

»Das habe ich ja noch nie gesehen. Kann man das auch für Champagner verwenden?«

Wieder fingen sie an zu lachen.

»Wann musst du weg?«

Paulina warf einen Blick zur Küchenuhr. Die erinnerte sie an die Uhr der Brasserie Lipp, die sie an dem Abend gesehen hatte, an dem es um Picasso ging. Kaum von Jean-Pierre getrennt, fühlte sie sich bereits durch alles Mögliche an ihn erinnert.

»Du kannst mir schon mal ein Taxi rufen. Ich bin gern zeitig am Flughafen. Lieber hänge ich da eine Weile herum, als hetzen zu müssen. Bestelle es für … Egal, wenn sie eins frei haben, sollen sie es schicken.«

»Hat Manuel immer noch solche Angst vorm Fliegen?«

»Wer?«

»Manuel, dein Mann.«

»Ah, Manuel, richtig, das war der Name.«

»Schamloses Weib! Ich erkenne dich überhaupt nicht wieder.«

»Angst ist gar kein Ausdruck. Er sagt immer dasselbe: Damit ich irgendwann bei einem Flugzeugabsturz sterbe, müsste mir das Flugzeug schon auf den Kopf fallen.«

Warum um alles in der Welt musste Júlia ausgerechnet jetzt von Paulinas Mann und seiner Flugangst anfangen? Reichlich unpassend. Júlia hatte das Telefon genommen und aus dem Gedächtnis die Nummer der Taxizentrale von Croissy-sur-Seine gewählt.

»Pour aller à l'aéroport, oui.« Sie bedeckte die Sprechmuschel mit der Hand und wandte sich an Paulina. »Orly, nicht wahr?« Und wieder ins Telefon: *»Oui, oui.«*

Als sie aufgelegt hatte, begann sie im Wettlauf mit der Zeit ihr Verhör.

»Und?«

»Sehr schön.«

»Sehr schön?«

»Seeehr schön. Was für ein Mann, Júlia. Aufmerksam, gescheit, eloquent, erklärt er dir die Stadt, die Kunst, das Leben. Er spricht von Honigtropfen und … Wow! Er hat dieses Fingerspitzengefühl, verstehst du? Er schafft es, dass du dich in seiner Nähe zu jeder Tages- und Nachtzeit wohlfühlst.«

»Du siehst aus, als hättest du eine Menge Orgasmen gehabt.«

»Sei nicht so indiskret.«

»Ist ja gut, du musst nicht darüber reden, wenn du nicht willst.« Dann fügte sie unverfroren und direkt hinzu: »Nun sag schon, wie ist er denn so?«

»Habe ich doch schon gesagt. Seeehr gut. Ich habe längst kapiert, dass du wissen willst, wie es mit ihm im Bett war.«

»Seeehr gut bedeutet, dass er der Mann ist, mit dem du entdeckt hast, was es außer den üblichen drei Minuten sonst noch gibt?«

»Das ist er, ja. Jean-Pierre, der Entdecker. Ein genialer Liebhaber.«

»Und ich habe ihn dir vorgestellt.«

»Was ich nicht verstehe, ist, dass ein Mann wie er allein ist. Aber er scheint sich ganz wohl dabei zu fühlen. Und er ist ja nicht mehr der Jüngste.«

»Tja.«

»Wusstest du, dass er verrückt nach Schmetterlingen ist?«

»Nein.«

»Tu nicht so. Das musst du doch wissen.«

»Aber nein.«

»Er reist durch die ganze Welt auf der Suche nach Büchern. Nicht so sehr nach Schmetterlingen, denn er hat die Sammlung seines Großvaters geerbt und die Kästen alle in einem Zimmer mit einer Spezialbeleuchtung aufgebaut wie in einem Museum. Aber es macht ihm nichts aus, ein Flugzeug zu nehmen, um im letzten Winkel der Erde ein Buch aufzutreiben, das es seines Wissens nur dort gibt.«

»Hat er dich gebeten, bei ihm zu bleiben?«

»Mich?«

»Ja, was ist?«

»Júlia, ich bitte dich …«

»Hat er, oder hat er nicht?«

»Wie sollte er?« Während sie es aussprach, spürte sie das Bedauern wie ein feines Ziehen.

»Habt ihr euch verabschiedet?«

»Wie meinst du das?«

»Ob ihr euch Lebewohl gesagt habt.«

»Ja, ja, natürlich.«

»Und?«

»Gut. Was willst du hören? Traurig, fröhlich, gelassen, was weiß ich. Es war … na ja. Wir haben versprochen, uns zu schreiben.«

»Euch zu schreiben?«

»Ja. Und in diesem Zusammenhang muss ich dich um einen Gefallen bitten. Als meine Cousine, schwesterliche Freundin und Vertraute. Wir haben ausgemacht, dass er mich nicht zu Hause anruft.«

»Warum denn nicht?«

»Was meinst du wohl? Da wuselt Isabel den ganzen Tag herum, sie würde zu viele Fragen stellen. Zu riskant.«

»Du machst dir mehr Gedanken um dein Kindermädchen als um deinen Mann, auch nicht schlecht.«

»Wir haben vereinbart, dass er mir hierher schreiben soll.«

»Aber …?«

»Wenn es dir nichts ausmacht.«

»Nein, nein. Ja, schon, klar. Ich finde es nur etwas …«

Der Gärtner klopfte ans Küchenfenster. Er hatte behaarte schwarze Finger wie ein Schimpanse.

»Júlia, ich muss los …«

Der Gärtner stiefelte zum Kücheneingang. »Alles bestens. Der Apfelbaum scheint Läuse zu haben. Habe ein bisschen von diesem Zeug gesprüht, sicherheitshalber, ich glaube nicht, dass es schlimm ist. Vielleicht waren's nur ein paar Larven, weiter nichts. Wenn sonst nichts anliegt, bis Dienstag.«

»Dienstag um zehn.«

»Au revoir.« Der Mann mit den behaarten Händen verabschiedete sich von Paulina, fasziniert von ihrer Schönheit und ihren Cowboystiefeln, die sie für die Rückreise nach Barcelona angezogen hatte. In den Stiefeln und den enganliegenden Jeans sah sie umwerfend aus.

Fast war er durch die rückwärtige Gartentür verschwunden, als er sich noch einmal umwandte und rief:

»Hier draußen wartet ein Taxi.«

»Ja, ja, danke. Das ist für uns.«

»Auf geht's!«

Paulina ging ins Esszimmer, wo fertig gepackt ihre beiden Koffer standen. Sie brachte sie zur Tür und stellte sie noch einmal ab, um Júlia in die Arme zu schließen.

»Cousinchen ...«

»Ich hab dich lieb.«

»Ich hab dich auch lieb. Sehr. Das weißt du.«

»Pass auf dich auf, hörst du? Und sei sehr glücklich mit Alain.«

»Ein letzter Rat?«

»Ihr solltet Kinder haben.«

»Noch einen.«

»Ihr solltet euch nie auf dem Klo sehen. Immer die Tür zumachen.«

»Noch einen.«

»Habt Spaß miteinander, aber bewahre dir immer Raum für dich selbst ...«

»Der gefällt mir auch. Noch einen, schnell ...«

»Lass ihn nicht jedes Mal ran, wenn er Lust hat.«

»Pau!«

Sie umarmten sich noch einmal und küssten sich dreimal auf die Wangen, lange Küsse, die ihre Verbundenheit, ihre Verschworenheit und ihre Verschwiegenheit besiegelten.

»Ich bringe dich noch zum Auto, du hast schwer zu schleppen.«

»Grüß Alain von mir, und sag ihm danke für alles. Es tut mir leid, dass ich mich nicht von ihm verabschieden konnte.«

Noch zwei Küsse, dann stieg sie ins Taxi, schloss die Tür, kurbelte das Fenster herunter und warf Júlia zwei Handküsse zu.

»Kommt bald nach Barcelona.«

Das Taxi war schon losgefahren, und Paulina konnte die Antwort ihrer Cousine nicht mehr hören. Als sie das Ortsschild von Croissy passiert hatten, hüstelte sie, damit der Fahrer sie im Rückspiegel ansah, und nutzte diesen kurzen Blickkontakt für ihre Frage.

»Wo, hat man Ihnen gesagt, fahren wir hin?«

»Nach Orly, Madame. Zum Flughafen.«

»Oh, nein, nein … Verzeihung, das war ein Irrtum. Mein Flug geht erst heute Abend. Wir müssen nach Paris in die Rue du Trésor. Eine Sackgasse im Marais. Kennen Sie sich da aus?«

»*Bien sûr.* Wir werden es finden.«

Jean-Pierre kam herunter und nahm die Koffer. Das musst du nicht, ehrlich nicht. Ich schaffe das schon. Es gibt doch einen Aufzug. Aber er wollte unbedingt jede einzelne Minute, die noch blieb, mit Pauline verbringen.

»Was hast du getrieben?«

»Mich nach dir gesehnt …«

»Aber ich war gerade mal vier Stunden weg, einschließlich Hin- und Rückfahrt. Du erzählst Märchen.«

Er öffnete die Wohnungstür. Sein Schlüsselanhänger war ein Schmetterling.

»Ich war in der Galerie, und ich habe uns etwas zu essen gerichtet.«

»Ich fasse es nicht.«

Der Tisch war mit rot-weiß gewürfelten Sets gedeckt. Bisher hatten sie sich zum Essen nie hingesetzt oder gar Sets aufgelegt, sondern zwischen Couch und Küche irgendetwas aus der Hand verschlungen.

»Sind in der Galerie Anouk schon viele Besucher gewesen?«

»Heute Morgen? Ein Tourist, der dringend auf die Toilette musste, ansonsten gähnende Leere.«

»Hast du ihn reingelassen?«

»Was hättest du denn gemacht?«

»Ihn in eine Bar oder ein Hotel geschickt.«

Jean-Pierre hätte Paulines Frage nach der Galerie überhören oder für arglos halten können. Doch er wusste, dass er ihr noch eine Antwort schuldig geblieben war, und hatte selbst das Gefühl, dass nun der Augenblick gekommen war, sich der Vergangenheit zu stellen. Er setzte sich an den Tisch.

»Wir haben noch etwas zu klären.«

Paulina schwieg.

Sie konnte nicht einfach »Ach ja?« sagen und die Verständnislose mimen, denn sie wartete seit drei Tagen auf den Moment, in dem Jean-Pierre sich endlich ein Herz fassen würde.

»Anouk.« Er sah sie an.

»Stimmt. Du hast gesagt, das sei einfach so ein seltener Mädchenname, als ich dich gefragt habe, warum deine Galerie so heißt.«

»Ich weiß, dass ich dir eine Erklärung schulde. Natürlich ist es der Name einer Frau.«

»Du musst nicht, wenn du nicht willst.«

»Wenn ich nicht wollte, würde ich es nicht tun. Aber ich möchte es dir gern erzählen, Pauline, weil ich keine Geheimnisse vor dir haben will. Ich erzähle dir jetzt etwas, das niemand weiß. Und niemand heißt kein Mensch. Außer Anouk selbst, natürlich.« Er nahm die Pfeife aus dem Mund, schwermütig wie ein Dichter, der soeben seine letzten Verse zerrissen hatte, weil ihm klar geworden war, dass sie nichts taugten. »Wenn du gestattest, möchte ich ganz vorne beginnen.«

Paulina erschrak über Jean-Pierres tiefen Ernst. Es war das erste Mal, dass der Kunsthändler Schwierigkeiten hatte, einen Anfang zu finden.

»Vielleicht hast du auf meiner Kommode im Schlafzimmer ein Foto von einem kleinen Mädchen gesehen.«

»Nein.« Es klang nicht überzeugend, und sie entschuldigte sich mit einer Geste. »Ja. Ist das Anouk?«

»Anouk ist ihre Mutter.«

»Und du bist ihr Vater.«

Paulina hatte ihren neutralsten Ton angeschlagen, um ihm zu zeigen, dass die Antwort, wie auch immer sie ausfiele, ihr nichts ausmachen würde. Ihr völlig schnurz war. Jeder Mensch hatte eine Vergangenheit und ein Alltagsleben, und letzten Endes hatten sie beide sich am Freitag kennengelernt, heute war Dienstag, und binnen weniger Stunden würde sie ein Flugzeug zurück in ihre Normalität nehmen, und hoffen, dass Gina und ihr Vater sie am Flughafen erwarteten. Es machte sie stutzig, dass Jean-Pierre nichts erwiderte, weder ja noch nein sagte. Sie hatte den Satz nicht als Frage formuliert, vielmehr war es eine Feststellung, der er nicht widersprochen hatte. Er hatte sie aber auch nicht bestätigt.

»Monique. Die Kleine heißt Monique. Auf dem Bild war sie sieben.«

Volltreffer. Pauline machte es sich auf dem Sofa bequem, legte die Beine hoch, stopfte sich ein Kissen hinter den Rücken und war bereit, eine Geschichte zu hören. So verwirrend sie auch sein mochte, sie würde nichts an dem ändern, was sie in der Rue du Trésor erlebt hatte. Jean-Piere stand auf und goss zwei Fingerbreit Single Malt in einen Cognacschwenker.

»Möchtest du auch einen?«

»Ich nehme einen Schluck von deinem.«

»Mit meinen Eltern und meinem Bruder sind wir im Sommer immer in Capbreton gewesen, in Aquitanien nahe der Grenze zum Baskenland.«

Er nippte an seinem Glas, stellte es auf den Tisch neben einen Stapel der Monatszeitschrift *L'Œil* und setzte sich zu Paulinas Füßen auf den Boden.

»Mein Vater war Notar hier in Paris, er liebte das Meer und hatte ein Segelboot von ich weiß nicht wie vielen Metern Länge im Hafen von Capbreton. Wann immer der Atlantik es erlaubte, fuhren wir hinaus. Für meinen vier Jahre jüngeren Bruder Nico war das schlimmer als für mich. Die ersten drei Stunden Bootsfahrt hing er nur über der Reling. Nachmittags beim Nachhausekommen war er käsebleich und legte sich schnurstracks ins Bett, wo er sich zwei Tage von seiner Seekrankheit erholte, bis unser Vater beschloss, dass das Wetter gut genug war, um erneut in See zu stechen. So verbrachten wir zehn oder zwölf Sommer. Wir wohnten in einem etwas abgelegenen Häuschen mit schönem Meerblick, was du als Kind allerdings weder zu schätzen weißt noch genießen kannst. Uns machte es eher etwas aus, dass man, um ins Dorf zu gelangen, zehn Minuten bergauf und bergab mit dem Rad unterwegs war. Unsere alljährlichen Nachbarn, die Familie Letroux, mit der meine Eltern inzwischen gut befreundet waren, hatten eine Dänische Dogge, ein braunes Ungetüm, das größer war als ich. Ich mochte Hunde, aber keine Pferde. Und schon gar nicht ein solches Tier, das mit zwei Sprüngen den ganzen Garten durchquerte, als wollte es über dich herfallen und dich mit seinem Riesenmaul abschlecken. Nougat war der Hund von Anouk. Anouk Letroux, einziges Kind eines Elsässers und einer Norwegerin, war die Tochter unserer Nachbarn, und viele Jahre lang konnte ich sie nicht ausstehen. Sie war ein, *comme dirais-je*, teuflisches, ziemlich schräges Mädchen. Ich hatte so große Angst vor ihrem Hund, dass ich auch gegen sie Aversionen entwickelte. Mein Bruder, dem Nougat lieber war als unser Boot, verstand sich gut mit Anouk, denn sie waren gleich alt und beide echte Wildfänge. Nach und nach wurden wir natürlich älter, und in einem Sommer, als die Familie Letroux wieder nach Capbreton kam, hatte Anouk sich verändert. Brüste. Lippen. Sie war erwachsen geworden und nicht mehr so wild und ungebärdig.«

»Und ihr Hund schien dir auch nicht mehr so furchterregend.«

»Ganz recht, so könnte man sagen. Ich weiß das Jahr nicht mehr, aber ich war ungefähr siebzehn und sie dreizehn Jahre alt, sie war sehr viel ruhiger geworden, und eines Abends haben wir uns unter den Pinien neben ihrem Haus geküsst. Das war alles, nur ein Kuss. Am nächsten Tag trafen wir uns wieder, und diese Beziehung, wenn du es so nennen willst, setzte sich den ganzen Sommer über fort, mit Küssen und weiter nichts. Unschuldig, kindlich, ohne dass unsere Familien davon erfuhren. Später, während des Schuljahres, schrieben wir uns drei oder vier Mal, ich aus Paris, sie aus Colmar, und als wir uns im folgenden Sommer wieder begegneten, war es, als wäre nie etwas geschehen. Von dieser Zeit an wuchs jedoch unsere Freundschaft. Sie schloss sich unserer Clique an und trieb sich ständig mit uns Größeren herum. Sie war immer leicht aufbrausend, das hatte sie nie abgelegt, aber es musste nicht mehr alles nach ihrem Kopf gehen. Man konnte mit ihr reden, man konnte mit ihr lachen, und sie war ein netter, normaler, anständiger Teenager, wie mein Bruder und ich auch. Mir erzählte Anouk alles, sie stellte mir Fragen, wir hatten Spaß zusammen, aber mehr wurde nie wieder daraus. Wir sahen uns in den Sommerferien, und dabei blieb es. Vier Jahre lang, bis sie mich eines Tages aus heiterem Himmel anrief und fragte, ob sie zu Silvester nach Paris kommen könne, sie müsse etwas mit mir besprechen. Ich sagte, ja, klar. Sie nahm in Straßburg den Zug, stieg hier am Bahnhof aus, und als sie mir auf dem Bahnsteig entgegenkam, am 31. Dezember um sieben Uhr abends, sah ich wieder die alte Teufelin in ihren Augen. Sie fiel mir um den Hals, klammerte sich an mich und begann, laut zu schluchzen. Du musst mir helfen, Jean-Pierre, du musst mir helfen! Das wiederholte sie immerzu, sagte aber nicht, wobei. Allmählich fasste sie sich, ich nahm ihre Tasche, legte den Arm um sie, und so verließen wir schließlich den Bahnhof. Es waren wohl zwanzig Minuten vergangen, und ich wusste noch immer nicht, was los war. Wir setzten uns auf eine Bank auf der Place Saint-Lazare, und da eröffnete sie mir ohne Umschweife, sie sei schwanger.«

»Das habe ich mir schon gedacht. Mit siebzehn.«

»Mit siebzehn. Somit hatte sie ein gewaltiges Problem und flehte mich an, ihr zu helfen. Sie wollte mir nicht verraten, wer der Vater war, sie hat es mir nie gesagt, und ich habe sie nie gefragt, jedenfalls wollte der Junge offenbar nichts davon wissen. Er drückte sich frech vor seiner Verantwortung und überließ Anouk mit ihren siebzehn Jahren einfach sich selbst. Ihr hatte er gesagt, sie solle tun, was sie für richtig halte, und behauptet, er könne es sowieso nicht gewesen sein. Du kannst dir vorstellen, wie wir Silvester verbracht haben, in meinem Schlafzimmer auf dem Bett sitzend, sie weinend und ich bemüht, mir Lösungen für eine Schwangere im dritten Monat einfallen zu lassen, ohne recht zu wissen, wo ich ansetzen sollte. Ehrlich gesagt, wusste ich weder aus noch ein. Ich war einundzwanzig, hatte keine Schwestern und von diesen Dingen keine Ahnung, aber ich sagte ihr, ich hätte ein paar Ersparnisse, wir würden einen Arzt suchen, einen Ort, wo … Aber darüber war mit ihr überhaupt nicht zu reden. Sie wolle das Kind haben, sagte sie. Sie wolle es um jeden Preis bekommen. Sie wolle es zur Welt bringen, müsse aber einen Vater vorweisen …«

»Nein …« Pauline sah es schon kommen.

»Ich überlegte fieberhaft, was ich tun sollte. Anouk flehte mich an, vor aller Welt den Vater zu spielen, weil ihre Eltern sie schon allein dafür umbringen würden, dass sie sich hatte schwängern lassen, aber wenn sie nicht einmal einen Mann präsentieren könnte, würden sie sie ein zweites Mal totschlagen. Sie wären niemals Großeltern eines Bastards geworden. Anouk bettelte um meine Hilfe, schwor, zwischen uns werde sich nichts ändern, aber bitte, bitte, bitte …«

»Und du hast dich einwickeln lassen? Bitte sag, dass das nicht wahr ist.«

»Am 20. Mai wurde Monique Letroux Zanardi geboren, ein wundervolles kleines Mädchen, mit dicken schwarzen

Haaren … Die hatte sie vermutlich vom Vater. Zumindest sollte ihr erster Vorname Anouk sein.«

»Ich fasse es nicht.«

»Die Monate von Neujahr bis zu Moniques Geburt waren ein Albtraum. Wir fuhren zu ihren Eltern nach Colmar, um zu beichten und ihnen zu sagen, es sei uns ein Missgeschick passiert, wir wüssten auch nicht, wie, und dass wir entschlossen seien, die Konsequenzen zu tragen. Du kannst dir denken, wie sie es aufgenommen haben, Leute, die jeden Sonntag zur Messe gingen und erzkonservativ. Ihrer Tochter hätten sie am liebsten den Hals umgedreht, aber vor allem wollten sie mir an den Kragen, weil ich schon volljährig war, Anouk hingegen … Als ob ich mich zu allem Überfluss auch noch der Unzucht mit einer Minderjährigen schuldig gemacht hätte. Wochenlang drängten sie uns, noch vor der Geburt zu heiraten. Sie drängten uns nicht nur, sie verlangten es. Und da nahm ich Anouk beiseite und sagte ihr, ich hätte mich aus Freundschaft auf die ganze Sache eingelassen, um ihr zu helfen, um ihr bei der Lösung des größten Problems ihres Lebens zur Seite zu stehen, aber heiraten käme nicht in Frage, und darin waren wir uns einig. Meine Mutter, die ebenfalls ganz aus dem Häuschen war, fuhrwerkte dann auch noch dazwischen … Ein Riesenzirkus. Ich kann heute so darüber reden, weil es mittlerweile viele Jahre her ist, aber damals jagte ein Schrecken den nächsten, die Achterbahn war in voller Fahrt, und niemand konnte sie mehr aufhalten. Und dann fing in dem ganzen Durcheinander plötzlich jemand an zu rechnen und stellte fest, dass Anouk und ich Ende September gar nicht in Capbreton gewesen waren. Deshalb behauptete sie, ein Wochenende, an dem sie angeblich eine Freundin besucht hatte, in Wahrheit mit mir verbracht zu haben. Wir seien heimlich zusammen in Mülhausen gewesen, weil wir uns ineinander verliebt hätten. Ich war noch nie in Mülhausen gewesen, wollte auch nie dorthin. Aber so führte eine Lüge zur nächsten …«

»Warum, Jean-Pierre? Alles, um ihr aus der Bredouille zu helfen?«

»Was soll ich sagen? Ja, aus Mitleid, ich weiß es nicht. Aus Freundschaft, weil eine Freundin aus jugendlichem Unverstand in eine verzweifelte Situation geraten war, weil sie eine Wilde war, vor der ich eigentlich die Flucht hätte ergreifen müssen, an die ich mich seltsamerweise aber dennoch gebunden fühlte … Weil sie mir gefiel, weil ich sie vielleicht zu lieben glaubte. Warum? Ich spreche es ungern aus, aber damals dachte wohl in einer Art heroischer Verblendung, ein gutes Werk zu tun. Nehme ich jedenfalls an, ich kann es mir heute selbst nicht mehr erklären.«

»Und wo ist Monique jetzt? Lebt sie bei ihre Mutter?«

»Langsam. Nicht so eilig, das war jetzt der schöne Teil der Geschichte.«

»Ach herrje! Kaum zu glauben …« Paulina fühlte mit ihm, spürte jedoch zugleich einen Stich. Er unterstützte Anouk, weil er sie liebte.

»Das waren die glücklichen Zeiten. Die Kleine kam auf die Welt, ein gesundes, ausgeglichenes, wundervolles Kind. Anouk zog nach Paris, und wir wohnten in einem kleinen Appartement hier in der Nähe, kein Vergleich mit dieser Wohnung. Ohne Aufzug, zwei Zimmerchen, ein Gestank, von dem man nicht wusste, woher er stammte. Wir arbeiteten beide, damit es Monique an nichts fehlte, denn unsere Eltern hatten einstimmig erklärt, wir sollten zusehen, wie wir klarkämen. Jeder hielt mich für Moniques Vater. Und im Grunde war ich das ja auch. Mit einem Jahr konnte sie laufen, mit zwei Jahren sprechen, und Anouk und ich verfolgten gemeinsam ihre Fortschritte. Nach außen hin waren wir ein junges Elternpaar. Zu Hause vertrugen wir uns gut, wir lebten wie in einer Studentenbude, nur mit Kleinkind. Wir schliefen im selben Zimmer, in einem schmalen Bett, und manchmal, das will ich nicht leugnen, umarmten wir uns, befriedigten einander, was junge Leute eben so tun … Wir waren so beschäftigt, dass wir zum Ausgehen weder Zeit noch Lust hatten. Vormittags war ich als Bibliothekar in der Medizinischen Fakultät beschäftigt. Nachmittags fing ich an, in einer Galerie im Quartier Latin zu arbeiten. Monique nannte mich Papa, und ich liebte sie wie meine eigene Tochter. Ich weiß nicht, ob ich meine Sache gut gemacht habe. Ich weiß nicht, ob ich mich ihr gegenüber unbewusst zurückhielt. Ich glaube nicht, und ich habe wirklich alles gemacht. Ich habe sie gebadet, ihr die Windeln gewechselt, für sie gekocht, sie gefüttert, ihr vor dem Einschlafen Märchen vorgelesen, ihr die Nägel geschnitten. Alles. Was soll ich dir erzählen, was du nicht selbst kennst?«

»Vierundzwanzig Stunden, sieben Tage die Woche.«

»So ist es.« Jean-Pierre kniff sie komplizenhaft in den großen Zeh. »Eines Tages, als Monique sechs war, verschwand Anouk. Einfach so. Ich kam von der Arbeit nach Hause und hörte schon im Treppenhaus Moniques Geschrei. Ich ging hinein und fand sie allein in der Wohnung. Sie sagte, ihre Mutter sei schon seit Stunden fort, sie war hungrig, sie hatte vor Aufregung in die Hose gemacht und weinte unaufhörlich. In jener Nacht kehrte Anouk nicht zurück, auch in der nächsten und übernächsten nicht. Ein Drama. Nach zehn Tagen rief sie total gelassen aus Norwegen an und erklärte, sie könne nicht mehr, sie müsse einmal durchatmen und sei nach Marifjora gefahren, dem Dorf ihrer Großmutter. Weder sagte sie, es tue ihr leid, noch fragte sie nach dem Kind, als ob ihre Tochter gar nicht existierte. Und dann legte sie auf.«

»Und was hast du da gemacht?«

»Mit Anouks Mutter gesprochen, sie um die Telefonnummer der Großmutter in Norwegen gebeten und dort angerufen. Die Oma verstand überhaupt nicht, wovon ich redete, weil Anouk nämlich gar nicht bei ihr war, sondern sie schon seit vielen Jahren nicht mehr besucht hatte und sie sie auch in absehbarer Zeit nicht erwartete. Und ich saß mit der Kleinen zu Hause, ohne zu wissen, was ich ihr über ihre Mutter erzählen sollte. Eine Woche, zwei Wochen, drei, vier, ein Monat, zwei Monate, und als es fast drei Monate her war, dass sie sich aus dem Staub gemacht hatte, kam sie nach Paris, holte Monique von der Schule ab, und ich habe die beiden nie wieder gesehen. Nie wieder. Bis heute nicht.«

»Aber …«

»Bis heute nicht, Pauline. Wo sie sind? Ich weiß es nicht. Warum sie verschwunden sind? Keine Ahnung. Ich habe keinerlei Lebenszeichen erhalten, keine Erklärung, keinen Brief. Nichts. Rein gar nichts. Sie sind wie vom Erdboden verschluckt. Ihre Eltern in Colmar starben, erst der Vater, dann die Mutter, ohne zu erfahren, was aus Anouk und ihrer Enkelin geworden ist. Keine einzige Nachricht von ihrer Tochter. Nicht einmal zur Beerdigung ist sie erschienen. Niemand weiß, ob ihr überhaupt bekannt ist, dass ihre Eltern nicht mehr leben. Die hatten – laut meinem Vater, der ihr Notar gewesen war – Monique als ihre Alleinerbin eingesetzt. Von Anouk wollten sie nichts mehr wissen, deshalb hatten sie alles dem Kind vermacht, aber die beiden blieben unauffindbar. Und das ist die ganze Geschichte. Du hast mich gefragt, ob ich Moniques Vater bin. Nun, was meinst du?«

»Du lieber Himmel, das alles muss schrecklich für dich gewesen sein.«

Paulina fragte sich, ob Jean-Pierre die Sache deshalb so weh tat, weil er Anouk im Grunde liebte. Oder vermisste er womöglich Monique mehr als Anouk? Vielleicht fehlte ihm der Lärm eines kleinen Mädchens, das durch die Wohnung tollte, und er sehnte sich danach, die vielen Zeichnungen vom Boden aufzulesen, die das Kind mit den Zöpfen überall verteilt hatte. Und dabei hatte Paulina die ganzen Tage befürchtet, dieser Mann könnte sie für zu unreif halten. Seit sich am Abend der Hochzeitsfeier ihre Lippen berührt hatten, war sie überzeugt gewesen, er sei ein Held, um jetzt mit einem Mal festzustellen, dass sie es mit einem Überlebenden zu tun hatte. Zum ersten Mal, seit sie zusammen waren, fühlte sie sich Jean-Pierre nicht unterlegen. Der kippte den letzten Schluck Whisky herunter und versuchte, sich von dem Schmerz über die größte Niederlage seines Lebens nicht überwältigen zu lassen.

»Was meine Freunde wissen? Was deine Cousine weiß? Sie alle wissen, dass Anouk mich von heute auf morgen verlassen und unsere Tochter mitgenommen hat. Was nur du weißt? Dass ich nicht Moniques biologischer Vater bin und Anouk niemals geschwängert habe.«

»Was für eine grausame Geschichte, Jean-Pierre! Du hast dein Leben verpfändet, um einer Freundin zu helfen, die sich als herzloser Teufel entpuppte.«

»Keine schöne Geschichte, nein.«

»Du hast geliebt und wurdest benutzt.«

»Ich habe schon vor langer Zeit beschlossen, nicht mehr an sie zu denken. Das Recht zu vergessen sollte zum Grundrecht erhoben werden.«

»Erinnerungen sind keine Klappstühle, die man hinter der Tür verstaut, wenn der Besuch wieder gegangen ist. Es ist eine todtraurige Geschichte, aber es ist deine Geschichte.« Paulina nahm die Füße von der Couch und stellte sie auf den Boden, um näher an ihn heranzurücken. »Und ich bin sehr froh, dass du mich ins Vertrauen gezogen hast.«

»Heißt das, du liebst mich noch?«

Wie ein kleiner Junge kletterte Jean-Pierre aufs Sofa, kuschelte sich an sie und schmiegte seine Wange an ihre. Eine Zeit lang hielten sie sich und weinten. Zu viele Jahre lang hatte Jean-Pierre seine Trauer verborgen, so gut er konnte, Monique vermisst und Anouk verflucht. Auch wenn er es sich nicht anmerken ließ, war die Wunde doch noch nicht verheilt. Paulina tat es in der Seele weh, Jean-Pierre so außer sich zu sehen. Sie verstand nicht, wie dieser hinreißende Mann, der so selbstsicher, charmant und souverän war, eine solche Tragödie mit sich herumschleppen konnte. Wie schaffte er es, mit diesem Schmerz zu leben? Hätte sie einen ähnlichen Verlust verkraftet? Und wenn sich Anouk ihm gegenüber so gemein verhalten hatte, warum hatte er dann nicht längst den Namen seiner Galerie geändert? Vielleicht hoffte er immer noch … Und wenn sie zurückkäme, würde er ihr dann verzeihen? Paulina behielt diese Zweifel für sich. Solange Jean-Pierre das Thema nicht mehr zur Sprache brachte, war sie bereit, Anouk, Monique und diese ganze bittere Episode nie wieder zu erwähnen oder daran zu rühren. Welche Ansprüche hatte sie denn auch? Letzten Endes würde sie am selben Abend abreisen, ohne zu wissen, ob sie diesen Mann je wiedersehen würde, bei dem sie sich so weiblich gefühlt hatte wie nie zuvor. So begehrenswert, so attraktiv. Sie hatte noch nie so intensiv gelebt wie in diesen fünf Tagen in Paris. Würde sie ab morgen auf den Menschen verzichten können, der sie gelehrt hatte, jeden Augenblick zu leben, als stünde in einer Viertelstunde das Ende der Welt bevor?

Nachdem er seine Tränen getrocknet hatte, stopfte Jean-Pierre seine Pfeife und machte die Tür zu seiner Vergangenheit wieder zu. Er spürte, dass es ihm gutgetan hatte, sich auszusprechen. Endlich hatte er jemanden gefunden, dem er sein Leid anvertrauen konnte. Und plötzlich interessierte ihn nur noch die Zukunft und die Person, die alle seine Barrieren eingerissen hatte.

»Rühr dich nicht vom Fleck. Wir können sofort essen. Aber eine Sache ist da noch, die wir bisher noch nicht getan haben und die ich zu gern noch tun würde. Ich möchte, dass du etwas probierst. Bleib, wo du bist, hörst du?«

»Ja, ja«, sagte Paulina gehorsam.

Jean-Pierre stand auf und ging in die Küche. Sie lauschte auf die Geräusche und versuchte zu erraten, was er machte. Er öffnete den Kühlschrank. Dann zog er einen widerspenstigen Korken aus einer Weinflasche und füllte mit solchem Scheppern den Eiskübel, dass jede Überraschung dahin war. Dann noch einmal die Kühlschranktür, und es dauerte eine Weile, bis sie wieder zufiel. Er kramte in einer Schublade zwischen Schöpflöffeln und Küchenzangen. Bestimmt suchte er einen Büchsenöffner. Wenn sie die Ohren spitzte, meinte sie das metallische Knirschen zu hören, als das Blech nachgab ... Geschickte Finger wie die Jean-Pierres sollten kein Problem mit einer Konservendose haben. Ein Teller, das Klappern war eindeutig.

»Schließ die Augen, ich komme.«

»Okay.« Sie presste die Lider zusammen.

Zuerst stellte er den Flaschenkühler und zwei Gläser auf den Tisch. Dann wedelte er mit der Hand vor ihrem Gesicht herum, um sich zu vergewissern, dass sie nicht schummelte.

»Ich liebe dich.«

»Darf ich gucken?«

»Nein!« Seine Schritte entfernten sich wieder Richtung Küche.

Er holte noch etwas und schlich sich zurück ins Wohnzimmer. Lautlos näherte er sich Paulina. Sein Atem verriet ihn.

»Lass ja die Augen zu. Vor allem jetzt.«

»Aber …«

»Vertrau mir.«

Sie hörte ihn etwas auf einem Teller schneiden. Auf einer Untertasse, dem hellen Klang nach.

»Nicht die Augen aufmachen. Nur den Mund. Ein wenig. Ich halte dir jetzt auf der Messerspitze etwas hin. Sei vorsichtig. Einverstanden?«

»Und wenn …«

»Vertrau mir. Du wirst es mögen, glaub mir. Keine Sorge. Auch wenn du es im Mund hast, mach die Augen nicht auf. Nicht kauen, lass es langsam im Mund zergehen. Bereit?«

»Bereit«, sagte Paulina, eher ängstlich als neugierig.

Mit den Zähnen berührte sie das Messer, wobei sie die Zunge einrollte, um sich nicht zu schneiden.

»Mmmh …«

»Augen zulassen.«

»Das ist *foie*!«

»Koste es. Nimm jede Geschmacksnuance wahr. Nicht zubeißen, lass es sich auflösen wie ein weiches Karamellbonbon.«

Sie tat genau, was er sagte. Auch er hatte sich inzwischen ein Stückchen in den Mund gesteckt und zwei Gläser Riesling eingeschenkt. Er schwieg und sah ihr zu, wie sie schwelgte. Er hatte sie dazu gebracht, jede einzelne Note wahrzunehmen. Einen sich langsam entwickelnden, frischen Geschmack, Anklänge von bitteren Früchten, Tabak, Salz und einen Hauch schmelzender Schokolade, der sich nach und nach, cremig, zart, zwischen Zunge und Gaumen ausbreitete.

»Das ist köstlich, Jean-Pierre.« Sie schlug die Augen auf. Er reichte ihr ein Glas und setzte sich neben sie.

»Es ist Gänseleber. Milder als die von der Ente. Ich mag sie lieber.«

»Und dabei habe ich dich auf den ersten Blick für einen dieser Junggesellen gehalten, die nicht mal einen Teelöffel im Haus haben.«

»Für Überraschungen bin ich gut. Man darf es damit nicht übertreiben, aber es gehört zu den großen Genüssen des Lebens.«

»Und das ist unser Mittagessen, mein Schatz?«

Er schnitt ein weiteres Würfelchen ab, das Paulina im Mund zergehen ließ. Instinktiv schloss sie die Augen – und würde sie fortan jedes Mal schließen, wenn sie Leberpastete aß –, um sich ganz auf die unterschiedlichen Aromen zu konzentrieren und nie diese Überraschung zu vergessen, die ihr Jean-Pierre bereitet hatte, jener Mann, der jeden Augenblick in etwas Besonderes zu verwandeln wusste.

»Für dich waren diese Tage ein Heimspiel. Das ist nicht fair. Du hast mich an Orte geführt, mir Dinge gezeigt, mich mit Paté verwöhnt, und der Wein und deine Musik und die Honigtropfen. Du musst ja denken, ich hätte gar keine Initiative. Du hältst mich am Ende noch für eine Langweilerin.«

»Dann bleib hier. Bleib hier und beweise mir, dass auch du für Überraschungen gut bist. Bleib bei mir.«

Paulina bedeckte ihr Gesicht mit den Händen. Sie wusste, dass nun das Thema auf dem Tisch war, von dem sie beide gewusst hatten, dass es irgendwann zur Sprache kommen musste. Es war das erste Mal, dass Jean-Pierre sagte, bleib bei mir. Sie hatte so gewollt, dass er es sagen würde. Sie hatte es sich aus tiefstem Herzen gewünscht. Aber sie hatte sich auch davor gefürchtet. Doch obwohl sie diese Worte gefürchtet hatte, war die Angst, Jean-Pierre würde sie niemals aussprechen – aus Vorsicht oder weil es ihm ganz recht war, dass ihre Liebe ein Verfallsdatum hatte –, noch größer gewesen.

»Bleib«, wiederholte er eindringlicher, entschiedener.

»Tu mir das nicht an, Jean-Pierre.«

»Bleib, bleib bei mir. Wir leben hier oder wo immer du willst, wir arbeiten zusammen in der Galerie, und wenn dir danach ist, reisen wir um die Welt oder bleiben für immer in Paris. Wir tun alles, wozu du Lust hast.«

»Sprich nicht so mit mir. Du weißt doch, ich …«

»Ich muss aber, Pau. Diesmal werde ich an mich denken. Jetzt bin ich an der Reihe. Ich habe viel für andere getan und mir dabei oft genug die Finger verbrannt, ich weiß, wie es sich anfühlt, wenn das, was du liebst, für immer aus deinem Leben verschwindet. Ich weiß, dass sich eine Gelegenheit wie diese nur einmal bietet. Jetzt oder nie. Lass es uns wagen.«

»Du alter Eigenbrötler würdest dich nie daran gewöhnen können, mit …«

»Benutze nicht mich als Ausrede. Ich weiß, was ich will. Ich weiß, es ist das Einzige, von dem ich will, dass es die nächsten vierzig Jahre so bleibt. Lass es uns gemeinsam wagen.«

»Ich habe Familie, mein normales Leben, Verpflichtungen, ich …« Sie legte ihren Kopf auf seinen Bauch. »Jean-Pierre, Liebster, sag es nicht noch einmal. Sag es kein zweites Mal.«

»Drei Mal, so oft wie nötig, wenn du mir eine winzige Chance einräumst.«

Jean-Pierre beugte sich zu ihr und küsste sie auf die Stirn. Er wartete auf eine Antwort, ahnte aber, dass Pauline nichts mehr sagen würde. Er wartete und spielte mit ihrem Haar, strich die Pony-Fransen zur einen, dann zur anderen Seite, wie das Pendel einer Uhr, die kurz davor ist stehenzubleiben.

»Für mich ist es einfacher, das sehe ich ein. Ich sehe auch ein, dass du in deinem Leben fest eingerichtet bist, aber genau darum geht es doch. Um das Leben. Wir haben nur eines, nur dieses eine, und das müssen wir nutzen. Du bist zu jung, um den Rest deiner Tage zu bedauern, dass du nicht das tun kannst, was du am liebsten tun würdest. Wir lieben einander viel zu sehr, um uns für alle Zeiten vorzuwerfen, dass wir nicht zusammen sind – wenn es das ist, was wir uns beide wünschen.«

»Ob ich mir das wünsche? Das ist doch gar keine Frage!« Sie hob den Kopf und blickte ihn voller Verzweiflung an. »Natürlich wünsche ich es mir. Daran solltest du bitte niemals zweifeln. Was immer geschieht, daran darfst du nicht zweifeln.«

»Aber?«

»Es würde nicht gut gehen, Jean-Pierre. Das waren jetzt fünf Tage. Du bist es gewohnt, allein zu leben, ich habe eine kleine Tochter …«

»Hol sie her.«

»Das ist nicht so einfach.«

»Sie soll herkommen, ich habe das schon in Betracht gezogen.«

»Du und ich, hier mit einem Kind, das ist nicht dasselbe …«

»Ich weiß, was es heißt, mit einem Kind zu leben. Ich war gern Vater.«

Paulina schoss plötzlich ein Gedanke durch den Kopf. Und wenn Jean-Pierre ihr vorschlug, zu ihm zu ziehen, um wieder eine Tochter zu haben und gar nicht so sehr um ihretwillen? Sie verscheuchte diese Idee sofort und für immer. Sie durfte sich nicht von ihren überreizten Nerven aufs Glatteis führen lassen. Keinen Augenblick lang wollte sie Jean-Pierre unterstellen, er würde Gina brauchen, um sich über den Verlust seiner Monique hinwegzutrösten. So hinterlistig konnte ihr Geliebter nicht sein. Jean-Pierre war nicht so.

»Einmal abgesehen von meiner Tochter, die ich aus diesem Gespräch gern heraushalten möchte, ist ein gemeinsamer Alltag etwas anderes als fünf perfekte Tage. So unübertrefflich, so unvergesslich, so traumhaft schön, aber eben doch fünf Tage. Das sage ich dir mit dem Herzen in der Hand. So habe ich es empfunden. Und dir« – sie wollte ihrer Frage keinen anklagenden Unterton geben –, »was bedeuten dir diese fünf Tage?«

»Nicht die Tage bedeuten mir etwas. Du bist es. Jemand wie du. Meine Geliebte, meine Erlösung. Wir wissen nicht, was die Zukunft bringt. Das Leben ändert ständig seinen Lauf, und wir wissen nicht, was uns morgen erwartet. Es ist kein Bild, kein Kunstwerk, beendet, gerahmt und ausgestellt. Wir können es zusammen malen, in den Farben, die du dir aussuchst. Jetzt, da wir uns gefunden haben, brauchen wir uns keine Grenzen zu setzen.«

»Jean-Pierre …«

»Wie auch immer es von jetzt an weitergehen mag, wir wissen, dass wir beide uns gegenseitig erlöst haben. Wir sind uns begegnet, um einander zu erlösen, dessen bin ich mir sicher.

Ich bin verliebt, zum ersten Mal begreife ich, was es heißt, verliebt zu sein, und schon das wird uns für immer bleiben. Ich habe mein Herz geöffnet und bin unsagbar glücklich. Ich habe nicht gewusst, dass man sich so fühlen kann. Vor vielen Jahren, als ich auf der Universität war, glaubte ich einmal, verliebt zu sein, doch jetzt erst erkenne ich, was Liebe ist. Ein neues Gefühl, eine Gewissheit, wie es keine zweite gibt. Unvergleichlich, unverkennbar. Natürlich war ich mit anderen Frauen zusammen, verheirateten, attraktiven, kultivierten … Ich weiß nicht, was dir deine Cousine über mich erzählt hat, aber keine hat mir je etwas bedeutet. Wie hast du das gemacht, Liebste, du ganz allein? Ich musste fünfundvierzig Jahre warten, um zu lernen, was es heißt, verliebt zu sein. Lass uns das Leben feiern, es gemeinsam feiern, dieses unglaubliche Wunder.«

Paulina, die nichts sagen wollte, was sie bereuen könnte, rang mit sich, um sich nicht von Jean-Pierres flammender Rede mitreißen zu lassen.

»Mein Vater erzählte immer, seine Eltern hätten so oft ›Ich liebe dich‹ gesagt, dass es mit der Zeit nur noch eine leere Formel war, wie guten Morgen oder gute Nacht. Ohne Gefühl. Und sie wurden steinalt und lebten immer zusammen, doch ihre Gefühle waren nur ein Satz …«

»Wir sind ja keine neunzig, du und ich …«

»Mein Vater sagte, ›Ich liebe dich‹ sei ein Satz, den man nur Buchstabe für Buchstabe aussprechen sollte. Und jetzt sehe ich …« Paulina stockte.

»Dass er recht hat. Bis gestern habe ich dir nicht gesagt, dass ich dich liebe. Und dann habe ich es ganz bewusst gesagt. Und du hast es mir gesagt, auf Französisch. Und sooft wir es seit gestern wiederholt haben – wir haben nicht mitgezählt –, haben wir es uns Buchstabe für Buchstabe gesagt und es entgegengenommen, als wäre es das erste Mal oder der letzte Wille.«

»Ich weiß. Mir geht es genau wie dir. Es ist so, Jean-Pierre, und ich wollte, du könntest in mich hineinschauen, damit du siehst, dass ich dasselbe fühle wie du.«

»Aber?«

»Aber.«

»Was kann ich tun, um diesen Panzer zu durchbrechen, mit dem du dich gerade umgibst, Pauline? Ich werde dich immer mit der Intensität dieser Tage lieben. Das Glück haben wir uns verdient, Glück muss man wollen und etwas dafür leisten. Es gibt nichts umsonst, und um die Liebe muss man erst recht kämpfen.«

»Jean-Pierre, ich wüsste nichts, was ich lieber täte …«

»Aber dann …« Als er die Tränen in Paulines Augen sah, verstummte er. Ein Tropfen löste sich und rollte ihr übers Gesicht, er legte seine Hand auf ihre Wange, wischte die Träne mit dem Daumen ab und streichelte sie.

»Manchmal geschieht in Jahrzehnten nichts, und manchmal ereignet sich in einer Woche mehr als in zehn Jahren. So ergeht es uns gerade.«

»Das hast du schön gesagt, Jean-Pierre.« Sie riss sich zusammen, um nicht laut aufzuschluchzen.

»Das ist von Lenin.« Spitzbübisch zog er die Augenbrauen hoch. »Ich habe dir doch gesagt, dass ich ein Linker bin.«

Sie lachten. Wieder lachten sie zusammen, ein bisschen zu laut, um ihre Nervosität zu überspielen. Diese fünf Tage hatten nicht nur aus Orgasmen, Blicken und Gesprächen bestanden. Sie hatten auch sehr viel gelacht, übermütig, von jeder Last befreit. Es war, als wären sie allein auf der Welt gewesen.

»Essen wir?«

»Gehen wir ins Bett.«

Obwohl es ihnen auf der Zunge lag, traute sich keiner von beiden, es laut zu sagen. Dennoch wussten sie, dass der Satz unvollständig war, weil er unausgesprochen ein schmerzliches, abschließendes »zum letzten Mal« enthielt.

»Dann werde ich deine Hilfe brauchen.« Sie setzte sich auf die Bettkante und hielt ihm die Cowboy-Stiefel entgegen. »Machst du mir bitte den Stiefelknecht?«

Schweigend liebten sie sich ein letztes Mal.

Anziehen konnte sie die Stiefel allein. Sie schloss die Häkchen ihres Büstenhalters, und ehe sie in das in Saint-Honoré erstandene T-Shirt schlüpfte, ging sie ins Bad und fuhr sich mit der langborstigen Bürste, die sie immer in der Handtasche hatte, durch die Haare.

»Um wie viel Uhr geht dein Flieger?«

»Ich will um fünf in Orly sein.«

»Dann sollten wir uns sputen.«

Umso besser, dachte Paulina, so wird der Abschied kürzer. Bis jetzt hatte sie versucht, nicht eine Sekunde daran zu denken, doch der Zeitpunkt rückte näher, und wenn es so weit war, sollten sie ihn nicht unnötig in die Länge ziehen. Leidvolle Momente sollte man so rasch wie möglich hinter sich bringen. Jean-Pierre trug ihr Gepäck über den Bürgersteig der Rue du Trésor zu der Garage, wo sein Auto stand. Sie hatte weder der Wohnung, noch dem Aufzug, noch der Sackgasse im Marais Lebewohl gesagt, wo sie ihre verborgensten Facetten entdeckt hatte. Nie war sie so weit weg von zu Hause und sich selbst so nah gewesen.

Im Auto – einem Citroën mit großem Kofferraum, ideal für den Transport von Bildern – sprachen sie wenig. Beide wollten vermeiden, dass ihre Worte durch den bevorstehenden Abschied eine Bedeutsamkeit bekamen, die ihnen vielleicht gar nicht zukam. Das Grau in Grau der Pariser Vororte war ohnehin nicht dazu angetan, eine romantische Stimmung zu erzeugen. Jean-Pierre war unschlüssig, ob er noch einen letzten Versuch unternehmen sollte. Wäre es sehr unverschämt, noch einmal zu wiederholen, sie solle bleiben? Er war nahe daran, alle Vorbehalte über Bord zu werfen und ihr zu sagen, sieh mal, geliebte Pauline, meine große Liebe, du machst einen Fehler, wenn du jetzt gehst, hier wärst du glücklich, und du weißt, auch wenn du es dir nicht eingestehen kannst, dass du zu einem Ehemann zurückkehrst, auf den du dich nicht mehr freuen kannst, mit dem du aus purer Gewohnheit lebst, an den du dich gewöhnt hast wie man sich ans Gluckern der Heizung gewöhnt.

»Dein Auto riecht gut, was ist das?«

Er gab es auf. Offenbar hatte Pauline die Rüstung für ihre Heimreise bereits angelegt.

»Zitrus. Ich mag diesen Duft. Es hält ungefähr zehn Tage. Danach …«

Er brachte den Satz nicht zu Ende. Die Bemerkung, dass jeder Duft im Nu wieder verflogen sei, verkniff er sich. In letzter Minute den Zyniker heraushängen zu lassen, wäre unangebracht. Pauline hätte es nicht verstanden. Und nicht verdient. Sie reiste ab, weil sie ein Flugticket hatte, weil sie bei ihrem Aufbruch bereits gewusst hatte, dass sie am Dienstag wieder zu Hause in Barcelona sein würde bei ihrer fünfjährigen Tochter und ihrem Ehemann, den sie beide fünf Tage lang aus allen ihren Gesprächen mit Bedacht ausgeklammert hatten. Auf der Autobahn legte sie ihre Hand auf den Schaltknüppel, und Jean-Pierre gab sie nicht mehr frei, bis er anhalten musste, um am Flughafen den Parkschein zu ziehen.

»Sind da alle deine Sachen drin?« Scheinbar mühelos hob Jean-Pierre den Koffer aus dem Wagen. In Wahrheit wollte er sich die Anstrengung nur nicht anmerken lassen.

»Ich habe Júlia ein paar Klamotten geschenkt. So wiegt er weniger.«

»Ich weiß gar nicht, wie ich deiner Cousine begegnen soll, wenn ich sie das nächste Mal sehe.«

»Benimm dich einfach wie immer.«

Der Fahrstuhl brachte sie direkt zum Terminal für internationale Abflüge von Air France.

»Trinken wir noch einen Kaffee?«

»Ich würde ihn lieber drin trinken. Solche Situationen sind … Auf Flughäfen ist man drinnen einfach am besten aufgehoben.«

»Na, dann los.« Orly war für Jean-Pierre eine zweite Heimat. Wegen der Kunstmessen und der Jagd auf Schmetterlingsbücher brachte er es auf bis zu dreißig Flugreisen pro Jahr.

»Behalte unsere Geschichte für dich.«

»Natürlich, Pauline.«

»Ich schreibe dir bald.«

»Du weißt, wo du mich findest, wenn ich irgendwann verschollen sein sollte.«

Paulina senkte den Blick. Jean-Pierre legte ihr zwei Finger unters Kinn, damit sie aufschaute.

»Gute Reise.«

»Danke, gleichfalls.«

Beiden entwischte ein freudloses Lachen, auf dieselbe Weise, auf die Paulina dieses »Danke, gleichfalls« herausgerutscht war, ein unwillkürlicher Reflex, reiner Kulturformalismus. Sie küssten sich kurz, ihre Lippen streiften sich nur flüchtig, und bevor ihre Hände sich losließen, war sie es, die als Letzte sprach.

»Ich liebe dich. Buchstabe für Buchstabe. Hörst du? *Je t'aime.*«

In Jean-Pierres Augen sah sie die Trauer über die verpasste Chance. Und danach konnten sie sich nichts mehr sagen.

Am Boden zerstört passierte sie die Ausweiskontrolle. Ihr Herz kämpfte mit Wut, Ärger, Gram, Unruhe, Erregung, Beklommenheit und der Sehnsucht nach den vergangenen Tagen, die sie schon jetzt überfiel. Der Polizeibeamte, der hinter einer Glasscheibe hockte wie ein Affe im Zoo, sah sich ihr Foto an und blickte ihr dann ausdruckslos ins Gesicht. Sie war nicht die erste Frau, die er am Flughafen weinen sah. Aber dass die Frau auf dem Passfoto hübscher war als die, die vor seinem Schalter stand, mit ihrer vor Selbstbeherrschung verkniffenen Miene, das war seit Jahren nicht vorgekommen. Er stempelte ihren Pass ab – Orly-Paris-France, 16. Juni 1981 –, während er gleichmütig auf seinem Kaugummi herumkaute.

»Allez-y.«

»Merci«, stammelte sie und ließ das Dokument in die Handtasche fallen.

Nachdem Paulina die Sicherheitskontrollen hinter sich gelassen hatte, wandte sie den Kopf nicht mehr um und schritt voran. In die Zukunft, in die Vergangenheit. Sie wollte nicht, dass das Letzte, was Jean-Pierre von ihr sah, ein tränenüberströmtes Gesicht war. Sie wagte es nicht, sich noch einmal nach ihm umzudrehen. Denn dann hätte sie vielleicht, nein, ganz sicher, auf dem Absatz kehrtgemacht und wäre, ungeachtet aller Tabus und Zollgrenzen, zurück in seine Arme geflogen. Eine einzige Geste Jean-Pierres hätte ausgereicht, um alles zum Teufel zu jagen, das wusste sie. Er hätte sie nur mit diesem bestimmten Blick ansehen oder ihr einen Handkuss zuwerfen müssen und Paulina hätte nicht die Kraft gehabt, ihren Weg durchs Terminal, vorbei an Toblerone-Stangen und Parfüm, fortzusetzen.

Wenn sie sich allerdings tatsächlich nach Jean-Pierre umgedreht hätte, hätte sie ihn dort im blassen Licht der Flughafenhalle stehen sehen, allein, die Hände in den Taschen, die Pfeife im Mund und die Augen weit aufgerissen. Mit dem leeren Blick eines Angeklagten, der resigniert sein Urteil vernimmt. Die Strafe, kalt und unbarmherzig, wie sie war, hatte ihn erstarren lassen. Er war sich sicher, dass ihm gerade die Liebe seines Lebens verloren ging, und diesmal war er so nah dran gewesen. Er fragte sich, ob er genügend um sie gekämpft hatte. Wie in einem deutschen Requiem ertrug er den Schmerz in unbedingter Einsamkeit.

Kaum dass auf der Tafel des Flughafens El Prat die Landung des Air-France-Fluges angezeigt wurde, kletterte Gina auf die Schultern ihres Vaters. Sie wollte um jeden Preis die Erste sein, die ihre Mutter erblickte, sobald sich die automatischen Rauchglastüren öffneten.

Der Motor gab einen letzten Seufzer von sich, als das Flugzeug um einundzwanzig Minuten nach acht auf der Landebahn zum Stillstand gekommen war, an einem Dienstag, an dem es ein bisschen mehr Liebe auf der Welt gab.

Und ein bisschen mehr Leid, denn das eine ist ohne das andere nicht zu haben.

»Mama! Mama, hier, ich bin hier! Was hast du mir mitgebracht?«

13.

Dreimal um den Block

Gina empfing Biel in ihrer Dachwohnung im Carrer Tuset, ohne Zeit gehabt zu haben, die Wohnung in Ordnung zu bringen. Er war mit einer mittelgroßen Schachtel Eistrüffel und einem zwei Wochen alten Bart erschienen, den er mit den Worten begründete: Die Haare, die ich früher auf dem Kopf hatte, habe ich heute im Gesicht. Gina lachte. Wahrscheinlich war er immer noch der Hässlichste der Klasse, aber er hatte seine dichten Augenbrauen in Form gebracht, und irgendwie konnte sie Glatzköpfen etwas abgewinnen. Sie forderte ihn auf, sich hinzusetzen, servierte ihm einen Himbeerblättertee und konnte es kaum abwarten, ihm die drei Briefe zu geben, die sie aus Tante Júlias Schachtel genommen hatte, nachdem diese gestorben war. Während Biel las, machte sie hastig das Bett und fuhr mit einem feuchten Lappen über die Marmorplatte in der Küche. Dass sie so viele Stunden in der Universität verbrachte, war die perfekte Entschuldigung dafür, den Haushalt von Montag bis Freitag zu vernachlässigen. So blieb ihr am Wochenende nichts anderes übrig, als aufzuräumen und zu putzen. Als sie ins Esszimmer zurückkam, war Biel verschwunden. Er hatte die Tür zur Terrasse geöffnet und las den dritten Brief draußen.

»Weinst du etwa?«

»Ich? Nein, nein …«

»Du bist beim letzten Brief, nehme ich an.«

»So was von gefühlvoll, der arme Kerl.« Er wischte sich mit dem Hemdsärmel über die Augen.

»Jean-Pierre, meine Mutter und ihre Cousine. Was für ein Trio! Und warum sie wohl über Tante Júlia korrespondiert haben – findest du das nicht sehr eigenartig?«

»Der hier …« Biel sah sich noch einmal den Umschlag des Briefes, den er gerade las, an, um sicherzugehen. »Ja, das scheint tatsächlich der Brief zu sein, den Jean-Pierre direkt nach dem Tod deiner Mutter an deine Tante geschrieben hat.«

»Tante Júlia war jedenfalls die Einzige, die über alles Bescheid wusste, und sie hat niemals und niemandem etwas davon verraten.«

»Auch ihrem Mann nicht?«

»Alain? Ich glaube nicht.«

»Du glaubst oder weißt du es?«

»Ich weiß es. Gefühlsmäßig, sozusagen.«

»Hast du Alain gefragt?«

»Ich habe meine Cousinen damit beauftragt. Ich denke, vor mir, Paulinas Tochter, hätte er sich nicht getraut. Und sollte er tatsächlich etwas wissen, würde er es mir vielleicht sowieso nicht sagen. Alain konnte Tratsch nie leiden.«

»In einem der Briefe, ich glaube, im ersten, schreibt Jean-Pierre deiner Mutter, er wolle nicht, dass sie lügen müsse, um ihre Geschichte geheim zu halten. Das ist stark.«

»Ja, ja, das steht am Schluss des ersten Briefs.«

»Und?«

»Ob sie ihre Geschichte geheim gehalten hat?« Gina setzte sich auf die Holzbank, die auf der Terrasse stand. »Ich habe meinem Vater neulich einen Besuch abgestattet.«

»Wie geht es ihm?«

Sie zuckte die Achseln und zog ein enttäuschtes Gesicht. »Ehrlich gesagt, ich erkenne ihn kaum wieder. Ich hoffe, ich werde später nicht mal so wie er.«

»Was soll das heißen, du erkennst ihn nicht wieder?«

Biel setzte sich neben sie. So konnten sie beide ins Nichts schauen, während sie redeten, und brauchten sich nicht dabei ins Gesicht zu sehen.

»Vielleicht ist das ja auch nur mein Eindruck, keine Ahnung.« Sie merkte, dass Biel dies als Erklärung nicht reichte. »Er ist einfach schlecht drauf. Für zwei kleine Kinder, meine Halbbrüder, ist er, offen gesagt, schlicht zu alt. Weder erzieht er sie, noch kümmert er sich um sie, sie stellen alles auf den Kopf, und er hat sie immer gewähren lassen, sodass sie jetzt nicht mehr zu bändigen sind. Wie zwei Tsunamis. Und Mire, seine Frau … was soll ich sagen? Die beiden sind nie einer Meinung. Ich weiß nicht, ob mein Vater wieder geheiratet hat, um nicht allein zu sein, oder ob sie ihn einfach drangekriegt hat. Verliebt? Vielleicht hat er am Anfang geglaubt, er sei verliebt. Jetzt nicht mehr, jetzt ist es öde. Und er kommt mir vor, als lebte er so vor sich hin und wäre sogar zu schlapp, irgendwelche Pläne über seinen Alltagstrott hinaus zu machen. Und das, obwohl er rein äußerlich ein toller Mann ist. Ohne den Schnauzbart sieht er sogar noch jünger aus, als er ist.«

Gina schämte sich ihres Vaters nicht. Im Gegenteil. Aber es gefiel ihr nicht, dass er sich mit einem Leben zufriedengab, das so fad war wie ein kaltes Rührei. Er tat ihr leid, das war der richtige Ausdruck. Sie hatte das nie laut geäußert, und während sie Biel nun davon erzählte, merkte sie, wie unangenehm es ihr war, so über ihren Vater reden zu müssen.

»Hat er nicht immer gern Karten gespielt?«

»Ja. Zum Glück geht er noch pokern, das ist ihm heilig. An zwei Abenden in der Woche trifft er sich mit seinen alten Freunden. Allerdings ist einer von ihnen kürzlich an einem Herzinfarkt gestorben, während er eine Tennispartie im Fernsehen verfolgte. Er fehlt ihnen sehr, und sie mussten Ersatz suchen, aber mein Vater sagt, es sei nicht mehr dasselbe. Sie sind alle alt geworden, weißt du, und manchmal versuche ich mir vorzustellen, wie sein Leben an der Seite meiner Mutter verlaufen wäre.«

»Meinst du, er weiß etwas von dem, was damals in Paris geschehen ist?«

»Genau das ist die Frage.«

Eines Sonntags war Gina, wie an vielen anderen Sonntagen, zum Mittagessen nach Hause gekommen, in ihr früheres Zuhause. Ihr Vater hatte mit seiner neuen Familie wohl alle Hände voll zu tun, denn er hatte an der Wohnung im Carrer de Muntaner kaum etwas verändert. Das Esszimmer sah aus wie immer, so als müsste Paulina am nächsten Tag wiederkommen. Er hatte nur das eine oder andere Bild ausgetauscht und Sessel und Sofa neu beziehen lassen. Und da die beiden Kinder überall herumturnten und von niemandem aufgefordert wurden, die Schuhe auszuziehen, würde er sie bald noch einmal beziehen lassen müssen. Abgesehen von den Elektrogeräten war auch die Küche wie früher, mit diesen hellen Resopal-Schränken, die sie selbst als Kind so oft auf- und zugemacht hatte. Die Magnete mit ihren Polen, die sich anzogen oder abstießen, schienen ihr damals eins der ganz großen Geheimnisse des Universums zu sein. Von ihrem Mädchenzimmer dagegen war nichts übrig. Nicht einmal das Schwarzweiß-Poster des Publikums mit den 3D-Brillen hing noch an der Wand. Der Raum war inzwischen das Schlachtfeld von Edu und Nico. Ihre kleinen Brüder, sechs und acht Jahre alt, schliefen dort in Etagenbetten, und damit es keinen Streit gab, wer auf der von beiden bevorzugten oberen Matratze liegen durfte, spielten sie wöchentlich eine Partie Play Station um dieses Vorrecht, die regelmäßig in Geschrei und Tränen endete. Das Elternschlafzimmer hatte sie, seit ihr Vater mit Mireia zusammenlebte, nicht mehr betreten. Aus Vorsicht. Gina legte Jacke und Motorradhelm aufs Sofa, gab jedem zwei Küsschen, und sie setzten sich zu Tisch, ohne dass Zeit gewesen wäre, Edu und Nico, die sie schon kampflustig erwarteten, wenigstens durchzukitzeln. Seit Mire im Haus war, wurden offenbar sämtliche Namen abgekürzt. Was jedoch nicht allein Mireias Schuld war. Sie selbst hieß schließlich auch Georgina und wurde schon ihr Leben lang Gina gerufen. Wenigstens Manuel, der Name ihres Vaters, hatte noch alle seine Silben.

Mires Reisgericht war nicht gerade eine Offenbarung. Edu sortierte die Paprikastückchen aus, Nico die Muscheln und Gina, um nicht unhöflich zu erscheinen, schluckte das geschmacklose Gemisch klaglos herunter. Doch mit jeder Gabel dachte sie, dass sie wegen der vielen Zwiebeln den ganzen Nachmittag würde aufstoßen müssen. Schon vor dem Dessert und ohne dass jemand Einspruch erhoben hätte, spielten die beiden Jungen im Flur Fußball. Wenigstens kickten sie mit einem Schaumstoffball, damit nichts zu Bruch ging, sofern überhaupt noch irgendetwas heil war. Nach einem koffeinfreien Kaffee verzog sich Mire diskret, wie jeden Sonntag, damit Vater und Tochter ein Weilchen für sich hatten. Manuel und Gina räumten den Tisch ab, weichten das Geschirr in der Spüle ein und setzten sich ins Wohnzimmer. Gina lümmelte sich auf die Couch – ohne Schuhe –, ihr Vater ließ sich in den Ohrensessel fallen und schaltete den Fernseher ein. Gewohnheitsmäßig wechselte er von einem Kanal zum anderen auf der Suche nach einem Fußballspiel, das ihn interessierte. Gina, die sonst nie ein Blatt vor den Mund nahm, wusste ausnahmsweise nicht, wie sie das Thema anschneiden sollte, was ihr auf dem Herzen lag. Nach wie vor fürchtete sie ihren Vater. Wirklich nah waren sie einander nie gewesen. Schließlich entschloss sie sich für den direkten Weg, ohne länger darüber nachzudenken.

»Als ich zur Beerdigung von Tante Júlia in Paris war, habe ich mit Fabienne und Laurence alte Fotos angeschaut. Das Album von Júlias Hochzeit. Wie jung alle waren! Nur du bist nirgends drauf. Warst du gar nicht dabei?«

»Wo?«

»Auf der Hochzeit von Tante Júlia und Alain.«

»Ach so ... Nein, nein.«

»Auf den Bildern ist immer nur Mama.«

»Stimmt. Sie ist allein hingefahren, ja.«

»Und wie kam das?«

»Was?«

»Dass du nicht mitgefahren bist.« Gina griff nach der Fernbedienung und schaltete den Ton aus. Wenn er schon die Augen nicht vom Bildschirm wenden konnte, sollte er ihr zumindest zuhören.

»Zu Júlias Hochzeit?« Er schien der Frage keine große Bedeutung beizumessen. »Weil ich arbeiten musste, vermutlich.«

»Aber sie war die Cousine meiner Mutter. Und für sie wie eine Schwester.«

»Ich weiß es nicht mehr, Gina. Wahrscheinlich hatte ich zu viel zu tun.« Er sah sie an. »Und du weißt ja, ich und Flugzeuge, wenn es sich vermeiden lässt ...«

Gina dachte, es sei an der Zeit, einen Schritt weiter zu gehen.

»Mama sieht sehr fröhlich aus auf den Fotos.«

»Von Júlias Hochzeit?«

»Ja, klar.«

»Ich weiß gar nicht, ob ich die je gesehen habe.«

»Sie hat da so ein tolles blaues Kostüm an, sie war …«

»Oh ja, sie war ausgesprochen hübsch, deine Mutter, das kann man wohl sagen.«

»Erinnerst du dich nicht an das blaue Kostüm?«

»Nein.«

»Sie ist damals ein paar Tage in Paris geblieben, oder?«

»Das weiß ich nicht mehr, Kleines. Deiner Mutter gefiel Paris jedenfalls sehr, es war ihre Lieblingsstadt.«

»Und sie verreiste gern, nicht wahr?«

»Ja. Wahnsinnig gern. Weil ich es aber noch nie besonders mochte, waren wir anfangs nicht viel unterwegs. In den letzten zwei Jahren ihres Lebens jedenfalls war sie ganz verrückt aufs Reisen. Sie wollte überallhin. Ob mit mir oder ohne mich, war ihr egal. Hauptsache, verreisen. Manchmal fuhr sie mit ihrer Cousine. Ich glaube, mit Júlia war sie auch in Venedig.«

»Ja, ja. In Venedig und in Mailand.« Gina schluckte und richtete den Blick ebenfalls auf das Zweitligaspiel. »Auf dieser Paris-Reise, ist da irgendetwas Ungewöhnliches vorgefallen?«

»In Paris?«

In der Zeit, die sich ihr Vater für seine Antwort nahm, hätte Paulina dreimal um den Block gehen können. Als erfahrener Anwalt wusste er, sich dumm zu stellen.

»Als Júlia geheiratet hat, meinst du? Tja … Ich kann mich an nichts Besonderes erinnern.«

»Ich meine«, beharrte Gina, »ob sie dir bei ihrer Rückkehr vielleicht … irgendwie verändert vorkam.«

»Was meinst du mit verändert?«

»Keine Ahnung, ich war ja nicht dabei. Fröhlicher, trauriger, anders eben.«

»Was stellst du nur für Fragen, Gina. Das alles ist schon so lange her. Wie viele Jahre sind seitdem vergangen?«

»Seit Tante Júlias Hochzeit? Die war 1981 im Frühsommer.«

»Oje. Noch vor der Fußball-Weltmeisterschaft und den Olympischen Spielen, stell dir mal vor.«

Gina seufzte innerlich. Ihre Trefferquote war niedriger als die der mittelmäßigen Fußballer im Fernsehen. Sie sah, wie ihr Vater etwas gereizt den Kopf schüttelte.

»Fröhlicher, trauriger … ich begreife nicht, worauf du hinauswillst, Gina.«

»Schon gut. Als ich die Bilder gesehen habe, hatte ich einfach das Gefühl, ich müsste mehr über meine Mutter erfahren.«

»Oder versuchst du, mir etwas mitzuteilen?«

Für einen Moment fühlte sich Gina an den harschen Ton von früher erinnert, den sie an ihrem Vater am wenigsten leiden konnte. Die vorwurfsvolle Art eines Vaters, der sie, als sie so alt war wie Edu, zum Essen in die Waschküche gesperrt hatte, wenn sie es wagte, auch nur eine einzige Erbse ihrer Paella an den Tellerrand zu schieben, oder der sie sofort auf ihr Zimmer verbannt hätte, wenn ihrem Ball ein bayrischer Krug zum Opfer gefallen wäre. Und der noch im Erwachsenenalter an ihr herumnörgelte, weil sie die Secondhand-Kleider trug.

»Nein, nein … Ich möchte lediglich, dass du mir ein bisschen mehr von Mama erzählst.«

»Ist es etwas Konkretes? Etwas, von dem du glaubst, dass du es weißt und ich nicht?«

»Darum geht es doch gar nicht, Papa, verdammt noch mal!«

An diesem Punkt der Unterhaltung war ihnen klar, dass sie beide etwas wussten. Möglicherweise nur einen winzigen Teil von einer unvollständigen Geschichte. Doch weder hatte der Vater die Absicht, das Mosaik zu rekonstruieren, noch war sich die Tochter sicher, inwieweit es ratsam wäre, das Knäuel zu entwirren. Wie bei Manuels geheiligten donnerstäglichen Pokerpartien kam es darauf an, die Asse so lange wie möglich in der Hinterhand zu behalten. Keiner von beiden konnte sich sicher sein, wie viel der andere über Paulinas Tage in Paris wusste, dennoch hatten beide den Verdacht, der andere wisse mehr. Gina, die Jean-Pierres Briefe gelesen hatte, wollte ihre Mutter nicht ohne Not verraten. Und Manuel, der sich ungern mit Einzelheiten aufhielt, war nicht gewillt, in einem Leben zu wühlen, mit dem er schon lange abgeschlossen hatte. Er beschloss, mit einem Plädoyer ohne Talar dem Gespräch ein Ende zu setzen.

»An deine Mutter habe ich nur gute Erinnerungen. Ohne Wenn und Aber. Ohne jegliche Einschränkung. Nicht die allergeringste. Natürlich ist es mit dem Zusammenleben immer so eine Sache, das wirst du schon auch noch herausfinden. Aber sie hat es gemeistert. Immer. Ich auch, glaube ich. Was in Paris passiert ist? Keine Ahnung. Und es interessiert mich auch nicht. Paulina war glücklich, sie liebte dich über alles, sie liebte mich, und wir haben uns alle drei prima vertragen. Nur war es nicht von langer Dauer. Es war wesentlich schneller vorbei, als wir es uns gewünscht hätten, und früher, als uns guttat, aber unsere Ehe war bis zum Tod deiner Mutter eine gute Ehe. Du wirst dich nicht erinnern, du warst noch sehr klein, aber von Zeit zu Zeit hatten wir ein Ritual, von dem du nie genug kriegen konntest. Du fingst gerade an zu sprechen. Du musst etwa zwei gewesen sein, und das ging so, bis du drei oder vier warst. Du fandest es herrlich. Irgendwann am Tag nahmen dich deine Mutter oder ich auf den Arm, wir umschlangen uns alle drei, bildeten einen Kreis, hüpften alle zugleich in die Luft und riefen, wir sind eine Familie, wir sind eine Familie, wir sind eine Familie. Für dich war das jedes Mal eine Riesengaudi. Du hast versucht, es auch zu sagen, auf deine Art, mit lauter Vokalen und viel Mühe. Und wir haben uns kaputtgelacht. Du hast uns ganz festgehalten und wolltest es noch einmal und noch einmal. Deine Mutter, du und ich, wir waren eine Familie. Das waren wir, verstehst du? Und was auch immer in Paris geschehen sein mag, falls dort überhaupt etwas geschehen ist, weiß ich nichts davon und will auch nichts davon wissen, es waren gerade mal fünf Tage. Und fünf Tage geben so viel nun auch wieder nicht her, sie werfen kein ganzes Leben über den Haufen. Darin sind wir uns doch einig, oder?«

Klare Ansage. Biel war überzeugt, dass Manuel Bescheid wusste. Mehr oder weniger. Gina war sich sicher, dass ihre Mutter – sei es aus Gewissensnot, um sich von einer Last zu befreien oder Zukunftsoptionen offenzuhalten, sei es, dass sie mit sonderbarem Verhalten aufgefallen oder erwischt worden war – ihrem Mann etwas erzählt hatte. Aber wie viel? Das wusste sie nicht. Und würde es nie erfahren. Beide kamen sie jedenfalls zu dem Schluss, dass mit der Zeit genügend Gras über die Sache gewachsen war. Für ihren Vater war das möglicherweise besser. Wenn sie und Biel mehr über die Geschichte wissen wollten, würden sie es selbst ergründen müssen.

»Biel, du lebst doch in London. Du könntest eine bestimmte Spur verfolgen. Sofern du Lust hast, natürlich.«

»Klar, wenn wir schon mal dabei sind, was?« Biel konnte es nicht verheimlichen. Sie hatten sich fast zwanzig Jahre lang nicht gesehen, er hatte alle Haare verloren, aber er war immer noch verknallt in Gina. Und sie beabsichtigte, das weidlich auszunutzen.

»Vor Jahren, vor vielen Jahren, kurz nachdem mein Vater dich nackt unter meinem Bett hervorgezogen hatte, lernte ich jemanden aus Wales kennen. Einen Mann, der Busfahrer in London war. Wir haben zusammen ein Wochenende in Salou verbracht, und danach habe ich nie wieder etwas von ihm gehört. Es wird wohl für uns beide das Beste gewesen sein, drei Tage Spaß und mach's gut und pass auf dich auf. Wie ich an ihn geraten war? Das zu wissen, ist von grundlegender Bedeutung für unsere Sache, also hör gut zu. Mark stand vor der Tür meines Elternhauses und hatte eine Karte in der Hand. Die Visitenkarte meiner Mutter: Paulina Homs, Carrer Muntaner, Postleitzahl, Telefonnummer und so weiter.«

»Ein Mann mit der Visitenkarte deiner Mutter, na so was!« Biel zog eine Zigarette aus dem Päckchen und hielt es auch Gina hin. Klang er ein kleines bisschen eifersüchtig?

»Nein, danke.« Sie schüttelte den Kopf. »Auf der Karte stand jedenfalls in der Handschrift meiner Mutter auf Französisch ›Ruf mich an‹. *Appelle-moi.*«

»Aber wie kam dein Freund an diese Karte?« Biel zündete sich die Zigarette an.

»Wart's ab. Das ist es, was wir ergründen müssen. Er sagte, er habe die Karte in einem Buch gefunden. Erste Schlüsselfrage: in welchem Buch?«

»Hat er das nicht dazugesagt?«

»Nein. Und das wäre ein wichtiger Hinweis. Zweite Frage: Wo hatte er das Buch gekauft?«

»Könnte es nicht sein, dass deine Mutter es ihm gegeben hatte?«

»Auf keinen Fall. Er sagte, er habe es selbst gekauft und habe dann später die Karte darin entdeckt.«

»Wie heißt denn dein englischer Freund?«

»Oh, bezeichne ihn ja nicht als Engländer, das wäre ein Fauxpas. Er war ein Waliser, und er hieß – heißt, nehme ich an – Granger. Mark Granger.«

»Davon dürfte es in London nicht mehr als zweitausend geben …«

»Aber keine drei, die von Berufs wegen Bus fahren, einen dieser typischen roten doppelstöckigen Busse.«

Biel schnaufte, um ihr zu verstehen zu geben, dass dies bedeutete, eine Stecknadel in einem Heuhaufen zu suchen, und er ihr nichts versprechen konnte.

»Ich bin Anwalt, Gina, kein Detektiv. Ich werde tun, was ich kann, aber …«

»Warte, Biel, da ist noch eine Sache, die du wissen solltest, falls du ihn ausfindig machst.« Mal sehen, wie ich ihm das jetzt erkläre. »Dieser Mark kennt mich nicht unter meinem richtigen Namen. Wenn du sagst, Gina aus Barcelona schickt dich, wird er nicht wissen, von wem du redest. Er denkt, ich hieße … Paulina.«

»Wie bitte?«

»Tja, es ist ein wenig kompliziert, aber so ist es nun einmal: Er kam mit der Karte meiner Mutter und fragte nach Paulina, ich fand das spannend und wollte nicht nein sagen, die Sache wurde immer verwickelter, und nach drei Tagen mochte ich ihm auch nicht mehr beichten, dass … Verstehst du?«

»Nicht wirklich. Natürlich verstehe ich es, ich bin ja nicht blöd, aber du bist manchmal echt …«

»Ab und zu ein bisschen zu spielen macht das Leben doch erst bunt, oder nicht?«, schnurrte Gina, um Biel endgültig zu erweichen.

»Und wenn ich Mark Granger finde, was dann?«

»Wie, was dann?«

»Vögeln wir dann mal wieder?«

»Biel, ich muss doch sehr bitten.«

»Was ist?« Er verteidigte sich theatralisch. »Es wäre schließlich nicht das erste Mal.«

»Du scheinst es ja schwer nötig zu haben, mein Junge«, sagte sie boshaft. »Als hättest du es nicht mehr getan, seit mein Vater uns erwischt hat.«

»Na hör mal, das ist zwanzig Jahre her …«

»Eben drum.«

Sie lachten. Doch nein sagte sie nicht. Mit diesem Hoffnungsschimmer und der Erinnerung an die stummen Orgasmen seiner Klassenkameradin tröstete sich Biel, als er nach London zurückkehrte. Mit einem präzisen Auftrag und der Aussicht auf eine ungewisse Prämie.

14.

Fliegende Blumen

Paris, am neunten Tag ohne dich

Liebste, allerliebste Pauline,

vor wenigen Stunden hat mich dein Brief erreicht, den ich mit einem breiten Lächeln in den Händen gehalten und ein ums andere Mal gelesen habe. Vielleicht zwanzigmal!

Heute hatte ich eine Ahnung. Ich sagte dir doch, dass ich nie vor der Mittagszeit die Post aus dem Briefkasten hole. Heute Morgen allerdings überkam mich eine seltsame Anwandlung, als hätte mir der Zauberkünstler, den wir im Rivoli erlebt haben, seine telepathischen Fähigkeiten übertragen, und ich konnte es nicht abwarten bis zur Mittagszeit. Als ich um zehn das Rollgitter vor der Galerie hochgezogen habe, steckte ich die Hand in die Öffnung, ohne hinzusehen, fest überzeugt, dass mich dort gute Nachrichten erwarteten. Die Überraschung war jedoch größer, als ich es mir hätte träumen lassen. Ein Brief von dir, ohne Absender, aber ich musste nicht auf den Poststempel schauen. Mein Name in deiner Handschrift reichte vollkommen. Ich bin ins Büro gegangen, aufgeregt wie ein Teenager, habe den Umschlag geöffnet, vorsichtig, um ihn nicht zu zerreißen, und deine Zeilen mit der gleichen Gier gelesen, mit der wir jede Minute, jedes Gespräch, jeden Blick, jeden

Kuss während dieser fünf wundervollen Tage ausgekostet haben.

Weißt du, ich hatte nicht erwartet, dass gerade dieser der schönste Moment deiner Zeit in Paris gewesen sein soll … Um ehrlich zu sein, hatte ich nicht vor, Szenarien und Situationen zu vergleichen. Alles hatte seine Magie, die Umgebung, der Ton, die Achtsamkeit, die Zärtlichkeit, das gegenseitige Vertrauen. Wir haben uns wohlgefühlt miteinander. Ruhig. Ohne Tabus, ohne Scham. Ohne Hypotheken, ohne Fragen. Wir haben einander respektiert. Mit und ohne Worte. Weißt du, wie wichtig es ist, sich stillschweigend zu verstehen? Weißt du, wie wertvoll es ist, einander stumm zu lieben? Hast du das bemerkt? Ist dir das je zuvor passiert? *Wer viel fühlt, spricht wenig.* (Ich könnte schwören, das stammt von einem Klassiker, aber in diesem überschäumenden Zustand, in dem ich mich gerade befinde, komme ich ums Verrecken nicht drauf, von wem).

Pauline, Geliebte, ich gestehe, seit du fort bist, treibe ich in einem Meer von Zweifeln. Und wie ich dem entnehme, was du schreibst, geht es dir nicht anders. Aber ich habe auch eine Menge Gewissheiten gewonnen, und einer Sache bin ich mir ganz sicher: Sowohl dir als auch mir ist es gelungen, unsere Schranken fallen zu lassen. Wir haben uns befreit. Voreinander. Miteinander. Und das, meine geliebte, meine über alles geliebte Pau, das bleibt uns für immer. Fast hätte ich gesagt für alle Ewigkeit. Aber ich sage doch lieber, solange wir da sind. Solange wir wollen. Die Honigtropfen.

Ich sagte dir – verzeih, wenn ich so sprunghaft bin, aber meine Gedanken sind schneller als mein Stift, wenn ich zu dir spreche –, ich hätte nicht damit gerechnet, dass der Moment in meiner Küche, als wir mit einem Glas Riesling anstießen, uns in die Augen sahen und langsam die Gänseleberpastete auf der Zunge zergehen ließen »wie einen köstlichen Karamellbonbon«, eben *dieser* Moment gewesen sein soll. Obwohl mir schien, jetzt kann ich es dir ja sagen, dass ich meinte, eine Träne auf deiner Wange gesehen zu haben. Aber ich war mir auch sicher, dass du die Foie, direkt von der Messerspitze in den Mund, sehr gemocht hast, ohne den verfälschenden Geschmack von Brot oder Toast. In vollen Zügen genießen, das ist vielleicht der Begriff, nach dem wir beide gesucht haben und der uns nicht einfallen wollte. Wir haben alles in vollen Zügen genossen. Die Kunst, die Paté, die Liebe, den Moment. Wie in dem Song *A kiss to build a dream on*. Fünf Tage, um ein ganzes Leben darauf zu bauen.

»Paris war ein Fest«, sagt Hemingway, »und du und ich waren dazu eingeladen.« Das Zitat, das du mir schickst, gefällt mir sehr. Ich kannte es nicht, und es stimmt: Während du durch mein Leben und mein Stadtviertel spaziert bist, war die Rue de Seine morgens so hell wie nie. Und nie hat der Efeu am Abend so geglänzt wie an jenen Tagen, als wir zusammen lachten. Jeden Nachmittag muss ich an die Helligkeit denken, die geherrscht hatte, als wir Arm in Arm durch diese Straße gingen, die seit deiner Abreise nie wieder dieselbe war. Wusstest du, dass Salvador Dalí Sonnenuntergänge hasst? Er sagt, einen zu sehen, mache ihn krank. Auf mich dagegen wirkt allein die Erinnerung an den, den wir zusammen über dem Fluss gesehen haben, berauschend wie ein Elixier.

Siehst du? Auch ich bediene mich adversativer Konjunktionen, das geht nicht nur dir so, wie du in deinem Brief schreibst. »Ich entsinne mich dieses Lichts, ABER es war nie mehr dasselbe.« Jeder Aussage, jeder Erinnerung, jedem Gedanken an die Zukunft könnten wir ein Aber folgen lassen. Das ist wahr. Ich (und vielleicht möchtest du meinen Trick ja auch anwenden) ziehe es vor, ohne Angst und ohne Reue zu leben, mit dem Stolz auf das Erlebte und dem Einverständnis mit allem, was wir getan haben. Warum sollen wir uns Grenzen setzen? Warum müssen wir uns immerzu mit einem weiteren Aber fesseln? Warum uns selbst frustrieren mit einem Nachsatz, der den ursprünglichen zunichtemacht, wie bei einem Kartenspiel, in dem der König über die Königin siegt und das Ass über alle anderen? Sind wir durch die Nostalgie nicht gestraft genug? Dann sollten wir sie nicht obendrein mit Adversativsätzen unterstützen. Ich, zum Beispiel, hätte schreiben können, dass ich mich an das gleißende Licht jenes Nachmittags erinnere, an dem wir durch den Jardin de Luxembourg schlenderten, und wie überwältigt ich war, weil ich ein solches Leuchten noch nie gesehen hatte, nicht einmal im Film. Und es wäre ebenso wahr wie unsere Liebe.

Ich stelle fest, geliebte Pauline, Glück meines Lebens, wie viel mehr ich dir schriftlich mitteile, als ich es mündlich gewagt habe. Ich möchte jedoch denken, dass du alles, was ich dir verschwiegen habe, durch eine Geste, einen Kuss oder das Lied von Brel, das ich dir leise ins Ohr sang, intuitiv trotzdem verstanden hast. *Moi je t'offrirai, des perles de pluie …* Ich schreibe, wie es mir in den Sinn kommt, ohne Hemmungen, ohne Zensur, ohne irgendetwas von dem, was mir durch den Kopf spukt, auszusparen. Ich schreibe mit dem Herzen, denn es gibt nichts Freieres, nichts Offeneres, als seinen Empfindungen vorbehaltlos Ausdruck zu verleihen. In einem handgeschriebenen Liebesbrief – wie du mir einen geschickt hast, den ich hiermit beantworte – werden die Gefühle durch nichts gebremst, eingeschränkt oder verdeckt. Die Sätze strömen aus einem strahlenden, kraftvollen Impuls heraus. Ununterdrückbar, möchte ich sagen. Wir können Worten Einhalt gebieten, unserem Herzklopfen nicht. Es ist seit unserem ersten Tanz im Bois de Vincennes nicht weniger geworden.

Mein Alltag? Du kannst dir ja vorstellen, wie der aussieht. Umgeben von Bildern, die mich daran erinnern, wie du sie betrachtest hast, jedes einzelne, als du zum ersten Mal in die Galerie kamst. Vorsichtig, ohne dich zu nahe heranzutrauen. Genau so, wie du es mit mir gemacht hast. Jetzt komme ich hierher, schalte das Licht ein und sehe die Kunstwerke nicht mehr mit meinen eigenen, durch Auktionen und Wertgutachten geschulten Augen, sondern mit deinem Blick: jünger, frischer, aufrichtiger. Ich versuche zu erraten, welche dir gefallen haben, welche weniger. Ich könnte schwören, du mochtest Christos Entwurfzeichnungen für die Verpackung des Pont Neuf. Oder waren es die Planimetrien von Vilacasas, die dich in ihren Bann geschlagen haben? Wusstest du, dass er in den Fünfzigerjahren hier in Paris gelebt hat? Ich habe ihn kennengelernt. Sein Agent führte mich auch in seine Wohnung in Barcelona, um mir seine Werke zu zeigen. *Conseil du Cent*, heißt die Straße so?

Heute war ein amerikanisches Touristenpaar im Laden, das sich in den Vasarely verliebt hat, das Gemälde aus der Hexagon-Serie. Ich könnte schwören, dir hat es auch gefallen, selbst wenn du beim ersten Anschauen das Gefühl hattest, dir würde schwindlig. Was – wie ich dir bestimmt erzählt habe – charakteristisch ist für Vasarelys Op-Art. Das zeichnet ihn aus und unterscheidet ihn von all denen, die versucht haben, ihn zu kopieren. Die Amerikaner setzten sich abwechselnd auf den Sessel vor das Sechseck und sprachen lange über die optischen Täuschungen, die permanente Bewegung, *jenesaispasquoi* … Sie fragten nach dem Preis für das Bild, und ich nannte ihnen einen viel zu hohen, weil ich mit einem Mal merkte, dass ich es gar nicht verkaufen wollte. Der Mann insistierte, es gefalle ihnen sehr, sie wollten es gern mitnehmen, oder ob ich es ihnen gut verpackt nach Vermont schicken könne, bis er schließlich schwungvoll sein Scheckbuch zückte und erklärte, falls es eine Frage des Geldes sein sollte, so habe er davon mehr als genug. Und am Ende musste ich ihnen sagen, mein Herz hänge an dem Bild, ich wolle es selbst behalten und damit basta. Da waren sie beleidigt. Ziemlich verärgert zogen sie Leine. Aber sie haben etwas gesagt, womit sie, wenn ich es richtig verstanden habe, nicht ganz falsch liegen: Wer eine Kunstgalerie betreibt, aber nichts verkaufen will, sollte doch besser ein Museum gründen. Und dazu ist mir spontan eingefallen: Wenn ich die Bilder, die dir gefallen haben, nie werde verkaufen können, ist es vielleicht tatsächlich an der Zeit für eine neue Geschäftsidee, denn so werde ich hier keinen roten Heller mehr verdienen. Das ist wie in einer der absurden Kurzgeschichten von Tschechow. Hast du die gelesen? Ich hätte sie dir schenken sollen, als wir bei *Shakespeare and Company* waren. Ich habe nicht daran gedacht. Ich freue mich, liebste Pauline, dass du von der Buchhandlung so angetan warst. In den kommenden Monaten werde ich wahrscheinlich durch die Welt gondeln und ein paar Buchläden abklappern, wo ich aller Voraussicht nach glaube, noch Bücher oder Kataloge zu finden, die meiner Sammlung fehlen. Warum Schmetterlinge, hast du mich beim Abendessen in der Brasserie Lipp gefragt. Weil sie wie fliegende Blumen sind. Weil sie so erstaunliche Farben haben. Weil sie, feenhaft und zerbrechlich, wie sie sind, bestimmt ein Geheimnis bergen. Und weil ich, ganz prosaisch, von meinem Großvater eine Unmenge Kästen voller Schmetterlinge geerbt habe, die er eigenhändig auf Kork gespießt hatte, behutsam, mit Stecknadeln, die ich ihm eine nach der anderen angereicht habe. Wie so häufig, rührt meine Faszination aus der Vergangenheit. Möglich, dass es gar nicht die Schmetterlinge sind, wonach ich suche, sondern die glücklichen Tage meiner Kindheit an der Seite meines wunderbaren Großvaters. Geht es uns nicht im Grunde allen so? Sind wir nicht zeit unseres Lebens auf der Suche nach vergangenem Glück? Was tun wir denn, du und ich, jetzt, in diesem Moment?

Geliebte Pauline, du fragst ein wenig ängstlich, ob ich deinen Brief zu beantworten gedenke. Warum sollte ich das nicht tun? Ich werde erst schweigen, wenn du mir zu verstehen gibst, dass ich schweigen soll. Wenn ich nichts von dir höre, werde ich wissen, dass du Distanz brauchst, und dich in Ruhe lassen. Weißt du, wie lange ein Schmetterling lebt? Für gewöhnlich keine zwei Wochen. Im besten Fall, das hängt von der Art ab, können sie ein Jahr alt werden. Ich hoffe ehrlichen Herzens, in dir sehr viel länger fortzuleben. So wie du in mir fortleben wirst. Selbst wenn wir uns weder sprechen noch sehen, werden wir einander haben. Immer. Ohne Aber. Wir haben uns. Das ist die reine Wahrheit in diesem Brief, dem leidenschaftlichsten, den ich je geschrieben habe.

Dein. Für immer dein. Und stolz auf dich und auf uns.

Jean-Pierre

PS: Auf deinen Wunsch hin antworte ich dir über Julie, die strahlendste Braut, die je vor einen Altar getreten ist. Deine Cousine wird entscheiden, ob dieser Brief es wert ist, an dich weitergeleitet zu werden, und welcher der beste Weg ist, ihn dir zukommen zu lassen. Ich möchte dich nicht in Erklärungsnot bringen. Ich würde mir nie verzeihen, dich aus dem Gleichgewicht gebracht zu haben. Und um eine so zutiefst wahre Geschichte zu verbergen, solltest du nicht lügen müssen.

15.

Eine Terrasse über dem Watergate Walk

Gina wusste, dass Biels Auftrag kein Kinderspiel war. Nichts, das von heute auf morgen zu erledigen gewesen wäre. Aber er hatte jetzt schon eine ganze Woche Zeit gehabt, und sie wartete immer noch auf ein Ergebnis. Oder wenigstens einen Zwischenbescheid. Ob sie im Studio auf dem Laufband joggte, zu Hause auf der Couch lümmelte oder vor fünfzig gelangweilten Studenten, die ihr Smartphone wesentlich interessanter fanden, Vorlesungen über das Licht bei Piero della Francesca hielt, ständig musste sie gegen die Versuchung ankämpfen, Biel in London anzurufen. Jeden Abend dachte sie, heute würde sie ihn fragen, ob er schon mit Mark hatte sprechen können. *No news, good news*, redete sie sich ein. Doch sie wusste, dass das nicht immer zutraf. Und in diesem Fall versetzte das Ausbleiben von Nachrichten sie in eine zunehmend gereizte Stimmung.

Und endlich, an einem Dienstag im Oktober, als es um halb neun schon stockfinster war und sie – nachdem sie ein zweistündiges Seminar für eine Gruppe Drittsemester geleitet hatte – soeben auf dem Parkplatz für das Lehrpersonal der Kunsthistorischen Fakultät ihren Wagen anließ, klingelte ihr Telefon. Biel Santos. Als sie den Namen ihres ehemaligen Klassenkameraden auf dem Display las, schaltete sie Radio, Scheinwerfer und Motor wieder aus.

»Sag bloß, du hast ihn gefunden.«

»Also wirklich, Gina, nicht mal ein Hallo?«

«Nun sag schon ja!«

»Ja, ja, ja.« Er war froh, aber nicht so sehr wie sie. Er wartete, bis sie es von selbst merkte.

»Was ist denn?«

»Nichts …« Er brauchte Zeit, um es zu erklären.

»Doch, irgendwas stimmt nicht. Ich kenne dich.«

Offen gestanden, scheint er nicht derjenige zu sein, den du mir beschrieben hast. Nicht im Entferntesten. Wenn wir vom selben Mark Granger reden, so ist der im wahrsten Sinn des Wortes ein gebrochener Mann. Er ist noch keine sechzig, damit hattest du recht, aber total am Ende. Und soweit ich das beurteilen kann – und ich habe gerade eine ganze Weile mit ihm in Gordon's Wine Bar verbracht –, glaube ich nicht, dass der sich noch mal berappelt. Gewiss hat das seine Gründe, und die habe ich später auch erfahren. Zunächst einmal war es nicht leicht gewesen, ihn aufzutreiben und eine Verabredung mit ihm zu treffen. Deine Tipps waren zwar korrekt, aber zu spärlich und zu alt. Du hattest mir gesagt, er arbeite als Busfahrer in London. Keine schlechte Ausgangsbasis, aber kaum begann ich mit meiner Recherche, versank alles in geheimnisvollem Schweigen. Das Busunternehmen ausfindig zu machen, war kein Problem. *Transport London* hat ein Subunternehmen beauftragt, *Stagecoach Bus*, bei dem das Personal angestellt ist. Ich fragte nach einem Fahrer namens Mark Granger, aber ohne weitere Angaben kam ich per Telefon nicht weit. Übers Internet und die Mailadresse der Firma hatte ich auch keinen Erfolg. Nachdem ich es eine Woche lang probiert hatte, ging ich schließlich persönlich hin, was erst recht keine gute Idee war. Sie trauten mir nicht. Wozu wollen Sie das wissen? Wer sind Sie überhaupt? Ist Ihnen nicht klar, dass unsere Mitarbeiter ein Recht auf Privatsphäre haben? Was glauben Sie eigentlich, wo wir hier sind, in Spanien?

Ich war ganz betreten, als hätte ich jemanden bezichtigt, Kennedy erschossen zu haben. Im Ernst, ich habe mich richtig mies gefühlt. Zuletzt entschied ich mich für den direktesten Weg. Ich verließ das Büro und postierte mich an einer Endhaltestelle und plauderte mit den Busfahrern, die die fünf Minuten Aufenthalt für eine Zigarettenpause nutzten. Auch sie kannten angeblich keinen Kollegen dieses Namens. Mark Granger, hieß es nur, sei ein sehr häufiger Name. Bis mir eine Frau, eine Fahrerin der Linie 15, die spuckte wie ein Kerl, einen Hinweis gab.

»Mark Granger? Kommt mir bekannt vor …« Sie dachte einige Sekunden nach. »Ist das nicht der, dem ein Finger fehlt?«

»Ja. Das muss er sein.«

»Den werden Sie hier nicht mehr antreffen. Die Firma hat ihn vorzeitig in den Ruhestand geschickt.«

»Wissen Sie, wo ich ihn finden kann?«

»Keine Ahnung, Mann. Hören Sie sich mal in den Pubs um.«

Sie spie auf den Boden, stieg in den 15er Bus und begann wieder ihre Route.

Mangels genauerer Angaben versuchte ich mein Glück bei den Vertretern meines eigenen Berufsstandes und wurde beim Rechtsberater von Stagecoach vorstellig. Ich erzählte ihm eine erfundene Geschichte über eine Erbschaft in Barcelona und erklärte, es sei in Mark Grangers eigenem Interesse, und wir müssten ihn unbedingt finden. Der Anwalt rümpfte die Nase. Die Lüge hatte er anscheinend geschluckt, aber er stand auf, ließ mich allein in dem kleinen Besucherzimmer, in dem er mich empfangen hatte, und als er wieder hereinkam, setzte er sich nicht mehr. Er legte mir nur wie aus Versehen einen Zettel mit einer Telefonnummer hin.

»Von mir haben Sie die nicht.«

»Nein, nein, Sie und ich, wir haben uns nie gesehen.«

»Dieser Granger arbeitet hier nicht mehr.«

Er verschwand, ohne mir die Hand zu geben, und ohne mir zu verraten, warum der Fahrer die Firma verlassen hatte. Ich rief gleich aus dem Empfangszimmer von Stagecoach die Nummer an, aber Mark ging nicht ans Telefon. Ich versuchte es am Nachmittag wieder, niemand da. Am Abend so gegen zehn erreichte ich ihn endlich.

»Mr Mark Granger? Hören Sie, ich …«

»Ich habe keine Lust auf Geschwafel. Was, zum Teufel, wollen Sie?«

»Ich würde Sie gern sprechen.«

»Wer sind Sie?«

»Ich heiße Biel Santos, ich bin der Anwalt von …«

»Anwälte taugen zu gar nichts.«

Ich hatte nicht den Eindruck, dass er betrunken war. Oder besonders verrückt. Es gibt eine Menge Abstinenzler, die genauso wenig von unserer Arbeit halten wie er. Und weil ich fürchten musste, dass er auflegen könnte, spielte ich sofort meinen Trumpf aus.

»Paulina Homs! Ich rufe im Auftrag von Paulina Homs an, einer jungen Frau, die Sie vor vielen Jahren in Salou kennengelernt haben. Also, kennengelernt haben Sie sich in Barcelona, aber soviel ich weiß, haben Sie dann ein paar Tage zusammen in Salou verbracht … Mark?«

Er schwieg. Ob vor Überraschung, aus Nostalgie oder weil es ihn Anstrengung kostete, sich zu erinnern, er blieb stumm. Ich hörte ihn nur atmen. Dann endlich gab er sich einen Ruck.

»Noch ein Unglück kann ich nicht gebrauchen … Was ist passiert?«

»Nein, nein. Nichts. Ihr geht es gut.«

»Was will sie dann?

»Dass wir beide uns treffen und miteinander reden, ich soll Sie in ihrem Auftrag nach etwas fragen. Ich bin in London, wir könnten uns …«

»Morgen im Gordon's in der Villiers Street, um sechs.«

Und damit hängte er ein.

Villiers Street ist eine schmale dunkle Gasse zwischen Charing Cross und Victoria Embankment Gardens, direkt an der Themse. Ich bin zwar schon mal durchgegangen, hatte aber nie auf den Namen geachtet. Eine Straße, in der keine Autos fahren, aber viel Fußgängerverkehr herrscht, weil die Leute von einer Metro-Station zur anderen unterwegs sind. Das Gordon's, auch dafür musste man kein Watson sein, war ein Pub in unmittelbarer Nachbarschaft vom Haus Rudyard Kiplings. Das war mir früher bereits aufgefallen, weil an der Fassade eine dieser runden blauen Kacheln angebracht ist, die so typisch für London sind und die Passanten darüber informieren, wer dort seit wann und bis zu seinem Tode gewohnt hat. Von außen ist das Gordon's ein schwarzes Gemäuer wie viele der alten Traditionskneipen, das aus der Nähe nach Bier und Hundepisse riecht. Ein Lokal, das du und ich niemals betreten würden. Doch pünktlich um sechs stand ich am Tresen mit einem Pint in der Hand. Beim dritten Schluck erschien Mark. Er hatte weder schwarzes Haar noch kantige Züge, und sehnig war er auch nicht. Hätte ich mich allein nach deiner Beschreibung gerichtet, hätte ich ihn nicht erkannt. Mark Granger, damit du es weißt, ist ein Kahlkopf mit Doppelkinn und traurigen Augen. Mit einem diskreten Blick auf seine

Finger vergewisserte ich mich, dass ich es mit dem richtigen Mann zu tun hatte. Er ergriff mit einer Hand seinen Bierkrug und mit der anderen ein paar Erdnüsse.

»Kommen Sie mit, hier darf man nicht rauchen.«

Ich folgte ihm auf die Straße. Er schlurfte mit hängenden Schultern und führte mich in eine Gasse, die aussah wie ein Privatweg. Das Gordon's hat eine Terrasse über dem Watergate Walk, einer noch engeren, feuchten und düsteren Passage. Sie ist so schmal, dass keine drei Personen nebeneinander hergehen können, und mit den Tischen des Pubs entlang der einen Seite ist noch weniger Platz. Wir setzten uns an einen davon, stellten die Biergläser darauf, und dein Freund ordnete die Erdnüsse in Reih und Glied. Du glaubst nicht, wie dreckig der Tisch war.

»Ist Paulina verheiratet?«

»Nein.«

Ich musste mich ungeheuer zusammenreißen, um ihm nicht zu sagen, dass er in Wirklichkeit mit Gina in Salou gewesen war, die sich für ihre eigene Mutter ausgegeben hatte, weil er mit einer von Paulinas Visitenkarten erschienen war. Und dass sie ihr Spiel immer weiter getrieben hatte, weil sie den Zauber nicht brechen wollte und deshalb den rechten Moment verpasst hatte, ihm die Wahrheit zu sagen. Die habe ich ihm im Gordon's auch nicht gesagt. Es ist mir schwergefallen, mich nicht zu verplappern und ständig von Paulina zu sprechen.

»Hat sie Kinder?«

»Nein, auch nicht.«

»Mit achtzehn war sie wie ein Püppchen. Eine perfekte Figur …«

Darin, du wirst mir verzeihen, musste ich ihm recht geben. Mark Granger jedenfalls ist kein Lebemann mehr, kein glücklicher Mensch und nicht so lustig, wie du ihn vor zwanzig Jahren in Salou erlebt hast. Heutzutage hebt dein ehemaliger Verführer kaum noch den Blick vom Boden. Und mich wundert es nicht.

»Stimmt was nicht?«, fragte ich ihn.

»Mit mir?«

Um uns herum saßen lauter Büroangestellte, die sich nach getaner Arbeit ihren täglichen Schoppen genehmigten.

»Ja.«

»Hat Paulina Sie geschickt, damit Sie sich erkundigen, wie es mir geht?«

»Nein, aber Sie scheinen …«

»Soll ich es Ihnen erklären? Wollen Sie wissen, was mit mir los ist?« Er trank einen langen Schluck. »Sagen Ihnen die Namen Anthony, Jamie, Giles, Marie, Miriam, Shahara, Neetu, Sam, Shayanuja, Anat, Philip, William und Gladys etwas? Sie sind meine Misere.«

Ich bringe die Namen durcheinander. Er nannte sie alle in einem Atemzug, aus dem Kopf, ohne überlegen zu müssen. Als er fertig war, schluckte er zwei Nüsse unzerkaut hinunter.

»Ich habe sie alle dreizehn sterben sehen. Direkt vor meiner Nase. Sie wissen nicht, vom wem ich rede, stimmt's?«

»Sollte ich das wissen?«

»Am 7. Juli teilte man mir die Linie 30 zu, die von Hackney Wick nach Marble Arch. Was wissen Sie eigentlich über mich?«

»Nicht viel, ehrlich gesagt.«

»Aber dass ich Busfahrer war, ist Ihnen bekannt, nehme ich an.«

»Ja, ja. Das hat Gi… äh … Paulina mir erzählt.«

»Ab neun Uhr morgens begann die Unruhe. Leute stiegen zu, die sagten, in der Metro habe es Explosionen gegeben, in Aldgate, eine Bombe in Edgware Road und noch eine am Russell Square. Sie stiegen ein und erzählten, was sie aus dem Radio oder vom Hörensagen wussten. Gewissheit hatte niemand. Der Aufruhr mitten in der Rushhour wurde von Minute zu Minute größer, die Polizei riegelte Straßen ab und leitete uns um. Der 30er fährt nie über den Upper Woburn Place, aber King's Cross hatten sie gesperrt, und so mussten wir einen anderen Weg nehmen. Das Chaos war ungeheuerlich. Die Busse stauten sich und behinderten sich gegenseitig. Ein 30er nach dem anderen in kurzen Abständen. In Euston stürmte eine Menge verstörter, zu Tode erschrockener Menschen herein, denen es völlig egal war, wohin wir fuhren. Sie wollten nur weg von der Metro, so weit weg wie möglich. Als wir Tavistock Square erreichten und ich auf der Höhe der British Medical anhalten musste, blickte ich plötzlich direkt in die Hölle. Der Bus vor mir, das gleiche Modell wie meiner, flog auseinander. Die Explosion hob das ganze Dach ab. Die hintere Hälfte des Fahrzeugs war verschwunden. Der Bus, die Personen darin, die blauen Sitze, alles … alle wurden unmittelbar vor meinen Augen durch die Luft geschleudert. In einer Sekunde hatte es den Bus ein gutes Stück in die Höhe katapultiert und dann in tausend Stücke gerissen. Man kann sich das nicht vorstellen. Bis du einen solchen Albtraum nicht erlebt hast, hast du keine Ahnung, was das ist.«

Ich wusste nicht, was ich sagen sollte.

»Seit 2005 gab es keinen Tag, an dem ich nicht daran gedacht hätte, keine Nacht, in der ich nicht aus dem Schlaf geschreckt wäre, als hätte es sich gerade erst ereignet.«

»Das ist ja schrecklich, Mark. Mir fehlen die Worte.« Ich legte ihm die Hand auf den Unterarm.

»Richten Sie Paulina aus, dass wir Grangers immer um Haaresbreite davonkommen. Aber diesmal wäre ich lieber … Wer diesen Wahnsinn gesehen hat, dem sitzt er in den Knochen. Das wird man nie mehr los.«

»Es tut mir sehr leid. Jetzt verstehe ich, warum Sie vorzeitig im Ruhestand sind.«

»Ich lag ein paar Tage mit einem Schock im Krankenhaus. Da hat man mich dann zwar als geheilt entlassen, aber es dauerte nicht lange, und sie haben mich in Rente geschickt. Posttraumatische Belastungsstörung, hieß es. Und damit war ich in den Arsch gekniffen, damit wir uns recht verstehen.«

»Ach, Mark, wie leid mir das tut. So furchtbar leid.«

»Diese Leute waren aus der Metro geflüchtet, haben den Bus genommen und sind trotzdem gestorben. Brutal, das Leben. Und wie grausam der Zufall sein kann.«

»Al-Qaida, wenn ich es richtig in Erinnerung habe.«

»Der sich mit dem Rucksack in die Luft gesprengt hatte, war achtzehn Jahre alt. Vier Selbstmörder hatten zusammen zweiundfünfzig Menschen umgebracht. In weniger als einer Stunde war alles erledigt. Wer so was gesehen hat, kommt nie drüber weg. Das kann mir keiner erzählen.«

Mark ist ein seelisches Wrack. Und ich behelligte ihn wegen einer Visitenkarte, eines Buches und einer Frage, die mir in diesem Moment ziemlich lächerlich erschien. Ich fühlte mich albern. Aber da ich nun schon einmal da war, ihn gefunden hatte und er bereit war, mit mir zu reden, versuchte ich vorsichtig, das Gespräch wieder auf mein Thema zu lenken. Du weißt, Gina, dass ich immer ein taktvoller Mensch war.

»Soviel Paulina mir erzählt hat, waren Sie ein sehr eifriger Leser.«

»Ja, das stimmt. Sie hat ein gutes Gedächtnis.« Zum ersten Mal lächelte er und der Frauenheld, der er einmal gewesen sein dürfte, schimmerte ein klein wenig durch. »Ich hoffe, das ist nicht das Einzige, woran sie sich erinnert.«

»Heute haben Sie wohl nicht mehr viel Lust, nach einem Buch zu greifen, was, Mark?«

»Lust? Na ja. Lust habe ich zu gar nichts. Was ich jetzt reichlich habe, ist Zeit. Ich versuche es manchmal mit dem Lesen. Fange ein Buch an, in der Hoffnung, dass es mich ablenkt, langweile mich aber schnell. Ich lasse alles halbfertig liegen. Die Realität kann so bestialisch sein, dass keine Fiktion an sie heranreicht. Ich bringe nichts mehr zuwege.«

»Man sollte Ihnen nicht auf die Nerven gehen, das habe ich verstanden. Darf ich Ihnen dennoch die Frage stellen, die Paulina an Sie hat, falls Sie sich an die Antwort erinnern?«

»Nur zu.«

»Sie sind damals mit einer Visitenkarte von Paulina in Barcelona aufgetaucht.«

»Richtig.«

»Eine Karte, die Sie in einem Buch gefunden hatten.«

»Und darauf stand, auf Französisch, ›Ruf mich an‹.«

»*Appelle-moi*, ganz genau. Eigentlich sind es zwei Fragen. Wissen Sie noch, in welcher Buchhandlung Sie das Buch gekauft hatten?«

»Und die zweite?«

»Entsinnen Sie sich, in was für einem Buch die Karte steckte?«

»Wer hätte das gedacht, dass ich noch einmal jemandem von Nutzen sein könnte. Ich habe zu jener Zeit viele Bücher gekauft, hier in der Nähe. Oder bei den Antiquaren von Covent Garden. Und wenn ich eine Neuerscheinung oder etwas Spezielles wollte, bin ich bis nach Charing Cross gegangen. Kennen Sie die Buchhandlung Foyles?«

»Auf dem Weg hierher bin ich daran vorbeigekommen.«

»Sie haben einen Keller mit ein paar Sesseln, wo man sich hinsetzen und lesen kann. Dort hatte ich es mir mit einem Roman von John Fowles gemütlich gemacht und angefangen zu lesen. Manchmal las ich das erste Kapitel, und wenn es mir gefiel, nahm ich das Buch mit heim. Ich weiß nicht, ob ich noch im Laden saß oder schon zu Hause war, zwischen zwei Seiten lag Paulinas Karte, und ich verstand es als ein Zeichen.«

»In einem Roman von John Fowles, sagen Sie?«

»*Der Sammler*. Kennen Sie den?«

»Nein, nein … Wir Anwälte beschäftigen uns mit trocknerem Lesestoff.« Ich hatte das kindische Bedürfnis, mich zu rechtfertigen. »Ist er denn gut, der Roman?«

»Sehr gut. Es ist die Geschichte von einem introvertierten, extrem schüchternen Jungen aus London, einem Sexbesessenen, der eine Studentin entführt. Und als er sie in seinem Haus eingesperrt hat, behandelt er sie mit äußerstem Feingefühl. Ein sogenannter Psychothriller, aber sehr gut geschrieben.«

»Und was sammelt der Protagonist?«

»Habe ich das nicht erwähnt? Schmetterlinge. Er sammelt Schmetterlinge.«

Gina, das Telefon ans Ohr gepresst, lauschte Biels Schilderung von dem Zusammentreffen mit einem heruntergekommenen Mark Granger, dem überlebenden Opfer des schlimmsten Anschlages auf britischem Boden seit dem Zweiten Weltkrieg. Sie empfand tiefes Mitleid mit diesem Mann, der ihr wie ein rettender Engel erschienen war, als sie nach dem schlimmen Streit mit ihrem Vater von zu Hause ausgezogen war. Als sie das magische Wort hörte, musste sie jedoch den Redefluss ihres Freundes unterbrechen.

»Merkst du was, Biel? Weißt du noch, was Jean-Pierre meiner Mutter in seinem ersten Brief geschrieben hatte? Sie saßen irgendwo beim Abendessen, und sie fragte ihn, wieso er Bücher über Schmetterlinge sammele. Jean-Pierre sammelte keine Schmetterlinge, sondern Bücher über Schmetterlinge.«

»Was glaubst du, wieso ich dich so euphorisch anrufe, Gina?«

»Und wo hat meine Mutter ihre Karte hineingelegt? Bravo, Biel! Das ist wirklich eine heiße Spur. Meinst du, meine Mutter ist nach London gereist und zu Foyles gegangen, um in sämtliche Bücher über Schmetterlinge ihre Visitenkarte zu schieben?«

»Sollte die Liebe nicht genau so sein? So verrückt?«

»Und wenn sie sich nicht nur auf London beschränkt hat? Vater sagte doch, in ihren letzten Jahren sei sie sehr viel gereist.«

»Eine irre Vorstellung!«

Hochzufrieden legte Biel auf. Damit habe ich etwas gut bei ihr, dachte er. Und er war überzeugt, dass er diese Schulden eines Tages eintreiben würde, und zwar in seiner Lieblingswährung. Er träumte davon, noch einmal einen von Ginas lautlosen Orgasmen zu erleben, wenigstens ein einziges Mal. Sie aber, außer sich vor Freude über die Entdeckung, hatte Biel und den armen Mark Granger längst vergessen. Von diesem Augenblick an hatte sie nur noch ein Ziel. Sie musste ihn kennenlernen, koste es, was es wolle. Sie musste Jean-Pierre finden.

16.

Der Spaziergänger

Paris, nach einem Jahr ohne dich

Meine geliebte, meine innigst geliebte Pauline,

wie du mich in deinem ersten und einzigen Brief gebeten hast, schreibe ich dir an die Adresse meiner guten Freundin, deiner Cousine.

(Julie, ich freue mich sehr über deine Schwangerschaft und dass es eine Tochter wird, die Fabienne heißen soll. Ein sehr schöner Name. Gratuliere auch Alain in meinem Namen. Ihr seid sicher überglücklich. Bevor das Baby auf die Welt kommt, sollten wir es feierlich begießen. Ich sorge für den Champagner, ihr bestimmt den Tag.)

So, liebe Pauline, jetzt aber:

Es gibt so vieles, was ich dir in diesem vergangenen Jahr gern erzählt hätte. Von Malern, die ich kennengelernt habe, häuslichen Zwischenfällen, meiner Arbeit, kleinen Ereignissen in der Nachbarschaft, von Schmetterlingen, deren Farben mich fasziniert haben, von Reisen, die ich unternommen und Buchhandlungen, die ich besucht habe, Musik, die mich bewegt hat, während ich mit meinen Gedanken bei dir war. Oder Gerichte mit unbekannten Aromen, die ich gekostet habe und über die ich mich zu gern, Geschmacksnote für Geschmacksnote, mit dir ausgetauscht hätte … Wie du siehst, habe ich mich zurückgehalten. Obwohl es mir ein ständiges Bedürfnis war. Jeden Tag. Dir zu schreiben, dich zu sehen, dich zu liebkosen. Wenn ich es nicht gewagt habe, mein Liebling, dann weil ich das Gefühl hatte, dein Schweigen mit Schweigen beantworten zu müssen. Ich habe dir ja gesagt, dass dir mein Verhalten nie Anlass zur Klage geben soll. Ich werde weder lästig noch aufdringlich sein. Dich nicht belauern oder verfolgen, und wenn es mir noch so schwerfällt. So ist es bis heute gewesen. Wenn du dich meldest, melde ich mich. Wenn du nichts sagst, sage ich nichts. Ohne jeden Vorwurf.

Heute aber ist mir etwas widerfahren, Pauline, das ich dir unbedingt erzählen muss. Deshalb habe ich den Federhalter gefüllt, das schönste Briefpapier herausgesucht, das ich in der Galerie habe finden können, und bin überzeugt, dass du es mir nicht übelnehmen wirst. Erst recht nicht, wenn du die Geschichte erfährst.

Heute, am Jahrestag unseres letzten Kusses, ist der Spaziergänger in die Galerie gekommen und schnurstracks auf die Warhol-Lithografie zugegangen, die einzige, die ich habe, ganz hinten im Laden.

Von diesem Mann, dem Spaziergänger, habe ich dir, glaube ich, erzählt, bin aber nicht sicher, ob du ihn je gesehen hast. Er lebt zwar in unserem Viertel, doch weiß keiner, wer er ist, wo er schläft und was er treibt, außer dass er seit vielen Jahren tagtäglich wohl zwanzigmal die Rue de Seine auf und ab schlendert. Auf einer Straßenseite rauf, auf der anderen wieder runter. Vom Ufer bis Saint-Germain-des-Prés. Und zurück. Immer zu Fuß. Sommers wie winters. Als zählte er die Schritte. Niemand weiß mit Gewissheit, ob er lebendig oder tot ist. Ein *clochard* oder ein *boulevardier*. Ich vermute, er ist weder das eine noch das andere, er wirkt eher wie ein verwirrter Bettler als wie ein Spion. Soviel ich gelesen habe, ist man mit sechzig als Spion nicht mehr erwünscht. Allerdings hat man ihn nie um Almosen bitten sehen, und seiner Kleidung nach zu urteilen, scheint er genug Geld zu haben, auch wenn er wahrscheinlich noch nie reich gewesen ist. Ich persönlich halte ihn – bei allem Respekt – für einen armen Spinner, der sie nicht mehr alle hat oder vielleicht unter einer Spätfolge des Krieges leidet. Der Spaziergänger ist immer allein unterwegs, hat nie etwas bei sich und nimmt nie die Hände aus den Taschen. Im Winter hat er sie im Mantel, im Sommer in der Hose, die ein gutes Stück zu kurz ist (was du scheußlich findest). Es sieht aus, als wäre er zu schüchtern, seine Hände zu zeigen. Der Spaziergänger spricht nicht, er stammelt, er hat einen schrägen Mund und einen stark hervortretenden Adamsapfel, wie ich ihn bisher nur bei einigen Russen gesehen habe. Nun gut, heute am frühen Nachmittag, während ich an dem kleinen Tisch beim Eingang telefonierte, betrat der Spaziergänger zum ersten Mal im Leben die Galerie. Ein historischer Augenblick, Pauline. Er kam herein, ohne sich die Füße abzutreten, und steckte die Hand, nachdem er die Tür geöffnet hatte, sofort wieder in die Tasche. Noch bevor ich mein Gespräch beenden konnte, stand er plötzlich da, ohne ein *Bonjour*, ohne jede Geste. Ich bin regelrecht erschrocken, offen gestanden. Er sagte nichts. Mit dem Kinn wies er auf die hintere Wand in Richtung der Marilyn-Lippen von Andy Warhol. Du erinnerst dich an die Lithografie mit den fünf farbigen Mündern, die neben der Tür zum Büro hängt? Der Spaziergänger ging darauf zu, und auf Englisch, mit einem Akzent, der mir nordisch klang, sagte er nur: »Das ist schief.« Mir kam es nicht so vor. Doch er stand bloß da und starrte auf die Lippen von Marilyn Monroe, worauf ich ihn, ebenfalls auf Englisch, fragte, ob es ihm gefalle. Und weißt du, was er geantwortet hat? »Es ist schief.« Und ohne ein weiteres Wort machte er auf dem Absatz kehrt und ging, wie er gekommen war: mit gesenktem Kopf, langsamen Schritten, die Hände in den Taschen. Und eine Stunde später sah ich ihn schon wieder am Ufer entlangflanieren wie so oft in den letzten Monaten, ob es regnet, stürmt oder schneit oder die Sonne die Kastanien an den Bäumen röstet. Ich habe es nicht gewagt, ihn zu fragen, was er sucht, woher er kommt und wieso er den ganzen Tag unterwegs ist. Ich hätte gern gewusst, warum, zum Teufel, er wie ein Gespenst hin und her wandert, nie mit jemandem redet, dauernd dieselbe Straße geht, als gäbe es nur diese eine auf der Welt, und was er am Seine-Ufer so besonders findet. Hätte ich ihn fragen sollen, liebe Pauline? Ich dachte, ich hätte kein Recht dazu. Der Spaziergänger sollte keinesfalls das Gefühl haben, dass ich ihn, statt ihm zu helfen, nur aushorchen wollte. Meine Nase in seine Angelegenheiten zu stecken, hätte überheblich gewirkt, findest du nicht auch? Und ich dachte, letzten Endes muss sich jeder durch die bittere Komödie seines Lebens hindurchkämpfen. Soll er doch machen, was er will. Niemandem steht es zu, ihm Rechtfertigungen abzuverlangen. Es ist schließlich seine Privatsache, oder nicht?

Kaum war der Spaziergänger wieder draußen, habe ich meine magnetische Wasserwaage geholt und sie auf den Rahmen gesetzt. Mir schien er völlig gerade zu hängen. Ich hätte einen Fuß darauf gewettet. Doch zu meiner Überraschung schob sich die Luftblase ein klein wenig über die Markierung hinaus, weil eine Seite des Bildes tatsächlich höher war als die andere. Wie ich schnell feststellte, hatte sich hinter dem Bild ein Nagel gelockert. Wie hatte der nordische Vagabund, der doch immer einen so zerstreuten Eindruck macht, das von der Straße aus sehen können. Dabei würde ich schwören, dass er noch nie ein Schaufenster beachtet hat … Auf der Suche nach einer Erklärung für all das fiel mir ein, was für ein Tag heute ist, und es mag naiv klingen, aber auf einmal habe ich den Zusammenhang begriffen. Weißt du, geliebte Pauline, wie das Original von Warhol betitelt ist? *I love your kiss forever forever*. Und ich dachte, überwältigt von diesem ganz und gar unvernünftigen Gedanken, dass das ein Zeichen sein müsse, das mit dir und mit mir zu tun hat. Der Spaziergänger ist hereingekommen, um mir eine unausgesprochene Botschaft zu übermitteln und mir zu verstehen zu geben, denk dran, heute ist es genau ein Jahr her, dass du Pauline zum letzten Mal geküsst hast, und darum solltest du ihr schreiben: Hallo, ich bin hier, immer noch hier, und jederzeit bereit, dir zu geben, was du willst und wann du willst, ohne Eile, denn das Leben geht verschlungene Wege, und wenn wir heute meinen, jetzt und hier seien wir zufrieden und gut aufgehoben, so kann doch morgen schon alles ganz anders aussehen, und wenn es so weit ist, werde ich an deiner Seite sein und deine süßen Lippen küssen, noch einmal für fünf Tage, fünf Monate, fünf Jahre oder fünfzig, man kann nie wissen, liebste Pauline. Ich werde bei dir und für dich da sein, immer.

Es ist viel Zeit vergangen, ja. Ein Jahr, in dem meine Liebe für dich kein bisschen abgekühlt ist, wie du siehst. Es war ein sehr kurzes Jahr, weil ich mich dir nah gefühlt habe, und zugleich ein sehr langes, weil ich dich nicht sehen durfte. Vieles im Leben – darüber haben wir gesprochen, während du im Sommer im Café Les Deux Magots über einer Zwiebelsuppe geschwitzt hast – hat ein Vorher und ein Nachher. Für uns alle kommt irgendwann ein Tag, an dem wir unseren weiteren Weg begutachten und Entscheidungen treffen müssen. Vor und nach der Volljährigkeit, vor und nach dem Tod unserer Eltern, vor und nach dem ersten Gehalt oder der ersten Liebesnacht oder dem ersten Mal, dass dir ein Freund in den Rücken fällt (denn auch das, schmerzhaft und enttäuschend, ist jedem schon einmal passiert). Ein Vor-dir und ein Nach-dir kann es in meinem Leben jedoch nicht geben. Nur ein Mit-dir. Fünf Tage aus Glut und Magie, und die Zeit stand still. Es ist ein Verharren in einem träumerischen Schwebezustand. Begleitet von der Erkenntnis, dass die Liebe (in Großbuchstaben, wie die unsere, und mit allen Superlativen, die dir in den Sinn kommen) ohne Leid nicht möglich ist.

Und, ja, ich bin heilfroh über diesen Pfeil in meinem Herzen.

Es gibt da etwas, wovon ich nicht weiß, ob ich darüber reden soll, weil es sogar mir peinlich ist. Doch in der Intimität eines Briefes kann man sich so etwas erlauben. Ich werde es dir also einfach sagen und hoffe, es ist dir nicht unangenehm.

Zwanzig Tage, nicht einmal einen Monat, nachdem du weg warst, bin ich zu Lafayette in die Parfümerieabteilung gegangen und habe ein Fläschchen Chanel N° 5 gekauft, das man mir, ob ich wollte oder nicht, als Geschenk verpackt hat. Zu Hause habe ich das Flakon aus dem Zellophan und der Schachtel genommen und es in die Schublade getan, in der alles liegt, was man schnell zur Hand haben muss, Schere, Hefter und Klammern, Filzstifte, Briefumschläge, Tesafilm und jetzt eben das Parfüm. Hin und wieder – nicht jeden Tag – schraube ich es auf, schließe die Augen, schnuppere und bin bei dir. Und atme deinen leichten Duft nach Blüten, Bitterorange und Jasmin am Tag der Hochzeit. Du hast es nur an diesem Tag getragen (mehr für Julie als für mich), aber ich spüre jedes Mal, wenn ich das Fläschchen öffne, die zarte Haut deines Nackens auf meinen Lippen. Und mit deiner Erlaubnis küsse ich dich. Und deine Augen lachen und werden ganz schmal, wie immer, wenn du lachst, wie du gelacht hast, als ich dir auf dem Weg zu mir nach Hause am Ufer der Seine das Sirtaki-Tanzen beibringen wollte und du dieses Kleid mit dem tiefen Rückenausschnitt anhattest, das mittlerweile im Museum für guten Geschmack ausgestellt sein dürfte. Ein Sirtaki auf feuchtem Pflaster. Was für ein Ansinnen. Und wie albern muss ich gewirkt haben, als ich gesungen und griechisch getanzt habe, ohne eigentlich zu wissen, wie es geht. Aber wie du gelacht hast, Liebste.

Wusstest du, dass Coco Chanel ein Parfüm in Auftrag gegeben hatte, das nach Frau riechen sollte, worauf man ihr den Duft N° 5 kreierte? Das Wunder besteht darin, dass jede Frau einen ganz individuellen Geruch hat. Jede Frau reagiert anders auf dasselbe Parfüm, und auf deiner Haut, jung und sanft, wird es, möchte ich sagen, zu echter Bourbon-Vanille.

Es geht mir gut. Ich esse, passe auf mich auf und hänge Bilder auf und ab. Die Touristen haben weiterhin dieselben Vorlieben, wie du dir denken kannst. Je bunter, desto leichter verkäuflich. Das ist das ganze Geheimnis: die Comics von Lichtenstein, die Flaggen von Jasper Johns und seit Neuestem die

Collagen von Gilbert und George, zwei jungen Briten, die sehr beliebt sind. Kürzlich habe ich den Le Corbusier verkauft, der im Schaufenster hing, als du zum ersten Mal in der Galerie warst. Auf der Staffelei beim Eingang stehen jetzt ein paar politische Arbeiten von Jacques Villeglé. Seine zerfetzten Plakate sind immer ein Blickfang für die Touristen. Es ist übrigens höchste Zeit, dass der Sommer kommt. Dieses Jahr habe ich die kalte Zeit genutzt, um durch die Welt zu reisen … Alles ist noch an seinem Platz. Ich war auf der Suche nach schönem Wetter, vor allem aber nach Büchern. Schmetterlinge, du weißt schon. In einem Katalog, den ich in Buenos Aires gekauft habe, bin ich auf einen gestoßen, der beinahe so schön ist wie du. Manchmal schaue ich ihn an, er ist sehr grün und glänzend, und er scheint zu lächeln. Alles lächelt, seit ich dir begegnet bin. Geht es dir auch so, liebste Pauline, oder ist das eine zu gewagte Vorstellung?

Zum Schluss komme ich noch einmal auf den Spaziergänger zurück. Hast du mal den Liederzyklus von Schubert gehört? *Der Wanderer*, Lieder für Bariton. Besorge dir die Platte. Lege sie in einem friedvollen Moment auf. Schließe die Augen und lausche mit dem Herzen. Denk an mich. Ich werde an dich denken. Wie immer. Für immer.

Geliebte Pauline, ich kann nicht sagen, dass ich dich vermisse, weil ich dich habe.

Wir haben einander.

Das weißt du.

Jean-Pierre

PS: In meinem ersten Brief habe ich den Ausspruch eines Klassikers erwähnt. Weder konnte ich ihn vollständig zitieren, noch wusste ich, von wem er ist. Er ist von Platon, dem Weisesten von allen. Es sollte noch vierhundert Jahre dauern bis zu Jesu Geburt, aber eine der unumstößlichsten Wahrheiten hatte er bereits erkannt: »Die größte Liebeserklärung ist die nie gemachte. Wer viel fühlt, spricht wenig.«

Wie recht er hatte. Findest du nicht auch, Liebste?

17.

Eine Welt in der Welt

Die Umgebung der Torre dos Clérigos war freier und luftiger, als Paulina erwartet hatte. Seit das Ehepaar Castro Homs am Bahnhof von São Bento aus dem Zug gestiegen war, erschien ihnen Porto weniger düster und zugebaut, als sie es sich in den langen Stunden Bahnfahrt von Barcelona ausgemalt hatten. Bevor man an einen Ort kommt, an dem man noch nie war, hat man eine mehr oder weniger genaue Vorstellung von den Straßen, den Farben und Gerüchen dort. Die Reiseführer – sowohl die nützlichen als auch die weniger tauglichen – pflegen in den Köpfen der Reisenden Bilder von immergleichen Plätzen zu verankern und eine Stadt auf Postkartenmotive zu reduzieren. Nach einem ersten Rundgang durch die Straßen verflüchtigen sich die Erwartungen, und der Besucher beginnt, einen deutlicheren Eindruck von der Realität zu gewinnen. Porto, das fiel ihnen sofort auf, wirkte wie aquarelliert, vor allem die Häuserzeile am Ufer. Städte, die von einem Fluss durchquert wurden, liebte Paulina besonders. Es waren Städte der Gegensätze, der zwei Seiten. Vielleicht lag es auch daran, dass sie solche Städte an Paris erinnerten. Aber ganz besonders liebte sie Städte mit einer Drahtseilbahn, denn das hieß, dass man die Möglichkeit einer erhabenen Aussicht aus der Vogelperspektive hatte. Porto besaß beides. Und eine *Livraria* in der Rua das Carmelitas.

Vom Bahnhof zum Hotel, das direkt am Douro lag, gingen sie zu Fuß. Um sich die Beine zu vertreten und weil sie für zwei Übernachtungen in Portugal nur das Nötigste in einen gemeinsamen Koffer gepackt hatten. Als sie die Drehtür des Hotels passierten, das sich prahlerisch mit drei Sternen schmückte, wurde Manuel in der Lobby bereits erwartet. Zwei Herren in Schlips und Kragen hatten den Auftrag, ihn nach Rio Tinto in ein Industriegebiet zu geleiten, wo es einen Vertrag voller verzwickter Klauseln zu verhandeln galt. Er ging zur Rezeption, checkte ein und gab Paulina einen flüchtigen Kuss. Es war keine Zeit mehr, um auf das Zimmer Nummer 204 zu gehen, sich wenigstens die Hände zu waschen und den metallischen Eisenbahngeruch loszuwerden, der ihn so störte. Auch Paulina hielt sich dort nur kurz auf. Gerade lange genug, um die Sachen aus dem Koffer in den Schrank zu räumen und zwischen der Nachtwäsche die Schachtel mit den nagelneuen Visitenkarten zu verstecken. Sie hatte tausend Stück davon bei Cromoherma drucken lassen, der Druckerei der Gebrüder Baldrich im Carrer de l'Àngel an der Haltestelle Fontana. Die Baldrichs akzeptierten für gewöhnlich nur größere Aufträge, künstlerische, die mehr hergaben. Visitenkarten hatten sie noch nie gedruckt. Doch einer von Paulinas Augenaufschlägen genügte, damit sie sich dazu herabließen.

Sie öffnete die Schachtel, holte eine Handvoll heraus – ungefähr dreißig Stück – und füllte damit das Etui, das sie sich extra zu diesem Anlass gekauft hatte und jetzt in ihrer Handtasche verstaute. Nervös wie jemand, der etwas Verbotenes vorhat, verließ sie das Hotel und stieg in ein Taxi.

»Zur Buchhandlung Lello, bitte.«

»Livraria Lello e Irmão?« Sie hatte einen Taxifahrer erwischt, der es Touristen gegenüber mit der Sprache besonders genau nahm. *»Rua das Carmelitas, Senhora?«*

»Ja, ja.«

Eine so imposante Fassade wie die von Lello hatte Paulina noch nie gesehen. Ein einzigartiges neugotisches Gebäude mit Jugendstilelementen aus weißem Stein, das eher nach einer Kirche als nach einem Laden aussah. Sie war so auf ihren Plan konzentriert, dass sie kaum Augen für die filigrane Architektur hatte, das Innere jedoch verschlug ihr den Atem. Die beeindruckende, alles dominierende Holztreppe erinnerte sie an die der *Titanic*, die sie aus einem Bildband kannte. Eine hochherrschaftliche Freitreppe mit der edlen Patina dunkler Hölzer. Und als sie in die Höhe schaute, geriet sie fast in Ekstase beim Anblick der Kurven, in denen die Treppe sich nach oben zu entrollen schien wie ein gigantisches Gürteltier. Dank der Beschilderung auf Portugiesisch konnte sie sich leicht orientieren. Was sie wollte, befand sich in der ersten Etage. Von dort aus stellte sie fest, dass die Treppe eine Ellipse bildete, die wie durch einen Zauber frei im Raum zu schweben schien. Die Decke, ein weiteres Kunstwerk, bestand vollständig aus farbigem Bleiglas und sorgte in der gesamten Buchhandlung für Helligkeit. Sie ging zu den Regalen, in denen die Bücher über Biologie standen, und suchte nach denen über Tiere. Einen nach dem anderen las sie die Titel. Eine Angestellte, die Bücher mit Preisen versah, erbot sich, ihr zu helfen.

»Ich suche etwas über Schmetterlinge.«

Auch die Verkäuferin war kleinlich, was die Sprache anging.

»Schmetterlinge. Bücher über Schmetterlinge.«

»Ah, Sie meinen *borboletas*.«

Sie brachte ihr drei Bände, legte sie auf einen kleinen Tisch und fuhr fort, Preisschildchen aufzukleben. Paulina begann zu blättern. Die Bücher waren weder besonders alt noch besonders neu, nicht sehr originell und nicht gerade umwerfend schön. Aber welches nun ausgerechnet einem Sammler fehlen mochte, konnte niemand wissen. Sie überflog die Seiten, nahm jedoch vor lauter Aufregung kaum etwas wahr, keine Fotos, keine Zeichnungen, kein Garnichts. *Borboletas* gab es jedenfalls in rauen Mengen. Sie musste Interesse heucheln. So tun, als könnte sie sich nicht entscheiden. Bis die Angestellte aus ihrer unmittelbaren Nähe verschwunden war. Als sie sich unbeobachtet fühlte, holte sie das Etui mit den Kärtchen aus ihrer Handtasche und entnahm ihm drei Stück. In jedes Buch legte sie eine, ungefähr in die Mitte und klappte es dann mit entschiedener Geste zu. Mit rasendem Herzschlag, als hätte sie soeben mit bloßen Händen einen Pitbull erwürgt, stellte sie die Bücher ins Regal zurück. Die Botschaft war abgeschickt. Die Reise nach Porto hatte sich damit bereits gelohnt. Mit unschuldiger Miene rannte sie die Treppe hinunter, ohne die schönen, mit blutrotem Teppich belegten Stufen auch nur eines Blickes zu würdigen. Wieder auf der Straße, hatte sie es eilig, sich vom Tatort zu entfernen.

Um in die Vereinigten Staaten zu kommen, blieb Manuel keine andere Wahl, als das Flugzeug zu nehmen. Per Schiff dauerte die Reise tagelang, und eine Handelsroute über den Atlantik gab es nicht. Mit zwei Whiskys und einer Tablette schaffte er es bis nach New York. Paulina brauchte keinen Schlaf. Die Spannung, zum ersten Mal die Wolkenkratzer zu sehen, hielt sie wach. Und die Vorfreude, am nächsten Morgen in der Buchhandlung Rizzoli in der Fifth Avenue zu sein, um ein weiteres Pfand für Jean-Pierre zu hinterlegen, steigerte ihre Unruhe noch mehr. In Manhattan angekommen, stieß sie jedoch auf ein unerwartetes Problem. Manuel, dessen Beschützerinstinkte seine Angst überwogen, wollte unter keinen Umständen, dass sie allein herumlief.

»Aber …«

»Ich würde es mir nie verzeihen, wenn dir …«

»Was soll mir denn …«

»Man kann nie wissen.«

Weil Manuel so besorgt um sie war, erkundeten sie New York gemeinsam, Arm in Arm. Zwei Tage lang trennten sie sich keine Sekunde. Endlich, am zweiten Abend, als Paulina schon fürchtete, die Zeit laufe ihr davon, beschloss sie, alles auf eine Karte zu setzen. Ihn zu überrumpeln.

»Ich gehe mal kurz runter in die Apotheke, Heftpflaster kaufen. Ich habe gesehen, dass hier gleich neben dem Hotel eine ist.« Hastig griff sie nach Handtasche und Jacke, damit Manuel keinen Einspruch erheben konnte. »Bin sofort wieder da.«

Sie rannte zum Haus Nummer 712 auf der Fifth Avenue. Sie hatte geschätzt und mehrfach überprüft, dass es zwischen der 55. und der 56. Straße liegen musste. Sie brauchte nur drei Blocks zu gehen und stand vor einem herrlichen Gebäude im französischen Stil mit Marmorfußboden und Bronzeleuchtern, die die Buchhandlung Rizzoli eher wie die Bibliothek eines elitären Privatclubs aussehen ließen. Doch es war ein Laden mit viel Charakter, ganz nach Jean-Pierres Geschmack. Alles über Fotografie und Tiere befand sich im zweiten Stock. Sie schnaufte. Um keine Zeit zu verlieren, fragte sie direkt nach interessanten Büchern über Schmetterlinge. Acht verschiedene. Uff. Von jedem mindestens zwei Exemplare. Sie schaute nicht einmal auf die Titel. Indem sie mit dem Körper zu verdecken suchte, was ihre Hände taten, damit die Angestellte nicht aufmerksam wurde, zog sie das Etui hervor und schob in jedes Buch eine ihrer Karten.

»Vielen Dank.«

»So schnell? Ist keines dabei, das Ihnen zusagt?«

»Nein, danke, ich habe es mir anders überlegt.«

Und wieder hatte sie das Bedürfnis – sonderbares Gefühl –, aus der Buchhandlung zu flüchten. Auf dem Rückweg beeilte sie sich, eine Apotheke zu finden. Sie kaufte eine unnötige Packung Pflaster und hetzte zurück ins Hotel, während sie darüber nachdachte, was, zum Teufel, sie Manuel antworten sollte, wenn er wissen wollte, wo sie so lange gewesen sei, denn sie hätte wetten können, dass er sie fragen würde. Doch als sie das Zimmer betrat, schnarchte ihr Mann vor dem Fernseher, gegen das Kopfende des Bettes gelehnt. Wenigstens die Schuhe hatte er ausgezogen.

Am folgenden Tag fuhren sie mit einem Mietwagen nach Boston. Manuel hatte sich sagen lassen, es sei eine ruhige und zugleich die europäischste aller nordamerikanischen Großstädte. In manchen Vierteln gab es so viele Backsteinhäuser, dass sie sich vorkamen wie im viktorianischen London, wohingegen *downtown* die unpersönliche Atmosphäre der Financial Districts vieler Städte des Kontinents herrschte. Paulina ging allein in den Brattle Book Shop, ohne Erklärungen oder Ausflüchte. In aller Ruhe sah sie sich um. Ein einzigartiger Ort, anders als alles, was sie bisher gesehen hatte. Der größte Teil des Ladens befand sich unter freiem Himmel. Ein leeres Rechteck, zu drei Seiten umgeben von den grauen Scheidemauern überalterter, reizloser Gebäude. Alles wirkte sehr urban, und der Kontrast zu dem Markt für antiquarische Bücher war so verblüffend, dass die Touristen, die es bis hierher geschafft hatten, aus dem Staunen nicht mehr herauskamen. Die Buchhandlung Brattle war in einer Sackgasse wie die sehnsüchtig vermisste Rue du Trésor, mit der sie jedoch ansonsten nicht viel gemeinsam hatte. Kein Glamour, den hatte es hier nie gegeben. Im hinteren Bereich war eine schwarze Feuerleiter aus Eisen, die im Zickzack über die Wand lief, wie man es aus Filmen kannte. Für einen rettenden Sprung endete sie allerdings viel zu weit oben. Die Bücher reihten sich auf Brettern entlang der Mauern und in mannshohen Regalen auf Rollen, die mitten auf dem Gehweg standen. Ein Schild wies Besucher darauf hin, dass dies der älteste Laden für Bücher aus zweiter Hand in den USA war. Sollte Jean-Pierre je nach Boston kommen, würde er mit Sicherheit in dieses Büchermeer eintauchen. Wie man ihr erzählte, wurde der Verkauf nur unterbrochen, wenn es regnete. So kalt und windig es auch sein mochte – und in Massachusetts war das die Regel –, die Buchhandlung blieb immer geöffnet. Paulina sah Leute in Handschuhen, die sich an einem Glas dampfendem Kaffee die Hände wärmten, während sie zwischen Bücherstapeln umherschlenderten. Sie musste lange stöbern, bis sie gefunden hatte, was sie suchte. Das Ordnungsprinzip war die Unordnung. Das Durcheinander stellte sie vor eine zusätzliche Herausforderung. Bis sie ein altes Nachschlagewerk über Schmetterlinge gefunden hatte, das Vollständigkeit garantierte, hätte sie zweimal Zeit gehabt, sich einen Schnupfen zu holen. Rasch sah sie sich nach allen Seiten um und war im Handumdrehen fertig. Der Nervenkitzel begann, ihr Spaß zu machen. Dieses Spiel erinnerte sie an die Liebe.

Nach London fuhr sie allein. Manuel hatte viel Arbeit in diesen Tagen, das Geschäftsjahr ging zu Ende, es war die Zeit der Jahreshauptversammlungen und Abschlussberichte sämtlicher Firmen, die er vertrat. Paulina ließ Gina zusammen mit Isabel zu Hause. Sie wusste, dass ihre Tochter liebend gern mit der Haushälterin allein blieb, weil die sie verwöhnte und ihr buchstäblich jeden Wunsch von den Augen ablas. Für Gina war Isabel wie die Oma, die sie nicht hatte. An ihrem ersten Nachmittag in London zeichnete Paulina sich eine Buchladenroute in den Stadtplan. Sie verließ The Westbury, ihr Hotel im Stadtteil Mayfair, ging die Old Bond Street hinab, schlenderte an den Schaufenstern der Burlington Arcade vorbei und erreichte Piccadilly direkt auf der Höhe von Hatchards, einer Buchhandlung von 1797. Man hatte sie informiert, dass in Geschäften, über deren Eingang ein bestimmtes Wappen hing, die Königin persönlich Stammkundin war. Und es war ein durchaus majestätisches Gefühl, unter den Fahnen über der schwarzen Flügeltür hindurchzugehen, die aus kleinen Glasscheiben bestand wie eine Kulisse von Dickens. Drinnen war es sauber und still. Als sie ihre Suche nach Büchern über Schmetterlinge begann, stellte sie fest, dass die Regale eine genau kalkulierte Neigung hatten, wodurch man einen besseren Überblick gewann. Bei Hatchards empfingen einen die Bücher von Angesicht zu Angesicht. Man musste sich nicht den Hals verrenken, um die Titel auf dem Rücken zu entziffern. Sie fand etwas, von dem sie annahm, es könnte eine Seltenheit sein. *Der Schmetterling und der Tank*, vier Erzählungen von Ernest Hemingway über den spanischen Bürgerkrieg. Es war eine spanische Übersetzung mit Illustrationen, erschienen bei Bruguera, einem Verlag, von dem sie wusste, dass er in Barcelona heimisch war. In Jean-Pierres Pariser Wohnung hatte sie Bücher in allen möglichen Sprachen gesehen, selbst wenn er kein einziges Wort davon verstand. Paulina hatte mittlerweile Übung. Ihre Handgriffe wurden entschiedener, während sie sich zunehmend sicher fühlte, dass niemand mitbekäme, wenn sie ihre Visitenkarten in den Büchern von Großbritanniens ältester Buchhandlung versteckte.

Ihre nächste im Stadtplan eingezeichnete Station galt als die größte Buchhandlung Londons, in einigen Reiseführern wurde sogar behauptet, sie habe die größte Verkaufsfläche weltweit. Und die meisten Bücher. Und wenn es dort die meisten Bücher gab, dann gab es gewiss auch die meisten zu ihrem Thema. Unterwegs begann sie zu träumen. Ihr Mastroianni reiste jedes Jahr nach London zur Antiquitätenmesse … Sie überquerte Piccadilly Circus, hielt ihre Handtasche gut fest, als sie durch Soho ging, staunte über die Beleuchtung der alten Theater in Saint Martin's Lane und gelangte schließlich zu ihrem Ziel: Foyles, 107 Charing Cross Road, eine eigene Welt inmitten der Welt. Wenn es dort viele Bücher über Schmetterlinge gab, hatte sie womöglich nicht genügend Karten bei sich. In der antiquarischen Abteilung hinterließ sie sechs. Im Bereich Belletristik empfahl man ihr einen Roman über einen Schmetterlingssammler. In den Sechzigerjahren sei er, mit Terence Stamp in der Hauptrolle, verfilmt worden. Die Geschichte eines einsamen jungen Mannes, der besessen ist von einer Kunststudentin und sich von dem Geld, das er bei Fußballwetten gewonnen hat, ein Häuschen auf dem Land kauft. Jean-Pierre, der so gern ins Kino ging, hatte ihn bestimmt gesehen. Sie holte eine Karte heraus, und in einem plötzlichen Anfall von Sehnsucht schrieb sie ein einziges Wort darauf. *Appelle-moi!* Als sie das Buch zuklappte und an seinen Platz zurückstellte, spürte sie einen feinen Stich. Vielleicht das intuitive Gefühl, dass diese Botschaft einen weiten Weg zurücklegen würde.

Sie erwachte im Westbury. Es regnete. Der Portier mit Zylinder überließ ihr einen Schirm des Hotels und hielt ihr die Taxitür auf. Er sagte, es sei die beste Art, zur King's Cross Station zu kommen und den Zug nach Glasgow noch zu erwischen. Viereinhalb Stunden später traf sie dort ein. Das Ziel ihrer Fahrt erwies sich als ein Laden in einem gewöhnlichen Gebäude in einer unwirtlichen Straße und hatte fast etwas von einem geheimen Treffpunkt. Zu Voltaire & Rousseau, dem Mekka der Studenten und Intellektuellen, fand man nicht durch Zufall. Paulina konnte es kaum fassen, dass an einem Ort, der unter den Bücherantiquariaten einen solchen Ruf genoss, drei Katzen hausten und seelenruhig über die Bücher spazierten. Überall, wo die Bücher nicht mehr in die Regale passten, türmten sie sich zu hohen Stapeln am Boden, bedeckt von einer dicken Staubschicht. Es gab Stellen, zu denen in Jahrzehnten kein Finger und kein Lappen vorgedrungen war. Inmitten all des gealterten Papiers und dieser bräunlichen, tristen Atmosphäre stand eine abgeschabte, ehemals grüne Holzleiter, die dazu diente, die Bücher in den oberen Regalen zu erreichen. Nach zweistündiger Suche hatte Paulina gerade mal zwei Kärtchen unterbringen können, ohne allzu große Hoffnungen, dass Jean-Pierre, sollte er sich tatsächlich einmal in diesen hintersten Winkel von Glasgow verirren, sie jemals finden würde.

Am selben Nachmittag gab ihr ein Ausflug nach Inverness, auch eine Stadt mit einem Fluss, neuen Mut. Erst zwei Jahre zuvor hatte Leakey's eine alte Kirche in eine Buchhandlung verwandelt. Äußerlich bewahrte das Gebäude mit seinem Glockenturm aus dem achtzehnten Jahrhundert die strenge

Form der früheren Kultstätte. Im Inneren dagegen sorgte die Transformation für ein magisches, ja mystisches Ambiente, in dem ihr das Herz aufging. Niemals hätte sie sich einen solchen Ort vorstellen können, und sie fühlte sich großartig zwischen so vielen wohlgeordneten Büchern. Die Reise nach Norden hatte sich gelohnt. Sie begann zu suchen und musste unwillkürlich lächeln. Sich auszumalen, wie Jean-Pierre durch das größte Bücherantiquariat von Schottland wandelte, tat ihr gut. Sie fühlte sich ihm sehr nah. Als sie am folgenden Tag nach London zurückkehrte, war das Kartenetui leer.

Jemand hatte ihr gesagt, nach Venedig dürfe man nicht allein fahren. Die Sehnsucht frisst dich auf. Und wenn du verliebt bist, verschlingt sie dich. Von wem auch immer diese Warnung stammen mochte, sie war berechtigt. Paulina lud Júlia ein, für drei Tage mit ihr nach Italien zu fahren. Gina würde zu Hause bei Isabel bleiben, die sicher gern mal für eine Weile die Chefin spielte. Die Cousinen flogen nach Mailand, und während Júlia den Duomo besichtigte, stattete Paulina der Buchhandlung Bocca in der Galleria Vittorio Emanuele II einen Besuch ab, um ihre Karte in Büchern zu verstecken. Sechs Stunden später fuhren die Cousinen bereits in einer Gondel durch die Kanäle des *sestiere* Castello. Es waren schmale, schwer passierbare Wasserläufe, die Kurven manchmal so scharf, dass kein Taxi und kein Motorboot sie nehmen konnte. Nur die Gondolieri, die die Strecke kannten, wussten, wo sie den Fuß gegen die Mauer stemmen, wann sie sich abstoßen und wie sie mit dem Ruder das Gleichgewicht halten mussten, um unbeschadet um die Ecke zu kommen. Campo San Lorenzo, Palazzo Cappello, Palazzo

Cavagnis … Venedig schien ihnen ganz allein zu gehören. So von unten betrachtet, gaben ihnen die abblätternden Mauern, deren bemooste Sockel im leichten Auf und Ab der Wellen immer wieder sichtbar wurden, das Gefühl, durch einen Zeittunnel zu gleiten. Der Gondelführer wies auf eine geschlossene grüne Holztür und erklärte, durch diese würde die Buchhandlung Acqua Alta beliefert, die sie sich unbedingt anschauen sollten. Was glaubte der wohl, warum sie in Venedig waren? Paulina wollte den Laden von hinten betreten. Seit ihrem Besuch bei Voltaire & Rousseau hatte sie kein derartiges Chaos mehr erlebt, überall lagen Bücher zu ermäßigten Preisen. In der Mitte stand eine Gondel, die ebenfalls mit Büchern gefüllt war. Eine zweite hing kopfüber von der Decke herab. Auch gab es zwei vollgestopfte weiße Badewannen, was Júlia reichlich albern fand. Unmöglich festzustellen, welche Bücher sich darin befanden. An den Wänden waren ein paar Holzruder befestigt, außerdem gab es einen Totenschädel mit Piratenhut, neben dem sie sich gegenseitig fotografierten. Die Decke war niedrig und schief, und um ins obere Stockwerk zu gelangen, hatte man aus Büchern eine Treppe gebaut. Etwas Originelleres hatten sie noch nie gesehen. Einen Schmetterlingsatlas in den Händen, offenbarte Paulina ihrer Cousine ihr Ritual.

»Glaubst du ernsthaft, Jean-Pierre käme nach Venedig und ginge hier in diesen ranzigen Laden?«

»Doch, er macht so etwas. Auf der ganzen Welt. Er meint, er sammele Bücher über Schmetterlinge. In Wahrheit sammelt er Buchhandlungen.«

»Und wenn er die Karte tatsächlich irgendwann findet, was soll er dann tun? Wenn du ihn sehen willst, schreib ihm doch. Ruf ihn an. Soll ich ihm Bescheid sagen?«

»Ganz ehrlich?« Paulina fasste ihre Cousine bei den Schultern und erwiderte schüchtern: »Gar nichts sollst du tun. Weder er noch ich würden das Triumphgefühl gefährden wollen, das wir in Paris hatten.«

»Aber …«, flüsterte Júlia, »wozu soll es dann gut sein?«

»Es gefällt mir, diese Zeichen meiner Liebe zu hinterlassen wie eine Spur. Ob er sie findet oder nicht. Ob er je davon erfährt oder nicht. Ganz egal. Was wir miteinander erleben durften, ist den Versuch wert. Warum ich das tue, fragst du mich?« Sie dachte ein paar Sekunden nach. »Weil es Zeichen der Liebe sind.«

In diesem Augenblick der innigen Verbundenheit und Aufrichtigkeit, der Freude, die Antwort gefunden und laut ausgesprochen zu haben, konnte keine von beiden ahnen, dass dieser Venedig-Besuch Paulinas letzte Reise sein würde.

18.

Und plötzlich bricht die Klippe

Paris, 18. Mai 1984
Schwarzer Freitag

Liebe, traurige Julie,

vorgestern um diese Zeit riefst du an, um es mir zu sagen. Und ich schreibe dir, weil ich dir vor allem danken möchte, dass du sofort an mich gedacht hast. Ich bin dir dankbar für deinen Anruf, aber ich kann es immer noch nicht fassen. Ich kann es einfach nicht glauben. Es ist zu ungeheuerlich. Ich kann und will es nicht wahrhaben. Pauline. Es ist unmöglich. Mit einunddreißig. Sie sei gesund gewesen, hast du gesagt. Du hast so geschluchzt, und ich stand so unter Schock – das tue ich noch immer –, dass ich mir nicht sicher bin, alles richtig verstanden zu haben. Sie war mit Kopfschmerzen aufgewacht? Sie hatte ihren Mann gebeten, die Kleine zur Schule zu bringen, und sich wieder ins Bett gelegt. War es das, was du gesagt hast? Und als das Dienstmädchen kam, war es zu spät? Ein Schlaganfall. Mit einunddreißig. So etwas habe ich noch nie gehört. Es ist schwer zu glauben und noch schwerer, sich damit abzufinden. Ich bin unsagbar traurig, der Schmerz ist unerträglich und mein Zorn riesig. Ich weine nicht meinetwegen – wie du dir denken kannst, denn dir wird es ähnlich gehen –, sondern um sie. Sie stand mitten im Leben, sie war so jung, und mit einem Schlag ist es vorbei, und sie wird Gina nicht mehr aufwachsen sehen. Urplötzlich ist alles beim Teufel.

Das Leben hat einen Anfang und ein Ende. Das wissen wir alle, aber diese Ungerechtigkeit macht mich wütend. Im Moment bin ich so aufgebracht und verzweifelt, dass ich das Schicksal erwürgen könnte. Auch wenn ich keine Chance hätte und nichts rückgängig zu machen ist, wollte ich ihm die Stirn bieten und es verfluchen, bis ich keine Stimme, keine Kraft und keine Würde mehr hätte.

Ich bin ständig auf Achse, Julie, laufe ziellos durch die Gegend und weiß nicht, was ich tun oder denken soll in diesen schwarzen Tagen. Und denen, die noch folgen werden. Das Denken strengt mich an, ich kann meine Gedanken nicht ordnen, und die Erinnerungen strömen wie meine Tränen. Der Kopf tut mir weh vor lauter Weinen. Dir auch, oder?

Manchmal, wenn es mir gelingt, mich zu beruhigen, denke ich, dass ich nur eine einzige Frau geliebt und sie gleich zwei Mal verloren habe. Es ist zu spät für Reue, ich weiß. Aber wenn ich sie damals auf dem Flughafen eindringlicher gebeten hätte … Wenn nichts mehr zu ändern ist, nützen auch Selbstvorwürfe nichts. Und jetzt habe ich sie endgültig verloren, ohne ihr sagen zu können: »Weißt du, Pauline, seit ich dich kenne, sehe ich, sooft ich die Augen schließe, dein Lächeln vor mir.« Ich hätte ihr noch so viel zu sagen gehabt … Warum warten wir damit immer so lange? Warum schieben wir unsere Bekenntnisse und Gefühle ständig auf? Warum merken wir nie, dass uns die Zeit davonläuft?

In einem meiner Briefe habe ich ihr geschrieben, ich würde sie nicht vermissen, weil sie bei mir sei. So habe ich es empfunden. Wahrscheinlich weil ich wusste, dass wir uns jederzeit hätten sehen oder miteinander sprechen können. Ich hatte gelernt, getrennt von ihr zu leben, weil ich sie stets neben mir spürte, zum Greifen nah. Kennst du diese Feuermelder, die noch in manchen Kinos oder Hotels hängen, auf denen steht »Im Notfall Scheibe einschlagen«? Kein sehr romantisches Bild, das sehe ich ein, aber mir hat es mehr als einmal neue Hoffnung gegeben, wenn ich mir eingeredet habe, dass womöglich einer von uns beiden, sie oder ich, eines Tages das Glas mit einem Hammerschlag zertrümmern würde. Dann würden wir uns wiedersehen und unsere Liebe in vollen Zügen genießen. Ich gebe also zu, jetzt, da es zu spät ist, dass ich ihr im Grunde nur deshalb nicht gesagt habe, wie sehr sie mir fehlte, weil ich die heimliche Hoffnung hegte, irgendwann wieder mit ihr zusammen zu sein. Physisch. Für alle Zeiten. Und mit einem Mal bricht die Klippe. Von einer Minute zur anderen sind alle Träume und Wünsche im Meer versunken.

Jetzt, da der Tod alle diese Hirngespinste brutal zunichtegemacht hat, gestehe ich dir, während meine Tränen auf den Schreibtisch tropfen, dass ich sie schmerzlich vermisst habe, vermisse und vermissen werde. Ich mag mich noch so intensiv jeder einzelnen Stunde dieser fünf wundervollen Tage entsinnen, Pauline noch so sehr vergöttern, noch so stolz sein auf unsere Liebe und sie lieben, wie ich niemals jemanden geliebt habe, das alles ändert nichts an der unumstößlichen Wahrheit, dass sie mir fehlen wird. Sehr. Jeden Tag. Bis die ewige Nacht auch mich umfängt.

Weißt du, was mir besonders grausam und unwirklich erscheint? Begreifen zu müssen, dass Pau nicht mehr auf dieser Welt ist und von allem, was morgen und übermorgen und nächstes Jahr geschieht, in ihrer Familie oder am anderen Ende der Welt, nichts mehr mitbekommt. Ich erinnere mich an unsere Diskussion, nein, unser Gespräch, beim ersten gemeinsamen Abendessen im Café Les Deux Magots. Wir unterhielten uns darüber, wann die Geschichte der Menschheit begonnen hat. Alles vor Christus ist prähistorisch, von Christus bis vor einer Sekunde historisch, sagte sie, fest überzeugt von ihrer Theorie. Ich hielt dagegen, die Zeitrechnung habe mit der Erfindung der Schrift angefangen. Und zwar in Mesopotamien etwa dreitausendfünfhundert Jahre vor Christus mit der Keilschrift. Im Ernst, Julie, so ein Quatsch. Ob man den Nullpunkt ein Stückchen nach vorn oder hinten verlegt, spielt überhaupt keine Rolle. Nicht die geringste. Wie wir alle wusste auch deine Cousine, was in der Steinzeit los war, sie konnte das Paläolithikum vom Neolithikum unterscheiden, kannte den Übergang vom Höhlenmenschen zum Homo sapiens und verwechselte die Bronzezeit nicht mit der Eisenzeit. Sie hatte gelernt, wie die altägyptischen Pyramiden entstanden sind, wovon man sich im Mittelalter ernährte, bis wann das byzantinische Reich dauerte, und aus der Renaissance – einer Epoche, in der ich zu gern einmal eine Woche verbracht hätte – war es die Kuppel der Sixtinischen Kapelle, die wir in allen Einzelheiten durchgingen und überlegten, was Michelangelo in jeder Szene hatte ausdrücken wollen. Wir wussten auswendig, wen man bei der Französischen Revolution geköpft hatte, weshalb die Eisenbahn der Schlüssel für die wirtschaftliche Entwicklung der Vereinigten Staaten war, und wie Hitler oder Marilyn Monroe ihre letzten Stunden verbracht hatten.

Über das, was früher war, über ihre Zeitgenossen und ihre Familie, wusste Pauline alles. Über das, was nach ihr kommt, wird sie nie etwas wissen. Das scheint mir das Schlimmste am Sterben. Dieser Schlusspunkt. Bis hierher, alles. Ab hier, nichts mehr. Radikal.

»Wie lange leben wir also tatsächlich?« So ging unser Gespräch im Les Deux Magots weiter. Wir existieren, solange wir da sind und solange man sich an uns erinnert. Und ich weiß noch, als wäre es gestern gewesen, welche drei Beispiele wir anführten. Einstein, Flaubert und Kandinsky haben überlebt. Sie bleiben ewig, weil ihr Werk sie unsterblich macht. Doch von dieser Sorte gibt es höchstens eine Handvoll. Von den über hundert Milliarden Menschen, die in der gesamten Menschheitsgeschichte auf der Erde gelebt haben, bleibt eine Handvoll. Wie viele Namen kennen wir? Wie viele Auserwählte gibt es? Tausend? Zweitausend Privilegierte, von denen jeder weiß, wer sie sind und was sie getan haben. Einverstanden. Und der Rest? Uns gibt es, solange sich unsere Kinder und unsere Freunde und später unsere Enkel an uns erinnern. In der folgenden Generation erwähnt uns kaum noch jemand, keiner denkt mehr an uns oder weiß etwas über uns. Der Strudel der Zeit hat die Tropfen eingesogen, um sie dem Ozean wieder zuzuführen. Und zack, haben wir aufgehört zu existieren.

Und darum, Julie, ist mir in diesen bitteren Stunden unter Schluchzen und Fluchen eine Idee gekommen. Die vielleicht absurd ist oder völlig blödsinnig. Aber ich bin im Moment so verstört, dass ich nicht beurteilen kann, ob sie etwas taugt oder nicht. Ich werde derjenige nicht sein, aber ich finde, die Geschichte deiner Cousine sollte jemandem erzählt werden, der sie aufschreibt. Nur so könnte Pauline unsterblich werden und unsere bislang heimliche Liebe ewig sein. Einmal, wir waren in meiner Wohnung in der Rue du Trésor, sagte sie: »Ich bitte dich lediglich darum, aus unserer Geschichte keinen Roman zu machen. Sie soll nur uns beiden gehören.« Aber jetzt denke ich, was ist schon dabei, sie zu offenbaren. Im Gegenteil. Mag sein, dass irgendwann in ferner Zukunft, wenn auch ich nicht mehr da bin, jemand auf den Titel eines

Buches aufmerksam wird, es in die Hand nimmt und darin eine bescheidene Geschichte findet, durch die er erfährt, wer Pauline war, was sie gefühlt hat, wie sie gelebt und geliebt hat … Und vielleicht legt er – oder sie – nach der Lektüre die Hand auf den Deckel und ruft laut aus: »Freunde, die Liebe existiert. Liebe ist die Antwort.«

Denn das ist sie doch, nicht wahr?

Mir wurde es eines Morgens in Girona klar. Hat Pauline dir nie von unserem Treffen erzählt? Hat sie nichts vom intensivsten Moment unseres Lebens gesagt? Es ist etwa zwei Jahre her, da musste ich nach Perpignan, weil ich einem Sammler in Südfrankreich eine Grafikserie von Villeglé abkaufen wollte. Ich weiß noch, es war ein Freitag, ich hatte den Handel abgeschlossen, im Hotel geduscht und dann nach langem Zögern beschlossen, endlich das zu tun, was ich seit Monaten nicht zu tun wagte. Ich wählte Paulines Nummer in Barcelona. Du hast richtig gelesen, ich habe sie angerufen. Keine Ahnung, wieso ich mich plötzlich traute. Mein Adrenalinspiegel, mein Pulsschlag, mein Blutdruck, alles spielte verrückt, als ich die Ziffern eintippte. Doch waren meine Finger trotz der Nervosität schneller als ich. Sobald das Rufzeichen im Hörer ertönte, stand mein Plan fest. Wenn jemand anderes abnahm, würde ich sofort auflegen. Wenn Pauline dranging, würde ich ihr einen Vorschlag machen. Kurz und knapp. Natürlich hätte ich ihr eine Menge zu sagen gehabt. Aber ich musste der Versuchung widerstehen, damit sie rasch einhängen und sagen konnte, der Anrufer habe sich in der Nummer geirrt.

Ich hätte ihr gern gesagt, Liebste, hier hat sich nichts geändert, ich liebe dich wahnsinnig. Das ist nichts Neues, das weißt du schon. Ich hätte ihr gern gesagt, es gehe mir gut, und sie solle sich meinetwegen nicht sorgen, für zehn Sekunden ihre Stimme zu hören, gebe mir Leben für die nächsten zehn Jahre. Ich hätte ihr gern gesagt, du musst wegen Paris kein schlechtes Gewissen haben. Quäl dich nicht, Liebste. Wenn wir jemandem untreu werden, geschieht dies oft nur aus Treue zu uns selbst. Sich den eigenen Gefühlen zu stellen, ist nicht verwerflich. Ich hätte ihr so gern so viel gesagt, Julie, aber ich wusste, dass ich es ihr nicht schwer machen durfte. Sie nicht schwächen durfte. Nicht zulassen durfte, dass man ihr, sobald sie auflegte und in den Kreis ihrer Familie zurückkehrte, die Erschütterung anmerkte, die dieser Anruf in ihr ausgelöst hatte.

Sie war selbst am Telefon. Zum Glück. Sie sagte Hallo?, und mir ging das Herz auf. Ich bin's, Pauline. Sag jetzt nichts. Aber … Sag nichts. Wen wollen Sie sprechen? Wir verharrten einen Moment schweigend. Wir hörten einander atmen. Wir hätten den Hörer nicht fester ans Ohr pressen können. Und dann sagte ich hastig: Morgen Vormittag bin ich in Girona. Ich werde in der Buchhandlung 22 sein. Schmetterlinge, du weißt schon. Die 22 in Girona. Ein neuer Laden, von dem man mir erzählt hat und den ich mir ansehen möchte. Es geht mir gut. Ich glaube, sie haben sich verwählt, sagte sie in ihrer Sprache. Und hängte ein. Ich auch. Ich sagte ihr nicht einmal auf Wiedersehen. Ich wollte sie nicht aufwühlen, sie nicht aus der Fassung bringen. Ich konnte ihr nicht einmal sagen, wie sehr ich sie liebte.

Du kannst dir nicht vorstellen, Julie, was für eine Nacht ich verbrachte, bevor ich im Morgengrauen aufstand und den ersten Zug nach Girona nahm.

Was für eine Stadt, Girona, was für eine Entdeckung. Ich habe viele verwischte Bilder von diesem Tag, wie Szenen aus einem Traum, aber irgendwie erinnerte mich die Stadt an Florenz mit den über dem Fluss hängenden Häusern und dieser einmaligen Brücke, die auch von Eiffel ist, und dort in der Nähe befindet sich der Buchladen, in dem ich mit deiner Cousine verabredet war. Ich hatte nicht viel Hoffnung, dass sie kommen würde. Aber ein Fünkchen schon, und der Gedanke, sie könnte vielleicht, möglicherweise, tatsächlich erscheinen, versetzte mich in eine unkontrollierbare Unruhe. Wenn ich an der Pfeife zog, klapperten mir vor Nervosität die Zähne.

Bis zwölf Uhr hatte ich auf dem Platz vor der Buchhandlung schon zwei Tassen Kaffee getrunken. Um eins hatte ich mir in der 22 alles angesehen, Regal für Regal, von A bis Z. Der Inhaber kannte sich gut aus. Und er hatte Elan. Er war ein junger Mann mit glänzendem schwarzem, in der Mitte gescheiteltem Haar und einem mächtigen Schnauzbart. Mir gefiel, wie er seine Kundschaft bediente. Er sprach ebenso über Filme wie über Gedichte, immer mit Engagement und einer Zigarette zwischen den Fingern. Guillem hieß er. Wie mein Vater. Der Name klingt schön auf Katalanisch, Guillem. Besser als auf Französisch, da hat er so was Hochgestochenes. Geduldig zeigte er mir alles, was er über Schmetterlinge hatte. Eine Rarität über den Amerikanischen Monarchen, die ich kaufte. Die Tüte habe ich heute noch. Danach wartete ich weiter, schaute wahllos hier in einen Roman, dort in irgendein Sachbuch. Noch nie war meine Uhr so schnell gegangen. Ich schaute alle Augenblicke darauf, und je mehr Zeit verging, desto geringer wurde meine Zuversicht. Zerstreut blätterte ich in einem großformatigen Bildband über Salvador Dalí. Auf jeder Seite war Gala zu sehen, seine Gattin und Muse. So ähnlich hieß das Buch auch, und während ich es in den Händen hielt, war mir plötzlich, als hörte ich jemanden die ersten Takte eines Sirtaki pfeifen. Pfiff da wirklich jemand, oder bildete ich mir das nur ein? Es war die Titelmelodie von *Alexis Zorbas*, zu der Pauline und ich eines Nachts in Paris am Seine-Ufer getanzt hatten, und in diesem Moment hörte ich sie sehr viel deutlicher. Ich geriet schlagartig in helle Aufregung, drehte mich um, und da stand sie, bildschön, strahlender denn je, mit zärtlichen Augen und nervösem Lächeln. Ich lächelte ähnlich, vermute ich. Nachdem ich mich so lange so sehr danach gesehnt hatte, war sie jetzt zum Greifen nah, und sie trug das Parfüm vom Tag deiner Hochzeit, Chanel N° 5, das sie nur zu besonderen Anlässen auflegte. Es war alles eine Frage von Sekundenbruchteilen, und just als ich sie in die Arme schließen wollte, tauchte hinter ihrem Rücken ein kleines Mädchen auf, das sich an ihre Hand und ihren Rock klammerte. Pauline hatte es geschafft, nach Girona zu fahren, um mich zu sehen, aber sie hatte Gina mitgebracht. Unsere Blicke trafen sich. Ich sagte ihren Namen, sie sagte meinen. Gina fragte, Mama, wer ist das? Und sie antwortete, ein Freund von Tante Júlia. Und wir schauten uns schweigend an, mit dem Herzklopfen von leidenschaftlich Liebenden, die – grausamer Moment – sich umarmen möchten und nicht dürfen. Nicht einmal die obligaten drei Begrüßungsküsschen gaben wir einander. Auch keine zwei. Ich fasste nach ihrer Hand. Sie entzog sie mir nicht. Und als uns beiden die Tränen in die Augen stiegen, vor Freude oder vor Enttäuschung, fingen wir an zu reden. Nicht viel und auf Französisch, was ihre Tochter nicht verstand. Du bist gekommen, sagte ich. Ja, ich musste dich unbedingt sehen. Ich dich auch. Geht es dir gut? Du siehst prima aus. Du auch, hübsch wie immer. Ich hatte schreckliche Lust, dich zu sehen. Ich auch. Du sollst wissen, dass meine Liebe zu dir niemals schwächer geworden ist. Und dass ich dieses Gefühl genieße. Und nach einer Pause, die mir endlos erschien, sagte Pauline, ich bin immer bei dir in der Rue du Trésor und in der Rue de Seine. Die Kleine hatte die Kinderbücher entdeckt und versuchte, ihre Mutter zu einem riesigen Babar zu ziehen. Wie läuft die Galerie? Einigermaßen. Ich wollte Gina ein Buch kaufen. Ich ahnte, dass die Unterhaltung sich ihrem Ende zuneigte und ich Pauline nicht länger würde aufhalten können. Vielleicht noch ein paar Minuten. Können wir nicht einen Kaffee trinken, wenigstens einen Kaffee? Sie sagte ja. Wir verließen die 22 und gingen in eine Bar auf dem Platz. Pauline und Gina, die sofort anfing zu zeichnen, als der Kellner ihr Papier und Stifte gab, saßen mir gegenüber. Wir redeten noch ein bisschen weiter, das heißt, eigentlich redete sie. Viel, leise und ein wenig gehetzt. Sie sagte, mein Anruf habe sie aufgewühlt, sie habe eine komplizierte Ausrede erfinden müssen, um nach Girona kommen zu können, und gestand, die ganze letzte Nacht keinen Schlaf gefunden zu haben. Ihr sei, als wäre dies unsere letzte Chance. Und zugleich wisse sie, dass dieses Wiedersehen eine immense Gefahr berge. Sie sagte – alles in einem Atemzug –, meine Stimme am Telefon habe sie schwer durcheinandergebracht, in jeder Beziehung. Ihr sei, als würde sie ihr Leben aufs Spiel setzen und abhängig machen von Kopf oder Zahl. Sie sei von Zweifeln zerfressen. Hin- und hergerissen zwischen Verantwortung und Begierde. Zwischen Versuchung und Gewohnheit. Manuel sei ein guter Mensch, sagte sie. Mit diesen Worten. Er, sie und Gina seien eine Familie, und im Lauf der vergangenen Nacht sei sie sich immer wieder ganz sicher gewesen, dass sie an diesem Morgen nicht nach Girona fahren sollte. Doch dann habe sie gespürt, wie sehr sie mich brauchte, wie stark ihr Verlangen war, mich zu sehen, wie irrsinnig sie mich liebte. Sie habe sich ausgemalt – auch das sagte sie wörtlich so –, einen Koffer zu packen und mit mir durchzubrennen und ein neues Leben anzufangen. Sie gab zu, lange darüber nachgedacht zu haben, aber das Entscheidende sei letztlich, dass sie gekommen sei. All das geschah wie im Flug, Julie. Als ich zu der Frage ansetzte, ob sie den Koffer im Auto habe, ob tatsächlich die Möglichkeit bestehe, schüttelte Gina sie am Arm und wollte ihr zeigen, was sie gemalt hatte. Es war ein Männchen aus drei krakeligen Strichen. Pauline sagte, sehr schön, Gina, aber damit gab sich das Kind nicht zufrieden, sondern verlangte weiter nach Aufmerksamkeit, deshalb erkundigte sich Pauline, wer das sein solle, und Gina, als ahnte sie etwas, als verstünde sie, worüber wir sprachen, sagte: »Der Papa, das ist mein Papa!« Pauline biss sich auf die Lippe, um nicht die Fassung zu verlieren. Es tat mir weh, sie so zu Tränen gerührt zu sehen. Es brach mir das Herz. Weder sie noch ich konnten unsere Erregung und Ergriffenheit in diesem Moment unterdrücken. Ein beredteres Schweigen hatte es noch nie gegeben. Schlagartig begriff ich, wie unsere Zukunft aussehen würde, und wozu Pauline sich entschlossen hatte. Ich sah es in ihren Augen. Ich las darin auch, dass die Zeit drängte und sie gehen wollte, und so stellte ich ihr nur noch eine einzige Frage. Bist du glücklich, Pauline? Und weißt du, was sie mir geantwortet hat? Jetzt ja, sehr.

»Bist du glücklich?«

»Jetzt ja, sehr.«

Genau so. Und bevor ihre Tochter mich weinen sah, bevor Gina merkte, dass die Wimperntusche ihrer Mutter verlief, sagte sie *Au revoir*, stand auf, legte mir die Hand auf die Schulter und verließ die Bar, Gina dicht neben sich. Sie überquerte den Platz, und ich sah ihr durch die Scheibe nach. Was für ein vornehmer Gang, welche Eleganz. Und so viel Traurigkeit.

Ich hörte nie wieder von Pauline. Ihr Kaffee blieb in der Tasse, und der Kellner holte den Behälter mit den Stiften, damit sich ein Junge an einem anderen Tisch damit vergnügen konnte. Und ich? Ich brauchte noch eine Weile. Ich war zu ekstatisch, sie wiedergesehen zu haben, überglücklich, unsere Gefühle bestätigt zu finden, und zutiefst unglücklich, sie sogleich aufs Neue verloren zu haben. Ich bestellte einen Single Malt, und ansonsten erinnere ich mich an nichts. Ich weiß noch, dass ich mich durch die Stadt treiben ließ und sowohl den Weg zum Bahnhof als auch die Abfahrtszeiten der Züge vergessen hatte. Jetzt ja, sehr, wiederholte ich bei jedem Schritt, während ich ziellos über ein baumbestandenes Stück Wiese irrte. Jetzt ja, sehr. Manchmal ist die Absicht hinter den Worten wichtiger als die Worte selbst. Und ich war der festen Überzeugung, dass sich dieses »Jetzt« auf den flüchtigen Moment unseres Wiedersehens bezogen hatte, auf unser Zusammensein, auf diese fünf Minuten, die sich angefühlt hatten wie fünf Stunden. Oder fünf Sekunden. Denn alles geschah ungeheuer schnell und zugleich in Zeitlupe. Verstehst du, was ich meine? Später, in den folgenden Wochen, zerbrach ich mir den Kopf über die verschiedenen Möglichkeiten, dieses »Jetzt« zu betonen. Fragend, bekräftigend … Und letztlich kam ich zu dem Schluss, dass sie, ganz allgemein, ihr Leben mit ihrer Familie in Barcelona gemeint hatte. Ein Gedanke, den ich natürlich fürchtete, aber auch gleich wieder als Fehlinterpretation abtat. Es spielte keine Rolle, ob sie damit hatte sagen wollen »Jetzt, da wir zusammen sind« oder »So, wie ich jetzt lebe«, wichtig war nur, dass sie glücklich war, wo und mit wem auch immer. Denn wenn Pauline glücklich war, was sonst hätte ich mir wünschen können. Alles andere wäre egoistisch gewesen. Jetzt ja, sehr, ihre letzten Worte. Heute, nach ihrem schrecklichen Tod, den zu verwinden mich Monate kosten wird, weiß ich, dass mich diese drei Worte für den Rest meines Lebens begleiten werden. Sag du mir, ob wir das nicht erzählen müssten. Bist du glücklich? Jetzt ja, sehr. Ist das nicht die Essenz der Liebe?

Ich schreibe dir, Julie, während die Schubert-Lieder erklingen, die Pauline und ich bei mir zu Hause gehört haben, und heute sind sie mir unerträglich. Schubert wollte die Liebe besingen, und herausgekommen sind lauter traurige Lieder. Jetzt verstehe ich das. Wie viel Zeit wohl vergehen muss, bis ich unsere Musik, die bulgarischen Liebeslieder, wieder hören kann, ohne von der Vergangenheit überwältigt zu werden?

Ich schreibe dir, während vor mir die Pfeife liegt, die sie geraucht hat. Ja, du hast richtig gelesen. Die Pfeife, die sie eines Tages aus heiterem Himmel ausprobieren wollte. Du weißt ja, wie lebenslustig Pauline war, wie offen für neue Erfahrungen. Rückblickend scheint es, als hätte sie geahnt, dass sie sich beeilen musste. Sie hatte keine Zeit zu vergeuden. Das Leben hat einen Anfang und ein Ende, sagte man früher, aber wir sind die Früchte dessen, was wir geliebt haben. Ich trage Pauline für immer in mir. Mehr will ich gar nicht.

Lass mich noch etwas über Gina sagen. Nur ein paar Zeilen, um dir mitzuteilen, dass ich viel an sie denke, obwohl ich sie gar nicht kenne. Ich habe sie lediglich bei dieser kurzen Begegnung in Girona gesehen. Wie du dir denken kannst, hatte ich fast nur Augen für ihre Mutter, doch sie schien mir ein sehr aufgewecktes kleines Mädchen zu sein. Wie klug von ihr, die Hand ihrer Mutter keinen Augenblick loszulassen. Ich hätte es genauso gemacht. Ich hätte sie auch festgehalten. Du erzählst, ihr Onkel habe sie von der Schule abgeholt, um ihr die Nachricht zu überbringen. Was für ein bitterer Moment. Was für ein Schlag. Gina ist diejenige, die ich in diesem ganzen Drama am meisten bedauere. In diesem Alter so unvermittelt die Mutter zu verlieren, das prägt fürs Leben. Früher oder später wird es zum Tragen kommen. Es lässt sich nicht absehen, wann und wie, aber irgendwann bricht es hervor. Auch wenn sie mich überhaupt nicht kennt und nie von mir gehört hat – und dabei soll es auch bleiben –, gib ihr, sobald du sie siehst, den Kuss von mir, den ich ihr im Buchladen nicht geben konnte.

Du hast gesagt, du willst mit Alain zur Beerdigung nach Barcelona fahren und ein paar Tage bleiben. Diesen Brief wirst du also erst lesen, wenn du mit all deiner Trauer nach Croissy zurückkommst. Ruf mich an, wenn ihr wieder da seid. Sei froh, dass du in Alain einen Philosophen im Haus hast und somit die richtigen Fragen und Antworten gewährleistet sind. In diesen wirren Zeiten könnte auch ich gut jemanden gebrauchen, der mir die wenigen Gewissheiten des Lebens zusammenflickt. Jedenfalls würde ich euch gern besuchen kommen und euch umarmen. In diesen kalten, einsamen Tagen habe ich das Gefühl, dich, die du sie geliebt hast wie eine Schwester, fest in die Arme zu schließen, würde mir sehr gut tun. Und ich würde gern von dir hören, was genau Pauline sagte, wenn du sie anriefst, um ihr meine Briefe vorzulesen. Wie reagierte sie? Wie drückte sie sich aus? Ich wollte schon immer wissen, welche Wirkung meine mit dem Herzen geschriebenen Worte auf sie ausübten. Als sie nicht mehr antwortete, war ich unsicher, ob du ihr meinen zweiten Brief überhaupt vorgelesen hattest. Jetzt, da alles vorüber ist, Julie, kann ich dich wenigstens um Verzeihung für das Misstrauen bitten, das mich in düsteren Stunden zuweilen überkam. Entschuldige, dass ich an dir gezweifelt habe.

Und verzeih mir auch, dass dieser Brief so lang geworden ist. Ich habe es wohl gebraucht, in Erinnerungen zu schwelgen und mich bei dir auszuweinen. Stundenlang habe ich jetzt nichts anderes tun können. Ich will es mir nicht vorwerfen, ich denke, das ist normal. Wir, die Hinterbliebenen, müssen uns zusammennehmen, schätze ich. Das Leben hat einen Anfang und ein Ende, *n'est-ce pas*?

Tief erschüttert und mit großer Zuneigung,
voller Wut und unendlicher Trauer …

Jean-Pierre Zanardi

19.

Wir haben die Worte, die wir verdienen

Die Vueling-Maschine landete pünktlich um neun Uhr morgens in Orly. Kaum hatte Gina das Flughafengebäude betreten, als ihr ein Gedanke einen Stich versetzte: Im Frühling 1981 war hier mit zwei Koffern ihre Mutter eingetroffen, um die Hochzeit ihrer Cousine zu feiern. Dreißig Jahre später kam nun sie an, in Lederjacke, Jeans und Stiefeln, mit einem Rollköfferchen, das sie als Handgepäck hatte mitnehmen können, und einer bleischweren Schultertasche. Paulina war in Paris gelandet, ohne zu ahnen, dass die folgenden fünf Tage ihr Leben verändern würden, Gina dagegen mit einer festen Absicht: Sie wollte den Galeristen Jean-Pierre Zanardi finden und kennenlernen, den Verfasser dreier Liebesbriefe, die ihr den Atem verschlagen hatten.

Das Taxi brachte sie für fünfzig Euro einschließlich Trinkgeld zu der verlangten Adresse, der Nummer 44 in der Rue de Seine an der Rive Gauche. Beim Aussteigen fiel ihr sofort wieder ein, wie rasch einem, so nah am Fluss, die feuchte Pariser Morgenluft in die Knochen kroch.

»Sind Sie sicher, dass es hier ist? Die Rue de la Seine?«

»Ja, ja!«, gab der Taxifahrer zurück und schloss das Seitenfenster, ehe er davonfuhr.

Die Nummer 44 in der Rue de Seine war nicht mehr die Galerie Anouk. Gina traute ihren Augen nicht. Jean-Pierre hatte den Namen geändert. Sie blinzelte mehrmals heftig, doch tatsächlich … Über dem Laden stand Galerie Pauline.

Es war keine Einbildung. Wenn ihre Mutter das wüsste! Sie schwang sich die Tasche über die Schulter, fasste den Koffergriff, und mit einer Bewegung, die sie sich tausendfach vorgestellt hatte, drückte sie auf die Klingel. Im Innenraum brannte Licht. Niemand war zu sehen. Laut dem Türschild mit den Geschäftszeiten sollte dienstags ab zehn Uhr geöffnet sein, und es war schon fünf Minuten nach zehn. Noch einmal legte sie den Finger auf den Knopf, bis aus dem Hinterzimmer eine Frau auftauchte. Vielleicht war Jean-Pierre ja dort drinnen. Vielleicht war die Frau, die von Kopf bis Fuß in einen schreiend bunten Druckstoff gewandet war, Jean-Pierres neue Freundin. Gina wollte es nicht hoffen, aber es wäre sein gutes Recht. Aber warum hatte er die Galerie dann nach ihrer Mutter benannt? Die Frau – um die fünfzig und selbst eine farbenfrohe Skulptur – drehte den Schlüssel und öffnete.

»*Bonjour.* Kommen Sie herein.«

»Guten Tag.«

»Wir schließen aus Sicherheitsgründen die Tür immer ab.«

»Ah, verstehe.« Gina trat ein und zog den kleinen Rollkoffer hinter sich her. »Ich bin auf der Suche nach Monsieur Jean-Pierre Zanardi.«

»Und wer sind Sie?«

Herrje, was für eine Frage! Gina beschloss, ohne Umschweife zum Punkt zu kommen.

»Ich bin die Tochter einer Freundin aus Barcelona und habe ihm etwas mitgebracht.«

»Oh. Das tut mir leid. Monsieur Jean-Pierre ist schon seit einigen Jahren im Ruhestand.«

»Ach …«

»Als er einen Nachfolger für die Galerie suchte, hatten wir das Glück, die Ersten zu sein, die ihm ein Angebot machten, weil wir schon immer ein Auge auf den Laden geworfen hatten. Wollen Sie nicht trotzdem reinkommen? Es wird Ihnen bestimmt gefallen …«

»Nein, danke. Es ist alles sehr schön, die Galerie, die Bilder, das sieht man gleich. Wunderschön. Aber, können Sie mir sagen, wo ich ihn finden kann?«

»Ui, in Paris ist er jedenfalls nicht mehr. Er ist weggezogen … Er sagte, er wollte … Einen Augenblick, bitte.« Sie wandte sich zum Hinterzimmer und rief: *»Marcel, où est-ce que monsieur Zanardi est-il parti vivre?«*

Marcel, der, passend zu seiner Frau, ebenfalls wie ein Harlekin gekleidet war, kam aus dem Lager und gab ihr einen Zettel mit Jean-Pierres neuer Adresse. Gina stob so schnell davon, dass die neuen Eigentümer der Galerie ihr nicht mehr von der einzigen Bedingung berichten konnten, die ihnen im Übernahmevertrag auferlegt worden war: Sie hatten unterschreiben müssen, niemals den Namen der Galerie Pauline zu ändern.

Gina nahm sich einen Mietwagen, warf Koffer und Tasche auf den Rücksitz und fuhr Richtung Süden. Mit einer Dose Coca-Cola und zwei Bechern Kaffee aus dem Automaten erreichte sie Capbreton, einen typischen Badeort. Die Sommergäste waren schon vor Tagen abgereist, was dem Städtchen eine geisterhafte Atmosphäre verlieh, Gina jedoch war so unruhig, dass ihr das gar nicht auffiel. Um Viertel nach fünf am Nachmittag fuhr sie mit Vollgas die Serpentinen zu einem Aussichtspunkt hinauf, von dem aus man einen weiten Blick über die Bucht hatte und in dessen Nähe Jean-Pierre wohnen sollte. Sie parkte direkt vor dem Haus, verstaute den Koffer so, dass er von außen nicht zu sehen war, und schnappte sich ihre Tasche. Die Tür war nur angelehnt, kein Hund kam ihr entgegen, es schien niemand zu Hause zu sein. Außer dem Gezwitscher der Vögel auf den Magnolien und Zypressen, dem Rauschen des Meeres und dem Tosen der Brandung war nichts zu hören. Das freistehende Haus bestand aus Erdgeschoss und zwei weiteren Stockwerken. Die Fenster waren im rückwärtigen Teil und gingen aufs Meer hinaus. Die Fassade hatte Feuchtigkeitsschäden und begann hier und da zu bröckeln. Häuser verwahrlosen im gleichen Maß wie ihre Besitzer, dachte Gina. Vor der Tür gab es eine Stufe und eine Fußmatte. Entschlossen steuerte Gina darauf zu, wobei sie sich selbst kurz die Daumen drückte. Nach langer Suche und vielen Kilometern war sie kurz davor, dem Geliebten ihrer Mutter von Angesicht zu Angesicht gegenüberzutreten. Sie bemerkte einen eisernen Igel, der dazu diente, sich die Schuhe abzustreifen. Das Leben des Franzosen bestand nicht nur aus Schmetterlingen. Sie holte tief Luft und läutete.

Jean-Pierre döste vor dem Fernseher, in dem eine Folge der *Sopranos* aus irgendeiner Staffel lief.

»J'arrive!«

Er legte die Pfeife auf den Aschenbecher und erhob sich schwerfällig aus dem Sessel. Er neigte den Körper zur Seite, stützte sich mit der linken Hand auf die Armlehne, und indem er mit dem Knie fast den Boden berührte, stemmte er sich mit routiniertem Schwung hoch. Als er auf den Füßen stand und dank einer häufig geübten Drehbewegung das Gleichgewicht wiedergefunden hatte, griff er nach einem Stock mit Silberknauf. Mit kurzen Schrittchen trippelte er, so schnell er konnte, zur Tür. Mit der Stockspitze schob er geschickt einen Fotoband zur Seite, der von einem Bücherstapel geglitten war und mitten im Weg lag.

»Bin unterwegs!«, rief er noch einmal, in der Hoffnung, die Person vor seiner Tür möge nicht die Geduld verlieren und wieder weggehen. Leute, die ihn kannten, wussten, dass es eine Weile dauerte, bis er öffnete. Aber wer mochte das um diese Uhrzeit sein?

Gina zog mit beiden Händen ihr T-Shirt glatt und schob den diagonalen Trageriemen ihrer riesigen Tasche zurecht. Sie konnte es nicht leiden, wenn sie eine Falte in der Mitte und rechts und links eine plattgedrückte Brust hatte. Sie legte den Finger noch einmal auf den Knopf. Um sich die Wartezeit zu verkürzen, strich sie mit dem Fuß über die abgenutzten Borsten des Igels.

»Ich komme, herrje, ich komme ja schon«, brummte er. »Immer mit der Ruhe!«

Gina hörte das Murmeln des Mannes hinter der Tür. Sie atmete noch einmal tief durch. Als die Tür aufging, fiel ein greller Lichtstrahl in den Hausflur und blendete sie beide. Vor Gina stand ein Mann mit silbrigem Haar und gesunder Gesichtsfarbe, der sich elegant auf einen Stock stützte.

»Jean-Pierre?«

Sie stellte die Frage mit freudiger Stimme, denn jetzt war sie sicher, ihn gefunden zu haben. Er starrte sie mit großen Augen an, senkte dann den Blick und schnaubte, als fielen mit einem Mal dreißig Jahre von ihm ab.

»Du brauchst mir nicht zu sagen, wer du bist.« Er lächelte. »Nicht nötig. Du bist deiner Mutter wie aus dem Gesicht geschnitten.«

»Ja?« Sie konnte ihre Ergriffenheit kaum verbergen. Das hatte ihr noch niemand gesagt. Und nun hörte sie es in dem Moment, in dem sie es am dringendsten brauchte.

»Komm rein. *Avanti*. Du bist Gina …«

»Ja, ja. Gina Homs, sehr erfreut.«

Sie stieg die Eingangsstufe hinauf, sie küssten einander dreimal auf die Wangen, und Gina blieb vor Jean-Pierre stehen, den Kopf sacht an seine Brust gelehnt. In der einen Hand den Stock, legte er ihr seinen freien Arm um die Schultern und drückte sie väterlich an sich. Gina stellte fest, dass seine Bewegungen kraftvoll waren, obwohl er auf die achtzig zuging. Er musste einmal ein sehr gut aussehender Mann gewesen sein. Genau genommen war er das immer noch. Sie erinnerte sich, dass ihre Cousinen ihr im Album mit den Hochzeitsbildern von Júlia und Alain einmal ein Foto gezeigt hatten, auf dem auch Jean-Pierre zu sehen war. »Das ist Jean-Pierre«, hatten sie gesagt, und sie, nicht ahnend, dass er der Liebhaber ihrer Mutter gewesen war, fand diesen Herrn in seinem Leinen-Sakko, dessen rote Nähte wie bei einem Baseball nach außen gewendet waren, reichlich sonderbar. Ihren Berechnungen nach, die sie auf dem Flug von Barcelona nach Paris angestellt hatte, konnte er nicht älter als achtundsiebzig sein.

»Komm rein, bitte. Ich habe nicht viel anzubieten, aber reden können wir, so viel du willst. Komm rein und setz dich. Erzähl mir von dir.« Der unerwartete Besuch machte ihn nervös. »Dort hinten haben wir es bequemer. Was führt dich zu mir?«

»Neugierde, nehme ich an. Ich weiß es auch nicht genau. Das Bedürfnis, Sie kennenzulernen.«

Sie legte die tonnenschwere Schultertasche ab und ließ sich auf einem kleinen Sofa nieder, das an einem großen Fenster mit Aussicht auf den Atlantik stand. Sie sah sofort, dass der elektrisch verstellbare Sessel mit dem hohen Sitz und einer ausklappbaren Plattform zum Beinehochlegen

Jean-Pierres Platz war. »Stört es Sie, dass ich hergekommen bin?«

»Im Gegenteil. Mich stört nur, dass du mich siezt, als wäre ich ein alter Mann. Du kannst ruhig du sagen …« Er ließ sich in den Sessel fallen, als täte ihm alles weh. »Bitte sag du zu mir.«

»Einverstanden, Jean-Pierre.«

»Du kommst aus Barcelona, vermute ich. Lebst du immer noch dort?«

Gina staunte, dass Jean-Pierre sich ihren Namen gemerkt hatte und noch wusste, wo sie wohnte.

»Ja, wie gehabt. Aber jetzt komme ich aus Paris. Ich habe dich, sagen wir, zuerst am falschen Ort gesucht.«

»Du warst in Paris?« Mit einer am Sessel befestigten Fernbedienung schaltete er den Fernseher aus. Tony Soprano hatte soeben auf dem Küchenboden Ralph Cifaretto erwürgt.

»Ja, klar. Ich war auf der Suche nach dir. Ich war in der Rue de Seine in der Galerie Anouk, die – meine erste Überraschung – inzwischen anders heißt.«

»*Touché*. Ich fühle mich ertappt.«

»Wieso?«

»Macht es dir etwas aus?«

»Was? Dass du deine Galerie nach meiner Mutter benannt hast? Ich bitte dich!«

»Sie gehört mir nicht mehr.«

»Das hat man mir gesagt.«

»Ich habe sie verkauft, und die neuen Besitzer haben den Namen beibehalten. Ein Zeichen für ihren guten Geschmack.« Es widerstrebte ihm, seine abgeschlossene berufliche Ära zu ihrem ersten Gesprächsthema zu machen. »Wenn du etwas trinken möchtest …?«

Er wies auf die Küche. Gina ging zum Kühlschrank und kam mit einem Krug Wasser und zwei Gläsern zurück. Sie war noch durstig von der Reise. Sie erzählte ihm, sie habe auf dem Boulevard Raspail einen Renault gemietet, sich vom Navigationsgerät lotsen lassen und es in sechs Stunden nach Capbreton geschafft. Während sie sprach, schaute sie sich nach allen Seiten um. Er, leicht angespannt, weil er nicht wusste, worauf seine Besucherin hinauswollte, hielt sich an seiner Pfeife fest. Er schien allein zu leben. Nirgends ein Hinweis auf eine Familie. Es war das Haus eines Gelehrten oder eines Witwers oder eines vornehmen Menschen, der es das ganze Jahr über bewohnte. Nach einem Sommerhaus sah es keinesfalls aus. Weder das Haus noch sein Bewohner wirkten vernachlässigt. Sie waren einfach nur gleichzeitig alt geworden. Und ja, es gab Bücher, wohin man schaute. Gina hatte noch nie so viele auf einmal gesehen. Die Regale reichten bis zur Decke, aber auch die Tische lagen voller Bücher in vielen Formaten und zu allen möglichen Themen, und sogar auf dem Fußboden stapelten sie sich zu schiefen Türmen, die sich nur dank der Stille aufrecht hielten. Nur eines irritierte sie. Im ganzen Haus hing kein einziges Bild. Nirgends. Kein einziges Gemälde. Nichts Gegenständliches, nichts Abstraktes. Was für eine Überraschung. Als wäre alle Kunst in Paris geblieben. Und vor das großartige Balkonfenster war nur das nachmittägliche Blau des Ozeans gemalt.

»Hier. Die habe ich dir mitgebracht.« Gina legte ihm die drei Briefe in den Schoß. »Erkennst du sie wieder?«

»Du hast die Briefe?«

»Tante Júlia hatte sie in einer Schachtel verwahrt. Wir haben sie gefunden, als …«

»Es freut mich, dass du sie hast. Hast du sie gelesen?«

»Dreißig, vierzig Mal?«

»Machst du Witze?«

»Ganz und gar nicht. Ich habe mir eure Geschichte auf der Basis deiner drei Briefe zusammengereimt. Ich weiß nicht, ob du noch mehr geschrieben hast.«

»Deine Mutter hatte mir nur auf meinen ersten Brief geantwortet. Ich habe ihren oben. Und den habe ich tatsächlich fünfzig oder sechzig Mal gelesen.«

»Da hast du mich übertroffen.« Sie lachten. »Aber ich wollte ja nicht mit dir wetteifern …«

»Wir hatten ausgemacht, uns zu schreiben, solange sie wollte. Willst du die Geschichte hören?«

»Ja, sicher!« Was glaubst du, warum ich hier bin, dachte sie.

»Ich schickte ihr einen Brief an Julies Adresse, Julie las ihn ihr vor, vermutlich am Telefon, und wenn Pauline wollte, antwortete sie mir direkt. Das war die Vereinbarung. Auf den ersten reagierte sie sofort. Danach ließ sie nichts mehr von sich hören. Am Jahrestag unserer ersten Begegnung schrieb ich ihr noch einmal, dachte aber, dass sie den Briefwechsel wohl aus irgendeinem Grund nicht fortsetzen mochte.«

»Soll ich dir etwas verraten?« Gina wählte ihre Worte mit Bedacht. »Deinen zweiten Brief hatte Tante Júlia zwar auch in ihre Schachtel gelegt, aber nie geöffnet. Der Umschlag war unversehrt. Meine Mutter hat nie erfahren, was darin stand, weil nicht einmal Júlia den Inhalt kannte.«

»Verstehe …« Er atmete tief durch. »Bestimmt hatte Pauline sie gebeten, ihn zuzulassen und nicht vorzulesen.«

»Und warum hat sie den Brief dann nicht einfach zerrissen oder weggeworfen?«

»Ich weiß es nicht. Vielleicht für den Fall, dass Pauline ihn später doch hätte lesen wollen. Nur dass es dann kein Später mehr gab. Oder falls du ihn eines Tages würdest lesen wollen.«

»Meinst du?«

»Keine Ahnung. Aber so muss es gewesen sein. Letztlich haben wir alle die Worte, die wir verdienen.«

»Möchtest du sie?« Sie schaute auf die Briefe. »Sie gehören dir.«

»Danke, Gina. Ich weiß genau, was darin steht. Du kannst sie behalten. Mir genügt der von deiner Mutter.«

»Der Brief, den du nach Mamas Tod an Tante Júlia geschrieben hast, ist wahrscheinlich das Zärtlichste, was ich je gelesen habe, Jean-Pierre.«

»Die sehnsuchtsvollen Sätze fließen wie von selbst aus der Feder, wenn jemand gestorben ist, den du liebst.«

Er gab ihr mit einer wohlerzogenen Geste die Briefe zurück und trank einen Schluck Wasser. Er hätte seine beiden Schreiben an Pauline auswendig hersagen können. Von dem, was er nach ihrem Tod an Julie geschrieben hatte, wusste er dagegen fast nichts mehr. Und wollte es auch nicht wissen. Es war lange her, dass er ein ganzes Glas auf einmal ausgetrunken hatte.

»Weißt du, als du mich vorhin gefragt hast, was mich hierher führt …« Gina stand auf und hielt die Augen auf den Horizont gerichtet, während sie weitersprach. »Im Grunde ist es, glaube ich, der Wunsch, mehr über meine Mutter zu erfahren. Ich weiß nicht, wer sie war, ich weiß nicht, wie sie war. Jeder hat sein Problem im Leben, und das könnte meines sein. Aus den Briefen, die ihre Cousine aufgehoben hatte, weiß ich, dass Mama dich über alles geliebt hat, und jetzt musst du mir erklären, wie sie gelebt, gefühlt, gedacht hat …«

»Ich war lediglich für ein verlängertes Wochenende mit ihr zusammen.« Die Pfeife half ihm beim Nachdenken, bevor er es aussprach: »Hast du deinen Vater gefragt?«

»Ja.«

»Und?«

Gina wandte sich ihm zu. Es gibt Dinge, die man nur sagen sollte, wenn man sich dabei in die Augen blickt.

»Ich habe den Eindruck, dass sie von den fünf Tagen mit dir mehr gehabt hat als von zehn Jahren mit meinem Vater.«

»Ganz so voll würde ich den Mund nicht nehmen wollen.« Er versuchte, ein wenig Zeit zu gewinnen, indem er mit dem kleinen Finger den Tabak zusammendrückte. »Deine Mutter hat mich sehr geliebt, oh ja. Sehr. So sehr wie ich sie. Aber … Wie soll ich es ausdrücken, damit es nicht nach einem Vorwurf klingt? Denn das ist es nicht. Sieh mal … Mit deiner Mutter habe ich darüber nie gesprochen, aber ich habe mich oft gefragt, warum wir den Schritt in ein gemeinsames Leben nie getan haben. Warum nicht, wenn wir uns doch so verzweifelt danach gesehnt haben?«

Sie wechselten sich ab. Jetzt war die Reihe an Gina, mit offenem Mund zuzuhören. Sie begann zu ahnen, was Jean-Pierre ihr sagen würde.

»Ich konnte nur gewinnen. Sie hätte gewonnen und … verloren.«

»Aber …«

»Ich war unverheiratet, lebte allein und war nur für mich selbst verantwortlich. Sie hatte dich. Wenn deine Mutter sich nicht zu diesem Schritt hatte durchringen können – verzeih, wenn ich dir das so direkt sage –, dann dir zuliebe. Dessen bin ich mir sicher.«

»Daran möchte ich aber nicht schuld sein.«

»Ich halte dir das nicht vor, weder dir noch Pauline, ganz und gar nicht. Versteh mich bitte nicht falsch. Ich habe Pauline geliebt, und ich liebe sie, als hätten wir uns seit unserer ersten Begegnung nie wieder getrennt. Und wenn du wissen willst, wie deine Mutter war, die Frau, die gestorben ist, als du neun Jahre alt warst, dann hast du damit die Antwort. Das war deine Mutter. Du kannst sehr stolz auf sie sein.«

Jean-Pierre hatte nicht damit gerechnet, dass Gina auf diese Worte überhaupt keine Reaktion zeigen würde. Sie blieb völlig ausdruckslos. Er konnte es kaum fassen, als sie, ohne mit der Wimper zu zucken, aufstand, sich vor ihre enorme Tasche kauerte und ein Paket herausholte. Der Tag hielt offenbar noch mehr Überraschungen bereit.

»Das ist für dich.«

Ein Geschenk. Ein in marmoriertes Papier gewickeltes Buch. Warum um alles in der Welt …?

»Das wäre nicht nötig gewesen, ehrlich nicht.« Vorsichtig, um den Klebestreifen einer venezianischen Buchhandlung nicht zu beschädigen, nahm er es entgegen.

»Das hast du bestimmt noch nicht.« Sie setzte sich wieder aufs Sofa. »Obwohl du weiß Gott eine Menge hast.«

»Jedem sein Steckenpferd. Jemand hat mal gesagt, wir sind, was wir erlebt haben, aber wir sind auch die Bücher, die wir gelesen haben. Oder durchgeblättert, denn man kann unmöglich alles lesen. Wir müssten drei Leben haben, um alles zu lesen. Ich trete für das Recht auf das Überspringen von Seiten ein.«

Mit steifen Fingern packte er das Buch aus, behutsam, um das wolkig gemusterte Papier nicht zu zerreißen.

»Oh, der *Atlas di farfalle del mondo*. Fantastisch. Vielen Dank.«

»Jetzt wirst du sagen, dass du es schon hast, oder in einer anderen Sprache hast.«

»Nein, nein, wirklich nicht«, log er, wie nur Franzosen und Verkäufer zu lügen verstehen.

»Sicher hast du es. Aber das ist mir egal. Denn ganz gewiss hattest du nicht dieses eine ganz besondere Exemplar. Es birgt ein Geheimnis, und du musst mir ein wenig Zeit geben, damit ich es für dich lüfte.«

»So lange du willst. Wir haben keine Eile, oder?«

»Weißt du, was meine Mutter im letzten Jahr vor ihrem Tod getrieben hat?«

Jean-Pierre legte das Buch zur Seite und hob den Blick, um ihr zuzuhören. Ihm war, als hinge sein Leben davon ab. Diese Frage hatte er sich jahrzehntelang gestellt.

»Meine Mutter reiste. Über ein Jahr lang. Mit oder ohne meinen Vater setzte sie sich in den Flieger und besuchte Buchhandlungen. Wenn mein Vater geschäftlich unterwegs sein musste, schloss sie sich ihm an, wenn nicht, flog sie allein, denn mein Vater mochte Flugzeuge nie. Ich war noch klein und blieb mit Isabel, der Haushälterin, zu Hause. Meine Mutter besuchte die Buchhandlungen, die sie für die zehn besten der Welt hielt, als arbeitete sie eine Liste ab. Wir wissen, dass sie in Glasgow, Buenos Aires, Boston, London, Venedig und anderen Städten war, die ich vergessen habe. Sie ging in all diese Buchhandlungen, kaufte aber kein einziges Buch. Wieso also tat sie das? Warum kam sie mit leeren Händen zurück?« Jean-Pierre starrte sie aus großen Augen an, und Gina fuhr lebhaft fort. »Ich habe lange gebraucht, um es herauszufinden. Ich musste selbst nach London fahren und dort mit jemandem sprechen, der mir auf die Sprünge helfen konnte. Dies ist nicht irgendein Buch. Nicht bloß noch ein Buch über Schmetterlinge. Es stammt aus Venedig, aus einem Laden für Bücher aus zweiter Hand namens Acqua Alta. Kennst du den?«

»Ja, ja …« Er war ganz gebannt von der Geschichte.

»Meine Mutter ging aus einem einzigen Grund in diese Geschäfte. Sie suchte dort nach Büchern über Schmetterlinge und steckte heimlich ihre Visitenkarte hinein. Eine mit unserer Adresse.«

Jean-Pierres Augen wurden feucht.

»Auf einige schrieb sie ›*Appelle-moi!*‹, auf die meisten nichts, dann standen da nur ihr Name, die Adresse und Telefonnummer. Und so klapperte sie, eine nach der anderen, die wichtigsten Buchhandlungen ab und versteckte ihre Karte in Büchern über Schmetterlinge. Warum tat meine Mutter das?«

Jean-Pierre schüttelte den Kopf. »Das ist ja nicht zu glauben …«

»Um dir ein Zeichen zu geben, um dir zu sagen, hallo, mein Liebster, ich bin hier und denke an dich, um dich zu überraschen. Um dir ihre ganze Liebe zu zeigen.«

»Gütiger Gott …« Jean-Pierre wischte sich mit beiden Händen über die Augen. »Gütiger Gott, Pauline!«

»Hast du denn nie eine gefunden?«

Er schüttelte den Kopf wie ein Kind, das sich über ein Loch in seinem Ball ärgert.

»Ich bin überzeugt, dass es auf der ganzen Welt noch Bücher gibt, zwischen deren Seiten eine Visitenkarte meiner Mutter steckt. Sie wusste, dass du ständig überall nach ungewöhnlichen Schmetterlingsbüchern gefahndet hast, und hatte die Hoffnung, dass du eines Tages in einem Antiquariat ein gebrauchtes Buch aufschlagen und entdecken würdest, dass sie zaubern kann.«

»Ungeheuerlich« – er war überwältigt, betroffen, tief bewegt –, »was für eine wunderbare Idee.«

»Dieses Buch habe ich in Venedig gefunden. Du kannst dir nicht vorstellen, was für einen Satz mein Herz gemacht hat, als ich das Buch aus dem Regal nahm und diese Spur ihrer Liebe herausfiel. Ich habe mich so irrsinnig gefreut …«

Jean-Pierre drehte rasch den *Atlas* in seinen Händen, um die Botschaft seiner geliebten Pauline zwischen den Seiten hervorgleiten zu lassen. Was für ein Liebesbeweis! Er weinte und lachte zugleich. Jeder anderen Person gegenüber hätte er sich lächerlich gefühlt, aber nicht vor Gina, Paulines Tochter. Nicht in diesem Moment, der ein ganzes Leben rechtfertigte.

»Ich habe mir gedacht, ich sollte es kaufen und dir bringen.«

»Sieh nur, da ist sie.« Die Karte flatterte aus dem Buch, segelte im Zickzack durch die Luft und landete mit schmetterlingshaftem Flügelschlag auf seinem Oberschenkel. Und die ganze Zeit konnte er nicht aufhören, unter Tränen zu lachen. »Wie bist du bloß auf diese Idee verfallen, liebste, allerliebste Pauline?«

Mit einem Schlag war es still geworden in dem alten Haus in Capbreton. Gina biss sich auf die Unterlippe, die Augen vor Rührung verschleiert, und wollte Jean-Pierre in seinem wehmütigen Gedenken nicht stören. Das aufgeschlagene Buch auf den Knien, Paulines Karte in der Hand, schien er in jene fünf Frühsommertage zurückversetzt, die alles verändert und ihre Mauern zum Einsturz gebracht hatten. Sie habe ihm das Leben gerettet, hatte er in einem seiner Briefe geschrieben. Gina begann zu begreifen, warum ihre Mutter sich in diesen feinfühligen, gebildeten Mann verliebt hatte, dessen Anziehungskraft noch nach all den Jahren spürbar war. Zwanzig Minuten später – sie hatten schweigend einander gegenübergesessen und sich ohne Worte verstanden – klappte Jean-Pierre den *Atlas* zu und schob liebevoll das Kärtchen wieder hinein wie ein geheiligtes Lesezeichen. Dann legte er das Buch auf den kleinen Tisch und griff nach einem schwarzen Lederbeutel mit Reißverschluss.

»Bleibst du ein paar Tage?«, fragte er, während er mit den Fingerspitzen den Tabak aus dem Beutel zupfte.

»Ich muss morgen am Flughafen von Bordeaux das Auto zurückgeben.«

»Bleib noch, lass uns reden. Ich fliege nächste Woche nach Inverness, um dort anzukommen, bevor es richtig kalt wird. So lange kannst du hierbleiben. Oder hast du eine Familie, die auf dich wartet?«

»Ich? Nein, nein … Mit wem sollte ich denn zusammensein? Ich hatte nicht das Glück, jemandem wie dir zu begegnen.«

»Ganz bestimmt, täusch dich mal nicht.«

»Nein, wenn ich es dir doch sage. Man braucht bloß diese Briefe zu lesen, um zu wissen, dass meine Mutter die wahre Liebe gefunden hatte. Das ist großartig. Ich dagegen habe das Gefühl, ich werde die Vierzig erreichen und viel Spaß gehabt haben, das schon, eine Menge gelacht haben, viel herumgekommen sein, aber nichts wird, wie soll ich sagen? von Bedeutung gewesen sein.«

»Oberflächlich?«

»Ja. Vermutlich. Nie gibt es irgendwelche Verpflichtungen. Wir – ich ebenso wie die Männer, ich meine, man kann niemandem die Schuld dafür geben – haben die Schranken immer schön an ihrem Platz gelassen, damit der Zug durchfahren kann, ohne dass wir in Gefahr geraten. Leicht, oberflächlich … Skeptisch der Liebe gegenüber, würde ich sagen, als wäre die Liebe ein aus der Mode gekommener Mantel. Du aber hast fünf Tage mit einer Frau verbracht und dann dreißig Jahre getrennt von ihr gelebt, das allerdings mit einer Intensität, um die ich dich wirklich beneide.«

Zum ersten Mal, seit sie zur Tür hereingekommen war, fürchtete Jean-Pierre, diese selbstsichere, unbefangene Gina könnte zusammenbrechen. Und er beschloss, sie aufzumuntern.

»Du bist hier, sagst du, um mehr über deine Mutter zu erfahren. Und ich sage dir, sie war glücklich, weil sie liebte, du selbst hast mir den Beweis dafür geliefert. Also frage ich mich: Und du? Bist du glücklich? Empfindest du Glück? Warum gestattest du es dir nicht? Du bist noch keine vierzig, Gina, worauf wartest du? Lass es zu. Liebe, liebe aufrichtig. Liebe, auch wenn es irgendwann vorbei ist, auch wenn es nicht für immer ist. Und wenn schon. Wie viele Menschen hast du getroffen, die noch nie verletzt worden sind, weil sie noch nie geliebt haben?«

»In meiner Generation? Viele. Ich weiß nicht, wie viele, aber viele. Ich bin da bei Weitem nicht die Einzige. Wir legen nie unseren Panzer ab, weil wir nicht leiden wollen und uns nicht auf das Große einlassen wollen, sondern uns mit Krümeln zufriedengeben. Sex ist toll, oh ja, sehr vergnüglich und stimulierend, eine ganze Stunde oder ein paar Minuten lang, aber darum geht es vielleicht gar nicht. Vielleicht ist das längst nicht alles, vielleicht ist es Angst, vielleicht Egoismus, ich weiß nicht, woran es liegt, aber wenn ich daran denke und es mir bewusst mache, frage ich mich, was, zum Teufel, ich eigentlich treibe.«

»Dann gib dich nicht mit den Krümeln zufrieden. Nutze die Tatsache, in der heutigen Zeit geboren zu sein. Ihr habt das

Glück, das immense Glück, in einer Zeit zu leben, in der die Gesellschaft euch nicht mehr verurteilt, in der es keine Regeln gibt, in der jeder leben kann, wie er will, und ihr niemanden ertragen müsst, der euch nicht gut genug gefällt. Die Geschichte hat euch das zum Geschenk gemacht, euch Voraussetzungen gewährt, unter denen ihr glücklicher werden müsstet, und obgleich man annehmen sollte, dass ihr es besser habt, als die Menschheit es je gehabt hat, scheint euch gerade das Fehlen dieser Beschränkungen einzuengen und zu bremsen.«

»Ja, mag sein ...« Sie hatte nicht damit gerechnet, dass Jean-Pierre so heftig reagieren würde, und fing an, sich zu verteidigen. »Aber das alles, was du jetzt so klar siehst, kapierst du doch sicher auch erst, seit du älter bist und den ganzen Tag Zeit hast, Bilanz zu ziehen und deine Geschichte Revue passieren zu lassen.«

»Das hat mit dem Alter nichts zu tun, Gina. Ich spreche von Verbindlichkeit. Ihr verwechselt Liebe mit dem, was ihr aus den amerikanischen Liebeskomödien kennt. Liebe ist aber kein Film mit Meg Ryan. Das Kino und die Märchen vom Traumprinzen haben euch nicht gut getan. Ich weiß nicht, was ihr sucht. Wenn du geliebt werden willst, liebe. Es gibt sie, die wahre Liebe. Es gibt sie, aber du musst alles dafür riskieren. Alles!«

Gina nickte, eine eher mechanische Geste, weniger ein Ausdruck der Zustimmung. Jean-Pierre merkte, dass er sich übermäßig ereifert hatte, und nahm sich zusammen, um in sanfterem Ton fortzufahren.

»Entschuldige, Gina. Ich weiß nichts von deinem Leben. Eine Geschichte, wie sie deine Mutter und ich miteinander erlebt haben, wäre jedem zu wünschen. Natürlich. Wie auch immer sie ausgehen mag. Wenn es so weit ist, wirst du es spüren. Dann hab keine Angst und stürze dich hinein. Aber das Glück musst du wollen und dafür alles geben. Gib dir die Chance zu lieben. Lass dich von der Liebe gründlich durcheinanderrütteln. Hörst du?«

Sie senkte zur Bestätigung nur kurz die Lider. Er war unsicher, ob es angemessen war, so mit einem Menschen zu sprechen, den er gerade erst kennengelernt hatte.

»Das reicht jetzt. Mehr sage ich nicht. Und verzeih mir, wenn ich mich mit meinem Sermon in Dinge eingemischt habe, die …«

»Ganz und gar nicht, Jean-Pierre. Ich habe dir gern zugehört. Es hat mir gefallen, in die Haut meiner Mutter zu schlüpfen und dir zuzuhören.«

»Ich habe selten jemanden zum Reden, und kaum habe ich Publikum …«

»Darf ich dich um etwas bitten?«

»Ich wüsste nicht, was ich dir abschlagen könnte.«

»Ich wünsche mir, dass du mir alles erzählst, soweit du es erzählen kannst, natürlich, was sich in Paris zwischen euch abgespielt hat, angefangen bei der Hochzeit meiner Tante Júlia bis zu dem Moment, als du Mama zum Flughafen gebracht hast. Was ist in diesen fünf Tagen geschehen, das euch so miteinander verschweißt hat?«

Der Gedanke missfiel ihm nicht. Sich erinnern hieß, es noch einmal zu durchleben. Aber …

»Ich musste deiner Mutter einmal versprechen, keinen Roman daraus zu machen.«

»Das Verbrechen ist längst verjährt, Jean-Pierre.«

Vor ihm saß Gina, und er hatte das Gefühl, Pauline zu hören. Beide wussten, wie sie bekamen, was sie wollten. Zu verführen, könnte man sagen.

»Hier gibt es kein Verbrechen. Liebe ist niemals Strafe oder Sühne. Jetzt wirst du gleich denken, der Kerl hat sie nicht mehr alle, aber ich habe durchaus schon einmal gedacht, ob man diese Geschichte nicht aufschreiben und veröffentlichen sollte. Du könntest das doch machen. Einen Roman über die Illusion.«

»Und?«

Gina vertraute darauf, dass er ihre Bitte erfüllen würde.

»Ich erzähle es dir beim Abendessen. Unten im Keller habe ich einen getrüffelten Brie aus Meux, und sicher werden wir einen Wein finden, der dir zusagt. Lass uns essen, und ich erzähle dir alles. Ja. Nichts lieber als das.«

»Wunderbar!«

»Aber vorher musst du mir einen Gefallen tun.«

Gina erwiderte, selbstverständlich, was immer du willst. Sie war zu allem bereit.

»Komm mit.«

Jean-Pierre erhob sich aus dem Sessel, als täten ihm die Knochen nicht mehr weh. Mutig verzichtete er auf seinen Stock. Er wollte sich vor Paulines Tochter so fit wie möglich geben, als hätte ihr Besuch eine wundersam verjüngende Wirkung auf ihn. Letzten Endes war es eine Frage des Selbstwertgefühls, der Eitelkeit und Koketterie. Im Schneckentempo gingen sie den Flur entlang, an der Eingangstür vorbei und bis zum Schlafzimmer. Das Bett war gemacht, die Tagesdecke glattgezogen, die Kleidung im Schrank nach Farben geordnet und das ganze Zimmer so peinlich sauber und aufgeräumt wie in einem Stundenhotel.

»Ich habe kein Geschenk für dich. Ich habe dich ja nicht erwartet«, er wies auf den Schubladenschrank, »aber ich würde mich freuen, wenn du dir davon eines aussuchen würdest.«

Auf dem antiken englischen Sekretär standen drei querformatige Fotos mit Rahmen und Passepartout. Auf den ersten Blick erkannte Gina auf allen dreien Pauline und Jean-Pierre in den glücklichsten Tagen ihres Lebens.

»Ich wette, die hast du noch nie gesehen. Eine Premiere.« Er lächelte.

»Nein. Niemals!« Verwundert bückte sie sich, um die Bilder aus nächster Nähe zu betrachten. »Wow! Mama sieht umwerfend aus!«

»Sie war hinreißend. Dieses hier hat ein Kellner in der Brasserie Lipp gemacht.« Mit einem Mal hatte er eine sehr würdevolle Art zu sprechen. »Deine Mutter hat die Aufnahmen nie zu Gesicht bekommen. Ich habe sie am Tag ihres Abfluges zum Entwickeln gebracht. Und schicken konnte ich sie ihr ja nicht.«

»Und das hier?« Die Verliebten saßen einander auf einer Caféterrasse gegenüber und lachten sich an.

»In meiner Nachbarschaft. Eines Nachmittags in der Rue du Trésor. Ein paar Häuser weiter habe ich gewohnt. Im Auge des Sturms« – er schmunzelte über seine eigene Ironie –, »dem Wahn der Liebe hilflos ausgeliefert.«

»Wie glücklich Mama da wirkt …« Gina fand tatsächlich, dass sie ihrer Mutter jetzt, da sie selbst älter war, als Paulina jemals geworden war, sehr ähnlich sah. »Es ist so schön, diese Bilder zu sehen, Jean-Pierre, aber wenn ich sie anschaue, macht es mich auch traurig, dass ich mich an dieses Lächeln nicht erinnern kann. Weißt du, was ich meine? Dass ich mich im Grunde überhaupt nicht an sie erinnern kann. Nicht mal an ihre Stimme …«

»Die war genau wie deine. Sie hatte genau dieselbe Stimme wie du. Das kann ich dir versichern. Und dieses hier?« Er griff nach dem dritten Foto. »Du weißt, wo das aufgenommen ist, nicht wahr?«

Eine lachende Gruppe, vielleicht zwanzig Personen, in der Mitte Tante Júlia und Alain, das Brautpaar, am einen Ende ihre Mutter, elegant wie ein Filmstar in ihrem königsblauen Kleid, und vier Köpfe weiter Jean-Pierre, verführerisch, stolz auf sein helles Künstlerjackett, mit seiner unverzichtbaren Pfeife, an dem Tag, an dem sie sich kennengelernt hatten. Gina liebte alte Fotos. Je mehr Leute darauf zu sehen waren, desto besser. Sie betrachtete die Gesichter, stellte sich ihr Leben vor und dachte einmal mehr: Sie sind alle tot. Auf diesem Bild betraf das nicht alle. Mama und Tante Júlia schon, und einige andere sicher auch … Jean-Pierre hingegen kam ihr vor wie ein Auferstandener.

»Nimm sie mit ins Wohnzimmer, hier sieht man so schlecht.« Er schaltete das Licht aus. »Ich muss mal stärkere Glühbirnen reindrehen.«

Sie schlossen die Schlafzimmertür und gingen zurück, um wieder über den Atlantik zu blicken, zu erzählen und zuzuhören. Im Keller wartete ein Brie, der die ideale Temperatur hatte. Jean-Pierre begann, in allen Einzelheiten den Abend der Hochzeitsfeier zu schildern. Gina erfuhr nicht nur, dass ihre Mutter eine flotte Rock'n'Roll-Tänzerin war, die sich für Gedächtniskünstler begeistern konnte und genau wusste, wie viele Schritte es von einer Pariser Kirche zur anderen waren, sondern verstand auch, warum sie so verrückt gewesen war nach diesem Galeristen, der manchmal ein wenig aussah wie Mastroianni in seinem letzten Film.

Es wurde dunkel. Allmählich verglomm das Licht am Horizont. Dies war das Kunstwerk, das Jean-Pierre jeden Abend betrachtete.

An diesem besonderen Abend jedoch schenkte er weder dem verblassenden Ozean noch dem Sonnenuntergang die geringste Aufmerksamkeit. In die Geschichte vertieft, war ihnen beiden das Farbenspiel der Abendröte entgangen. Doch solange ihn das Schicksal verschonte, würde Jean-Pierre dankbar sein für diesen Tropfen Honig, mit dem die Natur ihm Tag für Tag den Rest seines Lebens versüßte.

Ein Roman über die Macht der Bücher,
die Liebe und die Magie des südlichen Lichts

Nina George

Das Lavendelzimmer

Roman

Er weiß genau, welches Buch welche Krankheit der Seele lindert: Der Buchhändler Jean Perdu verkauft auf seinem Bücherschiff »pharmacie littéraire« Romane wie Medizin fürs Leben. Nur sich selbst weiß er nicht zu heilen seit jener Nacht vor einundzwanzig Jahren, als die schöne Provenzalin Manon ging, während er schlief. Sie ließ nichts zurück außer einem Brief – den Perdu nie zu lesen wagte. Bis zu diesem Sommer. Dem Sommer, der alles verändert und Monsieur Perdu aus der kleinen Rue Montagnard auf eine Reise in die Erinnerung führt, in das Herz der Provence und zurück ins Leben.

»Dieser Geschichte wohnt ein
unglaublich feiner Zauber inne.«
Christine Westermann (WDR)

KNAUR